DUNCAN LAY

Der Hüter des Schwertes

Buch

Einst war Martil ein Krieger, ein Anführer, vielleicht sogar ein Held. Nach seinem letzten Kampf, in dem er die Kontrolle verloren und sich als der »Schlächter von Bellic« einen Namen gemacht hat, entlässt man ihn. Als er in eine ungewisse Zukunft aufbricht, weiß er nur eines: Sein Leben soll in Frieden und Einsamkeit zu Ende gehen.

Doch das Schicksal hat anderes mit ihm vor: Auf der Straße überfallen ihn Gesetzlose. Martil kann sich ihrer erwehren, bringt es aber nicht über sich, einem der Sterbenden den letzten Wunsch abzuschlagen: das kleine Mädchen Karia, das die Banditen bei sich hatten, zu ihrem Onkel zu geleiten. Gemeinsam machen sich der Krieger und das Kind auf den Weg. Martil ahnt nicht, dass sich das Geheimnis, das ihn am Ziel ihrer Reise erwartet, als Fluch oder Segen für die Königin von Norstalos erweisen könnte, die ihn aus ihren Diensten entlassen hat.

Autor

Duncan Lay arbeitet als Layout-Designer und Headline-Texter für den australischen *Sunday Telegraph*. Er ist seit vielen Jahren journalistisch tätig und hat bereits für zahlreiche Zeitungen geschrieben. Duncan Lay lebt mit seiner Frau und seinen beiden Kindern an der Küste von New South Wales.

Duncan Lay

Der Hüter des Schwertes

Roman

Aus dem Englischen von Michaela Link

blanvalet

Die australische Originalausgabe erschien unter dem Titel
»The Wounded Guardian (1.1)« bei Voyager Australia, Sydney.

MIX
Papier aus verantwortungsvollen Quellen
FSC® C014496
FSC
www.fsc.org

Verlagsgruppe Random House FSC-DEU-0100
Das FSC®-zertifizierte Papier *Holmen Book Cream* für dieses Buch
liefert Holmen Paper, Hallstavik, Schweden.

1. Auflage
Deutsche Erstausgabe Februar 2013

Umschlaggestaltung: Isabelle Hirtz, München,
unter Verwendung eines Motivs von Arcangel
Redaktion: Rainer Michael Rahn
HK · Herstellung: sam
Satz: Uhl + Massopust, Aalen
Druck und Einband: GGP Media GmbH, Pößneck
Printed in Germany
ISBN: 978-3-442-26911-2

www.blanvalet.de

Für Gabriella und Shaun
und
für Joyce Craig

Prolog

Ezok brachte es nicht fertig, seinen Vorgesetzten zu ignorieren. Er hatte in den Diensten des Königs von Berellia gelernt, vieles zu übersehen, aber was zu viel war, war zu viel. Beispielsweise den Mann, von dem er in den letzten Jahren seine Befehle erhalten hatte, splitternackt und geknebelt an eine der Säulen des prächtigen Thronsaals gefesselt vorzufinden. Sosehr er sich auch bemühte, die beeindruckenden Wandteppiche oder den makellosen Marmorfußboden zu betrachten, sein Blick wanderte immer wieder zu dem bizarren Bild zurück.

»Nicht so schüchtern, Ezok!«, donnerte der König von seinem Thron. »Präge dir gut ein, wie ich Versagen vergelte.«

Widerstrebend wandte sich Ezok dem ehemaligen Botschafter Berellias in Norstalos zu. Über dem dicken Knebel traten dem Mann beinahe die Augen aus dem Kopf; sie schienen um Hilfe zu flehen. Ezok hatte nicht die Absicht, einem Mann zu helfen, den er verachtete. Und selbst wenn er es vorgehabt hätte – die abschreckende Gestalt, die hinter einer der dekorativen Säulen des Thronsaals ins trübe Licht von etwa zwanzig Laternen trat, würde ihm sogleich die Dummheit dieser Idee vor Augen geführt haben.

Vom hellen Licht des Tages drang hier nichts herein,

denn die Fenster waren mit metallenen Fensterläden verschlossen. Außerdem hatte man die Türen des Saals hinter Ezok verriegelt, und auf den Galerien fehlten die üblichen Scharen von Höflingen, Frauen und Wachen. Wenn Ezoks Informant recht hatte, waren diese Vorkehrungen wegen des letzten Gastes des Königs getroffen worden, nach dem umzusehen Ezok sich nicht wagte. Stattdessen blickte er weiter den Mann an, der sein Leben innerhalb eines Augenblicks beenden konnte, wenn der König den Befehl dazu gab. Er hieß Cezar, war aber besser bekannt unter seinem Titel: Streiter des Königs. Er machte einen unscheinbaren Eindruck, aber seine Aufgabe war es nicht, Eindruck zu schinden. Seine Aufgabe war das Töten.

Cezars Gesicht war von dunklem Stoff verdeckt, nur seine Augen waren sichtbar, und ihr Blick schien sich förmlich in Ezok hineinzubohren. Der neu ernannte Botschafter trug Kleider nach dem letzten Schrei berellianischer Mode – goldfarbenes Hemd, dunkelgrüne Hose und dazu passender Umhang –, und er wusste, dass seine hochgewachsene, muskulöse Gestalt sie aufs Beste zur Geltung brachte. Sein langes dunkles Haar wurde von einem silbernen Band aus dem Gesicht gehalten, das mit den klassisch blauen, berellianischen Augen und hohen Wangenknochen durchaus attraktiv war. Ezok wusste, dass er gut aussah. Er hatte genug Zeit vor dem Spiegel verbracht, nachdem er zum Palast gerufen worden war. Aber er bezweifelte, dass Cezar sein Aussehen bewunderte. Er wandte sich ab und verneigte sich tief vor seinem König.

König Markuz war eine machtvolle Erscheinung. Er

trug wie immer ein glitzerndes, ärmelloses Kettenhemd, das poliert war, sodass es wie Silber glänzte. Darunter trug er ein langärmliges Hemd aus Gold, dazu passende Hosen und hohe Reitstiefel aus schwarzem Leder. Er wirkte beeindruckend, und in Berellia war die äußere Form alles. Aber seine Züge verrieten die Last seiner Würde. Ezok sah Falten der Angst und Sorge; sie waren in dem Gesicht seines Monarchen erschienen, seit Berellia die rallorischen Kriege verloren hatte – eine bittere Niederlage, die keine noch so überhebliche Bekanntmachung ungeschehen machen konnte.

»Unseren Glückwunsch, Ezok! Deine hervorragende Arbeit in Norstalos soll belohnt werden. Nach dem traurigen Tod deines Vorgängers wirst du unser Botschafter dort sein«, verkündete Markuz.

Ezok verneigte sich erneut und überhörte die merkwürdigen Geräusche, mit denen sein Vorgänger vergeblich gegen seine Fesseln ankämpfte.

»Erzähl mir von Norstalos«, zischte der letzte Gast des Königs und trat aus den tiefen Schatten.

Bei seinem bloßen Anblick blieb Ezok fast das Herz stehen.

Er war eingehüllt in eine bis auf die Füße reichende, rostrote Robe, unter deren Kapuze sein Gesicht nicht zu erkennen war. Seine Hände ragten nur knapp aus den langen Ärmeln der Kutte und waren von Handschuhen bedeckt. Die wollene Kutte wurde von einem eigenartigen Streifen blassen Stoffs zusammengehalten und zeigte eine große schwarze Rune auf der Brust. Es hieß, der Gürtel sei aus menschlicher Haut gefertigt, und die Rune stehe für den geheimen Namen des Kuttenträgers, den ihm der Dunkle Gott selbst gegeben habe. Er war ein Geweihter des Dunklen Gottes Zorva, ein Angstpriester. Ezok kannte die Geschichten über diese Priester – dass sie ihrem Gott Blut und Opfer anboten und als Gegenleistung unglaubliche Kräfte erhielten. Angeblich waren sie fähig, Erde, Wasser, Wind und Feuer um sich herum zu beeinflussen, und konnten durch bloße Berührung töten. Angeblich waren sie in der Lage, den stärksten Magier zu bezwingen, und sie konnten mit normalen Mitteln nicht verletzt werden. Ezok hatte nicht vor, die Probe auf den Wahrheitsgehalt dieser Geschichten zu machen.

Er atmete tief durch und räusperte sich. »Norstalos ist ein reiches, anmaßendes Land nördlich von uns, das glaubt, über allen anderen zu stehen, da es von den Drachen ausgezeichnet wurde. Genau wie in Berellia gebührt die Königswürde dem ältesten männlichen Verwandten des letzten Herrschers. Aber in Norstalos darf ein Prinz die Thronfolge nur antreten, wenn es ihm gelingt, das Drachenschwert zu ziehen, das vor Jahrhunderten einem der Könige des Landes von den Drachen selbst überreicht worden ist. Dies ist eine magische Prüfung des Charakters eines Mannes. Wer es nicht schafft, das Schwert zu ziehen, sobald er das Mannesalter erreicht hat, wird als unwürdig betrachtet und scheidet für die Thronfolge aus. Er bleibt auch nicht Kronprinz. Der nächstälteste männliche Verwandte wird dann versuchen, das Schwert zu ziehen, bis es schließlich einem gelingt, dem es dann gestattet wird, König zu werden. Das Schwert dient aber nicht nur als entscheidende Probe für die Königswürde; die Norstaler glauben darüber hinaus, dass sie aufgrund dieses Schwertes so lange in Frieden gelebt haben. Sie reden sich ein, es besitze magische Kräfte und beschütze sie. Dass sie nie angegriffen wurden, während ein König das Drachenschwert führte, hat sie von der Wahrheit dieses Glaubens überzeugt.«

»Berichte Bruder Onzalez, was du herausgefunden hast«, befahl Markuz.

Ezok gestattete sich ein kleines Lächeln. »Es ist eine Lüge. Tatsächlich lässt sich das Drachenschwert von niemandem ziehen, den es für unwürdig hält. Aber der Rest ist eine bloße Erfindung von König Riel, demjenigen, der das Schwert von den Drachen bekommen hat. Seltsamerweise beschloss Riel, es sei nicht genug, ein magisches Schwert zu besitzen. Er setzte zusätzlich die Legende von einem Schwert in die Welt, das den Frieden im Lande wahrte. Die leichtgläubigen Norstaler sind ihm auf den Leim gegangen und haben die letzten sechshundert Jahre damit verbracht, einander von dieser Unwahrheit zu überzeugen und das Schwert zu bewundern. In Wahrheit hat die Größe des norstalischen Heeres – das durch den reichlichen Ertrag der Goldminen des Landes besoldet wird – das Land vor den Kriegen bewahrt, die den Rest des Kontinents verwüstet haben.«

Bruder Onzalez klatschte drei Mal langsam in die Hände.

»Gut gemacht, Ezok, diese Lüge zu entdecken, die Berellia in der Vergangenheit zu schaffen gemacht hat. Aber was hilft uns das jetzt?«, fragte er kühl.

Ezok spürte, wie ihm am ganzen Körper der Schweiß ausbrach.

»Norstalos steht kurz vor dem Chaos«, antwortete er

eilig. »Ihre wunderbare Methode, den Thronfolger zu ermitteln, die sie für so ausgereift hielten, hat sie im Stich gelassen. Zum ersten Mal in ihrer Geschichte haben sie eine Königin. Keiner der männlichen Adligen war in der Lage, das Drachenschwert zu ziehen. Also durfte auch keiner die Thronfolge antreten. Sie wissen nicht, wie es weitergehen soll. Eine Frau kann das Drachenschwert nicht führen…«

»Warum nicht?«, wollte Onzalez wissen.

Ezok schluckte. »Das weiß ich nicht. Die Norstaler glauben, dass die Drachen nur Männer für würdig erachtet haben zu herrschen.«

»Klingt vernünftig«, knurrte Markuz.

Ezok nickte; er wollte keinen Einwand erheben.

»Man hat daher der Tochter des letzten Königs gestattet zu herrschen, aber sie muss einen Adligen finden, der sie heiratet. Sobald ihr Sohn das Schwert zu ziehen imstande ist, muss sie ihm den Thron überlassen. Bis dahin muss sie einen Krieger ernennen, der das Schwert für sie führt. Dies dient dazu, den Glauben des Volks zu erhalten, das Drachenschwert gewähre dem Land Schutz und sorge für Frieden. Ohne einen solchen Krieger an ihrer Seite wird das Volk sie nie akzeptieren. Aber sie hat bislang keinen finden können. Das Volk steht nicht hinter ihr. Ihr Cousin, Herzog Gello, der Führer des Heeres, schmiedet Ränke, um sich des Throns zu bemächtigen. Denn die Krone wäre ihm bestimmt gewesen, wenn er es nur geschafft hätte, das Schwert zu ziehen.«

»Ausgezeichnet!«, beglückwünschte ihn Onzalez. »Du wirst einen viel besseren Botschafter abgeben als dein verstorbener Vorgänger.«

Ezok ignorierte die angsterfüllten Atemzüge des Mannes, der an die Säule hinter ihm gefesselt war.

»Ich habe die Zukunft gesehen; es war ein Geschenk des Großen Gottes«, erklärte Onzalez. »Gello wird den Thron an sich reißen. Das wird eine Kette von Ereignissen auslösen, die ihn zwingen werden, sich an uns zu wenden und um Hilfe zu bitten. Wir brauchen einen Mann in Norstalos, der ihn unter unsere Herrschaft bringt, einen Mann, dem ich Anweisungen geben kann, bis wir die beiden Länder vereint für ein Ziel kämpfen sehen: allen Ländern mittels Schwert und Feuer den wahren Glauben zu bringen! Aber uns dürfen keine Fehler unterlaufen. Dein Vorgänger hat versucht, einen von Gellos Hauptmännern für uns zu gewinnen, und hat dabei versagt. Dies ist seine Strafe.«

Ezok drehte sich um und erwartete, dass Cezar dem Gefesselten eine Klinge in den Leib rammen würde. Stattdessen trat Onzalez vor, streifte sich den Handschuh von der rechten Hand und legte dem Mann die bloße Hand auf die Brust. Trotz des Knebels gab der ehemalige Botschafter einen erstickten Schrei von sich, erbebte dann einmal und erschlaffte regungslos in seinen Fesseln.

Onzalez kam auf Ezok zu. »Dieses Schicksal erwartet jene, die uns trotzen. Aber jene, die uns dienen, können ihre Belohnungen hier und jetzt genießen, nicht erst nach einem Leben des Dienens und Füßescharrens, wie es die Priester Aroarils, dieses Schwächlings, predigen. Zeig mir deinen Fuß!«

Ezok zuckte heftig zusammen, als Onzalez dieselbe Hand ausstreckte, die vor wenigen Augenblicken das Leben von Ezoks Vorgänger beendet hatte.

»Woher wisst Ihr …?«, stotterte Ezok.

Nur wenige wussten von seiner Missbildung, dem Fuß, den er verzweifelt mit besonderen Schuhen zu verbergen versuchte. Seit seiner Geburt hatte der Fuß ihm Spott eingebracht und zwang ihn zu zahlreichen Listen, um in einer Gesellschaft zu überleben, in der Schwäche verachtet wurde. Aber er wagte es nicht, sich dem Angstpriester gegenüber ungehorsam zu zeigen. Langsam zog er den linken Schuh aus, um seine Schande zu enthüllen.

Onzalez streckte die Hand aus und ergriff Ezoks Fuß. Ezok hatte nicht einmal Zeit zu schreien, bevor sein Fuß wie Feuer brannte und kurz danach kalt wurde wie Eis. Als er an sich hinabschaute, sah er einen perfekten Fuß, ein Ebenbild des rechten. Der Klumpfuß hatte ihn sein Leben lang gequält, und jetzt war er geheilt. Das hatten die besten Knochenärzte und jahrelange Gebete an Aroaril nicht vermocht.

»Wirst du uns helfen, Ezok?«, fragte Onzalez unverblümt. Ezok sah mit leuchtenden Augen auf. »Meine einzige Frage ist, ob Cezar mir helfen wird.«

»Du wirst Leibwächter haben, aber du wirst es alleine schaffen müssen, Herzog Gello auf unsere Seite zu bringen«, ließ König Markuz sich vernehmen. »Cezar hat die Aufgabe, Berellias Ehre wiederherzustellen. Ich werde die Schlächter von Bellic töten. Die Hauptleute Macord, Snithe, Rowran, Oscarl und Martil. Ganz besonders Hauptmann Martil. Der berellische Stolz schreit förmlich danach, dass er vernichtet wird!«

Ezok senkte den Kopf. Die Schlächter von Bellic waren die fünf rallorischen Anführer des Heeres gewesen, das als letzten Akt des grausamen rallorischen Krieges eine ganze berellische Stadt dem Erdboden gleichgemacht hatte. Alle berellischen Kinder lernten, sie zu hassen.

»Genug! Zuerst müssen wir Ezoks Bekehrung besprechen!« Die strenge Stimme des Angstpriesters duldete keine andere Autorität. »Wie lautet dein Urteil, Ezok? Wirst du einer der unseren, oder willst du sterben?«

Ezok lächelte. Das war nicht wirklich eine Wahl. Und da er zum ersten Mal in seinem Leben auf zwei gesunden Füßen stand, war er gespannt, was der Dienst Zorvas ihm sonst noch einbringen würde. »Ich bin bereit«, sagte er schlicht.

Der Angstpriester zischte triumphierend. »Wir haben die Opfergabe im Nebenraum vorbereitet. Danach wirst du dich auf den Weg nach Norden machen, um deine neue Stellung anzutreten. Vor uns liegt ein weiter Weg, aber an dessen Ende werden alle Länder Zorva verehren, und wir werden höheren Lohn empfangen als alle anderen! Und das alles wird in Norstalos seinen Anfang nehmen!«

I

Martil konnte sich beim besten Willen nicht daran erinnern, von welchem Tier das Lied handelte. Zugegebenermaßen war es auch schon Jahre her, seit er es gehört hatte, damals, als er sich selbst noch im Spiegel hatte ansehen können. Er war mit Borin und Tomon, Freunden seit seiner Kindheit, und einigen frisch angeworbenen Soldaten losgezogen, um etwas zu trinken. Einer der Neuen, ein großer blonder Bursche, der eine Woche später schreiend gestorben war, hatte dieses witzige Lied gesungen, das von einem ungewöhnlichen Tier und dessen erstaunlichem sexuellen Appetit handelte. Das ganze Wirtshaus hatte am Ende mitgesungen, unter gröhlendem Gelächter.

»Man sollte doch meinen, dass einem so ein Lied nicht so bald aus dem Kopf geht, hm?«, sagte Martil zu seinem Pferd, einem muskulösen, schnellen Fuchs. Es war allerdings nicht besonders gesprächig, und es hatte ihn fünf Goldstücke gekostet. Er wusste, dass er zu viel bezahlt hatte, aber er hatte das Land einfach nur möglichst schnell hinter sich lassen wollen. Außerdem war ihm Geld nicht so wichtig.

Die Plünderung einiger Schlachtfelder hatte ihm zu einem kleinen Vermögen verholfen – das zusätzlich durch die schon lange überfällige Belohnung seitens seines alles andere als dankbaren Königs aufgestockt worden war. Er vermutete, dass man ihn damit hatte ruhigstellen und loswerden wollen, sodass man seinetwegen nicht länger in Verlegenheit kam. Seine Satteltaschen waren also voller Gold, aber es machte ihm keine Freude. Es gab überhaupt kaum etwas, das ihn glücklich stimmte.

Das Pferd, ein ehemaliges Reittier des Heeres, aus den Diensten des Königs entlassen wie so viele der Veteranen Ralloras, war ein Wallach. Martil hatte es Tomon getauft – nach seinem alten Freund, dem die Frauen nicht hatten widerstehen können. Das hätte Tomon gefallen, wäre er noch am Leben gewesen. Tomon hatte seinen Sinn für Humor immer geschätzt. Borin war davon nicht so begeistert gewesen und hatte immer gesagt, es gäbe einige Dinge, über die man sich nicht lustig machen sollte. Aber selbst er hatte zugegeben, dass unter anderem sein Humor ihnen über die schwierigsten Zeiten hinweggeholfen hatte. Traurigerweise vermochte Martil nicht, die Träume und Erinnerungen fernzuhalten, die ihn jetzt heimsuchten.

»Also, Tomon, wie ging das Lied denn nun?«, fragte Martil und stupste sein Pferd an.

Das Pferd antwortete nicht, sondern trottete nur die Straße entlang – oder besser das, was hier in diesem ruhigen Teil des östlichen Norstalos als Straße durchging. Martil richtete seine Aufmerksamkeit jetzt ebenfalls auf die Straße. Er dachte lieber über solch alltägliche Dinge wie Straßen oder halb vergessene Trinklieder nach als darüber, warum er allein durch ein fremdes Land ritt, obwohl er in seiner Heimat doch als Held hätte gelten sollen. Einst war es ihm nicht möglich gewesen, sich auf einer Straße zu zeigen, ohne dass viele Männer ihm die Hand schüttelten, Kinder ihn nachahmten und Frauen ihn in ihre Kammer einluden. Zwar würde die Hälfte der Leute ihn noch immer bejubeln, aber die andere Hälfte dafür am liebsten vor Hass anspucken. Er schauderte bei der Erinnerung daran, welche Schimpfwörter – gefolgt von faulen Früchten – sie ihm an den Kopf geworfen hatten. Er suchte verzweifelt nach irgendetwas, um sich von diesen Erinnerungen abzulenken. Es war Sommer hier in Norstalos, und die Sonne ließ ihm den Schweiß den Rücken herunterlaufen, wann immer er nicht im Schatten von Bäumen ritt. Sie machte ihn auch durstig, also nahm er einen Schluck Wein. Er hatte nach dem besten Norstaler Roten gefragt, erinnerte er sich.

»Schmeckt wie Ziegenpisse«, teilte er Tomon mit. Aber der Wein half ihm dennoch zu vergessen. Er konnte sich beispielsweise nicht an den Namen des verdammten Tieres erinnern, das sechzehn urkomische Verse lang von Katzen bis hin zu Drachen alles vergewaltigte. Nun, wenn der Wein seine Arbeit tat und ihn auch alles andere vergessen ließ, war das Geld dafür nicht verschwendet. Wenn er ihn den Anblick des verzweifelten Borin vergessen ließ, wie er vergeblich versucht hatte, sich die Eingeweide wieder in den Leib zu schieben, nachdem zwei berellische Krieger ihn mit ihren Äxten erwischt hatten. Oder den Ausdruck auf Tomons Gesicht, als er erstickte, nachdem ein berellischer Armbrustpfeil ihm die Kehle zerfetzt hatte. Wenn er ihn vergessen ließ, wie er sich mit vier anderen rallorischen Hauptmännern zusammengetan hatte und die Zerstörung der berellischen Stadt Bellic befohlen hatte.

»Zeit für einen Themenwechsel«, gab Martil Tomon zu verstehen und goss sich noch mehr Wein in den Mund.

Er war tatsächlich widerlich. Wenn das wirklich der beste Wein sein sollte, den Norstalos zu bieten hatte, würde er sich demnächst wohl an Bier halten müssen.

»Schmeckt doch eher wie Pferdepisse«, teilte er Tomon mit, und plötzlich kam ihm eine Idee. War das Tier in dem Lied ein Pferd?

»Nein, das wird ja im zehnten Vers bestiegen«, erinnerte er sich und gab Tomon einen freundschaftlichen Klaps. Er sah sich um – vielleicht gab es im Wald ja ein Tier zu entdecken, das seinem Gedächtnis auf die Sprünge half. Sehr wahrscheinlich war das allerdings nicht. Er ritt durch reiches Bauernland. Aus dem fruchtbaren Osten Norstalos' rumpelten regelmäßig Karren voller Erzeugnisse zu den Städten und Dörfern im Westen und Süden des Landes. Das Land schien unter der warmen Sommersonne zu schlummern, und offenbar hatte sich jedes Tier ein kühles Plätzchen für seine Mittagsruhe gesucht. Und auch die Straße war wie ausgestorben. Er selbst hatte sie nur gewählt, weil der direkte Weg zur Westküste von Norstalos ihn durch Berellia geführt hätte. Da fast jeder in diesem Land ihn wegen des Massakers von Bellic am liebsten bei lebendigem Leib brennen sehen würde, war ihm der Umweg vernünftig erschienen. Bald würde er sich wieder nach Westen wenden können, seinem Ziel zu. Dort wollte er in der Sonne sitzen und den Wellen dabei zusehen, wie sie auf den Strand schwappten.

»Man würde diese Straße jedenfalls nicht des Ausblicks wegen bereisen«, erzählte Martil Tomon. »Erst nichts als Felder, und jetzt nichts außer verdammten Bäumen.«

Sie waren gut für Schatten, aber nur wenig mehr. Er ließ seinen geübten Blick nach links und rechts durch den Wald schweifen. Kaum geeignet, um auch nur ein Regiment zu verstecken. Die Bäume standen oft weit auseinander, die Büsche waren niedrig. Dann fiel ihm wieder ein, dass er sich gar nicht um derartige Dinge kümmern sollte, und er versuchte, sich wieder seinem ursprünglichen Thema zuzuwenden.

»Hier werde ich weder einen Wolf noch einen Bären zu Gesicht bekommen«, dachte er laut und fragte sich dann, ob das mysteriöse Tier ein Wolf war. »Nein, der Wolf kommt im zwölften Vers«, murmelte er und genehmigte sich noch einen Schluck Wein.

Vielleicht sollte er die Finger von dem Wein lassen, damit sein Gedächtnis wieder etwas besser funktionierte. Er könnte ja heute Nachmittag ein Wirtshaus aufsuchen, das Trinken nachholen und sich genug in den Schlund schütten, um seinen Albträumen ein Ende zu bereiten. Obwohl es weniger die Träume, sondern eher die Stimmen waren; diejenigen derer, die darum baten, nicht getötet zu werden, und derer, die seine Seele verfluchten, wenn sie starben; und auch derer, die ihn anschrien, wenn er durch die Straßen seines Heimatlandes lief. Ein Schauder überkam ihn; er durfte seinen Gedanken nicht weiter so die Zügel schießen lassen.

»Ich werde das Lied singen«, verkündete er und stieß den Korken wieder auf den Weinschlauch.

Dann räusperte er sich und versuchte sich an den ersten Vers zu erinnern. Er fiel ihm nicht ein, also beschloss er einfach die Fetzen vorzutragen, an die er sich erinnerte. Sollte sein Pferd sich doch beschweren, wenn die Verse nicht in der richtigen Reihenfolge kamen.

»Das … Etwas … fand einen Bären,
der in der Winterkälte schlief.
Es rutschte bis dicht hinter das Tier
und bestieg es mit all seiner Gier.«

Martil war kein besonders talentierter Sänger, aber was ihm an stimmlichen Fähigkeiten fehlte, machte er durch Lautstärke wieder wett. Vögel flogen krächzend aus ihrem Versteck hoch, und Tomon zuckte gereizt mit den Ohren, aber Martil ignorierte sie.

Irgendetwas schien dem Lied zu fehlen. Das Witzigste an der Sache war, dass so ein unscheinbares Tier die Hauptrolle spielte. Aber der feinere Sinn dafür, dachte Martil, würde anderen Wildtieren in Hörweite wohl ohnehin abgehen.

»Oh, die Bärin erwachte voller Grimm,
verloren war des Schlafes Glanz;
sie wollte doch nur schlafen,
nicht spüren diesen Riesen …«

Tomon hatte die Ohren zornig hin und her geschlagen und Martil fast abgeworfen, als er zum Ende der Strophe hin immer lauter wurde. Aber der Reiter ließ sich davon nicht aufhalten und versuchte den nächsten Vers.

»Das Etwas fand einen Löwen,
der lag im Regen und schlief,
es schlich sich dicht dahinter
und griff in die Mähne tief.

Ohhh, der Löwe brüllte gewaltig!
Was war das für ein Gerödel?
Aber es gab nun einmal kein Entkommen
vor diesem Riesend…«

»Einen schönen Tag Euch!«, unterbrach ihn eine heitere Stimme.

Martil, der die Augen geschlossen hatte, um sich besser erinnern zu können, öffnete sie überrascht. Er brauchte einen Moment, bis er begriff, dass ein korpulenter Mann ihm gegenüber auf der Straße stand. Er hatte einen ausgeprägten Bart und trug schöne Kleider, die allerdings ihre besten Tage hinter sich hatten. Seine grüne Jacke war von undefinierbaren Flecken gesprenkelt, seine Lederhose und -schuhe waren vielfach geflickt. Er hatte eine einschneidige Axt bei sich, wie sie überall von Holzfällern benutzt wurde. Sein breites Grinsen wirkte irgendwie ansteckend, und Martil bemerkte, dass er das Grinsen erwiderte.

Martil zog an Tomons Zügeln und blieb etwa fünf Schritt von dem lächelnden Mann stehen. Sobald er dies getan hatte, verfluchte er sich selbst dafür. Freundliche Waldarbeiter zogen nicht einfach durchs Land und grüßten Alleinreisende, um ihnen eine Besichtigung der schönsten Bäume des Waldes anzubieten. Er hätte Tomon zum Galopp antreiben sollen. Allerdings stand dort nur ein einziger Mann, und er selbst war zu Pferde; also trank er einen Schluck Wein und fragte sich, ob die Begegnung etwas Leben in seinen Tag bringen würde.

»Schönes Lied. Habe die Melodie nicht erkannt. Was war denn das ›Etwas‹?«, fragte der Mann. Martil hatte eine eher ruppige Sprache erwartet, aber der Mann sprach gut, allerdings mit starkem Norstaler Akzent.

»Daran kann ich mich verdammt noch mal nicht erinnern. Bei Zorvas Eiern, ich wünschte, ich könnte es. Ich weiß lediglich, dass es einen Stab hat, auf den jeder Zauberer stolz wäre«, gab Martil zu.

»Bei Zorvas Eiern?« Der Waldarbeiter wirkte erheitert. »Diese Redewendung habe ich noch nie zuvor gehört. Die meisten Leute halten es für schlimm genug, den Namen des Dunklen Gottes auch nur zu erwähnen, ohne seine Eier zu beleidigen.«

Martil zuckte die Achseln. »Das ist eine alte Angewohnheit von mir. Wenn Zorva das nicht passt, hätte er sich sicher bereits vor Jahren bei mir beschwert.« Er kippte sich abermals Wein in den Mund. »Nun, wenn es dir nichts ausmacht, ich habe ein Lied zu singen.«

Der Waldarbeiter trat etwas weiter auf die Straße, sodass er fast in ihrer Mitte stand. Ein kleiner, scheinbar harmloser Schritt, der es ihm jedoch möglich machte, jeden Vorbeiritt zu blockieren.

Martil erkannte, dass hier rechts und links der Straße dichte Büsche standen, sodass es sehr schwer werden würde, in den Wald auszuweichen. Ihm stellten sich langsam die Nackenhaare auf, und er musste sich zwingen, den Worten des Waldarbeiters weiter seine Aufmerksamkeit zu schenken.

»Also, ich hoffe, Ihr habt nicht vor, dieses Stück in den Gasthäusern zu singen«, sagte er. »Wir mögen nur einfache Landsleute sein, aber wir bevorzugen Lieder mit einer Melodie.«

»Singen gehörte noch nie zu meinen Stärken«, gab Martil zu. »Aber ist es in diesem Teil Norstalos' üblich, jemandem aufzulauern und ihm dann sein Gesangstalent zum Vorwurf zu machen?«

Der Mann schmunzelte. »Nein, aber ich habe eine kleine Tochter, und ich werde ihre Fragen zur Bedeutung der letzten Zeilen jedes Verses beantworten müssen.«

Martil nickte klugerweise. »Es gibt Dinge, die von der Jugend besser ungehört bleiben.«

Ungebeten kam ihm das Bild schreiender Kinder vor Augen, die zusahen, wie ihre Eltern von rachsüchtigen Soldaten niedergemetzelt wurden. Er schüttelte den Kopf, als könne er das Bild damit wegschütteln. »Ich verspreche, immer leise zu singen«, sagte er hastig, bevor er wieder einen großen Schluck Wein trank.

»Das Singen scheint durstig zu machen, wie?«, sagte der Mann bedeutungsvoll und zeigte auf den Weinschlauch.

Martil winkte ihm zu. »Willst du auch etwas? Sag mir deinen Namen.«

»Warum?«

»Weil ich gerne weiß, mit wem ich trinke.«

Der Mann hielt einen Moment inne und zuckte dann mit den Achseln. »Edil«, antwortete er.

Der Tonfall des Mannes deutete an, dass er erwartete, Martil wüsste etwas über ihn, jedoch war ihm der Name unbekannt. Vielleicht war der Mann ja ein berüchtigter

Schafsvergewaltiger. Das war ihm egal. Er warf Edil den Weinschlauch zu, der ihn geschickt auffing und einen großen Schluck trank.

»Nicht übel – aber ich hätte erwartet, dass ein reicher Mann wie Ihr etwas Besseres trinkt«, teilte der Waldarbeiter mit. Martil bemerkte, dass der Mann irgendetwas an sich hatte, das ihn verleitete, das Gespräch fortzuführen. Eine Art schurkischer Liebenswürdigkeit, die den ersten Eindruck der rauen Kleidung und der Ungepflegtheit Lügen zu strafen schien.

Martil streckte die Hand nach seinem Weinschlauch aus. »Ich bin kein reicher Mann. All mein Besitz befindet sich auf diesem Pferd. Keine Frau, keine Kinder, kein Land, keine Freunde, kein Zuhause«, seufzte er und spürte die Bedeutung dieser Worte.

Edil schnaubte, »Also für mich seht Ihr reich genug aus. Gutes Pferd, zwei Schwerter – große Satteltaschen. Auch nur eines davon würde aus mir einen reichen Mann machen. Alles, was ich habe, sind Kinder.«

»Deine Tochter?«

Edil lachte. »Was nützt denn ein kleines Mädchen? Nein, ich habe drei Söhne, und sie sind mir von großem Nutzen.« Er pfiff, und Martil sah auf einmal drei junge Männer aus den Büschen auftauchen, die alle Stellung bezogen – einer hinter ihm, die anderen beiden rechts und links neben ihm. Wie ihr Vater trugen sie Bärte, aber in unterschiedlichen Phasen der Entwicklung, und auch ihre Kleider hatten schon bessere Tage gesehen – und waren vielleicht sogar für andere Männer geschneidert worden, wenn man sich besah, wie ausgesprochen schlecht sie saßen. Es war offensichtlich auch schon Monate her, seit sie zuletzt gewaschen worden waren. Der eine hielt einen Knüppel in der Hand, dessen Ende im Feuer gehärtet worden war, die anderen trugen grobe Äxte. Martil war zwar etwas angetrunken, aber er war nicht blind. Er wandte sich wieder Edil zu und lachte.

»Ihr habt einen eigenartigen Sinn für Humor, Fremder. Ist Euch das Tier aus Eurem Lied wieder eingefallen?«, fragte Edil argwöhnisch.

Martil rieb sich das Gesicht. »Ich wünschte, das wäre es. Nein, ich kann nur nicht fassen, dass ich einfach hier gesessen und mich von dir in diese lächerlich einfache Falle habe locken lassen.«

Edil nickte. »Das Schicksal ist seltsam, nicht wahr? Also, wenn Ihr nun freundlicherweise absteigen würdet und uns alles nehmen lasst, was Euch gehört, dürft Ihr Eure Reise fortsetzen. Oder ich lasse Euch Zorvas Bekanntschaft machen, den es gar nicht freuen wird, dass Ihr seine Eier beleidigt habt.«

Martil nickte anerkennend über den Spruch. Die meisten Wegelagerer würden mit möglichen Opfern nicht so sprechen. Selbst in dieser Situation hatte er etwas für die Liebenswürdigkeit des Mannes übrig. Es hatte fast den hypnotischen Effekt, den eine Schlange nutzt, um ein Nagetier zu verzaubern. Er glaubte, Edil hatte ihn sich jahrelang zunutze gemacht, um Leute zu umgarnen. Aber er war kein gewöhnlicher Mann. »Ich habe einen besseren Vorschlag. Ihr geht mir aus dem Weg, und wir beide sind um eine Erfahrung reicher. Ich lasse euch sogar den Wein behalten und lege noch ein Stück Gold obendrauf, von dem ihr euch bessere Kleider kaufen könnt.«

Edil brach in Gelächter aus. »Ich nehme zurück, was ich gesagt habe. Ihr habt den Schneid, in den Wirtshäusern Eindruck zu schinden. Vielleicht lasse ich Euch das eine Goldstück – wenn Ihr versprecht, niemals zu singen!« Seine Söhne stimmten in das Lachen ein, sein ältester, ein junger Riese zu Martils Linker, hatte einen schwarzen Bart und lachte besonders laut.

Martil seufzte und lehnte sich leicht nach vorne. Es war kein Spaß mehr. Es war an der Zeit, diesem Narren klarzumachen, in wie großer Gefahr er sich befand. »Hört mir zu. Ich habe die letzten sechzehn Jahre damit verbracht, auf allen Schlachtfeldern im Süden Männer zu töten. Nun haben wir zusammen Wein getrunken, und du hast Kinder. Nun tritt beiseite, und du kannst weitere zeugen.« Das Letzte, was er wollte, war kämpfen. Nicht wegen des Weines, auch wenn er ihm etwas säuerlich im Magen lag. Betrunken oder nüchtern, krank oder gesund, es hatte nie einen Mann gegeben, der ihm mit der Klinge hatte widerstehen können. Aber er war das Töten einfach leid.

»Fremder, es ist nicht mehr unterhaltsam. Runter vom Pferd und gebt mir all Euer Geld. Ich möchte keine Zeit damit verschwenden, Euch zu begraben«, knurrte Edil.

Martil versuchte es erneut und hoffte darauf, dass er Edil würde überzeugen können. Das war die letzte Möglichkeit, das Leben dieses Mannes und seiner Söhne zu retten.

»Versucht mich aufzuhalten, und ich werde euch töten. Ich habe schon genug Tode zu verantworten. Ich habe nicht die Absicht, vier weitere hinzuzufügen.« Er war nicht nur unfähig, das irgendwie komisch zu finden, nein, auch die Wirkung des Weins hatte nachgelassen. Langsam entspannte er seine Füße auf den Steigbügeln, als er Edil in die Augen sah, um ihm zu zeigen, wie ungern er ihn töten würde.

Aber Edil erwiderte seinen Blick nicht. Sein Blick galt nur dem Pferd und den prall gefüllten Satteltaschen, die es trug.

»Ich will gar nicht wissen, weswegen Ihr hier seid oder was Ihr glaubt, im Süden getan zu haben. Ihr seid betrunken und allein, wir sind zu viert. Steigt von Eurem Pferd, wenn Ihr weiterleben wollt.«

»Zwing mich nicht dazu«, warnte Martil ihn eindringlich. »Fünf Goldstücke, wenn ihr mich passieren lasst!«

Edils Gesichtszüge verhärteten sich. »Ergreift ihn! Nehmt all sein Gold!«

Martil reagierte sofort. Er sprang nach rechts vom Pferd, weg von dem Schwarzbart, der hier die einzig wahre Bedrohung war. Er landete leichtfüßig nur ein paar Schritte entfernt von dem Sohn, der rechts von ihm stand. Einem Jüngling mit sandfarbenem Haar, dünnem, wuchernden Bart und hervorstehenden Augen. Er war der mit dem Knüppel; er kam, das Stück Holz hoch über dem Kopf, auf Martil zugeeilt. Martil griff nach den beiden Schwertern an seiner Seite und hatte sie aus der Scheide gezogen, als der Junge zu einem weiten Schlag angesetzt hatte, der ihm den Kopf zerschmettern sollte – aber Martil hatte sich geduckt, und das Schwert in seiner linken Hand schnellte vor, versank tief im Bauch des Jünglings und riss ihn bis hoch zu den Lungen auf.

Der Bursche ließ seinen Knüppel fallen und schrie vor Schmerzen, er griff mit den Händen nach der Klinge, die ihn aufgespießt hatte. Aber Martil war mit ihm bereits fertig. Mit einer Drehung des Handgelenks und einem Stoß ließ er den sterbenden Jüngling von seiner Klinge gleiten, dem jungen Mann in den Weg, der die Straße hinter Martil blockiert hatte. Er hatte keinen Bart, nur dunkle Stoppeln am Kinn, stolperte an seinem sterbenden Bruder vorbei und holte mit seiner Axt weit über die rechte Schulter aus. Martil griff ihn an, wich aber nach links aus, um der Axt zu entgehen, die ihn verfehlte und stattdessen in den Boden fuhr. Ein leichter rückhändiger Streich mit dem Schwert in seiner Rechten durchschnitt dem Jungen die Kehle. Martil hielt in seiner Drehung erst inne, als er sich dem Riesen mit dem schwarzen Bart und dem breiten Kreuz gegenübersah.

Der Riese brüllte vor Wut beim Anblick seiner beiden toten Brüder, aber es hatte ihn wertvolle Zeit gekostet, an Tomon vorbeizukommen, und Martil erwartete ihn bereits, als er mit der erhobenen Axt angestürmt kam. Er führte die Axt so, dass sie Martil vom Kopf bis zur Hüfte gespalten hätte. Doch Martil hatte jahrelang Kämpfe mit Axtkämpfern ausgefochten und sprang flink zur Seite. Seine Schwerter schnellten wie von selbst vor; erst schnitt das eine dem Angreifer den Bauch auf, dann das andere. Sie öffneten ihn wie eine Brieftasche, noch während Martil der Axt auswich. Der junge Mann stolperte noch einige Schritte, bis er buchstäblich über seine eigenen Eingeweide fiel, die sich aus dem offenen Bauch ergossen. Die Füße rutschten ihm weg, und sein Kopf schlug auf die Furche der Fahrspur auf.

Martil drehte sich abermals um und sah sich einem bestürzten Edil gegenüber, der auf ihn zukommen wollte, aber völlig erstarrt war angesichts der Hinrichtung seiner Söhne.

»Meine Jungen, meine Jungen«, keuchte er, und der Mund stand ihm so weit offen, dass Zahnlücken und schwarze Zähne zum Vorschein kamen.

Martil blickte kurz auf die drei noch zuckenden Leiber und spürte, wie ein gewaltiger Zorn in ihm aufwallte.

»Ich habe dich gewarnt. Ich habe es dir gesagt, aber du wolltest nicht hören!«, schnaubte er.

Edil starrte ihn bloß an. »Aber der Wein, der Gesang! Niemand kann sich so benehmen und dann so etwas anrichten«, brabbelte er, während ihm anscheinend entgangen war, dass Martil auf ihn zukam. »Wie hätte ich Euch einfach weiterreiten lassen können? Was Ihr dabeihabt, hätte gereicht, um meine Familie Monate über Wasser zu halten.«

Martil ignorierte seine Worte. »Sieh nur, wozu du mich gezwungen hast! Ich hatte dem Töten abgeschworen, ich habe dich gewarnt, und dennoch hast du mich angegriffen!« Der Boden schien unter ihm nachzugeben, und Martil konnte das Blut in seinen Schläfen pochen spüren. Er kannte dieses Gefühl. Es war das gleiche wie vor dem Angriff auf Bellic, und es konnte nur durch eine Flut von Gewalt und Blut weggespült werden.

»Und was soll ich jetzt tun? Ihr habt meine Söhne getötet!« Edil stöhnte. Seine liebenswürdige Art und das gaunerhafte Schmunzeln waren Vergangenheit.

»Weißt du, wie viel Blut an meinen Händen klebt?« Martil blickte an sich hinab. »Und nicht nur an meinen

Händen, auch an meinem Gesicht und an meinen Kleidern. Hast du irgendeine Vorstellung davon, wie leid ich den Geruch von Blut bin? Wie sehr ich versucht habe, es aus dem Kopf zu bekommen?«

»W… was sagt Ihr da?« Edil bemerkte nun, dass Martil mit seinen blutverschmierten Schwertern nur noch einen Schritt von ihm entfernt stand. Aber er machte keine Anstalten, die Axt, die in seiner Hand baumelte, zu schwingen.

»Blut stinkt. So wie du stinkst und ich stinke. Wie deine ganze dreckige Familie. Ich habe dir einen Gefallen getan, sie zu töten. Also, wenn du ein Mann bist, versuchst du, sie zu rächen. Du warst vorhin mutig genug, als du dachtest, ich wäre auf deine Gnade angewiesen. Komm schon!« Martil spuckte Edil ins Gesicht, und der Mann zuckte zurück, als hätte man ihn geschlagen. »Du konntest dastehen und Befehle erteilen, nun bring zu Ende, was du angefangen hast. Versuch dein Glück und tu, was deine dummen, stinkenden Ziegen, die du deine Söhne nanntest, nicht tun konnten. Oder bist du genauso feige wie der dahinten?«

Martil schleuderte Edil die Worte an den Kopf und wollte ihn so provozieren, dass er ihn angriff. Er genoss es zu sehen, wie der Schock dem Zorn wich und der wiederum der Angst. In seinem Innersten wusste er, dass er den Mann mutwillig aufbrachte, bis diesem nichts mehr übrig blieb, als ihn anzugreifen und sich dabei töten zu lassen, aber er war zu zornig, um irgendetwas anderes zu wollen, als es diesem Manne heimzuzahlen.

»Ja, ich werde dich auch töten. Ich werde dich abschlachten wie ein Schwein, das du ja bist. Du konntest nicht leben wie ein Mann, nun finde heraus, ob du wie einer sterben kannst, du Bastard!«

Aber Edil stand immer noch reglos da und traf keinerlei Anstalten anzugreifen. Offensichtlich war er nicht in der Lage, das Geschehene zu begreifen, unfähig zu verstehen, wie ein betrunkener Witzbold seine Familie abgeschlachtet hatte. Martil spürte, wie sein Zorn überkochte beim Anblick dieses Mannes, der nicht zu Ende bringen wollte, was er begonnen hatte.

»Komm schon! Ich werde dir die Haut vom Gesicht ziehen, wenn du nicht kämpfst!«, zischte er und spuckte Edil erneut ins Gesicht. Das schien den Räuber aus seiner Schockstarre erwachen zu lassen. Er brüllte einen wortlosen Schlachtruf und schwang seine Axt nach Martil; wilde, ziellose Hiebe, die nur die Luft durchschnitten. Martil sprang genau in den Bogen der Axt und schwang seine beiden Schwerter, wobei er all seinen Zorn und all seinen Hass in den Doppelhieb legte. Seine Schwerter trafen Edils Hals von beiden Seiten, und der Kopf des Mannes wirbelte zu Boden und rollte ins Gebüsch. Der Körper stand noch einen Moment aufrecht, und Blut spritzte ihm aus dem Hals, bevor er in sich zusammensackte. Martil drehte sich um, um sich zu vergewissern, dass von den Söhnen keine Bedrohung mehr ausging. Ihre toten Augen schienen ihn anzustarren, ihn zu beschuldigen, ihre Gesichter erstarrt zu Grimassen des Schocks und der Todesangst. Er sah sie sich einen nach dem anderen an, aber da war kein Leben mehr, keine Bewegung, nur die abscheulichen Wunden, die er in ihre Körper geschnitten hatte, und der Gestank von Blut und Eingeweiden. Er wandte sich wieder um und beugte sich vor, um sich zu übergeben; er erbrach einen schier endlosen Schwall aus Wein und Brot, das er an diesem Morgen gegessen hatte. Anschließend trottete Martil zu Tomon, der die ganze Zeit über geduldig gewartet hatte. Schon auf dem Weg zog er sich Hemd und Hosen aus, die von Blut besudelt waren. Dann goss er sich Wasser aus seinem Schlauch über die Hände und rieb sich mit den noch sauberen Stellen seines Hemdes das Blut von Gesicht und Händen. Als Letztes spülte er sich den Mund und spuckte aus.

Sein Weinschlauch lag neben Edils Leiche. Im Augenblick hatte der Rotwein jedoch zu viel Ähnlichkeit mit Blut, als dass er ihn hätte herunterbekommen können. Ratlos, ob er einfach weiterreiten sollte oder die Leichen begraben, lehnte er sich gegen Tomon und vergrub das Gesicht in den Händen. Es war schon wieder geschehen. Er hatte die Kontrolle verloren und unnötigerweise getötet. Er hätte die Söhne nicht zu töten brauchen, er hätte sich damit zufriedengeben können, sie zu verwunden. Aber wenn er einmal seine Schwerter zückte, war es vorbei mit dem klaren Denken und der Vernunft. Und Edils Tod … war eher ein Mord gewesen.

»Er hätte versucht, seine Söhne zu rächen«, sagte Martil zu Tomon, aber er merkte, dass nicht einmal das Pferd das glauben würde. »Er hatte die Wahl, mich einfach in Frieden zu lassen!« *Aber nicht mehr zum Schluss,* sagte er sich. Sich selbst damit zu beruhigen, dass der Mann ein Räuber war und offensichtlich schon vorher getötet hatte, sodass er jetzt mit dem Auslöschen seiner Familie sogar anderen Reisenden das Leben retten würde, war nur ein schwacher Trost. Es änderte nichts an der Wahrheit.

Martil überlief ein Schauder der Selbstverachtung. »Er ist tot, weil ich ihn töten wollte. Weil ich ihn dafür bestrafen wollte, dass er mich in Zorn gebracht hatte«, sagte er Tomon. »Weil ich wieder die Kontrolle verloren hatte. Genau wie in Bellic.«

Es war einer der Gründe gewesen, warum er das Heer und selbst sein Heimatland Rallora verlassen hatte, obwohl er dort unten – zumindest für einen Teil der Menschen – ein Held gewesen war.

»Einer der Gründe? Es war der einzige Grund, du dummer Bastard!«, sagte er sich selbst.

Bellic. Die eine Tat des Zorns und der Rache, die ihn vom Helden zum Verbrecher gemacht hatte. Die Stadt, die ihn für den Rest seines Lebens heimsuchen würde. Der jahrelange Krieg hatte ihm etwas genommen; die Fähigkeit, sich selbst zu kontrollieren – seine Ruhe zu bewahren. Wenn er zornig wurde, starben Menschen. Selbst hier, in einem anderen Land. Und er wusste nicht, wie er dem ein Ende setzen sollte.

Ich kann nicht mehr viel aushalten, bevor ich komplett verrückt werde, dachte er … er rieb sich das Gesicht mit zittriger Hand. *Von jetzt an wird es anders sein. Ich werde mich ändern,* schwor er sich im Stillen.

Er zog sich langsam frische Kleider an. Aber als er sich hinsetzte, um in seine Stiefel zu schlüpfen, ließ ihn ein lautes Stöhnen sofort wieder auf die Füße springen; er spürte, wie sein Herz raste. Er war schon auf dem Weg zu seinen Schwertern, bevor er begriff, dass die Geräusche von dem schwarzbärtigen Sohn kamen, den er abgeschlachtet hatte. Er versuchte sich aus seinen Eingeweiden zu ziehen und sich auf den Rücken zu legen.

Martil wischte die Schwerter mit seinem besudelten Hemd ab, bevor er sie kampfbereit in die Hände nahm und den Bemühungen des Jungen zusah. Als er sich sicher war, dass keine Falle auf ihn wartete, ging er vorsichtig zu ihm hinüber. Wenn die Hälfte der Eingeweide sich rund um die Knie ausbreitete, konnte man nicht gut kämpfen, aber in sechzehn Jahren blutiger Kriege hatte Martil viele seiner Freunde, und später seinen Obersten, auf zu ungewöhnliche Art und Weise sterben sehen, um jetzt auch nur das geringste Risiko einzugehen. Martil wusste, was er tun musste. Der junge Räuber konnte noch gut eine Umdrehung des Stundenglases oder länger unter Todesqualen leiden. Er trat einen Schritt auf ihn zu und hob sein Schwert, um dem Leiden des jungen Mannes ein Ende zu bereiten.

»Wartet!«

Martil hielt inne und blickte in das junge, brutale Gesicht. Schmerzen und Blut hatten Linien auf die Teile des Gesichts gezeichnet, die nicht von dem dicken, verfilzten Bart bedeckt waren. Die Augen zeigten Intelligenz und einen Hauch Verzweiflung.

»Ich habe eine Halbschwester. Ihr Name ist Karia. Sie ist erst sechs. Vater hat noch mal geheiratet, nachdem Mutter bei Letens Geburt gestorben war.« Er deutete mit dem Kopf auf seinen Bruder mit der durchgeschnittenen Kehle.

»Wollt Ihr, dass ich sie und ihre Mutter irgendwo hinbringe?« Martil wusste erst nicht recht, warum er dies gefragt hatte. Die Schuld darüber, dass er die Kontrolle verloren hatte, überkam ihn, und er war erpicht darauf, mehr als erpicht, Wiedergutmachung zu leisten. Auch war er erpicht darauf, von diesem Ort zu verschwinden. Er könnte sich die Mutter und das Kind nehmen, sie ins nächste Dorf bringen und ihnen Geld geben. *Das würde alles wiedergutmachen,* redete er sich ein.

Schwarzbart schüttelte den Kopf und biss sich prompt auf die Lippe, wegen der Anstrengung, die ihn das gekostet hatte.

»Nein. Ihre Mutter starb bei ihrer Geburt. Wir haben Karia in unserem Unterschlupf gelassen, ungefähr zweihundert Schritt westlich von hier.«

»Was soll ich für Euch tun?«

»Bringt sie über die Grenze nach Tetril, ins Dorf Thest. Wir haben Verwandtschaft dort. Meinen Onkel Danir. Er wird sich um sie kümmern.«

Martils Wissen um den exakten Verlauf der Grenze war dürftig, doch er wusste, dass es ein Marsch von einer Woche oder länger war. Seine Schuld war stark und frisch, aber das war des Guten zu viel.

»Ich werde sie ins nächste Dorf bringen und ihr genügend Geld für die Reise dorthin geben«, bot er an.

»Ich flehe Euch an! Sie muss zu Danir gehen!« Der Riese hielt inne, um Luft zu holen, und seine Verzweiflung verwandelte sich in ein Betteln. »Er wird Euch großzügig belohnen, wenn Ihr kommt! Ihr dürft sie hier nicht sterben lassen! Sie ist die Letzte unserer Familie.«

Martil wollte ablehnen. Jedermann konnte sich gut vorstellen, dass es der reinste Albtraum werden würde, ein kleines Mädchen in ein mehrere Tagesmärsche entferntes Dorf zu bringen. Geschweige denn ein kleines Mädchen, dessen Brüder und Vater man gerade abgeschlachtet hatte.

Aber seine Schuld bedrückte ihn sehr. Er wollte nicht noch den Tod eines kleinen Kindes hinzufügen. Das Blut an seinen Händen war einfach buchstäblich noch zu frisch. Außerdem reiste er durch das friedliche Norstalos. Was sollte schon groß passieren? Und sie war erst sechs! Wie viel Ärger konnte ein kleines Mädchen schon machen?

»In Ordnung«, sagte er schwerfällig.

»Schwört auf Aroaril!«, keuchte der Riese, dessen Gesicht immer blasser wurde.

Martil zögerte. Einen Eid an einen Gott zu leisten war nie eine Sache, die leicht von der Hand ging. Man wusste nie, wann die Götter sich dazu entschieden, einen darauf festzunageln.

»Schwört!«

Martils Schuldgefühl gewann die Oberhand über seinen gesunden Menschenverstand. Obwohl der junge Räuber im Sterben lag, wollte er ihm zeigen, dass er nicht nur irgendein wahnsinniger Schwertkämpfer war. »Ich schwöre bei Aroaril, dass ich Karia zu ihrem Onkel Danir im Dorfe Thest bringen werde«, sagte er feierlich.

Der Riese entspannte sich, lehnte sich zurück und rang nach Luft.

»Nun, es gibt da noch einen letzten Gefallen, um den ich Euch bitten muss«, stöhnte er.

Martil nickte und schloss die Augen, sodass er das Aufflackern von Triumph auf dem Gesicht des jungen Mannes nicht sehen musste, bevor er sein Schwert wieder in die Scheide zurückkehren ließ. Grimmig wickelte er seine Hände in die blutbefleckte Kleidung und zog die Leichen von Edil und seinen Söhnen von der Straße.

Dann wusch er sich noch einmal die Hände und spülte sich auch den Mund erneut aus, bevor er Tomon ein Stück die Straße entlangführte. So musste das Mädchen nicht die Leichen ihres Vaters und ihrer Brüder sehen, wenn er mit ihr zu seinem Pferd zurückkehrte.

Als er sich dann tatsächlich durch die Bäume nach Westen zum Lager der Räuber in Marsch setzte, um das Mädchen zu holen, wurde er sich der enormen Tragweite seines soeben geleisteten Schwurs bewusst. Warum sollte ein kleines Mädchen mit einem fremden Mann irgendwohin gehen wollen? Was konnte er ihr wegen ihrer Familie erzählen? Wie sollte sie reisen, was sollte sie essen, und wo sollte sie schlafen?

An diesem Punkt hätte er fast kehrtgemacht, sich auf Tomon geschwungen und aus dem Staub gemacht. Es musste in der Nähe doch ein Dorf geben, wo er den Überfall und das vermisste Mädchen melden konnte! Dann hielt er inne. Wenn das Mädchen nun in den Wald lief und umkam? Was auch immer ihre Familie für Sünden begangen haben mochte, *sie* hatte ihn weder umbringen noch überfallen wollen. Er konnte sich ja so schon kaum im Spiegel anschauen – könnte er den Tod eines weiteren Kindes mit seinem Gewissen vereinbaren?

»Und du führst immer mehr Selbstgespräche«, murmelte er.

»Ja, aber du musst dir erst Sorgen machen, wenn du dir selbst zu antworten beginnst«, entschied er.

Er zögerte immer noch, aber der Gedanke an das Mädchen, das verlassen auf die Rückkehr seiner Familie wartete – irgendwann würde es sie suchen gehen, Vater und Brüder tot auffinden und im Wald umherirren, wo sie der sichere Tod erwartete –, gab schließlich den Ausschlag. Bevor er es sich wieder anders überlegen konnte, schlug er sich nach Westen durch die Bäume, zählte seine Schritte und versuchte, nicht darüber nachzudenken, was er da tat.

Er ging langsam und hielt nach dem Unterschlupf der Räuber Ausschau, den er in einer Waldlichtung oder etwas Ähnlichem vermutete. Und er horchte auf irgendwelche Geräusche, die ein kleines Mädchen machte, ohne allerdings genau zu wissen, wie die sich anhören sollten. Er verließ sich einfach darauf, dass sie sich schon von dem abheben würden, was man sonst so im Wald hörte. Das war indessen nicht viel. Sein Eindringen in den Wald schien alle Tiere verschreckt zu haben.

Nach etwas über zweihundert Schritten – wenn er denn richtig gezählt hatte – stieß er tatsächlich auf ein Lager. Er ging näher heran, aber er sah niemanden. Vom Gestank und Dreck angewidert spuckte er aus. Selbst einem Mann, der jahrelang in groben Unterkünften gehaust hatte, erschien diese hier besonders erbärmlich. Das Feuer war erloschen; ein paar schwarz angelaufene Töpfe und Pfannen lagen auf dem Boden und warteten auf ihre Besitzer, die nicht wiederkehren würden. Der Familienbesitz wirkte jämmerlich gering, was wahrscheinlich der Grund war, warum sie ihn nicht hatten weiterreisen lassen wollen.

»Hallo, Lager!«, rief er, so freundlich er konnte. Niemand antwortete ihm.

Martil achtete nicht darauf, wo er hintrat, stolperte über eine Baumwurzel, sodass er beinahe in die Reste des Feuers gestürzt wäre. Fliegen surrten hungrig um die verkrusteten, schwarzen Essensreste in den Töpfen. Er musterte sorgfältig die Umgebung, ob sich irgendwo hinter einem Baum oder Busch ein kleines Mädchen versteckte, aber er entdeckte nichts. Er sah sogar auf dem primitiven Plumpsklo der Familie nach – es befand sich für seinen Geschmack viel zu dicht an dem Unterschlupf –, bevor er zu dem glücklichen Entschluss kam, dass niemand dort war.

»Vielleicht ist sie schon weggelaufen«, überlegte er. Diese Möglichkeit gefiel ihm. Schließlich hatte er es versucht. Es war nicht sein Fehler, dass sie schon die Flucht ergriffen hatte. Er könnte ins nächste Dorf reiten, den Überfall melden und den Rest der dortigen Miliz überlassen. Deren Aufgabe war es, den Frieden zu wahren. Das Mädchen würde wahrscheinlich irgendwo auf die Straße treffen und sich von dem nächsten Reisenden mit zu ihrem Onkel nehmen lassen.

In dem Gefühl, dass ihm eine große Last von den Schultern genommen wurde, drehte er sich mit einem breiten Grinsen um und trat den Rückweg zur Straße an. Aber er war erst zwei Schritte weit gekommen, als er fast über eine kleine Gestalt stolperte, die vor ihm aufgetaucht war.

»Wer bist du? Was machst du in unserem Lager?«, wollte sie wissen. »Mein Paps und meine Brüder werden bald wieder zurück sein.«

Martil musste zunächst mit den Armen rudern, um sein Gleichgewicht nicht zu verlieren, und konnte sich erst danach dem kleinen Mädchen widmen. Es war kein ermutigender Anblick. Die Kleine trug etwas, das allem

Anschein nach ein altes Hemd eines ihrer Brüder gewesen war, ihr bis zu den Waden reichte und mit einem alten Seil zusammengebunden worden war. Die viel zu langen Ärmel waren augenscheinlich mit einem Dolch gekürzt worden. Sie trug keine Schuhe, und was von ihr aus dem alten Hemd herausschaute, war dreckig und verschmiert. Und ihr Geruch – nach Waldrauch, abgestandenem Essen und vermodernder Laubstreu – drang bis in Martils Nase. In ihrem verfilzten Haar schien ein kleiner Stock zu stecken. Und dennoch hatte sie etwas Besonderes an sich. Edil war kein gut aussehender Mann gewesen. Aber seine Frau musste eine wahre Schönheit gewesen sein. Ihre kleine Tochter hatte eine mit Dreck verschmierte Stupsnase und unter allem Dreck vermutlich blondes Haar. Am meisten fesselten Martil aber ihre großen, braunen Augen, mit denen sie ihn unverwandt ansah.

Aber trotz des Bannes dieser Augen entging ihm nicht, dass sie eine rostige Bratpfanne wie eine Waffe in der Hand hielt.

»Du bist bestimmt Karia«, sagte Martil und dachte sich sofort, dass ja wohl kaum noch weitere kleine Mädchen hier im Wald umherstreiften.

»Wer bist du? Paps wird bald zurück sein!«, warnte sie ihn.

Er versuchte seine Gedanken zu ordnen. Als Kriegshauptmann hatte er mit vielen Stadträten und Händlern verhandeln müssen, um sie normalerweise entweder zum Aufgeben zu zwingen oder dazu, ihm Lebensmittel für seine Männer zu überlassen. Er hatte es nicht gemocht, aber er hatte einige Erfahrung darin, Leute dazu zu bringen, Dinge zu tun, die sie nicht tun wollten. Er beschloss, diese Vorgehensweisen bei ihr auszuprobieren.

»Ich bin ein Freund deines Vaters ... er hat mich gebeten, dich zu deinem Onkel Danir zu bringen«, sagte Martil frohgemut.

Karia fiel die Bratpfanne aus der Hand; sie verfehlte Martils Fuß nur mit knapper Not. »Also sind Paps und die Jungs tot«, stellte das Mädchen fest.

Martil blinzelte. »Das habe ich nicht gesagt!«, protestierte er.

Er hatte halb erwartet, dass Karia in Tränen ausbrach, aber sie starrte ihn nur kühl an und sprach mit ruhiger, klarer Stimme. »Paps hat gesagt, dass es so kommen würde, wenn er und die Jungs getötet werden würden. Er hat es oft gesagt. Er hat mir gesagt, dass ich dann zu meinem Onkel Danir gehen müsste.«

Martil versuchte, sich zu sammeln.

»Ja, nun ja. Es stimmt. Vernünftiger Mann, dein Paps. Also, wenn du noch deine Sachen packen willst, können wir anschließend gehen.« Martil machte eine Geste in Richtung der Bündel und Decken hinter ihm.

Aber das Mädchen rührte sich nicht.

»Bist du so ein Scheißeschaufler von der Miliz?«, fragte sie, als sei es die normalste Sache der Welt.

Martil starrte sie an. Er hatte zwar nicht viel mit Kindern zu tun gehabt, aber er hatte eine vage Ahnung, dass sie sich so nicht ausdrücken sollten.

»Bei Zorvas Eiern!«, keuchte er. Und gerade als ihm die Worte herausgeplatzt waren, hatte er bemerkt, was er da überhaupt gesagt hatte. »Ich meine, nein, ich bin nur ein Reisender, der den Wald durchqueren will«, fügte er hastig hinzu, in der Hoffnung, dass sie den vorangegangenen Ausruf nicht bemerkt hatte.

»Du hast gelucht«, sagte sie vorwurfsvoll.

Martil konnte nicht mehr ganz folgen. »Ich habe was?«

»Gelucht. Ein schlimmes Wort gesagt. Paps sagt sie immer, aber ich weiß, dass man es nicht darf«, informierte sie ihn erhaben.

»Gelucht? Ah, geflucht!« Martil hatte es endlich begriffen. »Aber du hast zuerst ein schlimmes Wort benutzt!«

Sie starrte ihn nur an. Er dachte, er sollte dem Schweigen ein Ende bereiten. »Aber das macht nichts. Kommst du jetzt?«

Sie rührte sich nicht vom Fleck. »Also haben Paps und die Jungs dich angehalten. Hast du sie getötet, oder haben sie erst ein paar deiner Freunde getötet?«

Martil stotterte. Er hatte nicht übel Lust, irgendwo hinter sie zu deuten, laut »BÄR!« zu schreien, und wenn sie sich umdrehte, schleunigst zu seinem Pferd zu rennen. Mit Humor kam er bei dem merkwürdigen kleinen Mädchen nicht weiter. Was konnte er ihr sagen? »Ja, aber zuerst haben sie versucht, mich zu töten«? Wie würde das denn klingen?

»Es ist in Ordnung, wenn du es getan hast. Sie haben sicher versucht, dich zu töten«, sagte sie beruhigend, obwohl es Martil nicht im Geringsten beruhigte.

»Du solltest davon gar nichts wissen!« Martil brachte es endlich fertig, Protest einzulegen.

Sie zuckte die Achseln. »Paps und die Jungs haben immer darüber gesprochen, was sie tagsüber tun«, erklärte sie, und Martil kam das Bild vor Augen, wie die Familie zu Abend aß und man sich in der Runde nett darüber unterhielt, wie schön es doch wieder war, einige Reisende überfallen und getötet zu haben.

»Ich weiß, dass du sie getötet haben musst. Sonst hätten sie dir nichts von Onkel Danir erzählt und dich nicht hierhergeschickt, um mich zu holen«, sagte sie.

Martil gab auf. »Ja, ich habe sie getötet. Ich habe sie gebeten, mich in Ruhe zu lassen, aber sie haben mich trotzdem angegriffen, und ich musste kämpfen. Aber dich zu deinem Onkel zu bringen, das habe ich hoch und heilig versprochen!«, sagte er mit zum Ende hin munterer Stimme, als machte es den Rest wieder gut.

Karia nickte, ohne auch nur mit der Wimper zu zucken. Dann trat sie ihm fest gegen das Schienbein. »Ich hasse dich!«, kreischte sie und rannte dann auf das größte der Bündel zu.

»Bei Zorvas Eiern!«, knurrte er, drehte sich um und sah sie ihr Bündel durchstöbern. »Packst du deine Sachen zusammen?«, fragte er voller Hoffnung.

Dann brachte sie ein langes, rostiges Messer zum Vorschein, kam auf ihn zugestürmt und versuchte, ihm das Messer in den Bauch zu rammen.

Er reagierte automatisch.

Ein Schritt nach vorn, und Martil hatte sie am Handgelenk. Ihr Arm war furchtbar dünn und viel zu leicht umzudrehen. Sie ließ das Messer fallen und versuchte, ihn wieder zu treten. Er wich ihrem Tritt aus, stieß sie zurück und erwartete, dass sie ihn sofort wieder anfiel. Aber sie blieb einfach liegen und fing an zu weinen.

Verlegen und mit Schuldgefühlen hob er das Messer auf, um es in die Büsche zu schleudern.

»Lass mich in Ruhe!«, jammerte sie.

Martil dachte noch einmal darüber nach, wie gern er das täte.

»Das kann ich nicht. Ein kleines Mädchen wie du kann doch nicht ganz allein im Wald leben. Bei deinem Onkel Danir wärest du doch bestimmt glücklicher.«

»Ich bin kein kleines Mädchen! Mein Name ist Karia!«, schrie sie unter Tränen.

»Na schön!« Martil spürte, dass es schon wieder in ihm brodelte, aber nach seinem Zornesausbruch auf der Straße gelang es ihm nun besser, sich zur Ruhe zu zwingen. Außerdem hatte er hier nur ein kleines Mädchen vor sich. Also atmete er ein paarmal tief durch, bevor er fragte: »Gut, wärst du bei deinem Onkel nicht glücklicher?« Martil versuchte, seine Stimme warm klingen zu lassen, er hatte allerdings keine Ahnung, ob es funktionierte.

»Ich weiß es nicht. Ich kenne ihn nicht.«

Und nicht zum ersten Mal fragte sich Martil, warum es nicht in seiner Natur lag, einfach aufzugeben.

»Du kannst nicht hierbleiben. Ich werde dich zu deinem Onkel bringen.«

Aus Karias Jammern wurde Schluchzen, daraus wurde Schniefen, dann sah sie schließlich zu ihm auf. Die Tränen hatten den Schmutz auf ihrem Gesicht verwischt.

»Du wirst mich zu meinem Onkel bringen? Du allein? Keine Miliz?«

Martil dachte, ihre Besorgnis wegen der Miliz sei nur ein weiteres Zeichen dafür, dass Edil seine Tochter viel zu sehr ins Vertrauen gezogen hatte. Es war Aufgabe der Miliz, Banditen wie Edil zur Strecke zu bringen, aber wenn seine Tochter alles über sie wusste – auch ihren geschmacklosen Rufnamen –, was hatte er ihr dann erzählt?

»Ja, ich werde dich zu deinem Onkel bringen. Ich allein«, versprach er und hatte das Gefühl, als hätte sie gerade in gewissem Maße einen Sieg errungen, auch wenn er noch nicht wusste, was für einer das sein könnte.

»In Ordnung. Hilf mir beim Packen«, sagte sie und rappelte sich wieder auf.

»Welches Bündel gehört dir?«

»Keins von denen.«

»Also, was willst du dann packen?«

»Alles von Paps und den Jungs, was ich will. Die werden es jetzt, da sie tot sind, nicht mehr brauchen.«

Martil versuchte ihren plötzlichen Stimmungsschwankungen zu folgen.

»Für ein junges Mädchen scheinst du eine Menge über den Tod zu wissen«, konnte er nicht verkneifen zu sagen.

»Bevor wir hier waren, haben wir auf einem Bauernhof gelebt. Dort ist ständig irgendetwas gestorben, oder Paps und die Jungs haben irgendetwas getötet. Und immer, wenn sie irgendwelches Zeug mitbrachten, sagten sie, dass die Leute, denen das Zeug vorher gehörte, es nicht mehr brauchten, weil sie tot wären«, erklärte sie sachlich.

»Ach ja, richtig.« Martil war sich nicht sicher, ob er diese Erklärung tröstend oder beunruhigend fand.

Währenddessen packte sie das erste Bündel aus und

brachte schmutzige Kleider und alte Werkzeuge zum Vorschein, die sie alle zur Seite legte. Nur ein Spiegel und eine Bürste aus Holz, beide nicht eben in bestem Zustand, blieben übrig.

Dann durchstöberte sie die Kleider und zog ein großes purpurnes Hemd hervor. Es war das Teil mit der leuchtendsten Farbe in dem Kleiderbündel, obgleich das Purpur von Licht und Dreck verblasst war.

»Soll ich das für dich tragen?«, fragte Martil.

Ohne zu antworten, löste sie das Seil, das ihr als Gürtel diente, streifte das alte Hemd ab und griff nach dem purpurnen.

Martil sah, wie hager sie war, wie deutlich sich ihre Rippen abzeichneten. Sie hatte stelzendünne Beine. Anfangs dachte er, sie sei auch von Kopf bis Fuß dreckverschmiert, bis er entsetzt begriff, dass ihr ganzer Körper von Blutergüssen und Prellungen übersät war. Dann drehte er sich, so schnell er konnte, um.

»Was machst du da?«, fragte er barsch.

»Mich anziehen«, sagte sie in einem Tonfall, der erkennen ließ, dass sie ihn für beinahe so intelligent wie ein dummes Schaf hielt.

»Das gehört sich nicht! Geh hinter einen Baum!«

»Warum?«

»Es gehört sich nicht. Man zieht sich nicht vor fremden Leuten aus! Hat dein Paps dir das nicht beigebracht?«

»Nein. Warum, ist das wichtig?«

Aus ihrer Stimme sprach nichts als reine Neugierde, und Martil knirschte entgeistert mit den Zähnen. Musste er ihr etwa alles erklären? Er fühlte, wie ihm die Kontrolle der Situation entglitt.

»Dafür haben wir keine Zeit! Also, ich bin ein Erwachsener, und du bist ein Kind, und wenn ich sage, dass sich etwas nicht gehört, dann stellst du das nicht in Frage!«, knurrte er grimmig.

»Schlag mich nicht!«

Martil drehte sich zu ihr und sah, dass sie das Hemd inzwischen anhatte, sich aber schützend vor ihm zusammenkauerte. Bei diesem Anblick wich sein Zorn schnell der Selbstverachtung.

»Wenn ich dich nicht geschlagen habe, als du mit dem Messer auf mich losgegangen bist, warum sollte ich dich jetzt schlagen?«, fragte er ernsthaft verwirrt.

»Deine Stimme. So etwa hat Paps immer gesprochen, bevor er mich geschlagen hat.«

Martil erinnerte sich an die Prellungen und schauderte. Auf keinen Fall würde er dem Kind wehtun. Es war an der Zeit zu beweisen, dass er ein besserer Mensch war als der, der ihren Vater und ihre Brüder getötete hatte.

»Ich wollte dich nicht schlagen«, sagte er sanft. »Nun zieh dich zu Ende an, dann machen wir uns auf den Weg.«

Misstrauisch zog sie die Tunika mit dem Seil um ihre Hüfte zusammen und versuchte dann, die langen Ärmel so weit wie möglich hochzukrempeln. Er half ihr dabei, bis ihre Hände wirklich sichtbar waren.

»Zeit zu gehen«, schlug er vor.

Er ließ Karia den Vortritt, nur für den Fall, dass sie noch ein Messer gefunden hatte, und wies ihr den Weg durch die Bäume, bis sie Tomon erreichten, den er am Straßenrand angebunden zurückgelassen hatte.

»Ist das deins?«, fragte Karia, sowie sie Tomon erblickt hatte. »Darf ich ihn streicheln?«

Zum ersten Mal hatte sie echtes Interesse an etwas gezeigt, und Martil war gewillt, dieses Interesse zu fördern. »Natürlich. Er beißt nicht.«

»Kannst du mich hochheben, damit ich an seine Mähne kann?«, fragte sie.

Martil zuckte die Achseln und hob sie an der Hüfte hoch, sodass sie die Hand ausstrecken und Tomons Kopf tätscheln konnte.

»Wie heißt er?«

»Tomon. Er ist nach einem alten Freund von mir benannt«, erklärte Martil.

»Ist er tot? Hast du ihn getötet?«

Martil knurrte. »Ich habe ihn nicht getötet.«

»Aber du bist ein Mörrer.«

»Ein was?« Mit ihr zu reden war so, als versuche man, einen Schmetterling mit bloßen Händen zu fangen.

»Paps hat mir von ihnen erzählt. Er hat gesagt, wenn ihn jemand töten würde, dann entweder die Miliz oder ein Massenmörrer.«

»Mörrer … Du meinst wohl einen Massenmörder«, schlussfolgerte Martil.

»Hab ich doch gesagt. Also, darf ich dein Pferd füttern?«

Martil versuchte sein Gehirn in Hinblick auf die Themenwechsel im Laufe des Gesprächs auf Trab zu halten. »Nicht jetzt. Es hat heute Morgen gefressen, und erst heute Abend kriegt es wieder zu fressen. Wir müssen los, wenn wir das Dorf Chell noch vor Einbruch der Nacht erreichen wollen«, erklärte er ihr.

»Wir gehen nach Chell?«, quietschte sie aufgeregt.

»Ja, das habe ich gesagt«, gab er zu.

»Dann kann ich Pater Nott sehen.« Sie klatschte in die Hände.

Martil hatte noch nie von Pater Nott gehört. Vermutlich war er der Dorfpriester. Warum die Tochter eines Banditen sich auf einen Besuch bei dem Priester Aroarils freute, verstand er nicht. Aber wenn er sie so auf das Pferd bekam und diesen Ort endlich hinter sich lassen konnte, dann würde er dafür sogar den verdammten Erzbischof besuchen.

»Natürlich. Und wenn du Tomon weiter streicheln willst, setze ich dich einfach vor mir aufs Pferd«, bot Martil an.

Sie hielt das für eine gute Idee, also hob er sie hoch und setzte sie in den Sattel. Es dauerte etwas, die Zügel zu ordnen und sicherzustellen, dass Karia nicht allzu leicht vom Pferd fallen konnte, wenn sie Tomon streichelte, aber schließlich gelang es ihm, Tomon zu einer etwas flotteren Gangart zu bewegen. So dicht vor ihm stach ihm ihr Duft besonders in die Nase.

»Wer ist Pater Nott?«, fragte er, in erster Linie um sich von ihrem Geruch abzulenken.

»Als meine Mutter gestorben ist, hat Pater Nott mich aufgenommen. Ich bin bei ihm aufgewachsen und erst vor sechs Monaten, beim letzten Festessen Aroarils, zu meinem Paps gekommen.«

Martil spürte, wie neue Hoffnung in ihm keimte.

»Dann hat er also eine Familie, dieser Pater Nott? Würden sich seine Frau und seine Kinder nicht freuen, dich wiederzusehen?«

»Das glaube ich nicht. Er ist sehr alt. Sogar noch älter als du.«

Martil seufzte. Es klang, als wäre ihr Leben noch seltsamer gewesen als seines.

»Wenigstens gibt es dann noch deinen Onkel«, bot er an.

»Ich will ihn nicht sehen. Ich werde bei Pater Nott bleiben!«

Gut. Je eher ich dich loswerde, desto besser, dachte sich Martil. *Und vielleicht kann ich dann ja etwas Frieden finden.*

Aber dann schüttelte er sich. Er unternahm diese ganze Reise nur, um weit weg von allen Kämpfen einen neuen Anfang zu machen. Die Todesfälle von heute waren bedauerlich, aber sie würden die letzten sein. Er wollte als Buße dafür diesen Ritt mit dem Mädchen auf sich nehmen. Ganz bestimmt würde nichts schiefgehen.

2

Der Hof war nicht groß, nur ein paar eingezäunte Koppeln rings um ein großes Bauernhaus aus Stein. Er lag einen halben Tagesritt von der Stadt entfernt, und bis zu den nächsten Nachbarn waren es einige Meilen. Der Mann, den die Welt einst als Kriegshauptmann Macord gekannt hatte, saß mit einer halb leeren Weinflasche und ein paar Kerzen vor sich auf dem Tisch in der Küche des Hauses. Ein Bauernhof war alles gewesen, wovon er während des Krieges geträumt hatte. Jetzt träumte er nicht, sondern wünschte sich nur, er wäre gestorben, bevor er jemals von einer berellischen Stadt namens Bellic gehört hatte.

Widerwillig schenkte er sich noch ein Glas Wein ein, aber als er zum Trinken ansetzte, ließ ihn ein Klopfen an der Tür innehalten. Ohne nachzudenken, fuhr seine Hand an seinen Gürtel, wo er einen langen Dolch trug. Seine Kleider waren ungewaschen und sein Gesicht unrasiert, doch der Dolch war sauber und scharf. Rasch und leichtfüßig eilte er durch das Zimmer zur Tür, obwohl der über dem Gürtel hängende Bauch ahnen ließ, wie lange es her war, seit er zum letzten Mal seine Rüstung getragen hatte. Er spähte vorsichtig durch ein Seitenfenster. Draußen war nichts, und er dachte nicht einmal daran, die Tür zu öffnen. Stattdessen machte er kehrt und eilte in sein Schlafzimmer, wo ein Schwert und seine Rüstung griffbereit lagen. Er stürmte durch die Tür und wollte sie direkt hinter sich wieder verbarrikadieren – nur um eine schwarz gekleidete Gestalt neben seinem Bett stehen zu sehen.

Die Arme des Mannes schnellten vor, und Macord sah das Paar Wurfmesser gerade noch, bevor sie sich ihm in die Brust bohrten.

»König Markuz lässt grüßen, Hauptmann Macord«, sagte der Mörder dem nach Luft ringenden Mann.

Cezar ließ das Bauernhaus, aus dessen Fenster Flammen züngelten, hinter sich. Er hatte die Leiche mit Lampenöl übergossen und nahm an, dass die Miliz die grausamen Brustverletzungen des Mannes nicht bemerken, geschweige denn schlussfolgern würde, dass Berellia sich an einem der Schlächter von Bellic gerächt hatte – zumindest nicht, bis sie die restlichen getötet hatten.

Chell war ein typisch norstalisches Dorf. Es gab eine unbefestigte Straße, an der etwa hundert größtenteils hölzerne Häuser standen. Einige waren auch aus Stein und ein paar andere aus Lehmziegeln gemauert. Es gab ein Wirtshaus, eine Kirche, einen Posten der Miliz und natürlich einen Marktplatz mit umzäumten Bereichen. Die großen Misthaufen neben den Häusern machten das Dorf nicht unbedingt reizvoller, und den rauen Willkommensgruß entboten Hühner und Schweine.

Es war wie tausend andere Dörfer auf dem ganzen Kontinent und würde nie zu den Orten gehören, die man in Norstalos gesehen haben musste. Aber für Karia war es etwas Besonderes. Obwohl sie in den letzten sechs Monaten im Wald gehaust oder sich auf Edils Bauernhof irgendwo verkrochen hatte, war dies ihr Zuhause, das einzig wahre Zuhause, das sie kannte.

Sie hatte ein gutes Gedächtnis – Pater Nott hatte gesagt, er habe nie ein Kind wie sie unterrichtet – und konnte sich gut an alles erinnern. Tage, die von Frieden und Ruhe geprägt waren, Unterrichtsstunden und Fragen, die sie eifrig beantwortet hatte, und andere, die ihr beantwortet wurden, Gebete in der angenehm kühlen, dunklen Kirche oder zu Hause, liebevolle Umarmungen und ein Gutenachtkuss. Viele Menschen hatten sich um sie gekümmert, nicht nur Pater Nott, sondern auch die vielen Frauen, die in der Kirche geholfen hatten. Es hatte andere Kinder gegeben, mit denen sie spielen und reden konnte. Und das Beste von allem war gewesen, dass es immer genug zu essen gegeben hatte. Essen, das die Frauen aus dem Dorf gebracht hatten: Eintöpfe, Pasteten, Torten, Kuchen und frische, sahnige Milch. Pater Nott war alt gewesen und oft beschäftigt, aber er hatte immer ein Lächeln auf den Lippen, wenn er sie gesehen hatte, und er hatte ihre vielen Fragen beantwortet.

Die vergangenen sechs Monate waren damit nicht zu vergleichen gewesen. Das Leben auf dem Bauernhof war hart, hatte keinen Spaß gemacht, sie hatte keinen Unterricht und kaum etwas zu essen bekommen, aber dafür hart arbeiten müssen. Man hatte ihr aufgetragen, schon vor dem Morgengrauen aufzustehen, um für ihren Vater und ihre drei Halbbrüder das Frühstück zuzubereiten. Nach dem Kochen musste sie die Tiere füttern, Eimer reparieren und alle anderen Aufgaben ausführen, die Edil gerade so in den Sinn kamen. Alle Tiere, mit denen sie sich anfreunden wollte, endeten normalerweise auf dem Esstisch, und ihre Fragen wurden entweder gar nicht oder mit einem Tritt oder Schlag beantwortet. Sie war ein kluges Mädchen und hatte schnell herausgefunden, dass die beste Möglichkeit zurechtzukommen darin bestand, einfach zu tun, was immer Edil oder ihre Brüder ihr auftrugen, und ruhig zu sein. Das, und immer nur nachts zu weinen, wenn die anderen schliefen.

Ihre Gebete, zu Pater Nott zurückkehren zu dürfen, blieben unbeantwortet, obwohl ihr Gebet, von dem Bauernhof fortzukommen, in gewisser Weise erfüllt wurde, als sie ihr Lager im Wald aufschlugen. Doch selbst auf dem Bauernhof war das Leben besser gewesen als das, was sie als Straßenräuber führten. Es hatte sich gut angehört, als sie ihr davon erzählten. Binnen weniger Monate würden sie reich sein und könnten in eine Stadt ziehen und wie Könige leben. Tatsächlich hatten sie dann in einem matschigen, nassen, kalten Lager im Wald gelebt. Karia hatte kaum mehr zu essen bekommen, aber dafür umso häufiger Tritte und Schläge.

Deshalb hatte das Ableben ihres Vaters und ihrer Halbbrüder sie nicht umgeworfen. Sie vermisste sie kein bisschen. Sie mochte den Fremden nicht, der in ihr Lager gekommen war, um ihr zu sagen, dass ihr Vater und ihre Brüder tot waren. Er benahm sich merkwürdig und führte fortwährend Selbstgespräche. Aber wenn er sie zu Pater Nott brachte, dann würde sie vergessen, dass er offensichtlich ein Massenmörrer war.

Wie immer, wenn sie versuchte, an etwas Schönes zu denken, dachte sie schließlich an Pater Nott. Die Gedanken an ihn waren es, die sie während der Zeit auf dem Bauernhof und im Wald aufrechterhalten hatten. Natürlich war sie jedes Mal geschlagen worden, wenn sie Edil gefragt hatte, ob sie zu Pater Nott zurückkehren durfte. Irgendwann hatte sie dann aufgehört zu fragen.

Wenigstens wurde sie von Martil nicht geschlagen, und er hatte ein schönes Pferd. Pferde hatten ihr immer am besten gefallen, weil sie auf dem Bauernhof nicht gegessen wurden. Dessen ungeachtet dachte sie, dass er für den Tod ihres Vaters und ihrer Halbbrüder bestraft werden müsste, obwohl sie sie gehasst hatte. Es war alles ziemlich verwirrend.

Sie hatte es sich während ihrer Zeit bei Edil abgewöhnt, Fragen zu stellen, aber dieser Ritt war anders. Zu wissen, dass sie zu Pater Nott zurückkehrte, versetzte sie zum ersten Mal seit Monaten in Aufregung. Eine so große Aufregung, dass sie nicht anders konnte, als draufloszureden, obwohl Edil monatelang versucht hatte, diese Angewohnheit aus ihr herauszuprügeln. Und wenn Martil sie nicht unterbrach, redete sie einfach weiter. Natürlich nur, wenn sie gerade nicht aß, denn er hatte viel zu essen bei sich, und sie hatte in den letzten zwei Tagen kaum etwas gegessen. Und als sie Chell erblickte, war alles, was sie tun konnte, nicht in Tränen auszubrechen. Sie würde bald wieder zu Hause sein.

Martil hatte sich noch nie so auf ein Provinznest wie Chell gefreut. Er hatte angenommen, das Mädchen würde den Ritt in mürrischem Schweigen hinter sich bringen. Stattdessen stellte es eine neue Frage, sobald er die vorangegangene beantwortet hatte, oder wartete eine

Antwort gar nicht erst ab, bis er glaubte, seine Ohren müssten inzwischen rot glühen.

Sie mussten ständig Halt machen, weil sie etwas essen wollte, weil sie mal musste, und dann wieder, um noch mehr zu essen.

In dem Bemühen, sie abzulenken, ohne seinen Verstand zu verlieren, versuchte er, etwas mehr über sie herauszufinden – und über Edil. Er hatte viele absonderliche und traurige Geschichten gehört, aber es war etwas anderes, wenn sie auf diese Art und Weise vorgetragen wurden: von einem kleinen Mädchen, das geradeso gut darüber hätte sprechen können, wie sie den Tag damit verbracht hatte, mit ihren Puppen zu spielen. Sie hatte ihm erzählt, wie ihre Mutter bei ihrer Geburt gestorben war. Edil war mit der Arbeit auf dem Bauernhof zu beschäftigt gewesen, um sich um ein kleines Mädchen zu kümmern. Vielleicht war es auch seine Nebentätigkeit, Reisende zu überfallen, die ihn beschäftigte, denn als sie vor sechs Monaten zu Edil kam, war der Bauernhof seinem Ruin schon nahe – weil niemand sich um die wichtigen Dinge kümmerte. Das Vieh verendete oder war schon so abgemagert, dass niemand mehr etwas dafür bezahlen wollte. Edil und seine Söhne hatten in einer Nacht eine Herde der Nachbarn gestohlen, aber sie hatten es versäumt, allen Tiere andere Brandzeichen zu verpassen. Als sie dann versuchten, das gestohlene Vieh zu verkaufen, konnten sie sich vor der Miliz nur noch durch Flucht retten. Der Hof wurde anschließend von den Steuereintreibern beschlagnahmt.

Martil wusste jedenfalls binnen Kurzem, dass Karia halb verhungert war und ihr Vater und ihre Brüder sie regelmäßig geschlagen und schlechter als einen Knecht behandelt hatten. Wenn sie vom Hauptthema sprach, dem heruntergewirtschafteten Bauernhof, erwähnte sie ab und zu, wie sie mit dem einen oder anderen Tier Freundschaft geschlossen hatte, nur um anschließend zu erleben, wie ihre Familie diese Tiere getötet und anschließend verspeist hatte. Bevor er all das erfuhr, hatte Martil sich gefragt, wieso Karia über den Tod ihres Vaters und ihrer Brüder so unbefangen sprechen konnte, aber anschließend verstand er es umso besser. Verwunderlich war vielmehr, dass sie bei alledem nicht längst den Verstand verloren hatte.

Aber vielleicht war der Grund dafür Pater Nott, der Priester, bei dem sie den größten Teil ihrer bisherigen Kindheit verbracht hatte. Sie konnte es nicht abwarten, ihn wiederzusehen – und nach einem Nachmittag mit ihr ging es Martil nicht anders.

Karia deutete auf die Kirche, die Martil allerdings auch allein entdeckt hätte. Es war eines der ansprechenderen Gebäude in Chell, aber dazu gehörte auch nicht viel. Der Milizposten war auch in gutem Zustand – kein Wunder, denn schließlich gab es immer Gefangene, die alles sauber halten mussten.

Die Kirche war ein beeindruckend sauberer Bau aus behauenem Naturstein und Holz. Das Haus des Priesters lag direkt dahinter, und Martil war sofort davon eingenommen, dass es auch nur ein einfaches Haus wie alle anderen im Dorf war. Er hatte Priester gekannt, die darauf bestanden hatten, in prächtigen Häusern zu wohnen.

Er trieb Tomon zügig in Richtung Kirche, an deren

Vorplatz es eine Stange gab, um Pferde anzubinden. Es waren nicht viele Dorfbewohner auf der Straße; die meisten waren um diese Zeit noch auf den Feldern bei der Arbeit – und der Argwohn der wenigen, die ihn sahen, wurde sowohl durch das Mädchen auf seinem Sattel als auch von der Tatsache gedämpft, dass er zur Kirche ritt. Ein bewaffneter Mann in diesem Teil von Norstalos konnte schnell die Aufmerksamkeit der Miliz erregen. Aber ein Mann, der mit seiner Tochter unterwegs war und zur Kirche ritt, nun, das war etwas anderes, selbst wenn der Reiter Schwerter trug. Martil winkte ein paar Frauen zu, und sein militärischer Verstand sagte ihm, dass es wohl eine perfekte Tarnung war, mit einem kleinen Mädchen im Sattel in ein Dorf zu reiten, wenn man es in Ruhe auskundschaften und anschließend überfallen wollte.

Er stieg von Tomon ab und band die Zügel an der Stange fest. Er zog auch in Betracht, seinen Sattel und seine Taschen abzunehmen, beschloss dann aber, dass das warten konnte. Wenn Pater Nott einwilligte, Karia wieder aufzunehmen, könnte er viel schneller das Dorf wieder verlassen, wenn er nicht erst neu satteln musste. Er hob Karia vom Pferd und stellte sie auf den Boden.

»Ob er wohl in der Kirche ist?«, überlegte er.

»Nicht um diese Zeit. Er wird entweder zu Hause sein oder Krankenbesuche machen. Weißt du denn überhaupt nichts?«, fragte Karia nach.

»Anscheinend nicht«, murmelte Martil und ließ sich von ihr zum Haus des Paters führen. »Ich hoffe nur, dass er sich genauso sehr freut, dich zu sehen, wie es mich freuen wird, wieder allein zu reiten.«

Das Stadthaus von Herzog Gello war eher ein kleines Schloss, das auf einem sehr gepflegten Grundstück stand. Mit seinen hohen Türmen, über denen prachtvolle Flaggen im Wind flatterten, war es unmöglich zu verfehlen. Selbst wer sein ganzes Leben in der Stadt verbracht hatte, hielt gern an, um es zu betrachten und durch die Gitterstäbe des hohen Tores das große marmorne Haus zu bewundern. Aber jeder, der das tat, lernte auch schnell, auf die Hörner zu achten, die Herzog Gellos Ankunft ankündigten, denn weder der Herzog noch seine schwarz gekleidete Eskorte hielten für jemanden an, der ihnen im Wege stand, oder verlangsamten auch nur die Gangart ihrer Pferde.

»Platz für den Herzog!«, ertönte der Ruf, und die etwa zwanzig Schaulustigen zerstreuten sich.

Gello drängte sein großes schwarzes Streitross zu noch schnellerem Trab, als er auf das Tor zuritt, und verteilte Peitschenhiebe nach rechts und links. Wenn diese Bauern ihm nicht den nötigen Respekt erwiesen, den Weg freimachten und sich tief verbeugten, würden sie den Preis bezahlen. Ein älterer Mann, der nicht schnell genug beiseitespringen konnte, schrie auf, als die Peitsche ihm die Schulter aufriss.

Unmittelbar hinter ihm zwang der Kommandant seiner Garde einige Kinder, ihm aus dem Weg zu springen, denn die eisenbeschlagenen Hufe seines Pferdes schlugen Funken auf dem Pflaster. Gellos Mund verzog sich zu seinem Lächeln grimmiger Befriedigung, als er die angsterfüllten Schreie und den Protest hinter sich hörte, aber er blickte nicht ein einziges Mal zurück. Bauern mussten wissen, wo sie hingehörten, und dieses Gesindel am Tor hatte gerade gelernt, wo sein Platz war. Wachleute zogen die Tore hinter dem letzten Reiter zu, und die Truppe ritt über die Zufahrt zu den Ställen, von denen jeder größer war als die meisten Häuser in der Hauptstadt.

»Das ist unerhört! Wir werden zur Miliz gehen!«, schrie die Frau des Verletzten die Wachleute am Tor an, während ihr Mann vor Schmerzen heulte; sein Hemd war an den Schultern aufgerissen, und Blut quoll aus der Wunde, die die Peitsche über seinem Rücken aufgerissen hatte.

»Zur Miliz gehen? Als könnten diese Scheißeschaufler Herzog Gello irgendetwas anhaben!«, höhnte einer der Gardisten.

»Verschwindet von hier, bevor euch noch etwas anderes zustößt«, sagte ein anderer und ließ durch Schläge mit dem Heft seines Speers die Eisenstäbe des Tores bedrohlich klirren. »Wenn wir erst zu euch hinauskommen, werdet ihr es bereuen!«

Die Menschenmenge zerstreute sich unter gemurmelten Protesten.

Herzog Gello hätte sich umdrehen und sehen können, wie die Menschen fortgingen – aber dafür hatte er keine Zeit. Und es interessierte ihn auch nicht. Er schritt durch das große Haus und hinauf in sein Arbeitszimmer, wo ihn seine Gäste bereits erwarteten.

Graf Cessor war dick, Graf Worick schlank – und doch hatten die beiden viel gemeinsam. Ihre Länder grenzten aneinander, sie waren zwei der mächtigeren norstalischen Adligen; sie fügten sich stets Herzog Gellos Wünschen und erschienen prompt, wenn er sie zu sich bestellte. Sie sprangen auf, als er – gefolgt von Chelten, dem Kommandanten seiner Leibgarde – den Raum betrat.

Gello war groß, hatte breite Schultern und schmale Hüften, blondes Haar und ein energisches Kinn, eine kraftvolle Nase und blaue Augen – er war die Verkörperung eines Helden, wie er im Buche steht. Nur sein Mund mit den vollen Lippen, die sich eher zu einem höhnischen Grinsen verzogen als zu einem freundlichen Lächeln, passte nicht ganz ins Bild. Cessor und Worick allerdings trat Gello mit einem Ausdruck von Überschwang entgegen.

»Ihr fragt euch sicherlich, warum ich euch so dringend hergebeten habe«, sagte er verbindlich.

Sie sagten beide nichts, weil Gello es nicht als Frage formuliert hatte.

»Meine Freunde, unsere Zeit ist gekommen. Meine Cousine als Königin auf dem Thron zu sehen, ist eine Beleidigung dieses stolzen Landes, eine Kränkung Gottes und der Drachen. Ich werde nicht länger warten. Ich habe vor, eine Krise auszulösen. Ihr werdet den Königlichen Rat dazu bringen, den Notstand auszurufen und mich zum Regenten zu ernennen. Ich werde die Dinge von hier aus lenken«, sagte er lächelnd.

»Eine Krise? Welche Krise könnte denn die Ablösung der Königin rechtfertigen? Wir haben immer noch viele Adlige, die das nicht dulden werden – man könnte uns am Ende noch wegen Verrats hinrichten lassen!«, platzte Cessor heraus.

Gellos Lächeln verschwand. Er stolzierte vorwärts und blieb direkt vor Cessor stehen, der sich noch weiter zurückzulehnen versuchte, um Gellos beängstigender

Nähe zu entgehen. Er wäre ja weiter nach hinten gerutscht, hätte nicht Chelten hinter ihm aufgeragt.

»Sagt ihr etwa, ihr vertraut mir nicht? Denkt ihr etwa, dass es dem Land unter der Herrschaft meiner teuren Cousine gut ergeht?«

Cessor versuchte seinen Kopf zu schütteln, während Worick seinen Stuhl etwas zur Seite rückte, um etwas Distanz zu seinem adligen Gefährten zu schaffen.

»Dann erinnere dich daran, dass jene, die mir treu gehorchen, reich belohnt werden. Jene, die sich mir in den Weg stellen…« Er sah Cessor tief in die Augen, und der Adlige krümmte sich vor Angst.

»Ich war Euch immer treu ergeben! Natürlich werde ich tun, was Ihr verlangt!«, brabbelte Cessor.

»Ich weiß, dass ihr das werdet. Denn andernfalls wird Chelten euren kostbaren Töchtern einen Besuch abstatten. Versteht ihr?«

Cessor nickte heftig, die Augen vor Schreck weit aufgerissen.

Gello lächelte wölfisch und tätschelte dann Cessors dickes Gesicht. Hinter dem Adligen trat Chelten widerwillig einen Schritt zurück.

»Gut. Ich werde dafür sorgen, dass jeder, der sich uns widersetzen könnte, nicht in der Stadt sein wird, wenn der Königliche Rat zusammentritt. Und was die Krise angeht – nun, es wird die größte Krise sein, die dieses Land jemals erlebt hat! Ich werde das Drachenschwert stehlen!«

Worick ließ sein Weinglas fallen, und Cessor verschluckte sich beinahe an seinem Wein, aber keiner von ihnen wagte es, das Wort zu ergreifen.

»Also, wir werden es folgendermaßen machen…«

Pater Enterius Nott war seit fast sechzig Jahren Priester, und vierzig davon hatte er in Chell verbracht.

Im Großen und Ganzen war es ein schönes Leben gewesen. Tage, in denen er seiner Pflicht Gott und der Gemeinde gegenüber nachgekommen war und den Dorfbewohnern den richtigen Weg durchs Leben gewiesen hatte. Ohne jeden Ehrgeiz, je mehr als ein Dorfpriester zu sein, hatte er einige Angebote abgelehnt, in kleine oder größere Städte zu ziehen. Den Wechsel der Jahreszeiten zu erleben, Pflanzen und Tiere wachsen zu sehen – das waren die Dinge gewesen, die er geliebt hatte. Dank Aroaril starben nur wenige seiner Dorfbewohner an Krankheiten. Seine Gebete um Heilung waren beinahe immer erhört worden. Auch wenn es die eine deutliche Ausnahme gab, konnte er auf ein Leben zurückblicken, das er damit verbracht hatte, in seinem kleinen Teil von Norstalos Frieden und Gesundheit zu erhalten. Wer hätte schon mehr verlangen mögen?

Aber jetzt war er beunruhigt. Nach den Regeln der Kirche mussten alle Priester im Alter von achtzig Jahren ihr Amt aufgeben, weil man glaubte, danach würden ihnen die Anforderungen, sich um ihre Herde zu kümmern, doch zu viel. Er hatte überdies den Verdacht, dass er von Gott zu einer anderen Art von Dienst berufen werden würde. Er war nie so mit der Gabe der Wahrsagung begnadet gewesen wie viele seiner Amtskollegen. Aber seine Träume wurden immer lebhafter – und erschütternder. Er hatte Tage des Blutvergießens und des Schmerzes kommen sehen, Tage der Heere und Schlachten. Sein unmittelbarer Vorgesetzter, Bischof Gameron, war ein erfahrener Wahrsager.

»Norstalos steht an einem Scheideweg seiner Geschichte«, hatte er gesagt. »Ich kann nicht bestimmt sagen, welches Schicksal uns ereilen wird, aber es wird uns zwingen, uns noch größerem Unheil zu stellen als einst König Riel. Was auch immer geschehen wird, das Land wird sich von Grund auf verändern. Das Volk ist nicht bereit dafür; es hat zu lange in Frieden gelebt. Es wird versuchen, sich seiner Verantwortung zu entziehen. Aber letzten Endes wird es gezwungen sein zu kämpfen.« Und er hatte zugegeben, dass er nicht hatte sehen können, wie das alles enden würde. »Du solltest dankbar sein, es nicht zu wissen, mein Freund!«, hatte er gewitzelt.

»Ich wäre noch dankbarer, wenn all dies gar nicht erst geschähe«, hatte Nott geantwortet.

Und dann hatte er in der vergangenen Nacht diesen Traum gehabt. Oder besser gesagt, diese Nachricht von Aroaril bekommen. Es war unmöglich, es für irgendetwas anderes zu halten. Schwierig war nur, wie viel von dem Traum er offenbaren durfte. Wenn er zu viel verriet, könnte genau das Gegenteil von dem geschehen, was Aroaril beabsichtigte. Alles, was gut war in Norstalos – und vielleicht auf der ganzen Welt –, wäre dann verloren.

Er hatte den ganzen Tag darüber nachgedacht. Also erfüllte es ihn sowohl mit Freude als auch mit Angst, als er Karias Stimme wieder vor seinem Haus hörte. Er stand auf und sah das ungleiche Paar kommen. Ihm blutete das Herz bei Karias Anblick. Sie war schmutzig und schrecklich hager. Offensichtlich war Edil ein so schlechter Vater gewesen, wie er es befürchtet hatte. Und der

Mann, der sie ihm zurückbrachte – sein Schmerz, sein Zorn und seine Verachtung ließen Nott beinahe verzagen. Aber er wusste, was er zu tun hatte. Er atmete tief durch und öffnete die Tür, um sie zu begrüßen.

Martil hielt beinahe erschrocken inne. Karia hatte ihm zwar gesagt, Pater Nott sei »sehr alt«, aber Martil war davon ausgegangen, dass sie es aus der Perspektive einer Sechsjährigen sah, aus der jeder jenseits der dreißig uralt war. Pater Nott jedoch war tatsächlich in fortgeschrittenem Alter. Das schüttere weiße Haar bedeckte kaum seine Kopfhaut, und sein Gesicht war durch tiefe Falten und Altersflecken gezeichnet. Seine knorrigen, verkrümmten Hände zitterten leicht. Aber seine Augen erstrahlten in hellem Blau, sie sprühten vor Leben, und sein Lächeln war warm und aufrichtig.

»Karia!«, rief er.

»Pater!«, schrie sie und flog ihm in die Arme, um ihn so fest zu drücken, als wolle sie ihn niemals loslassen. Dann fing sie an zu weinen und schluchzte, als könne sie die Erinnerungen an die vergangenen sechs Monate mit einem Tränenschwall davonschwemmen.

Martil wusste gar nicht, wo er hinschauen sollte, und spürte sofort, dass Karia es hier besser haben würde als bei Edil, ihm selbst oder diesem mysteriösen Onkel Danir. Schließlich versiegten ihre Tränen und wurden durch ein sanftes Schniefen abgelöst.

»Und wer bist du, und was führt dich hierher?«, fragte Nott und wandte sich, ohne Karia loszulassen, Martil zu.

»Das ist eine lange Geschichte, Pater«, seufzte Martil.

»Dann kommt herein. Ich bin zwar nicht mehr der

Jüngste, aber für ein, zwei lange Geschichten habe ich noch Zeit«, sagte der alte Priester lächelnd und deutete dann auf die beiden Schwerter, die Martil gegürtet hatte. »Aber kannst du die draußen lassen, mein Sohn? Ich habe sie nicht gern in meinem Haus.«

Martil legte seinen Schwertgürtel ab, schlang ihn um die Schwerter und lehnte sie neben der Tür ans Haus. Ihr Gewicht nicht zu spüren, fühlte sich angenehm und zugleich beunruhigend an.

Pater Nott führte sie ins Haus; Karia kannte sich offensichtlich gut aus und eilte voraus und geradewegs in die Küche. Das Haus war bescheiden möbliert – einfache und nicht zu viele Holzmöbel – und von einer Atmosphäre ruhiger Gelassenheit erfüllt. Einfach nur in diesem Haus zu sein entspannte Martil. Er wusste, dass viele Priester luxuriös lebten, während ihre Gemeinde unter Armut litt, aber dieses Haus war so eingerichtet, dass auch ein durchschnittlicher Bauer es sich hätte leisten können. Karia hatte sich an dem großen Küchentisch niedergelassen und wartete aufgeregt auf etwas zu essen. Pater Nott tätschelte ihr im Vorbeigehen abwesend den Kopf, nahm einen halben Brotlaib und ein Stück Käse aus dem Schrank, legte beides auf einen Teller und stelle es auf den Tisch.

»Tee?«, fragte er Martil.

»Ja, bitte. Soll ich Ihnen zur Hand gehen?«, bot er an, als er sah, wie Pater Notts Hand, mit der er den Wasserkessel hielt, zitterte.

»Setz dich. Der Tag, an dem ich mir keinen Tee mehr kochen kann, ist der Tag, an dem ich meinem Gott begegne«, lachte der alte Priester und stellte den Wasserkessel auf die Feuerstelle. Martil setzte sich neben Karia, die bereits ein wenig Brot abgebrochen hatte und es zusammen mit etwas Käse in sich hineinstopfte – obwohl sie während ihres Ritts an diesem Tag schon zwei Äpfel, einige Streifen Trockenfleisch und ein riesiges Haferplätzchen gegessen hatte. Er sah zu, wie der alte Priester sich in der Küche zu schaffen machte, Tassen herausholte, in die er Stücke von kandiertem Honig gab, und dann Teeblätter für die Teekanne vorbereitete.

»Ich nehme an, wir werden Edil nicht wiedersehen, zumindest nicht bis zum Tag unseres Gerichtes«, sagte Nott beiläufig, während er einen Krug Milch holte und Karia ein Glas einschenkte.

Martil warf Karia einen flüchtigen Blick zu; er war sich nicht sicher, was er sagen sollte.

»Du musst nichts sagen. Ich habe immer gewusst, dass Karias Familie ein schlimmes Ende nehmen würde. Ich bin nur sehr erleichtert, dass sie noch am Leben ist«, sagte Nott gelassen, als er den Tee eingoss. »Ich hoffe, du magst Honig.«

»Natürlich.« Normalerweise trank Martil niemals Tee mit Honig – die Chance, beim Heer Honig und Milch zum Tee zu bekommen, standen ungefähr ebenso gut wie die, dass ein berellischer Streitaxtmann einem eine Gutenachtgeschichte vorlas. Aber seine zukünftige Freiheit hing davon ab, ob er auf diesen Priester einen guten Eindruck machte.

»Ich wusste, dass Edil sie nicht gut behandeln würde. Aber das, was ich jetzt sehe, übertrifft meine schlimmsten Erwartungen bei Weitem. Sie hat mich ja seit Monaten nicht besucht, geschweige denn die Dorfschule, die ich betreibe. Jetzt weiß ich auch, warum. Sie ist völlig abgemagert und hat keine eigenen Kleider mehr. Wenn sie aufgegessen hat, sollte sie baden und danach schlafen gehen. Und dann kannst du mir vielleicht die lange Geschichte erzählen, die du eingangs erwähnt hast.«

»Sprecht ihr über mich?« Karia hob den Blick von ihrem Teller.

»Wir haben nur gesagt, dass du statt dieses alten Hemdes besser das Kleid anziehst, das du hiergelassen hast«, sagte Pater Nott sanft, während Martil schon wieder in Panik geriet, weil er nicht wusste, wie er auf Karias Frage hätte antworten sollen.

»Ich hatte keine Zeit zu packen, als wir vom Bauernhof geflohen sind«, erklärte Karia. »Ich musste alles hinter mir lassen, und Paps konnte nie einen Reisenden mit einem kleinen Mädchen finden, dem er ein neues Kleid für mich abnehmen konnte.«

»Das sind so die alltäglichen Probleme der Banditen, von denen man in den Geschichten nie etwas hört«, sagte Pater Nott melodisch und zwinkerte Martil zu.

»Machst du wieder Späße, Pater?« Karia setzte die Tasse ab, aus der sie gierig Milch geschlürft hatte, und hatte einen schaumigen Milchbart auf ihrem schmuddeligen Gesicht.

»Nur ein kleines bisschen, meine Liebe. Also, wie wäre es mit einem Bad?«

»Muss ich?«

»Ja, wenn du heute Nacht hier schlafen willst, musst du. Selbst die Schweine würden dich heute Nacht aus ihrem Stall vertreiben, so wie du riechst.«

Karia kicherte und rülpste.

Martil hatte einen Weg gesucht, um sich vor dem Baden zu drücken.

»Nun ja, ich muss die örtliche Miliz aufsuchen und erklären, was heute geschehen ist«, verkündete er.

Nott sah ihn an, als wüsste er genau, warum Martil fortgehen wollte, aber er sagte lediglich: »Edil und seine Söhne waren hier in der Gegend nicht unbekannt. Du solltest keine Schwierigkeiten mit der Miliz bekommen. Eigentlich könnte ich mir sogar vorstellen, dass sie dir vielleicht einen Kaffee spendieren werden für deine Bemühungen.«

Martil ließ es sich nicht anmerken, aber er war erleichtert, die Worte des alten Priesters zu hören. Die Miliz würde sich zwar freuen, dass dem Unwesen Edils ein Ende gesetzt worden war, aber sie würden sich bestimmt ebenfalls freuen, einen Fremden einsperren zu können, bis sie ihm all sein Gold abgenommen hatten.

»Falls es Ärger gibt, schick sie zu mir. Und es könnte vielleicht von Vorteil sein, wenn du deine Schwerter für diesen Besuch wieder anlegst. Es gibt nicht viele Männer hier, die glaubhaft machen könnten, sie hätten Edil und seine drei Söhne … beseitigt, ohne selbst auch nur einen Kratzer davongetragen zu haben.«

»Gibt es noch Nachtisch?«, unterbrach Karia das Gespräch.

Nott lächelte. »Wenn du gebadet hast, können wir bestimmt etwas finden. Nun lass uns gehen; du musst mir helfen, das Wasser in die Wanne zu schütten.«

Martil sah das als Hinweis, sich nun aus dem freundlichen Familienleben zurückzuziehen. Er kam sich vor wie auf der Flucht, als er seine Schwerter anlegte und sich auf den Weg zum Milizposten machte. Aber ihm schwante, dass es eher ein vorübergehender Rückzug war. Pater Nott war viel zu alt, um sich um ein kleines Mädchen zu kümmern. Es grenzte eigentlich an ein Wunder, dass er noch nicht abberufen worden war, um seinem Gott von Angesicht zu Angesicht gegenüberzutreten.

Auf dem Weg machte Martil bei seinem Pferd Halt, nahm ihm den Sattel ab und gab ihm Futter. Das Gewicht der Satteltaschen machte ihm bewusst, dass er ein Vermögen an Gold einfach unbewacht draußen gelassen hatte. Das war selbst für jemanden, dem Geld nicht so wichtig war, idiotisch. Er brachte die Satteltaschen ins Badehaus des alten Priesters und überlegte, dass Pater Nott zwar alt war, man aber mit etwas Gold sicherlich jemanden fand, der ihm im Haushalt und bei dem Mädchen zur Hand ging.

Wachtmeister Hutter liebte ein ruhiges Leben. Deswegen gefiel ihm Chell auch sehr gut. In den großen Dörfern und Städten hatten Wachtmeister der Miliz mit ausgefuchsten Dieben, Schlägereien, Unruhen und Mördern zu tun. Hier dagegen waren ein paar Trunkenbolde und ein gelegentlicher Diebstahl auch schon alles, was es an Problemen gab. Und natürlich – glücklicherweise außerhalb, in den Wäldern – noch Edil und seine Söhne, aber bevor sein Hauptmann nicht eine ganze Reihe Leute zur Unterstützung schickte, hatte er nicht vor, durch die Wälder zu streifen und nach den Räubern zu suchen. Einst träumte er davon, einmal die goldenen Schulterklappen eines Hauptmanns zu tragen, in einer großen Stadt zu dienen und sogar den König kennenzulernen. Aber einige Jahre Mitternachtsstreife hatten seine Begeisterung gedämpft. Und mit anzusehen, wie sein Partner direkt neben ihn mit einem Messer abgestochen wurde, hatte ihm die Lust an einer Beförderung genommen. Man hatte ihn zum Wachtmeister ernannt, weil er den Mörder seines Partners zur Strecke gebracht hatte. Anschließend hatte er es geschafft, diesen gemütlichen Posten zu beziehen. Das hatte ihm gereicht; und auch seine Frau und Kinder bevorzugten inzwischen das Landleben gegenüber dem engen Haus, das sie in der Stadt bewohnt hatten. Sein Bauch, der von Jahr zu Jahr etwas dicker wurde, verriet seine Vorliebe für die Erzeugnisse der örtlichen Landwirtschaft. Er genoss den Respekt der Gemeinde und bildete regelmäßig und mit einigem Geschick junge Milizrekruten aus, die er nach wenigen Jahren in die Städte schickte. Junge Rekruten und alte Bauern zu beeindrucken, war ihm an Aufregung genug, wenn er seinen monatlichen Sold bedachte.

Aber er hatte seinen Instinkt für Gefahren nicht verloren. Aus diesem Grund standen ihm die Nackenhaare zu Berge, als der Krieger mit den zwei Schwertern seinen Posten aufsuchte. Rasch hatte er seine drei Wachleute zusammengerufen, und gemeinsam hörten sie sich an, was der Mann zu berichten hatte.

»Also hast du sie alle getötet? Edil und seine Söhne liegen jetzt einfach tot im Wald herum?« Er konnte sich diese Nachfrage am Ende nicht verkneifen.

Der Mann richtete seinen Blick auf Hutter, dem ein eiskalter Schauer über den Rücken lief.

»Das habe ich gesagt«, wiederholte er.

Hutter dachte einen Moment lang nach. Wie ließ sich das jetzt regeln, ohne sich in Schwierigkeiten zu bringen?

»Nennst du mir deinen Namen?«, fragte er neugierig. Edil und seine Söhne waren keine besonders fähigen Kämpfer gewesen, aber vier gegen einen – das hätte für die meisten Männer ausgereicht.

»Martil. Ich war früher Kriegshauptmann im Heer von Rallora«, erklärte der Mann.

Irgendeine Erinnerung regte sich in Hutters Geist, so wie sein nachmittäglicher Imbiss sich in seinem Magen regte, seit der Krieger eingetreten war.

»Hauptmann Martil? Der Schlächter von Bellic?«, hauchte er.

Er sah, wie sich das Gesicht des Mannes kurz vor Zorn verzog, aber gleich darauf entspannten sich seine Züge wieder.

»Ja. Aber ich bevorzuge inzwischen einfach Martil«, sagte der Mann kühl.

Hutter ging darauf nicht ein. Wenn Edil den legendenumwobenen Kriegshauptmann angegriffen hatte, musste der närrische alte Halunke mit seinen brutalen Söhnen anscheinend den Preis dafür bezahlt haben. Und er selbst war damit ein heikles Problem los. Und das Beste an der Sache war, dass er gar nicht erst zu versuchen brauchte, den Krieger festzunehmen.

»Du kannst dich gern im Wald selbst davon überzeugen. Ich bin bei Pater Nott«, bot Martil an.

Hutter schnaubte. Er sah ein Problem gerade als gelöst an und würde sich wohl kaum freiwillig nach einem anderen umsehen. »Das ist nicht nötig! Sollen doch die Tiere an ihren verrottenden Kadavern ersticken. Wir sollten dir eine Auszeichnung dafür geben, dass du diese Schlangengrube ausgeräumt hast. Meine Akte über Edil und seine Söhne ist so dick wie mein neuer Konstabler hier. Viehdiebstahl, Wegelagerei – alles Mögliche. Wenn der Wald nicht so riesig wäre, hätte ich schon längst Befehl erhalten, das ganze Dorf aufzubieten, den Wald nach ihnen zu durchkämmen und sie zur Strecke zu bringen. Aber sie waren immer dumm genug oder klug genug, mit ihren Gaunereien nicht besonders erfolgreich zu sein. Deshalb war es nie der Mühe wert, sie ernsthaft zu verfolgen. Ich werde einen Bericht für meinen Hauptmann schreiben und mich dann erleichtert zurücklehnen.«

»Dann kann ich also gehen und mir Proviant besorgen?«, fragte Martil.

»Natürlich! Viel Vergnügen! Vielleicht laden wir dich später sogar noch auf ein Glas ein.«

Martil verließ das Gebäude mit einem Lächeln auf den Lippen; Karia war nicht erwähnt worden, und es war ihm auch lieb, wenn es so bliebe.

Die Milizsoldaten sahen Martil nach, wie er über die Straße und in das Gasthaus ging.

Hutters neuer Konstabler, ein schlaksiger Bursche namens Turen, brach das Schweigen.

»Sollen wir ihn beobachten, Wachtmeister? Irgendetwas ist da noch merkwürdig. Ich meine, wir brauchten vier Mann, um Hibbet, dieses schwarzbärtige Tier von einem Sohn, niederzuringen, als er zu viel getrunken hatte.«

Hutter gab ihm einen Klaps auf den Hinterkopf. »Das

ist Hauptmann Martil. Einer der Schlächter von Bellic. Man sagt, dass er berellische Axtkämpfer zum Frühstück verspeist. Und zum Nachtisch genehmigt er sich die Seelen ihrer verbliebenen, trauernden Familien. Edil und seine Söhne hatten nicht den Hauch einer Chance.«

Turen nickte skeptisch, während die anderen beiden zustimmend murmelten. Aber der junge Mann hatte noch eine weitere Frage.

»Wie genehmigt man sich denn eine Seele zum Nachtisch, Wachtmeister? Das ist doch bestimmt nicht schmackhaft?«

Hutter seufzte. »Vielleicht sollte ich dich einfach auf diesen Martil ansetzen. Du wirst ihn zornig machen, und schon wird er auch mein zweitgrößtes Problem gelöst haben.«

Cezar arbeitete gern allein. Wenn man ihn erst auf seine Ziele losließ, konnte ihn nichts aufhalten. Aber dies war kein Auftrag wie die anderen. Und zwar ganz abgesehen davon, wie viel dies König Markuz bedeutete: Wenn König Tolbert herausfand, dass der Streiter des berellischen Königs durch sein Land zog und rallorische Offiziere umbrachte, auch wenn es sich um in Ungnade gefallene Veteranen handelte, wäre das Grund genug, einen neuen Krieg zu führen. Außerdem würde er ohne die Hilfe von Bruder Onzalez seine Beute nicht mehr so einfach finden und töten können. Natürlich war es unmöglich, mit einem Angstpriester durch Rallora zu reisen, aber Onzalez verfügte über einen anderen, magischen Weg, wie man sich mit ihm in Verbindung setzen konnte. Cezar hatte sich in einem Stall versteckt, wo das bizarre Ritual keine Aufmerksamkeit auf sich ziehen würde. Er hatte eine Ziege getötet und füllte eine flache Silberschale mit ihrem Blut. Dann sprach er Onzalez' wahren Namen aus, den Zorva ihm verliehen hatte und der als Rune auf seinem Umhang prangte. Der Name stammte aus einer Sprache vergangener Zeiten, und Cezar musste ihn Dutzende Male üben, bevor er ihn korrekt und im richtigen Tonfall aussprechen konnte. Aber inzwischen konnte er es; ein Beweis dafür war, dass das Blut in der Schüssel zu wirbeln begann, schneller und schneller, bis es sich plötzlich beruhigte und so klar und weich wurde wie ein silberner Spiegel. Onzalez' Gesicht – oder eher sein von der Kapuze verdecktes Gesicht – erschien auf der Oberfläche.

»Macord ist tot«, sagte Cezar ohne Umschweife.

»Reite jetzt nach Osten. Kriegshauptmann Snithe lebt im Dorf Quall. Er ist schwerer Trinker; es wird einfach sein. Aber du musst dich beeilen. Ich habe eine weitere Vision von unserem Gott empfangen, aus der ich entnommen habe, dass das, was du vollbringst, noch wichtiger ist, als wir gedacht haben. Einer dieser fünf Männer wird eine ernsthafte Bedrohung für uns sein. Setze dem ein Ende.«

»Wie Ihr befehlt.« Cezar senkte den Kopf. Als er wieder aufschaute, war Onzalez' Gesicht verschwunden – samt dem Blut in der Schüssel.

Martil trank zwei Humpen von dem annehmbaren Bier und kaufte dann bei dem Wirt Hafer, Trockenfleisch, Salz, Früchte und Honigmandeln. Unter normalen Umständen würde er Letzteres nicht anrühren, aber er wurde das Gefühl nicht los, als könne er so etwas für Karia gut gebrauchen.

Die Bauern und Reisenden, die sich nach und nach in der Gaststube einstellten, blieben auf Abstand zu ihm. Eigentlich hatte er vorgehabt zu bleiben, bis er sich sicher sein konnte, dass Karia eingeschlafen war. Aber das Gasthaus füllte sich immer mehr, obwohl das Dorf recht klein war. Er fragte sich, was wohl der Grund dafür sein mochte – bis er einen Mann in der typischen Tracht eines Barden entdeckte, der sich in einer Ecke aufwärmte. Unwillkürlich stöhnte er auf. Barden bereisten das Land, brachten Neuigkeiten in kleine Dörfer wie dieses, aber auch in größere und richtige Städte. Dann trugen sie Geschichten vor in Form von Liedern, Gedichten oder beidem. Martil hatte kein Problem mit den Liedern, aber er hasste die Geschichten. Denn erstens gab es zu viele davon, in denen er vorkam – und zweitens waren sie, was ihn noch mehr störte, niemals wahr. Die Barden, die diese Geschichten schrieben oder vortrugen, waren nie auch nur in der Nähe eines Schlachtfeldes gewesen – und folglich handelten ihre Lieder und Gedichte in erster Linie von Heldentum und Aufopferung; nie kamen die zerfetzten Gedärme zur Sprache. Er hasste sie, weil er sie einst gemocht und ihnen geglaubt hatte – bis er sich zum Dienst gemeldet und die Wahrheit erfahren hatte. Er seufzte. Er hatte schon gehen wollen, bevor er gewusst hatte, dass er sich einen Haufen Geschichten würde anhören müssen. Es waren Nächte wie diese, wenn er Männer sah, die alte Freunde trafen und mit ihnen bei ein paar Krügen Bier Geschichten austauschten, in denen er seine Einsamkeit am stärksten spürte.

Einst hatte er Freunde gehabt. Aber sie waren getötet worden, und er war Hauptmann geworden. Und wenn man einmal als Hauptmann in den Krieg gezogen war, hatte man keine Freunde mehr. Man hatte Männer, die Befehle ausführten; man hatte Rivalen und natürlich reichlich Feinde – aber man hatte keine Freunde.

Der Barde begann mit einem Gedicht über König Riel, den norstalischen Monarchen, der das Drachenschwert in Empfang genommen hatte. Martil schaffte es gerade noch, nicht vor Verachtung auszuspucken. Als junger Rekrut hatte er davon geträumt, in den Diensten eines angesehenen Königs in dessen Heer für die Sicherheit des Landes zu sorgen. Dann hatte er zum ersten Mal in einer Schlacht gekämpft und einfach nur am Leben bleiben wollen. Und als er Hauptmann wurde und mit dem König im Kriegsrat saß, wurde ihm bewusst, dass Könige ganz normale Menschen waren. Er wurde Zeuge seiner belanglosen Eifersüchteleien, seiner Ängste und der Launen, in denen der Monarch schwelgte. Er roch den stinkenden Atem des Königs, sah seinen blöden Gesichtsausdruck, wenn er zu viel getrunken hatte. Es war schwer, einen König als jemanden zu betrachten, der von Aroaril berührt worden war, wenn dieser König sich nach einem Fressgelage übergab oder brüllend lachte, wenn er von irgendeinem Schleimer zu hören bekam, dass ihm der üble Gestank seiner Fürze nichts ausmache. Nein, er würde in Zukunft um Könige einen großen Bogen machen.

Martil sah sich um und beschloss, lieber sofort zu gehen, auch wenn Karia vielleicht noch nicht im Bett war. Er sah zu der Sanduhr hinter dem Tresen hinüber, aber der Wirt, der wie gebannt dem Barden lauschte, hatte leider vergessen, sie zu drehen; der Sand ruhte unten in dem Glas – aber wie lange schon, war ungewiss. Vermutlich war schon genug Zeit vergangen, dass Karia inzwischen eingeschlafen war, überlegte Martil.

Er warf sich den Sack mit Proviant über die Schulter und atmete erst einmal tief durch, als er wieder im Freien stand. Auf dem Weg zum Haus des Priesters sah er einige Dorfbewohner, die noch unterwegs oder draußen beschäftigt waren, doch die meisten befanden sich entweder im Gasthaus oder zu Hause bei ihren Familien, aßen ihr Abendbrot oder spielten mit ihren Kindern. Er wusste, wie es war. Einst hatte auch er so gelebt, bevor der Krieg in sein Land gekommen war. Er brauchte nicht in die Häuser zu schauen, um zu wissen, was die Leute dort taten. Das wollte er auch nicht. Es schmerzte zu sehr, glückliche Familien zu sehen.

Pater Nott war allein und schenkte sich gerade ein Glas Malzbranntwein ein, als Martil eintrat. Er hatte das eigenartige Gefühl, dass der alte Mann nervös auf seine Rückkehr gewartet hatte.

»Mein einziges Laster. Manche sagen, es sei der Schlüssel zu meinem langen Leben und meiner Gesundheit«, sagte der Priester zur Begrüßung.

»Und was sagt Ihr?«

»Sie sind Dummköpfe. Aroaril hält mich hier, kein Glas voll vergorenem und gebranntem Getreide. Leistest du mir Gesellschaft?«

»Schläft sie schon?«

Nott schmunzelte. »Glaubst du, ich säße hier in aller Ruhe, wenn sie das nicht täte? Nach ihrem Bad und zwei

Portionen Kirschkuchen ist sie über den Worten, sie sei doch gar nicht müde, eingeschlafen.«

Martil entspannte sich ein wenig und setzte sich dem alten Priester gegenüber.

»Dann sehr gern. Das Gemisch aus durchschnittlichem Bier und schlechten Geschichten im Gasthaus hat meinen Magen in Unordnung gebracht«, sagte er.

»Ah, ja, wir haben heute Nacht einen Barden im Dorf. Und ohne Zweifel hast du zu viel vom Krieg gesehen, als dass du jetzt gerne dumme Märchen darüber hören willst«, sagte Nott, während er ein Glas Malzbrand einschenkte und es Martil reichte.

Martil beschloss, gleich zur Sache zu kommen.

»Also, passt Ihr öfter auf kleine Kinder auf?«

Nott lächelte traurig. »Karia war erst das zweite. Das erste war ihre Mutter.«

Martil nippte an dem rauchigen Schnaps. »Ihre Mutter?«

»Ja. Meine Frau war gerade gestorben, und unsere Ehe war nicht mit Kindern gesegnet worden. Ich weiß nicht, warum, aber Aroaril hatte meine Gebete in dieser Sache nicht erhört. Dann wurde ein elternloser Säugling in meine Obhut gegeben. Ich habe es als Teil eines größeren Plans angesehen. Offensichtlich hatte ich selbst keine Kinder gehabt, damit ich mich um dieses kümmern konnte. Es war ein Mädchen, ein schönes Kind und später eine schöne Frau. Zu schön für diese Gegend. Ich hatte mir so viel für sie erhofft.«

Nott hielt inne, und Martil sah, wie er mit seinen Emotionen kämpfte.

»Törichter Hochmut. Die respektablen Männer aus

dem Umland hielten sich von ihr fern. Alle dachten, sie wäre zu gut, um einfach nur auf den Feldern zu arbeiten. Stattdessen war es zu meiner Bestürzung ein schurkischer Bauer namens Edil, der sie umwarb und bald um den Finger gewickelt hatte. Es ist dir vielleicht nicht aufgefallen, als du ihn kennenlerntest, aber er konnte den Leuten ein X für ein U vormachen, wenn er es wollte.«

Martil nickte. »Das ist mir aufgefallen. Er sprach nicht wie ein gewöhnlicher Bandit. Er schaffte es sogar, dass ich weiterredete, als ich längst wusste, dass es eine Falle war. Und ein unerfahrenes Mädchen …« Er brach ab, als ihm klar wurde, dass er von Notts Adoptivtochter sprach.

Aber Nott grummelte lediglich zustimmend. »Dann verstehst du es also. Gegen meinen Willen und gewiss gegen meine Wünsche haben die zwei geheiratet. Er hatte sie mit Gerede über Seide und Schmuck verführt und mit Märchen über Norstalos-Stadt bezirzt. Sie wollte dieses kleine Dorf hinter sich lassen. Er hatte ihr die Welt versprochen. Was er ihr aber gab, war ein Leben in Knechtschaft auf seinem Bauernhof und ein Kind, dessen Geburt sie trotz all meiner Gebete umgebracht hat.«

Nott hielt inne und genehmigte sich einen Schluck, bevor er fortfuhr. »Mara, Karias Mutter, wurde gezwungen, während ihrer Schwangerschaft zu arbeiten. Sie hätte das Kind fast verloren, und ich musste Aroaril anflehen, mir die nötige Kraft zu geben, um sie zu retten. Ich dachte, meinen Gebeten wäre Gehör geschenkt worden, doch es war nicht ganz so, wie ich dachte. Du weißt um die Mächte eines Priesters, oder?«

Martil nickte. »Ihr könnt Aroaril um Magie bitten. Wenn ihr und die Bitte würdig seid, wird Aroaril euch die Macht geben, Menschen zu heilen, den Regen auf trockene Felder fallen zu lassen und alles Mögliche andere zu tun.«

»Also hast du in der Kirche aufgepasst. Allerdings folgt Aroaril einem Plan, der für keinen von uns begreiflich ist. Er rettete die Mutter, aber nur so lange, bis das Kind geboren war. Maras Lebenskraft reichte noch aus, um Karia zur Welt zu bringen, aber dann war nicht mehr genug übrig, um sie selbst zu retten.«

»Was ist das denn für ein Unsinn, Pater? Aroaril kann doch bestimmt alles tun, was er will.« Martil reagierte auf Geschichten über göttliches Eingreifen ganz besonders empfindlich. Er hatte viel zu oft gehört, dass Aroaril schon kommen und Rallora vor den einmarschierenden Berellianern retten würde, als dass er solchen Geschichten noch Glauben schenken konnte.

»Wenn ich eines gelernt habe, dann ist es, dass seine Pläne unseresgleichen nicht offenbar werden. Und wer sich über sie lustig macht, tut es auf eigene Gefahr.« Seine Stimme war mild, doch sein stählerner Blick ließ Martil nicht daran zweifeln, dass es ein gefährliches Thema war. Verständlich genug, dachte Martil, wenn man zusehen musste, wie das Mädchen, das man als Tochter großgezogen hat, bei der Geburt ihres Kindes starb und der Gott, dem man sein gesamtes Leben lang gedient hatte, die Bitte, sie zu retten, ablehnte.

Nott fuhr fort. »Natürlich konnte Edil einen Säugling auf dem Bauernhof nicht gebrauchen. Also hat man ihn bei mir gelassen. Karia ist etwas Besonderes. In meinem törichten Hochmut – schon wieder, dabei sollte man meinen, ich hätte daraus gelernt – habe ich mit ihren Fähigkeiten geprahlt, und natürlich kam dies auch Edil zu Ohren. Er wollte sie zurück, denn er dachte, sie könnte helfen, ihn zu versorgen. Er drohte sogar, deswegen zu meinem Bischof zu gehen … Ich konnte mich ihm nicht in den Weg stellen, obwohl Karia geweint hat. Nun ist sie wieder hier, und ich frage mich, ob das alles ein Teil von Aroarils Plan war.«

Martil erkannte, dass das Gespräch einen besorgniserregenden Verlauf nahm.

»Mir scheint, als hätte er Euch prüfen wollen. Und nun ist der Kreis komplett, sie ist wieder in Eurer Obhut«, schlug er vor.

»So einfach ist es nicht«, sagte Nott bedeutungsschwer. »Du bist kein gewöhnlicher Mann. Ein ungewöhnliches Kind, ein ungewöhnlicher Mann, zusammengebracht durch eine gemeinsame Aufgabe. Aber zu welchem Ziel?«

Martil zwang sich zur Ruhe.

»Nein, Pater, ich bin kein Spielzeug der Götter. Ich habe zu viel Tod und Schmerz auf zu vielen Schlachtfeldern gesehen, um noch daran zu glauben, dass wir in dem, was wir tun, einem höheren Plan folgen. Bei Zorvas Eiern, wenn ich …«

»Was unterstehst du dich?«, knurrte Nott. »Nenne diesen Namen in meinem Haus nie wieder!«

»Aber das ist doch bloß eine harmlose Redensart …«

Notts Augen brannten wie Feuer, und sein Zorn schien in ihm zu brennen. »In Bezug auf diesen widerlichen Gott gibt es nichts Harmloses. Verstehen wir uns?«

Martil schluckte. Wenn er Nott davon überzeugen wollte, Karia wieder bei sich aufzunehmen, dann verärgerte er ihn besser nicht. »Ich bitte um Entschuldigung, Pater. Es ist eine meiner schlechten Angewohnheiten. Meine Freunde und ich lachten einst darüber. Es wird nicht wieder vorkommen.«

Nott atmete schwer, und sein Gesicht wurde blass. »Wer über den Dunklen scherzt, geht das Risiko ein, seine Aufmerksamkeit auf sich zu ziehen. Glaube mir, wenn ich dir sage, dass du das nicht willst. Es waren seine Handlanger, die den berellischen König zu seinem Krieg verleitet haben, der jahrelang zu solchem Leid im Süden führte. Wenigstens das wirst du doch glauben, oder?«

Martil lächelte grimmig. »Ich weiß alles darüber. Ich war von Anfang an dabei. Ein Teil des rallorischen Heeres unterstützte Avish gegen den berellischen Einmarsch, aber es stellte sich heraus, dass dies eine große Falle war und beide Länder versuchten, uns in die Zange zu nehmen. Ich war dabei, als wir geschlagen wurden, und habe nur überlebt, weil die arroganten Berellianer sich gegen die Avishen wandten, um einen noch größeren Anteil unseres Landes für sich zu bekommen. Ich war dabei, als wir sie schließlich aus unserem Land gejagt haben. Und ich war dabei, als die Berellianer den Waffenstillstand brachen und wir ihre Stadt Bellic zerstörten, auf dass sie sich nie wieder gegen uns erheben. Heute will ich mir nur noch ein Haus am Meer kaufen, die Sonne genießen und mich daran erfreuen, wie sich die reichsten Kaufleute darum streiten, wer seine Tochter mit mir verheiraten wird.« Martil war sich bewusst, dass er seinen Worten allzu freien Lauf ließ, und beschloss, nichts mehr zu sagen, bevor ihm noch etwas herausrutschte, das den Priester erzürnen würde.

»Du hast dir den Frieden redlich verdient. Aber ich habe selbst nur allzu gut gelernt, dass wir nicht bekommen, was wir wollen. Wir bekommen das, von dem Aroaril weiß, dass wir es brauchen. Und was ihr beide braucht, ist die Reise nach Thest.«

Der bloße Gedanke entsetzte Martil. »Das Mädchen und ich brauchen etwas anderes. Wir brauchen Euch, der sich um das Mädchen kümmert oder es zumindest so lange bei sich behält, bis Ihr diesen Onkel Danir in Thest benachrichtigt habt.«

Nott trank aus und hielt einen langen Moment inne, bevor er wieder zu Martil aufblickte.

»Ich kann nicht tun, worum du mich bittest. Morgen ist mein achtzigster Geburtstag, und nach den Regeln meines Ordens muss ich nach Norstalos-Stadt zurückkehren, wo ich den Rest meines Lebens im Ordenshaus verbringen werde. Meine Ablösung wird morgen hier eintreffen, zusammen mit meinem Bischof. Karia kann hier nicht bleiben und würde auch im Ordenshaus nicht geduldet werden.«

Martil hatte Mühe, nicht die Beherrschung zu verlieren. »Dann ist dies wohl die Aufgabe, von der Ihr gesprochen habt.«

Nott lächelte gutmütig. »Mein Sohn, ich habe im Lauf meines Lebens viele eigenartige Dinge getan, aber mit Absicht zu altern, nur um dich zu ärgern, gehört nicht dazu. Sei so freundlich, mir weiter zuzuhören. In meinem Land geschehen Dinge, die mir zu schaffen machen. Die Priesterschaft hat sich zwar immer aus der Politik herausgehalten, aber das heißt nicht, dass wir blind und taub wären gegenüber dem, was um uns herum geschieht. Norstalos hat zum ersten Mal in seiner Geschichte eine Königin, und sie kann das Drachenschwert nicht führen, weil die Drachen es so geschaffen haben, dass nur ein Mann es aus der Scheide ziehen kann. Kein Adliger wurde von dem Schwert für würdig befunden; deshalb braucht die Königin einen Krieger, der das Schwert für sie führt, bis sie einen Sohn gebärt. Das Volk glaubt seit jeher, das Drachenschwert beschütze das Land auf magische Weise, und die Menschen brauchen die Bestätigung, dass sie durch die Macht des Schwertes immer noch sicher sind.« Nott hob die Hand, als Martil zu sprechen ansetzte. »Ich weiß, es klingt unglaublich, dass ein Schwert einem Land den Frieden bewahren könnte. Ich gehöre zu den wenigen hier, die ahnen, dass die Macht des Schwertes mehr Legende als Wahrheit ist. Nichtsdestotrotz halten es viele Leute für wahr, da die Kriege und Plagen nur die Länder um uns herum, nicht aber das unsere heimgesucht haben. Wenn eine Lüge oft genug wiederholt wird, wird sie irgendwie zu einer Art Wahrheit. Ob das Schwert uns beschützt oder nicht, wenn nicht bald jemand das Schwert führt, werden Dinge geschehen, die dieses friedliche Land verändern werden. Wenn du mit Karia abreist, gibt es viele Wege, die ihr einschlagen könnt. Aber nur einer wird euch nicht ins Verderben führen. Ihr musst nach Thest gehen.«

Martil reagierte nicht darauf. »Ich bin hierhergekommen, weil ich gehört habe, das Land sei friedlich! Was glaubst du denn, was passieren wird?«

Nott zuckte mit den Schultern. »Ich bin kein guter Wahrsager. Aber ich weiß, dass es eine anschwellende Flut von Angst und Zorn in diesem Land gibt und außerdem einige Feindseligkeit gegenüber der Frau, die auf unserem Thron sitzt. Und Herzog Gello wartet auf seine Chance; er wäre König geworden, wenn er es vermocht hätte, das Drachenschwert zu ziehen. Er steht in dem Ruf, ehrgeizig und unbarmherzig zu sein. Man kann sich leicht vorstellen, was passieren könnte, wenn die Königin das Volk nicht mehr auf ihrer Seite hat. Jedenfalls geht es nun um Thest. Du musst mir schwören, dass ihr beide dort hingehen werdet. Sieh es als eine zweite Chance, eine Wiedergutmachung.«

Martil prustete. »Wiedergutmachung? Habt Ihr nie von Bellic gehört? Ich war einer der Hauptleute, die den letzten Befehl gaben, die Stadt zu zerstören.«

Nott seufzte. »Aroaril hat mir deine Vergangenheit gezeigt. Natürlich wusste ich längst von Bellic, und auch ich weiß, dass du nicht allein die Schuld daran trägst. Darum spricht man ja auch von den Schlächtern von Bellic. Ihr wart zu fünft.«

Martil schnürte sich die Kehle zu, aber er ließ sich davon nicht abhalten. Es gab gewisse Dinge, die gesagt werden mussten. »Es war meine Schuld. Ich hätte sie aufhalten können. In der Abstimmung waren zwei dafür, die Stadt zu plündern, und zwei dafür, die Stadt aushungern zu lassen. Ich gab die entscheidende Stimme. Mein Zorn hatte die Oberhand über mich gewonnen. Und jetzt muss ich damit leben, was ich getan habe. Eine zweite Chance? Mir ein kleines Mädchen zu geben, auf das ich aufpassen soll? Wie soll das den Tod Hunderter

Kinder in Bellic wiedergutmachen? Darüber können die Götter doch nur lachen.«

Nott war erstaunlich schnell auf den Beinen und packte Martil am Arm. »Ich sage es dir jetzt zum letzten Mal. Verspotte nichts, das du nicht verstehen kannst«, warnte er ihn. Der Blick seiner blauen, weisen Augen ließ Martil nicht los. »Karia ist kein gewöhnliches Mädchen. Das Eingreifen Aroarils … Wenn ich sage, Karia ist etwas Besonderes, dann meine ich nicht, dass sie irgendwelche Zahlenspielchen vorführen oder die Leute zum Lachen bringen könnte. Nein, sie hat große Macht in sich. Nicht die Art Macht, die ich von Aroaril erhalte, sondern Magie, echte Magie, die die Welt um sie herum verändern kann. Deshalb wollte Edil sie zurückhaben. Er dachte, man könnte sie zu einer Magierin machen, die ihm endlich die Reichtümer einbringen würde, die er sich immer gewünscht hatte. Also sag mir jetzt nicht, dass sie nicht irgendeinen höheren Zweck zu erfüllen hätte. Und du ebenfalls. Ein Mann, der vom Tod vieler Kinder heimgesucht wird, erhält die Möglichkeit, sich um ein kleines Mädchen zu kümmern. Für mich ist das alles andere als komisch. Ich betrachte Karia als meine Enkelin. Würde ich sie also mit einem Fremden gehen lassen, der sie verletzen könnte? Du bist ein besserer Mensch, als du denkst. Vielleicht wird aus dir eines Tages sogar ein guter Mensch. Sag mir, bereust du, was in Bellic geschehen ist?«

Martil, der sich von Notts unverwandtem Blick und seinem überraschend festen Griff gefangen sah, konnte nicht ausweichen. All das, was er unterdrückte, all das, was sich Bahn gebrochen hatte, als er Edil getötet hatte, überkam ihn erneut.

»Natürlich«, sagte er grimmig. »Ich bereue es mit jedem Atemzug.«

»Tust du das? Tust du das wirklich? Oder bereust du nur, dass du als Folge deiner Taten nicht länger als Held giltst?«

Martil blinzelte ihn an. »Es war mir immer egal, ob ich als Held gelte. Aber die nächtelange Schlaflosigkeit aufgrund meiner Albträume von Bellic ist mir nicht egal! Es ist mir nicht egal, dass durch meine Entscheidung Hunderte Frauen und Kinder starben und die Leben der Männer zerstört wurden, die meine Befehle ausgeführt haben! Mir ist nicht egal, dass ich die Schuld für den Rest meines wertlosen Lebens mit mir herumschleppen muss!«

Nott starrte ihm in die Augen und nickte grimmig. »Wenn das wahr ist, musst du nach Thest reiten. Schwöre es, wenn du wahrhaft Buße tun willst. Schwöre es!«

»Aber das habe ich doch schon! Ich habe es bei Aroaril geschworen!«, protestierte Martil. »Gerade als ich … Ich habe es ihrem Halbbruder geschworen!«

»Schwöre noch einmal! Schwöre es mir!«

Martil konnte den Blick nicht abwenden. »Ich schwöre bei Aroaril, dass ich Karia nach Thest bringen werde«, keuchte er.

Sowie er das gesagt hatte, lockerte sich Notts Griff um seinen Arm, und ihm wurde für einen Augenblick warm. Der Priester sah ihm noch einen Moment in die Augen, bevor er lächelte.

»Diesen Eid darfst du nicht brechen. Dies ist der Weg zu deiner einzigen Aussicht auf Glück. Verstehst du?«

Er ließ Martils Arm los, bewegte sich aber nicht von der Stelle. Martil konnte wieder schlucken.

»Ich bin weder taub noch dumm. Du willst, dass ich nach Thest gehe. Verrate mir einfach, warum du das so dringend willst!«

Nott prustete. »Du würdest es mir so oder so nicht glauben. Aber ich kann dir verraten, dass diesen Eid zu brechen zu einem Elend von derartigen Ausmaßen führen wird, dass dir Bellic dagegen wie eine schöne Erinnerung vorkommen wird.«

Martil, der inzwischen völlig erschüttert und von seiner Schuld überwältigt war, nickte lediglich.

Nott vergrub das Gesicht in den Händen und rieb es ermüdet, bevor er wieder zu Martil aufblickte. »Ihr solltet früh aufbrechen. Die Abreise wird Karia schwerfallen. Schlaf ein bisschen. Hast du Hunger?«

Martil gab zu, dass ihn Notts plötzlicher Themawechsel durcheinandergebracht hatte, und folgte ihm in die Küche, wo Nott ihm einen Teller Schinken hinstellte und den Deckel von einem Topf Rüben und Kohlrüben nahm, die auf der Feuerstelle leise köchelten.

»Wasch deinen Teller ab, wenn du gegessen hast. Du kannst hier schlafen. Ich gehe zu Bett«, teilte Nott mit. Er wirkte erschöpft.

»Gibt es keine andere Möglichkeit für mich, außer nach Thest zu gehen?«, fragte Martil ein letztes Mal.

»Nicht, wenn du deine Albträume loswerden willst. Schlaf gut«, sagte Nott.

Martil hatte seine Zweifel, ob ihm das jemals wieder glücken würde, sagte aber nichts. Er schaltete seine Gedanken bewusst ab und aß mechanisch. Das Essen war nicht gerade schmackhaft, aber für jemanden, der sein halbes Leben lang die Verpflegung des Heeres hatte ertragen müssen, war es in Ordnung. Er wusch seinen Teller im tiefen Spülbecken ab. Dann blickte er aus dem Fenster und sah Tomon auf der Pferdekoppel. Er hatte das Gefühl, aus einem Traum aufzuwachen. Am liebsten wäre er einfach hinausgelaufen, hätte das Pferd gesattelt und wäre augenblicklich davongeritten. Er könnte etwas Gold hinterlassen und es dem Priester anheimstellen, was er mit Karia anfing. *Aber was dann,* fragte er sich. Zurück zum Alkohol und den Albträumen? Hatte er nicht geschworen, sich zu ändern? Hatte er nicht unter Eid versprochen – zwei Mal –, dass er Karia nach Thest bringen würde? Was erwartete ihn in Thest? Und was würde geschehen, wenn er sein Versprechen nicht hielt? Wie hatte der Priester es geschafft, ihn so zu beeinflussen? Er fühlte sich zerrissen. Dann fällte er eine Entscheidung und wandte sich vom Fenster und der verlockenden Flucht mit Tomon ab. Ja, er wollte weglaufen. Er wollte nicht noch mehr Zeit mit Karia verbringen. Aber er war verzweifelt gewesen. Nach Bellic, nachdem er Rallora den Rücken gekehrt hatte, nachdem er Edil abgeschlachtet hatte … mussten sich die Dinge ändern. Ihm gefiel der Gedanke, dass vor ihm der Weg zum Glück lag. Er würde nach Thest gehen und dem alten Priester vertrauen. Er griff sich ein Sitzkissen, eine Decke von seinem Sattel und legte sich zum Schlafen auf den Boden, in der Hoffnung, nicht von Bellic zu träumen.

3

Im Wirtshaus bebten die Wände, so laut wurde gesungen. Kriegslieder, die nur vom Marschieren, von den Geliebten zu Hause und den Mädchen, die auf Männer in Uniform standen, handelten. Jede Nacht das Gleiche. Die Leute tranken zu viel, sangen, und schließlich prügelten sie sich. Und das war alles, worauf sich der ehemalige Kriegshauptmann Snithe in diesen Tagen noch freuen konnte. Er war in diesem Dorf früher zu Hause gewesen, doch dann war der Krieg gekommen. Und was konnte ein Mann schon groß tun, außer zu kämpfen? Das Dorf war noch heute so, wie er es in Erinnerung hatte, doch ihn selbst hatte der Krieg verändert. Viele der Dorfbewohner mieden ihn jetzt, so gut sie konnten. Zu Anfang hatten ihn fast alle respektiert, auch wenn ihm das Blut von Bellic an den Händen klebte. Aber jetzt verlangten viele unter der Hand, die Miliz solle dafür sorgen, dass Snithe sich ruhig verhielt – und manche verlangten sogar, dass man ihn aus dem Dorf jagen sollte.

Er hatte mindestens zehn Krüge Bier getrunken und den schmalen Pfad, der über eine tiefe Jauchegrube zu dem baufälligen Holzhaus führte, nur mit großer Schwierigkeit überwinden können. Als er erst einmal auf dem Abtritt war, öffnete er seine Hose mit übertriebener Sorgfalt – und erblickte eine dunkle Gestalt, die ebenfalls hereinkam.

»Musst du auch mal pinkeln?«, fragte er mit freundlicher Stimme, die Gestalt jedoch trat noch näher und versenkte ein Messer in seiner Brust.

»König Markuz hofft, dass du auf ewig vor dich hin rottest, Hauptmann Snithe«, zischte Cezar, als Snithe keuchend starb. Rasch schnitt er dem Mann das Herz aus der Brust, um es Markuz als Trophäe bringen zu können, und stieß die Leiche dann in die Jauchegrube. Er wusste, dass es genügend Verdächtige gab. Die Miliz würde Tage brauchen, um dahinterzukommen. Das war genug Zeit für ihn, den Auftrag zu Ende zu bringen.

Es kam ihm vor, als hätte er die Augen gerade erst geschlossen, als ihn jemand wachrüttelte. Er hatte von dem letzten Kriegsrat vor Bellic geträumt. Alle anderen Hauptmänner waren blutbesudelt gewesen, und hinter ihnen hatten die toten Kinder von Bellic gesessen. Er blinzelte und hatte Karias Gesicht nur wenige Fingerbreit vor sich.

»Was ist?«, keuchte Martil. Es war Jahre her, seit sich zuletzt jemand im Schlaf an ihn hatte heranpirschen können.

»Pater Nott ist noch müde, aber er hat gesagt, du würdest mir Frühstück machen«, verkündete sie. Sie sah an diesem Morgen weitaus besser aus. Das war wohl größtenteils dem Bad zu verdanken. Sogar ihr Haar war gebürstet.

Martil blickte aus dem Fenster und sah, dass der Tag gerade erst anbrach. Er rieb sich die Augen und schluckte. Sein Mund schmeckte, als hätte irgendetwas Verfaultes darin übernachtet. Er brauchte ein Glas Wasser, und dann brauchte er etwas Warmes zu essen.

»Was willst du haben?«

»Was gibt es denn alles?«

Martil machte sich auf die Suche, stellte aber fest, dass Pater Notts Vorratskammer eher knapp bestückt war. Er vermutete, dass er und Karia die meisten Vorräte gestern Abend verspeist hatten. Die Milch roch sauer, und das restliche Brot war hart geworden. Er schnitt dicke Scheiben von dem Brotlaib ab und hielt sie nahe ans Herdfeuer. Karia verputzte vier Scheiben gerösteten Brotes, zwei davon mit Honig, zwei mit Käse.

»Jetzt was zu trinken.«

Also musste Martil sein eigenes Brot warten lassen und ging noch einmal auf Suche, bis er einen Steinkrug mit Apfelsaft gefunden hatte. Er schenkte zwei Becher ein und hatte sich gerade hingesetzt, als Karia ausgetrunken hatte.

»Kann ich jetzt für Pater Nott Frühstück machen?«

Seufzend half Martil ihr, Brot und Saft für Pater Nott vorzubereiten. Er fragte sich, wann er selbst wohl etwas würde essen können. Deshalb war er sehr dankbar, als Pater Notts Tür sich öffnete und der alte Priester in einen Wollumhang gehüllt zu ihnen in die Küche trat. Karia freute sich ebenfalls und lief ihm entgegen, um ihn zu umarmen. Nachdem er sich an den Küchentisch gesetzt hatte, durfte sie auf seinen Schoß klettern.

»Was machen wir heute?«, fragte sie.

Pater Nott legte seine Scheibe Röstbrot auf den Teller. »Wir werden gar nichts machen. Mich werden einige

Leute besuchen, und dann muss ich meine Sachen packen. Du wirst mit Martil gehen.«

»Ich bringe dich zu deinem Onkel Danir«, fügte Martil hastig hinzu.

Es dauerte einen Augenblick, bis sie das alles begriffen hatte, aber dann war ihr das Entsetzen ins Gesicht geschrieben, und sie sah Pater Nott mit weit aufgerissenen Augen an. »Heißt das, ich kann nicht hierbleiben?«

»Genau, meine Liebe. Ich kann auch nicht hierbleiben. Ich gehe zurück in die Hauptstadt und werde dort in meinem Ordenshaus leben, und hier wird ein anderer Priester einziehen.

»Aber ich will bei dir bleiben! Warum kann ich nicht bei dir bleiben?«, schrie sie und brach in Tränen aus.

Nott versuchte vergeblich, sie zu beruhigen.

»Ich werde nicht gehen! Du kannst mich auch nicht dazu zwingen!«

Martil hatte genug. »So kannst du nicht mit dem Pater sprechen!«, schnauzte er.

»Und wer hat dich gefragt? Du kannst mich zu nichts zwingen!«, kreischte sie ihn an.

»Martil! Bitte!«, versuchte Pater Nott einzugreifen, doch soweit es Martil betraf, war dies ein Kampf, den er gewinnen musste, wenn er Karia zu ihrem Onkel bringen wollte.

»Du wirst tun, was ich dir sage!«

»Warum? Du bist nicht mein Vater! Du hast meinen Vater getötet!« Sie griff einen leeren Becher und warf ihn nach Martil. Er musste sich ducken, um auszuweichen.

»Karia!«, ermahnte Pater Nott sie, doch Martils Zorn kochte über, und er sprang auf die Beine.

»Warum will …!«

»Nein!« Als sie den Zorn bemerkte, der Martil ins Gesicht geschrieben stand, rollte sie sich schützend zusammen und hielt sich die Arme über den Kopf. Sie schrie und weinte zugleich.

Im Handumdrehen verschwand Martils Zorn, und er stand einfach nur da, ihm war schlecht, Schuld und Scham machten ihn sprachlos.

Pater Nott tätschelte Karia sanft und sah Martil an. »Ich sehe, du weißt nicht viel über Kinder. Aber das tat ich auch nicht, und ich habe dazugelernt. Sie braucht ein bisschen Zeit, um sich an die Dinge zu gewöhnen. Versuch doch einmal, es aus ihrer Sicht zu sehen. Sie dachte, sie würde hierherkommen, um wieder in dem einzigen wirklichen Zuhause zu leben, das sie je gekannt hat!«

»Nun, versteht Ihr jetzt, warum ich nicht der Richtige bin?«, hielt Martil dagegen.

Pater Nott lächelte. »Du bringst sie doch nur zu ihrem Onkel. Du wirst doch wohl ein paar Tage mit ihr überstehen, bevor ihr Thest erreicht.«

Martil hielt inne. Der Eid erschien ihm in diesem Moment wie eine unzumutbare Bürde.

»Ich muss mal an die frische Luft«, erklärte er. »Und ich muss mein Pferd satteln.«

»Erst musst du dich bei ihr entschuldigen«, sagte Pater Nott. »Sie dachte, du wolltest sie schlagen, und das ist nicht gut. Sie muss lernen, dir zu vertrauen, und du musst erkennen, dass sich mit Gewalt keine Probleme lösen lassen.«

Martil musste lachen, ob er wollte oder nicht. »Mit Gewalt habe ich etliche Probleme gelöst.« Dann sah er die schniefende Karia an, deren große Schluchzer sie ganz durchzuschütteln schienen. »Ich rede mit ihr, wenn ich wiederkomme.«

Er suchte zuerst das Plumpsklo auf und dann den Waschraum, wo er sich mit kaltem Wasser ein wenig abkühlte. Gut, er würde sie also zu Danir bringen, sicherstellen, dass es ihr gut ging, und dann fortreiten, ohne sich auch nur einmal umzublicken.

Er ging zu seinen Satteltaschen und holte etwas Seife und ein Rasiermesser heraus, bevor er zum Waschraum zurückkehrte. Pater Nott hatte nur einen kleinen Bronzespiegel, der auf einem großen Steinbecken stand. Martil begann sich zu rasieren und schabte die dicken Borsten ab, die Kinn und Wangen bedeckten. Sein Gesicht im Spiegel starrte ihn mit grauen Augen an. Die Haare wurden langsam weniger, die Nase war zu groß, die Augenbrauen zu dicht und die Ohren ebenfalls zu groß – nein, ein gut aussehender Mann war er nicht. Sein Gesicht hatte keinerlei Narben, von der einen winzig kleinen auf seiner Wange einmal abgesehen. Zu der hatte ihm nicht etwa irgendein Berellianer verholfen, sondern Borin, als sie noch Kinder gewesen waren. Er rasierte sich zu Ende und war dann unentschlossen, ob er Tomon füttern oder lieber wieder hineingehen sollte. Er beschloss, sich das Füttern für später aufzuheben; Karia hatte vielleicht Spaß daran. Diese Vorgehensweise ließ ihn mit etwas gestärktem Selbstvertrauen wieder in die Küche zurückkehren. Karia aß gerade den Rest von Pater Notts Röstbrot.

»Karia, möchtest du gern mein Pferd füttern?«, bot er an.

Sie nickte, rührte sich jedoch nicht von der Stelle.

»Du musst ihm antworten, meine Liebe«, sagte Pater Nott behutsam.

»J… ja bitte.«

»Okay. Dann komm mit«, forderte er sie auf.

Sie blickte flüchtig zu Pater Nott auf, der nickte und sie anlächelte, also lief sie mit gesenktem Blick zu Martil hinüber. Martil sah Pater Nott an, der mit den Lippen ein Wort formte. Er vermutete, dass er ihm riet, sich zu entschuldigen; also ging er auf die Knie, um auf Karias Augenhöhe zu sein.

»Karia, ich werde dich nie schlagen. Niemals. Ich schlage keine Frauen oder Kinder. Verstehst du das?«

Sie blickte auf und nickte, allerdings erkannte Martil, dass er sie noch nicht überzeugt hatte. Dennoch, es war zumindest ein Anfang.

Er beglückwünschte sich selbst zu der guten Idee, denn Karia freute sich, Tomon wiederzusehen, und doppelt so sehr, ihn zu füttern. Martil zeigte ihr, wie sie sich eine Handvoll Getreide richtig auf die Handfläche legen musste, damit das Pferd daran knabbern konnte, ohne ihre Finger zu berühren. Dann gab er ihr einen kleinen Apfel, den Tomon zerkauen konnte. Er hob sie hoch, sodass sie den Futtersack über Tomons Kopf ziehen konnte, und sie half Martil, das Pferd zu bürsten, während es kaute. Als sie fertig waren, stand Pater Nott draußen und sah ihnen zu.

»Ihr solltet jetzt besser aufbrechen«, sagte er leise zu Martil. »Pack deine Sachen. Sie hat leider kaum etwas, das du mitnehmen könntest. Ich passe so lange auf sie auf. Der Bischof wird bald hier sein, und die Anwesenheit eines kleinen Kindes oder gar eines rallorischen Kriegers könnte ich nur schwer erklären. Was aber viel wichtiger ist, sie hat gerade gute Laune, und das machen wir uns am besten zunutze.«

Karia half Martil, Tomon zu satteln. Er zeigte ihr, wie man die Satteltaschen richtig befestigt. Ihren nächsten Halt würden sie in Wollin machen, einer Stadt, die einen ganzen Tagesritt entfernt war. Er hätte auch früher anhalten können, doch er wollte irgendwohin, wo er einige Dinge für Karia kaufen könnte. Schließlich war Bestechung schon immer eine gute Methode, um Leute für sich einzunehmen; auch im Krieg war es so gewesen. Pater Nott umarmte Karia lang und innig und gab ihr einen Kuss auf die Stirn, bevor er ihr ein Schutzgebet mit auf den Weg gab. Er nickte Martil zu.

»Also, lass uns aufbrechen, Karia«, sagte er fröhlich.

Aber Karia war noch nicht bereit. Sie klammerte sich an Pater Notts Bein und schrie.

»Du kannst nicht hierbleiben«, sagte Martil zu ihr. »Du musst zu deinem Onkel gehen.« Ein plötzlicher Geistesblitz ließ ihn innehalten. »Und dein Onkel wäre traurig, wenn du nicht zu ihm kommen würdest. So wollte es auch dein Vater. Und du darfst Tomon auch die ganze Zeit streicheln.«

Sie nickte langsam und ließ Pater Notts Bein los. Martil streckte seine Hand aus, doch sie schrie und griff stattdessen nach Pater Notts Arm.

»Na schön!« Martil war am Ende seiner Geduld. »Pater, viel Glück. Genießt Euren Ruhestand. Ich werde Euch benachrichtigen, sobald Karia bei ihrem Onkel ist.« Dann hob er Karia ohne viel Federlesens hoch. Damit hatte sie nicht gerechnet und griff verzweifelt nach Pater Nott, der aber schon außer Reichweite war, als Martil sie sich über die Schulter gelegt hatte.

»Halte deinen Eid! Deine Zukunft hängt davon ab!«, rief Pater Nott.

Martil konnte ihn kaum verstehen, so laut schrie Karia. Sie versuchte auch, ihn zu schlagen – mitunter erfolgreich. So auf Tomon zu steigen, war kein leichtes Unterfangen, doch das Pferd stand geduldig still. Es gelang ihm schließlich, sich in den Sattel zu schwingen und Karia vor sich zu setzen. Dort konnte sie Tomon streicheln, aber nicht entkommen.

Der alte Priester winkte Karia hinterher, und es hatte den Anschein, als würde er weinen. Martil ritt über Umwege aus dem Dorf hinaus, um die Hauptstraße zu vermeiden. Karias Schreie wären den Anwohnern, die in den wenigen Häusern dort lebten, nicht entgangen.

Pater Nott sah ihnen nach und fragte sich, ob er genug getan hatte – oder zu viel. Jetzt lag es in ihren Händen. Er wünschte, er hätte mitgehen können, aber das war nicht seine Bestimmung. Das war eine bittere Wahrheit. Denn es gab Dinge, die er gesehen hatte, von denen er Martil aber nichts erzählt hatte. Eine Vision von den beiden, wie sie nicht nur einander, sondern auch eine dritte Person retteten, wodurch die dritte Person das Land und eventuell die Welt retten konnte. Wie oder vor welchem Unheil sie gerettet wurde, wusste er nicht. Es war jedoch der einzige Trost, den er hatte. Er musste einfach Vertrauen haben.

»Du solltest aufhören zu schreien, sonst wirst du noch krank«, sagte Martil zu Karia, während er eine immer größere Entfernung zwischen das Geschrei und das Dorf legte.

So funktionierte es nicht, also beschloss er, es mit einer Bestechung zu versuchen.

»Ich habe Honigmandeln. Die kriegst du aber nur, wenn du aufhörst zu schreien«, bot er ihr an, obwohl es ihm schwerfiel, die nötige Überzeugungskraft aufzubringen, wenn er die Worte brüllen musste.

Es schien jedoch zu funktionieren, denn aus dem Geschrei wurden Schluchzer, aus den Schluchzern wurde ein Schniefen, und dann konnte sie fragen: »Wo bleiben meine Honigmandeln?«

Er zog eine Handvoll aus der Tasche und sah sie mit unglaublicher Geschwindigkeit in Karias kleinem Mund verschwinden. Anscheinend hatte das viele Geschrei sie hungrig gemacht.

»Wann kann ich zurück zu Pater Nott?«, wollte sie wissen.

»Das haben wir doch schon geklärt. Du kannst nicht zurück. Du musst zu deinem Onkel Danir ziehen, nach Thest«, sagte Martil geduldig.

»Ich hasse dich.«

Er seufzte. »Das sollte eine spaßige Reise werden.«

»Ich habe aber keinen Spaß«, erwiderte sie.

Norstalos war ein friedliches Land. Das war es jahrhundertelang gewesen. Und der Königspalast in Norstalos-Stadt hatte als Bastei des Friedens gegolten. Selbst während der dunkelsten Jahre, als der alte König Riel regiert und bevor er das Drachenschwert erlangt hatte, war der Königspalast nicht bedroht worden. Keine Unruhen. Keine Aufstände. Keine Meute, die nach Gerechtigkeit verlangte. Selbst das Armenviertel hatte sich vernünftigerweise ruhig verhalten – es war auch gar nicht mehr so arm gewesen. Also konnte man den Wachen am Königspalast keinen Vorwurf machen, dass sie sich etwas entspannten. Obwohl sie erfahrene Soldaten waren, hatten sie ihren Dienst jahrelang ohne Zwischenfälle versehen. Warum also etwas bewachen, das gar nicht bedroht wurde?

Chelten wusste das alles, als er seine sechs Männer über den Platz zum Palast führte. Sie machten sich gar nicht erst die Mühe, sich zu verstecken. Allerdings gab es auch keine Möglichkeiten, sich zu verstecken. Stattdessen liefen sie einfach zum vorderen Tor. Als handverlesene Mitglieder von Herzog Gellos Leibwache hatten sie reichlich Gelegenheiten gehabt, den Palast und die nächtliche Aufstellung der Wachen auszukundschaften. Sie hätten ihre Mission auch ausführen können, wären die Wachleute in höchster Alarmbereitschaft gewesen. Aber gegen eine Gruppe von Männern, die vor Langeweile fast einschliefen, weil sie einen Palast in der harmlosesten, sichersten Stadt der Welt beschützten – es würde zu einfach werden. Chelten musste fast lächeln, als er sich den Wachposten näherte. Seine Belohnung für die heutige Nacht wäre die Genugtuung, den Herzog, dem er sein Leben lang gedient hatte, zum König zu machen. Und dann im Dienst dieses Königs zu stehen würde ihm materielle Belohnung verschaffen – Gold, Land und Frauen.

»Halt! Wer seid ihr, und was wollt ihr?«, rief eine der Torwachen. Sie waren nur zu zweit, jedoch hing hinter ihnen ein Glockenstrang, mit dem man Alarm auslösen konnte. Aber keiner der beiden machte auch nur die geringste Bewegung in Richtung des Strangs. Auf den ersten Blick mussten Cheltens Männer sehr merkwürdig wirken – sie waren erst nach Mitternacht gekommen, und sie waren alle in Schwarz gekleidet, schwarze Hosen und schwarze Roben, auf denen das Abzeichen von Herzog Gello auf der linken Brustseite zu sehen war.

Herzog Gello war der Anführer des Heers. Wie konnten seine Männer also eine Bedrohung darstellen?

»Wir kommen im Auftrag von Herzog Gello. Wir gehören zu seiner Leibwache. Wir sind hier, um das Drachenschwert zu stehlen, um das Land ins Chaos zu stürzen und um es unserem Herrn möglich zu machen, die Macht an sich zu reißen«, sagte Chelten ungerührt.

Beide Torwachen brachen in Gelächter aus.

»Ein erstklassiger Scherz! Aber nun wirklich, wen wollt ihr heute Nacht antreffen?«

Chelten zeigte hinter die beiden.

»Wer ist heute Nacht euer Wacheoffizier?«

Sie beide drehten sich instinktiv um. »Leutnant Blunt hat heute Nacht Dienst«, sagte der eine. »Sollen wir ihn rufen?«

Chelten lächelte. »Nein, den finde ich schon selbst«, sagte er gelassen und zückte ein langes Messer, das er der ersten Wache von hinten in den Hals rammte. Er arbeitete gerne mit Messern. Messer konnte man gut heimlich am Körper tragen – Schwerter dagegen musste man häufiger ablegen oder gar abgeben. Außerdem musste man seinem Opfer nahe kommen, um mit einem Messer zu töten. Der zweite Wachmann drehte sich um, aber bevor er etwas sagen konnte, hatten Cheltens Männer ihn gepackt; einer hielt ihm den Mund zu, und drei weitere stießen ihm ihre Kurzschwerter in die Brust.

»Schnell jetzt!«, drängte Chelten seine Männer, als sie die Leichen in die Schatten des Tores zerrten und weiter zu dem Wachhaus eilten, wo sich die übrigen Wachmänner zwischen ihren Schichten ausruhten. Nicht dass Chelten sich wegen ein paar Männern der Königsgarde Gedanken gemacht hätte. Er hatte seine Männer persönlich ausgewählt und sie die letzten zwölf Monate für diese Nacht ausgebildet; er traute ihnen zu, gegen eine Truppe, die dreimal so stark war, zu bestehen.

Und sie wurden gar nicht ernsthaft auf die Probe gestellt. Vier Männer waren im Wachhaus und ein Offizier, doch ohne Warnung hatten sie nicht den Hauch einer Chance. Sie wurden ohne Gnade niedergemetzelt.

Chelten lächelte dünn. Er beauftragte zwei seiner Männer damit, das Tor zu bewachen. Die anderen vier führte er in den Palast. Sie blieben vor der Tür einer, wie Chelten wusste, unbenutzten Kammer stehen, bevor sie hineingingen, und er beschloss, den Ablauf noch ein letztes Mal durchzugehen. Sie hatten sich zwar lange auf diese Nacht vorbereitet, aber das Töten der Wachen hatte ihr Blut in Wallung gebracht. Er wollte keinen Fehler machen.

»Das Drachenschwert wird von nicht mehr als vier Männern bewacht. Wir werden schnell sein müssen. Alle Diener, denen wir begegnen, müssen sofort getötet werden. Verstanden?«

»Warum bringen wir die Sache nicht einfach zu Ende und töten die Königin? Die Wachen sind tot, der Palast ist uns ausgeliefert.«

»Aus drei Gründen, Karney: Erstens, ihr Wohnbereich wird von Magie beschützt, die ihr ergebener Magier gewoben hat. Wenn du versuchst, dort einzudringen, wirst du bis zum Morgengrauen dort gefangen sein. Wie würde das dann aussehen, hm?« Er schlug dem Mann auf die Brust, gerade über dem Abzeichen von Herzog Gello. »Zweitens, wenn wir die Königin töten, würde der Verdacht sofort auf den Herzog fallen, und die Adligen würden allesamt versuchen, sich selbst zum König zu machen, wie zum Beispiel Graf Sendric. Der dritte und wichtigste Grund: Weil ich sage, dass wir es nicht tun, und wenn du mir nicht gehorchst, schneide ich dir die Eingeweide heraus! Klar?«

Karney und die anderen drei nickten hastig, und Chelten winkte sie aus der Kammer und weiter in Richtung auf ihr Ziel. Er war verärgert, aber nur ein bisschen. Er selbst hatte Herzog Gello vorgeschlagen, die Königin zu töten. Wäre die Königin tot, stünde Gellos Thronbesteigung nichts mehr im Weg. Aber der Herzog hatte andere Pläne.

»Chelten, ich kann die Krone nicht auf solche Weise an mich reißen! Das würde zu allerlei Problemen führen. Nein, man muss sehen, wie ich gegen meinen Willen eine schwere Verantwortung akzeptiere, weil meine liebe Cousine der Aufgabe, das Land zu regieren, nicht gewachsen ist.«

»Und woran sollen die Leute erkennen, dass sie dem nicht gewachsen ist?«, hatte er zu fragen gewagt. Normalerweise wäre er nicht so dreist gewesen, diese Frage zu stellen. Aber Gello hatte ihm absolutes Vertrauen entgegengebracht, indem er ihn in seine Pläne eingeweiht hatte. Schließlich ging es dabei um nichts anderes als Hochverrat.

»Sie ist eine Frau! Frauen können nicht regieren! Es ist eine Tatsache, die schon vor Jahren hätte klar sein müssen. Aber meine adligen Kollegen brauchen anscheinend irgendetwas Dramatisches, um das einzusehen. Wenn das Drachenschwert gestohlen ist, wird das der Beweis dafür sein, dass sie den Frieden im Land nicht wahren kann. Dann wird man sich an mich wenden. Natürlich wirst du es sein, der das Schwert stiehlt und aus dem Land schafft. Dann wird uns bald ganz Norstalos untertan sein, und dann können wir jedes Land vernichten, das sich mir nicht beugt.«

»Wenn sie umgebracht würde, wäre das aber auch ein sicheres Anzeichen dafür, wie unfähig sie ist, das Land zu schützen«, wandte Chelten ein, der vom Nervenkitzel, so mit dem Herzog sprechen zu dürfen, fast berauscht war. Außerdem wollte er das Land nicht verlassen, sobald der Herzog die Macht ergriffen hatte. Er wollte an dieser Macht teilhaben – und auch dafür belohnt werden.

»Es ist eine nette Idee, aber ihr Tod würde mehr Probleme aufwerfen als lösen«, seufzte Gello. »Sie wurde von der Kirche bestimmt, und die würde mich ohne Zweifel zum Tode verurteilen. Unglücklicherweise hören die meisten Bauern noch auf das verdammte Geschwätz der Priester, und ich kann keine Aufstände in den Dörfern gebrauchen. Was ich brauche, sind Bauern, die mir freiwillig ihre Söhne für mein Heer zur Verfügung stellen, damit ich auf Eroberungszüge gehen kann, und keine, die murren und über Königsmord und Rebellion nachdenken. Dann gibt es da noch die Adligen. Ich habe die meisten von ihnen für mich gewonnen, und sie sind bereit, mir zu folgen. Sobald das Drachenschwert verschwunden ist, werden sie mich bitten, an die Spitze des Staates zu treten. Wenn die Königin dagegen stirbt, werden einige von ihnen wieder mit der Drachenschwertgeschichte anfangen ...«

Gello hielt inne, und selbst in dieser Atmosphäre von Vertraulichkeit wusste Chelten, dass er jetzt besser nicht das Wort ergriff. Gello war der Kronprinz gewesen; man hatte ihn von seiner Geburt an darauf vorbereitet, dass er eines Tages König sein würde. Aber dann war er nicht imstande gewesen, das Drachenschwert zu ziehen, und das hatte bedeutet, dass er die Thronfolge niemals würde antreten können. Diese Schande und Demütigung hatten den Herzog so weit gebracht, einen solchen Plan zu ersinnen. Seither waren zwar Jahre vergangen, aber für Gello fühlte es sich an, als wäre es erst gestern geschehen. Chelten war wegen seiner herausragenden Fähigkeiten mit allem, was eine Klinge hat, ausgewählt worden, um den jungen Adligen zu beschützen. Chelten war nur ein paar Jahre älter als Gello und hatte sich den jungen Herzog und zukünftigen König als Vorbild genommen. Sie beide waren am Boden zerstört gewesen, als Gello versucht hatte, das Drachenschwert zu ziehen, und gescheitert war. Aber während Chelten dem Herzog immer noch gern diente, war aus Gellos Enttäuschung Zorn, Verbitterung und schließlich, als seine Cousine zur Königin gekrönt wurde, Abscheu und Hass geworden. In ihm brannte das Verlangen, sich das zurückzuholen, was er als sein Geburtsrecht angesehen hatte und ihm gestohlen worden war. Und seinen Rachefeldzug begonnen.

»Nein, das ist der beste Weg. Wenn du das Drachenschwert in einem Nachbarland ›wiederfindest‹, wird das die Herrschaft meiner Cousine offiziell beenden und unser Land gleichzeitig zwingen, in dieses Nachbarland einzumarschieren. Eine glorreiche Zukunft erwartet uns!«

Die Vorstellung dieser glorreichen Zukunft machte es Chelten einfacher, seinen Trupp lautlos, aber schnell durch den Palast zu führen. Er war diesen Weg schon etwa zwanzig Mal bei Tageslicht gegangen. Das Drachenschwert wurde im zweiten Stock aufbewahrt, in einem umgebauten Versammlungsraum. Er führte seine Männer die Treppen hoch und durch einen breiten Gang; sie hielten vor der Ecke zum nächsten Gang an. Er zückte seine Messer und nickte seinen Männern zu. Dies war kein guter Zeitpunkt, um große Worte zu machen – die letzten Wachen konnten nur noch wenige Schritt von ihm entfernt sein. Sie konnten sogar hören, wie die beiden sich leise unterhielten; die üblichen Gesprächsthemen von gelangweilten Männern beim Wachdienst – über das Trinken, die Frauen und darüber, wann die Nachtwache für sie zu Ende sein würde. Chelten gab Karney zu verstehen, dass er zwei Männer in den ehemaligen Versammlungssaal führen sollte, um die Wachleute auszuschalten. Der letzte Mann seines Trupps würde Chelten Rückendeckung geben, wenn er sich um die beiden Wachen kümmerte, die vor den Türen postiert waren. So hatten sie es geplant, wenn es auch sehr zuversichtlich erscheinen musste, dass er allein es mit zwei Männern der Königsgarde aufnehmen sollte. Königsgarde! Wie lächerlich! Von königlicher Nutzlosigkeit waren sie. Ein Haufen Bauern, nur dass sie damals aus König Riels altem Regiment, den Gardejägern, ausgewählt worden waren. Hielten sich deshalb für etwas Besonderes, für besser als alle anderen, aber sie würden schon bald merken, dass das ein fataler Fehler war. Er ließ seinen Zorn für einen Moment aufblühen, bevor er um die Ecke trat und sofort losrannte. Seine Schuhe aus weichem Leder waren auf dem hölzernen Boden kaum zu hören. Die beiden Wachen blickten auf und hatten nur noch genug Zeit, um sich zu überlegen, ob sie Fragen stellen oder sich verteidigen sollten. Unglücklicherweise hatten sie sich beide zu sehr an den langweiligen Routinedienst gewöhnt und entschieden sich dafür zu fragen, was der Mann in Schwarz vorhatte, statt sich auf die glänzenden Messer in seinen Händen zu konzentrieren. Ein fataler Fehler.

Die anderen beiden Wachen waren von den Geräuschen draußen vielleicht aufgeschreckt worden, aber sie nahmen gerade an einem kleinen Tisch eine Mahlzeit zu sich und hatten ihre Schwerter beiseitegelegt. Als Karney hineingestürmt kam und sie drei erfahrenen Schwertkämpfern gegenüberstanden, war ihr Tod eine Sache von Sekunden. Chelten ließ seine Männer die Tür schließen und die Leichen aus dem Weg schaffen. Er selbst ging zu dem aufwendigen Podium in der Mitte des Raumes, auf dem das sagenumwobene Drachenschwert ruhte. Selbst in dem trüben Licht des Saales schienen der Griff und die Scheide zu funkeln. Chelten trat näher und streichelte die mit Juwelen geschmückte Scheide. Es war wahrhaftig das Schönste, was er jemals gesehen hatte. Die lederne Scheide fühlte sich merkwürdigerweise warm an, und ihm fiel auf, wie seine Hand von dem kunstvollen goldenen Griff angezogen wurde. Der Griff war der Körper des Drachen, der Schwertknauf sein aufgerollter Schwanz und die Flügel waren zur Parierstange geworden. Er sehnte sich danach, den Griff zu berühren und zu sehen, ob er das Schwert ziehen konnte. Sein Herz schlug immer schneller, als seine Hand sich dem Griff näherte. Er war nur noch einen Herzschlag von dem Schwert entfernt… was, wenn er das mächtige Drachenschwert führen konnte? Es war ein atemberaubender Gedanke. Seine Finger berührten das Schwert fast, als ein warnendes Zischen ihn zurückzucken ließ, als hätte er sich die Hand verbrannt. Er wirbelte zu seinen Männern herum.

»Wer war das?«, fragte er scharf.

»Wer war was, Wachtmeister?«, fragte Karney und sprach auch für seine Kameraden.

Chelten wandte sich wieder dem Schwert zu. Hatte es etwa… ach, bestimmt nicht! Er wollte erneut danach greifen, besann sich jedoch eines Besseren.

»Bringt mir einen Umhang«, rief er.

Die Hände geschützt durch den dicken Stoff, nahm er das Schwert und wickelte es ein. Er konnte ein siegestrunkenes Lächeln nicht zurückhalten.

»Zurück zu den Pferden. Wir werden nach Tetril reiten, uns für ein paar Wochen verstecken und dann im

Triumph heimkehren. Wir werden nur bei Nacht reiten und die Straßen meiden. Nichts kann uns jetzt noch aufhalten!«

Der Palast war in Aufruhr. Die Leichen waren erst entdeckt worden, als kurz vor Tagesanbruch die täglichen Lieferungen eingetroffen waren. Selbst dann hatte es noch eine Verzögerung gegeben, denn der Lebensmittellieferant hatte die Miliz geholt, statt selbst in den Palast zu gehen und dort Meldung zu machen. Der Wachtmeister der Miliz hatte dann nicht ohne einen Offizier den Palast betreten wollen. Der Offizier wiederum hatte nicht ohne einen Offizier der Königsgarde in den Palast gehen wollen, der wiederum den Königlichen Kammerherrn hatte ausfindig machen müssen, bevor er mit der Königin sprechen konnte. Die Sonne war längst aufgegangen, bevor die Schließung der Stadttore befohlen wurde. Und dann erhob sich die Frage, wer die Eindringlinge verfolgen sollte. Der Zuständigkeitsbereich der Miliz endete bei den Stadtmauern, während die Königsgarde nur für den Palast zuständig war. Alles darüber hinaus fiel unter die Zuständigkeit des Heers, das von Herzog Gello befehligt wurde. Dessen Erlaubnis musste eingeholt werden, bevor man Berittene des Heeres ausschicken konnte, um die Mörder und Diebe zu verfolgen.

Königin Merren war von ihren Zofen geweckt worden, aber es war ihr unmöglich gewesen hinunterzugehen, um sich selbst ein Bild zu machen, bevor sie nicht angekleidet und frisiert war. Ihr Vater hatte immer gesagt, dass ein Mitglied des Königshauses nicht aussehen durfte, als wäre es gerade aus dem Bett gefallen. Es war frustrierend, so lange warten zu müssen, und sie musste gegen das starke Verlangen ankämpfen, die Zofen zornig zur Eile zu drängen. Es gab weitaus wichtigere Dinge als Frisuren. Aber sie wusste auch, dass die Leute noch mehr über sie tuscheln würden, wenn sie sich anders als makellos sehen ließ.

Sie zwang sich, in den Spiegel zu schauen. Sie wusste, dass sie keine Prinzessin war, wie die Barden sie besungen; ihr Kinn war zu ausgeprägt, ihre Nase gerade einen Tick zu lang, aber sie hatte langes blondes Haar und grüne Augen – und die Männer rissen sich darum, ihr Komplimente zu machen. Wenn sie aber bedachte, was hinter ihrem Rücken gesagt wurde … Sie seufzte und überließ sich den Bemühungen der Zofen.

Als sie endlich die Palasttore erreichte, stritten sich die Miliz und die Königsgarde darüber, wer zu Herzog Gello geschickt werden sollte. Sie widerstand dem Drang, sie allesamt anzuschreien, und zwang sich zu einer teilnahmslosen Miene. Sie befahl der Miliz, die Nachricht zu übermitteln, obwohl sie wusste, dass es den Großteil des Vormittags dauern würde, bis sie den Herzog gefunden und dann wiederum dessen Boten ein Kommando Berittener mit der Verfolgung beauftragt hatten. Die Diebe mussten bis dahin längst über alle Berge sein. Als sie dem Gespräch folgte, stellte sie rasch fast, dass sie sonst nicht wirklich etwas tun konnte. Niemand wusste so recht weiter, und sie hatte nicht das Bedürfnis, sich die Entschuldigungen der Königsgarde oder die Ausreden der Miliz anzuhören. Außerdem fühlte sie eine Eiseskälte in der Brust, als sie erfuhr, dass das Drachenschwert gestohlen worden war. Irgendetwas musste getan werden, und sie glaubte nicht daran, dass diese Männer überhaupt etwas erreichen konnten. Stattdessen ließ sie Barrett, ihren Königlichen Magier, in ihren privaten Audienzsaal rufen, wo sie sich sicher sein konnte, dass kein von Herzog Gello bezahlter Diener ihm melden würde, was dort besprochen wurde …

»Was könnt Ihr mir verraten?«, fragte sie ihn augenblicklich. Von all den Männern, die ihr dienten – oder vorgaben, ihr zu dienen –, vertraute sie nur diesem.

Anders als der typische Magier war Barrett relativ jung, etwa Mitte dreißig; er trug seine langen dunklen Haare zu einem Pferdeschwanz zurückgebunden und keinen Bart; die anderen Magier dagegen liebten Bärte. Anstelle von Roben in merkwürdigen Farben trug er lieber Hemd und Hosen, die allerdings in prächtigem Violett und Grün, und sein Zauberstock war aus einfachem Holz gefertigt, ohne den Federschmuck und die komischen Knochen, die so oft an traditionellen Zauberstäben hingen. Und dass der Stock so schmucklos war, sprach für sich. Nur jemand mit überragendem Talent für die magischen Künste konnte die Gewohnheiten seiner Gilde derart verachten.

»Es waren zweifelsohne Gellos Männer, meine Königin«, seufzte Barrett. »Gewöhnliche Diebe hätten sich nicht so leicht Eintritt verschaffen, geschweige denn so viele Wachmänner der Königsgarde lautlos umbringen können. Und wer sonst würde so viel riskieren?«

»Zweifellos. Also, was würde geschehen, wenn ich ihn beschuldige und verlange, dass er den Erzbischof von Norstalos um eine Entscheidung Aroarils in dieser Sache bittet?«

Barrett sah sie schockiert an. »Den Herzog des Mordes und Diebstahls der größten Kostbarkeit des Landes beschuldigen? Wir könnten es versuchen, aber wir haben keine Mittel, ihn dazu zu zwingen, den Erzbischof um ein Urteil zu bitten. Seine Weigerung würde vielleicht bei den einfachen Leuten für einige Zweifel sorgen, aber die Adligen würden es anders sehen. Der mächtigste Edelmann im ganzen Land wird wie ein gewöhnlicher Verbrecher behandelt, ohne dass es auch nur ein einziges Beweisstück gibt? Sie werden lautstark fordern, dass Gello die Macht ergreift.«

Merren seufzte. »Das hatte ich befürchtet. Was hat er wohl mit dem Drachenschwert vor?«

Barrett dachte einen Augenblick nach. »Er muss es außer Landes bringen. Wenn das Schwert verschwunden ist, wird das Volk in Angst geraten und der Adel das Schlimmste befürchten. Es wird nur eine Frage der Zeit sein, bis der Herzog behauptet, er sei gebeten worden, mit seinem Heer den Frieden im Land zu wahren. Dann werden seine Männer das Drachenschwert in einem anderen Land ›finden‹ und ihm so einen guten Grund geben, in dieses Land einzumarschieren. Dann wird er zwar noch nicht dem Namen nach, aber doch faktisch König sein, und wenn das Land sich im Krieg befindet, wer sollte dann noch einschreiten, wenn seine handzahmen Adligen danach verlangen, dass er zum Herrscher geweiht wird? Wen kümmert es dann noch, dass er das Drachenschwert nicht ziehen kann?«

Merren stand abrupt auf und entfernte sich ein paar Schritte vom Tisch; sie kehrte Barrett den Rücken zu. Der Zauberer wusste auch so, dass sie kurz davor stand, die Fassung zu verlieren – schließlich bedeutete diese Entwicklung das Ende all dessen, wofür sie die letzten drei Jahre gearbeitet hatten. Als sie sich ihm wieder zuwandte, war ihr Gesicht teilnahmslos und ihre Stimme kalt.

»Als Nächstes wird er den Palast unter seine Kontrolle bringen. Er wird die Königsgarde auflösen, weil sie sich als unfähig erwiesen habe, das Drachenschwert zu beschützen. Er wird die Männer in ihr altes Regiment zurückschicken und sie durch Soldaten ersetzen, die nur ihm treu ergeben sind«, stellte sie fest.

»Das würde ich auch sagen, meine Königin«, gab Barrett zu.

»Dann stehe ich kurz davor, eine Gefangene zu werden, und Gello wird sicherstellen, dass mich niemand besuchen wird, der mir helfen könnte, ihn aufzuhalten.«

Abermals konnte Barrett sie nicht anlügen. »So wird es aller Wahrscheinlichkeit nach kommen, meine Königin.«

»Ich will, dass Ihr jetzt geht, solange Ihr noch könnt.«

Barrett war entsetzt. »Meine Königin! Ich werde nie von Eurer Seite weichen! Ich habe geschworen, Euch zu dienen, solange ich atme oder noch ein Funke Magie in mir ist!«

Merren schenkte ihm die Andeutung eines Lächelns. »Ich weiß. Wenn ich nur der Hälfte meiner Adligen halb so viel vertrauen würde, wie ich Euch vertraue, dann wäre es nie so weit gekommen. Aber Ihr versteht mich falsch. Ihr seid meine letzte Hoffnung. Wenn Gello den Palast erst einmal besetzt hat, wird man Euch nicht erlauben, Euch auch nur in meine Nähe zu begeben. Also müsst Ihr ihm zuvorkommen. Ihr müsst versuchen, das Drachenschwert zu finden. Gello wird es nicht in den Süden bringen lassen – selbst er muss den Gedanken fürchten, die Berellianer könnten es in ihre schmutzigen Finger bekommen. Nein, er wird nach Tetril unterwegs sein. Es ist ein kleines, nicht allzu weit von hier entferntes Land – und sein Heer ist nicht der Rede wert. Du musst seinen Männern dorthin folgen und das Schwert zurückbringen. Das allein kann uns noch retten.«

Barrett setzte sich wieder hin. »Ich werde tun, was immer Ihr verlangt. Aber ich möchte Euch nicht allein lassen, damit Ihr Gello nicht ohne meine Hilfe gegenübertreten müsst.« Er hatte oft schöne Tagträume von der Königin, ganz besonders solche, in denen er sie rettete. Er stellte sich dann vor, wie er Gello und seine Handlanger im Thronsaal dank seiner außergewöhnlichen magischen Fähigkeiten besiegte. Er würde den Herzog und seine zahllosen Magier niedermachen und seine Lakaien in die Flucht schlagen. Das würde ihn selbst wegen der enormen Anstrengung, die ihn die Zauber kosten würden, fast umbringen, und er sah sich ausgestreckt im Thronsaal liegen, dem Tode nahe. Die Königin würde sich mit tränenüberströmtem Gesicht und in dem Wissen, dass er nur noch Augenblicke zu leben hatte, zu ihm herabbeugen, ihn in die Arme nehmen und ihm ihre heimliche Liebe gestehen. Und an dieser Stelle stellte er sich natürlich gerne vor, dass sich Aroaril oder gar die Drachen selbst seiner erbarmen würden und ihn wieder zurück ins Leben riefen, sodass er die Umarmung der Königin erwidern konnte. Es war ein schöner Traum – und einer, den er nicht aufgeben mochte. Selbst wenn es nicht genauso kommen sollte, machte ihn der Gedanke, als letzter Beschützer der Königin gegen Gello und seine Handlanger standzuhalten, von Herzen glücklich. Sie musste doch beeindruckt sein, wenn sie das begriff! Dann bemerkte er, dass sie wieder das Wort ergriffen hatte.

»Dann lasst mich nicht lange allein. Findet das Schwert und bringt es so schnell wie möglich hierher zurück.«

Barrett zögerte. Trotz seiner beeindruckenden Fähigkeiten war er doch nur ein einzelner Mann, und die Wahrscheinlichkeit, das Drachenschwert zu finden, nachdem Gello offensichtlich einiges auf sich genommen hatte, um es zu stehlen, war bestenfalls gering. Aber dann sah er sich selbst, wie er das Drachenschwert zurückbrachte, Gello vertrieb und einer unglaublich dankbaren Königin wieder zu ihrem Thron verhalf. Er würde sich bei seinem Sieg über Gello eine Verletzung zugezogen haben; nichts wirklich Ernstes, einen Schnitt auf der Brust oder etwas anderes, für das er seinen Oberkörper frei machen musste, wenn die Königin darauf bestand, sich persönlich um die Wunde zu kümmern. Dieser Tagtraum gefiel ihm gut, sogar besser als sein bisheriger Favorit. Er wollte, dass er wahr wurde; er wollte aber auch etwas sagen, um die Königin zu trösten und ihr klarzumachen, was es ihm bedeutet hatte, ihr als Magier gedient zu haben. Aber er fand die passenden Worte nicht und schien für eine Ewigkeit zu verstummen.

Endlich beschloss Merren, das Schweigen zu brechen, bevor Barrett irgendeine Erklärung abgab, die sie würde bedauern müssen. »Geht mit Aroaril, Barrett. Sorgt dafür, dass Ihr wiederkehrt – das ist ein Befehl«, sagte sie. »Und jetzt beeilt Euch. Es gibt noch viel zu tun, und ich weiß nicht, wann Gello hier eintreffen wird.«

Barrett, zu keinem klaren Gedanken mehr imstande, verbeugte sich lediglich und verließ den Raum dann im Eilschritt, ohne ein weiteres Wort zu verlieren. Das Haus des Königlichen Magiers lag nicht in der Nähe des Palastes, und unten wartete bereits eine Kutsche auf ihn. Er wusste, dass er erst einige Landkarten studieren musste, um sich eine grobe Vorstellung zu bilden, welchen Weg die Diebe eingeschlagen haben konnten. Er machte sich große Sorgen um die Königin. Er war sich auch der Redensart von der Nadel im Heuhaufen schmerzlich bewusst. Aber am meisten lenkten ihn seine Tagträume von der Königin ab.

Daher war es vielleicht keine Überraschung, dass er zu beschäftigt war, die Männer in den Kapuzenumhängen zu bemerken, die seine Kutsche verfolgten, seit sie vom Palast abgefahren war.

Eine außerordentlich erfolgreiche Woche lag hinter Fredden, Pferdehändler seines Zeichens. Es hatte damit begonnen, dass er einen Wallach für sagenhafte fünf Goldstücke verkauft hatte. Fünf Goldstücke! Jeder Mann, der so viel Geld für ein Pferd zu bezahlen bereit war – selbst für ein so gutes Pferd –, besaß mehr Geld als Verstand! Er hatte den Mann natürlich erkannt, sich das jedoch nicht anmerken lassen, damit er nicht auf die Idee kam, womöglich einen Nachlass zu verlangen. Aber seinen Kunden hatte er im Handumdrehen erzählt, dass der legendäre Kriegshauptmann Martil seine Pferde nur bei ihm kaufe. Das hatte zur ertragreichsten Woche seines ganzen Geschäftslebens geführt, in der er mehr Tiere für mehr Gold verkauft hatte, als er sich jemals hätte träumen lassen. Er versuchte, auf dem Heimweg nicht zu viel Aufmerksamkeit zu erregen. Die Gewinne der Woche hatte er in Papier gewickelt, damit das Gold nicht klimperte, und es sich vorne in die Hose gestopft. Er war gerade dabei, sich selbst zu beglückwünschen, als eine Hand aus der Dunkelheit geschossen kam und ihn in eine kleine Seitengasse zerrte. Er riss den Mund auf, um laut nach Hilfe zu schreien, überlegte es sich jedoch anders, als ein langes Messer vor seinem Gesicht aufblitzte.

»Schrei um Hilfe, und du wirst tot sein, noch bevor die Miliz dich gehört hat«, warnte ihn eine Stimme.

»Wa... was willst du? Meine Geldbörse ist ...«, er fummelte nach der Börse an seinem Gürtel, in der er ein paar Silberstücke hatte, um Diebe zu beschwichtigen.

»Ich will kein Geld. Ich will eine Auskunft. Du hast Anfang dieser Woche einem Mann ein schnelles Pferd verkauft, einem Mann, der bereit war, einen hohen Preis zu zahlen, um schnell aus dem Land zu kommen. Wer war dieser Mann, und wohin wollte er? Sag es mir schnell, sonst nehme ich dir zuerst deine Augen und dann deine Männlichkeit.«

»Es war Hauptmann Martil!«, antwortete Fredden in Todesangst. »Er sagte, er wolle nach Norden reiten, um sich an der Norstaler Küste niederzulassen! Das ist alles, was ich weiß! Ich schwöre es!«

»Danke.« Das Messer bohrte sich in Freddens Auge, in sein Gehirn und durch den Schädel, bis die Messerspitze hinter dem Kopf des Pferdehändlers gegen die Mauer stieß. Cezar ließ den zuckenden Körper auf den Boden gleiten und nahm dem Mann sein Geld ab, damit es wie ein Raubüberfall aussah. Er war wütend – und er hatte Angst. Markuz würde vor Wut kochen, Onzalez enttäuscht sein. Cezar war sich nicht sicher, was er mehr fürchten sollte.

Die planmäßige wöchentliche Zusammenkunft des Kronrats sollte an diesem Morgen stattfinden. Ein weiterer Grund, befand Merren, Gello zu verdächtigen. Warum sonst hätten die Diebe ihren Plan ausgerechnet in der Nacht vor dieser Sitzung ausführen sollen? Es konnte nur darum gehen, den Adligen direkt im Anschluss an das Geschehen die Möglichkeit zu verschaffen, unangenehme Fragen dazu zu stellen, wie es überhaupt zum Diebstahl des Drachenschwertes hatte kommen können. Mit dem Schwert war nicht nur das Symbol Norstalos', sondern auch der Garant des Friedens in Norstalos verschwunden. Selbst jene, die ihr freundlich gesinnt waren, würden Antworten verlangen.

Auf dem Weg zum Ratssaal versuchte Merren, Ruhe in den Fluss ihrer Gedanken zu bringen. Der Raub des Schwertes war offensichtlich der bislang letzte Zug in dem komplizierten Spiel, das sie und Gello seit Jahren spielten. Das Spiel war in seine Endphase eingetreten, als Merrens Vater vor drei Jahren gestorben war. Sie hielt vor einem Portrait ihres Vaters inne, und es kostete sie jede Menge Selbstbeherrschung, ihn nicht anzuschreien. Dieser Narr! Dieser dumme, blinde Narr! Sie in eine solche Lage zu bringen! Es war alles seine Schuld!

Sie kannte natürlich seine Gründe, aber das machte es ihr nicht leichter, die Folgen seiner Entscheidung zu tragen. Die Königsweihe in Norstalos wurde von dem Drachenschwert vollzogen. Alle Könige seit dem gefeierten König Riel waren vom Drachenschwert erwählt worden. Manchmal ignorierte es Söhne und entschied sich für Neffen oder Cousins; manchmal übersprang es eine ganze Generation oder griff auf jemanden zurück, der einer älteren Generation angehörte als der verstorbene König. In der Lage zu sein, das Drachenschwert zu ziehen, war die entscheidende Messlatte für die Thronfolge. Aber niemand zuvor hatte eine Königin auf dem Thron gesehen. Hätte das Drachenschwert Merrens Cousin, Herzog Gello, ausgewählt, säße er heute auf dem Thron. Aber es hatte ihn abgelehnt. Sie konnte sich noch genau daran erinnern.

Der Tag hatte mit Feierlichkeiten begonnen; der neue König sollte ernannt werden. Merren hatte sich nicht besonders wohl gefühlt, da ihr Cousin Gello ihr schon immer rüpelhaft und arrogant vorgekommen war. Sie hatte seinen Anblick genossen, wie er tränenüberströmt im Thronsaal stand und unter den Augen der Vornehmsten des Landes vergebens am Griff des Drachenschwertes zog.

Gello war damals aus dem Thronsaal geflohen – und Merrens Leben hatte sich dramatisch verändert.

Ihr Vater, König Croft, hatte die Krise kommen sehen. Gello war die letzte Hoffnung gewesen. Alle anderen männlichen Adligen hatte das Schwert bereits abgelehnt. Norstalos musste eine Übergangsregelung einführen, bis die nächste Generation geboren war und sich darin hoffentlich jemand fand, den das Drachenschwert akzeptierte. Also musste Merren als Tochter des Königs und damit höchstrangige Adlige des Landes bis zu diesem Tage regieren. Allerdings gab es Bedingungen für ihre Herrschaft. Sie musste standesgemäß heiraten und Söhne gebären, bis einer von ihnen das Schwert zu ziehen vermochte. Bis dahin musste sie außerdem einen Krieger finden, der das Schwert für sie führte, um Norstalos zu beschützen. Denn die Drachen hatten König Riel gewarnt, dass die Magie des Schwertes auf eine Frau nicht reagieren und nur einen Mann anerkennen würde. Es war eine merkwürdige Einschränkung, aber, wie Croft zu sagen pflegte, wenn Drachen dir ein magisches Schwert anbieten, stellst du keine Fragen. Merren verfluchte diese Einschränkung jetzt ebenfalls. Wie konnten die Drachen so mächtig und dumm zugleich sein? Was für eine Magie war das, die von keiner Frau benutzt werden konnte? Sie hatte einst heimlich versucht, das Schwert zu ziehen, weil sie geglaubt hatte, diese Geschichte sei nur ein von gierigen Männern ersonnenes Märchen, von Männern, die ihre Macht nicht an eine Frau verlieren wollten. Aber es war kalt und reglos geblieben, es schien in seiner Scheide festgefroren gewesen zu sein. Was für eine Enttäuschung! Sie wünschte noch immer, sie könnte den Grund für diese Eigenart herausfinden, aber bisher hatte es ihr niemand erklären können.

Merkwürdigerweise war ihr Vater in einer ähnlichen Lage gewesen wie sie jetzt, aber mit etwas anders verteilten Rollen. Seine ältere Schwester Ivene war ihren Eltern rasch nach deren Hochzeit geboren worden, aber dann hatte das Königspaar Jahre der Fehl- und Totgeburten erlebt. Daran hatten auch alle die Gebete des Volkes, der Adligen, der Priester und des Erzbischofs nichts ändern können. Andere männliche Cousins hatte es nicht gegeben. Und keiner der Adligen hatte das Schwert ziehen können. So schien es, als müsse Ivene die Thronfolge als Königin antreten, einen Prinzgemahl finden und einen Krieger ernennen, der das Drachenschwert für sie führte. Dann, als ihre Mutter schon fast so alt war, dass sie keine Kinder mehr bekommen konnte, brachte sie Croft zur Welt. Glücklicherweise erkannte das Drachenschwert ihn an, und inmitten der öffentlichen Feiern hatte Ivene sich damit abfinden müssen, zur Herzogin von Westnorstalos ernannt zu werden, statt als Königin das Land zu regieren. Nachdem sie jahrelang auf diese große Aufgabe vorbereitet worden war, war das eine sehr bittere Pille für sie gewesen. Nur die Hoffnung, dass ihr Sohn Gello eines Tages die Thronfolge antreten würde, ließ sie ihre Enttäuschung ertragen. Als ihr Sohn dann vom Drachenschwert abgewiesen wurde, war das für sie beide ein überaus schwerer Schlag. Teils als Geste im Hinblick auf dieses Ereignis und teils, um die Krise der ausstehenden Thronfolge zu lösen, traf der von Schuldgefühlen geplagte König Croft eine Vereinbarung mit seiner Schwester. Merren musste die Thronfolge antreten, und man würde unverzüglich beginnen, sie auf diese Pflicht vorzubereiten. Aber Herzog Gello würde beispiellose Macht erhalten. Er würde das Heer befehligen, bis einer ihrer – oder seiner – Söhne vom Drachenschwert zur Thronfolge bestimmt würde.

Als Ergebnis dieser Vereinbarung trug zum ersten

Mal in der Geschichte des stolzen Norstalos eine Frau die Königskrone. Entscheidend war jedoch, dass sie nicht die Befehlsgewalt über das Heer hatte. Nur durch das Wohlwollen der Adligen, insbesondere das von Herzog Gello, konnte sie ihre Herrschaft aufrechterhalten.

Merren hatte sich oft gefragt, welche Teile dieser Vereinbarung von ihrem Vater und welche von Herzogin Ivene vorgeschlagen worden waren. Sie vermutete, dass die Herzogin darauf bestanden hatte, dass Merrens Herrschaft nur gesichert werden konnte, wenn Herzog Gello das Heer führte.

Damit nicht genug, man hatte ihr zudem verboten, die Kriegskunst zu erlernen. Während sie so viel über Politik, Geschichte, Wirtschaft und Recht lernte, dass sie den Unterricht schließlich herzlich leid war, blieben Militärwesen, militärische Logistik, Kampfwesen und Heeresorganisation für sie verbotene Themen. Dafür sorgte ihre Tante Ivene, während Gello voller Begeisterung den Unterricht vieler erfahrener Soldaten genoss und im Laufe der Zeit selbst einer geworden war. Herzogin Ivene hatte sogar berellische Veteranen der Kriege im Süden dafür bezahlt, Gello die Kriegskünste zu lehren.

Als König Croft starb, wurde Merren dadurch zur Königin, jedoch ohne jede Macht, Gello zu bändigen. Er befehligte das Heer, während ihr lediglich die Miliz unterstand. Und es wurde schnell klar, dass Herzogin Ivene aber erst ruhen würde, wenn ihr Sohn auf dem Thron saß.

»Deine Vereinbarung mit ihr hat mich in diese Lage gebracht! Wenn du nur wieder lebendig werden könntest, um zu sehen, wie sie dich zum Narren gehalten haben und was sie mir antun!«, zischte sie das Gemälde an. Sie hätte am liebsten geschrien und getobt, aber ihr missfiel der Gedanke, einer der Adligen könne sie dabei sehen. Sie wusste, was viele von ihnen über die Jahre gesagt hatten. Frauen waren nicht dafür geeignet zu herrschen. Nun ja, das Drachenschwert hatte auch keinen Mann für geeignet befunden – auch nicht ihren Cousin. Sie verachtete sie alle. Sie blickte wieder zum Portrait ihres Vaters auf.

»Warum warst du nur so blind?«, fragte sie sanft.

Sie hörte Schritte, die sich ihr rasch näherten, und versuchte, sich zu beruhigen, obwohl sie immer noch sehr aufgebracht war. Wenn sie jetzt ein Adliger zur Eile treiben wollte, dann gnade ihm Gott. Als sie sah, dass es Rana war, ihre erste Hofdame, entspannte sie sich ein wenig. Rana war nicht nur eine Freundin, sondern auch die Tochter des Grafen Sendric, des mächtigsten Mannes im Norden des Landes.

»Meine Königin, die Edlen treffen gerade ein. Man fragt bereits nach Euch.«

Merren zwang sich zu lächeln. »Dann lass uns gehen und diese verräterischen, engstirnigen Hunde begrüßen und ihnen mehr Respekt entgegenbringen, als sie verdient haben.«

4

Zum Haushalt des Magiers der Königin gehörten etwa zwanzig Diener, obwohl Barrett selten so viele brauchte. Anders als andere Königliche Magier vor ihm gab er keine Feste oder Vorführungen seiner Künste zur Unterhaltung irgendwelcher Adligen. Zum einen, weil er seine Zeit lieber nutzte, um sich weiterzubilden und an seinen Fähigkeiten zu arbeiten, und zum anderen, weil er nach allgemeiner Auffassung der Königin zu nahe stand und deshalb von vielen bei Hof verachtet wurde.

Die Diener hielten sein außergewöhnlich großes Haus und seinen Garten sauber, aber er hegte den starken Verdacht, dass einige von ihnen für Herzog Gello spionierten. Also sagte er ihnen nur, dass er für ein paar Tage auf Reisen sein würde. Sie alle schienen recht erfreut in Erwartung einiger Urlaubstage. Und nur um sicherzugehen, wartete er, bis sie alle gegangen waren, bevor er in seiner umfassenden Bibliothek nach Karten von Ostnorstalos und Tetril und weiteren nützlichen Informationen über diese Gebiete suchte. Viel gab es leider nicht. Tetril war ein kleines, armes Land, von dem jeder wusste, dass es keinerlei Bedrohung für irgendein anderes Land darstellte. Und in Ostnorstalos gab es nichts als Ackerland, ein wenig Wald und kleine Städte, keine großen

Handwerksbetriebe wie im Westen und Süden und keine Minen, wie es sie im Norden gab; außer den Steuereinnahmen, die die Landwirtschaft erbrachte, erregte nichts dort das Interesse der Hauptstadt.

Aber immerhin hatte er den Standort einer Hütte des Königlichen Magiers dort gefunden, nahe der Grenze, die ihm von Nutzen sein konnte. Zauberer wie er vermochten weite Strecken in kurzer Zeit zurückzulegen – mussten sich aber eine Zeitlang ausruhen, wenn sie ankamen. Ein sicherer Platz für dieses Ausruhen war lebenswichtig. Er war gerade dabei, die Papiere zu bündeln, die er herausgesucht hatte, und dachte darüber nach, Proviant mitzunehmen, als jemand die Glocke an seiner Vordertür läutete. Zuerst ignorierte er es – schließlich war es Aufgabe der Diener, sich um derlei zu kümmern. Aber als die Glocke erneut geläutet wurde, fiel ihm wieder ein, dass er seine Diener alle weggeschickt hatte. Er ließ die Papiere fallen, stürmte zur Haustür und schwor sich, den Störenfried zu lehren, ungebeten an der Tür eines Magiers zu läuten.

Er riss die Tür auf, bereit, einen tollkühnen Verkäufer in Angst und Schrecken zu versetzen – und sah sich selbst drei Männern mit langen Bärten und Spitzhüten gegenüber, die alle mit silbernen Talismanen, Federn und mystischen Siegeln geschmückte Stäbe in Händen hielten. Selbst wenn er sie nicht gekannt hätte, hätte ihre äußere Erscheinung sie als Magier verraten. Aber er erkannte sie sofort. Der Anführer war Tellite, einer seiner ehemaligen Rivalen um die Stellung als Magier der Königin, der allerdings nie eine ernsthafte Herausforderung gewesen war. Tellite trug inzwischen einen langen, weißen, geflochtenen Bart. Die anderen beiden waren seine Schüler, Elong und Ackwal. Sie waren typische junge Magier, voller Selbstgefälligkeit und leicht von einem billigen Blender wie Tellite zu beeindrucken. Sie versuchten auch, sich Bärte wachsen zu lassen, um ihn nachzuahmen, ihre Bemühungen waren jedoch sehr dürftig und ließen sie eher noch kindlicher wirken, statt ihren Status als Magier zu unterstreichen. Die Bruderschaft der Magier war klein, und man kannte sich untereinander zumindest oberflächlich. Aber Barrett kannte diese drei gut, da sie als Herzog Gellos Magier galten.

»Was wollt ihr?«, fragte Barrett, der auf Besuch momentan nicht gut zu sprechen war.

Tellite lächelte. »Dürfen wir eintreten? Wir haben einen Vorschlag, der dich interessieren könnte.«

Barrett schenkte den beiden Schülern keine Beachtung und konzentrierte sich auf den Anführer. »Nein.«

Tellites Gesichtszüge verhärteten sich, während die anderen beiden nervöser wurden. »Hör mich an, Barrett. Du musst mit uns kommen, um mit Herzog Gello zu sprechen.«

Barrett starrte ihn kühl an. »Mit euch gehe ich nirgendwohin.«

»Sei kein Narr, Barrett! Die Tage der Königin sind gezählt! Herzog Gello wird bald das Land regieren, dann den Kontinent und dann, ja, wer weiß? Komm mit und arbeite für mich. Der Herzog kann sehr großzügig sein.«

Barrett lachte. »Das muss er wohl sein, drei so nutzlose Stockschwinger wie euch zu bezahlen! Aber ihr könnt eurem geschätzten Herzog mitteilen, dass ich fortgehe. Ich werde nicht im Palast sein, wenn er kommt, um die Königin zu entthronen.«

Barrett stellte befriedigt fest, dass seine Ankündigung die drei Magier entsetzte – weil er nicht anwesend sein würde und weil er den Zweck ihres Besuches durchschaut hatte.

»Ich werde gehen; ihr könnt also zum Herzog zurückkehren und ihm sagen, dass er sich keine Sorgen zu machen braucht, dass ich ihn davon abhalten werde, Verrat zu begehen.« Er sah sie stahlhart an. »Oder ihr könnt versuchen, es mit mir aufzunehmen.«

Tellite, dem schmerzlich bewusst war, dass seine Schüler immer nervöser wurden und schon verstohlene Blicke zurück zur Straße am Ende der Einfahrt warfen, beschloss, seine Autorität zu festigen.

»In der mir von Herzog Gello verliehenen Vollmacht fordere ich dich auf, zu einer Befragung zum Diebstahl des Drachenschwertes mit uns zu kommen«, sagte er aufgebracht. »Wenn du dich weigerst, wird es schlimme Folgen für dich haben.«

»Schlimme Folgen für mich?« Barrett lächelte dünn.

Tellite räusperte sich. »Sei vernünftig, Mann! Du hast noch nicht einmal deinen Zauberstab bei dir!«

Barretts Lächeln veränderte sich nicht, doch seine Stimme war kalt. »Ein Mann, der glaubt, ich bräuchte einen Zauberstab, konnte es wohl kaum bis zum Magier der Königin bringen«, sagte er und ballte die Faust.

Augenblicklich schossen explosionsartig Sprosse aus den großen Pflanzen zu beiden Seiten des Hauseingangs, und binnen eines Herzschlags streckten sich dicke Äste nach dem Zaubertrio aus.

»Schnappt ihn euch, oder wir sind alle tot!«, schrie Tellite, bevor sich einige dicke Blätter in seinen Mund schoben.

Doch Elong und Ackwal waren begraben von Grün und Laub, das sie auf den harten Steinweg der Einfahrt geschleudert hatte.

Es war seine Verzweiflung, die Tellite antrieb. Die Pflanzen um ihn herum starben rasch ab, er sprang in einem gewaltigen Satz zurück. Wie viel Anstrengung ihn das kostete, konnte man ihm unschwer ansehen – sein Mund verzog sich zu einer Grimasse, und der Schweiß tropfte ihm vom Gesicht.

Barrett, der nur leicht schwitzte, erhob beide Hände und schickte Tellite in einem Wirbel von Überschlägen in den Garten. Der ältere Zauberer schaffte es, kontrolliert zu landen, drehte sich um und stieß seinen Zauberstock in Barretts Richtung. Insekten kamen von den Bäumen, aus den Büschen und aus dem Boden hervor und flogen oder krabbelten auf Barrett zu, der nun schwerer atmete, da er die Insekten wieder vertreiben musste. Tellite würde doch bestimmt bald aufgeben. Eigentlich mussten die bisherigen Anstrengungen ihn schon erschöpft haben. Aber ein Blick auf Tellite überzeugte Barrett vom Gegenteil. Zauberer nutzten ihre Macht, um natürliche Magie herbeizurufen; und wenn ein Zauberer erschöpft war, musste er aufhören und sich ausruhen. Aber Tellite machte weiter, obwohl er nach Luft rang.

Als er einen Bienenschwarm zurück zu seinem Nest schickte, sprang Barrett auf Tellite zu. Seine Magie brachte ihn mit jedem Satz einen Schritt weiter. Beim zweiten Sprung war er über dem anderen Zauberer. Tellite knurrte, entblößte seine langen Zähne, ließ seinen Zauberstock in Flammen aufgehen und schlug damit – magisch verstärkt – auf Barretts Kopf ein.

Barrett musste wieder auf Magie zurückgreifen, um sich durch einen weiten Sprung vor dem Angriff in Sicherheit zu bringen, aber Tellite jagte ihn mit wilden Schlägen. Verzweifelt hob Barrett Elongs Zauberstab auf und ahmte Tellites Technik nach, machte den Stock größer und nutzte Magie, um seine Arme stärker zu machen. So focht er mit dem tobenden Zauberer und war sich nicht sicher, wie lange der Mann noch durchhalten würde. Tellite sah jetzt fast aus wie ein Skelett; das Fleisch brannte ihm von den Knochen, weil er in seiner tollen Wut die Magie weiter fließen ließ, statt sie zu unterbrechen. Barrett hatte schon von solchen Fällen gehört. Ein Magier konnte sich derart im Gebrauch seiner Magie verlieren, dass er kein Ende mehr fand, bis sein letzter Lebensfunke in Magie umgewandelt war. Hätte er genug Kraft dazu gehabt, würde ihn sehr interessiert haben, wie ein Zauberer sich selbst langsam in den Tod trieb, ehe die Magie versiegte. Aber er atmete nun selbst schwer und schnell, und Schweiß tropfte ihm in die Augen. Er war sich auch im Klaren darüber, wie viel anderes er an diesem Tag noch erledigen musste. Es würde seiner Königin nichts nützen, wenn er Tellite abgewehrt, das Drachenschwert aber nicht wiederbeschafft haben würde. Er musste dem ein Ende setzen. Er verdoppelte die Größe des Zauberstabs in seiner Hand, bis er so groß war wie ein kleiner Baum, und schlug damit auf Tellites Kopf ein.

Der dem Wahnsinn verfallene Magier wehrte den ersten Schlag ab, den zweiten ebenfalls, wurde jedoch von der Wucht des dritten zurückgestoßen.

»Du kommst mit mir!«, schrie er. Seine Augen leuchteten unnatürlich hell in dem versunkenen Gesicht.

Er hob seine Arme gen Himmel; sein Bart und sein Umhang umflatterten ihn, während über ihm der Wind wirbelte und dunkle Wolken sich sammelten.

Barrett sah ihn einen Moment fassungslos an. Er konnte nicht glauben, dass der Mann tatsächlich so weit ging, einen riesigen Gewittersturm heraufzubeschwören. Von aller Magie war die des Wetters am schwersten zu meistern und auch die gefährlichste. Da sie normalerweise die Domäne der Priester war, konnte man sie als Magier meist einfach vermeiden; das kam den meisten Magiern sehr entgegen. Sie setzte dem Körper enorm zu, weil nicht nur das örtliche Wetter, sondern das über dem gesamten Kontinent verändert wurde. Aber Tellite traf offensichtlich keine vernünftigen Entscheidungen mehr. Stattdessen versuchte er, einen gewaltigen Gewittersturm zu entfachen, in dessen Mittelpunkt sie stehen würden. Wenn es ihm gelang, würde das Haus und alles und jeder darum herum von einer dichten Folge von Blitzen zerstört werden. Barrett hatte bereits kostbare Zeit darauf verschwendet, über diese Dinge nachzudenken, statt sich seiner Magie zu bedienen und dem Unwetter Einhalt zu gebieten.

Aber wenn er erst einmal entfacht war, war so ein Sturm nicht einfach wieder aufzulösen. Tellite lachte, als sich dunkle Wolken auf sein Geheiß hin stürmisch am Himmel drehten. Der Wind peitschte durch den Garten;

die Böen waren heftig, und Barrett versank mit den Füßen im Boden, als er gegen die Wolken kämpfte, um den Sturm zu bezwingen.

»Du kannst mich nicht aufhalten!«, schrie Tellite mit siegessicherem Blick und stieß seine zu Klauen zusammengekrümmten Hände in die Luft.

Barrett nahm sich vor, seine Energie für das aufzusparen, was er heute noch vorhatte. Allerdings hinterließen seine bisherigen Bemühungen bereits ihre Spuren. Trotz seiner Anstrengungen wurden die Wolken dichter, und ein unheilvolles Donnergrollen aus der Ferne warnte die beiden, was ihnen bevorstand. Zähneknirschend konzentrierte Barrett sich auf den augenscheinlichen Mittelpunkt der Wolken und versuchte, ihn aufzulösen. Lange Sekunden geschah nichts; Barrett riskierte einen Blick auf Tellite und stellte fest, dass auch er sich auf die Wolken konzentrierte; er versuchte, sie noch dichter zu machen. Dann schien die ungeheuerliche Wolkenbank davonzuwehen und am Himmel zu zerfasern.

»Nein! Kommt zurück!«, schrie Tellite. Er hob seine Hände Richtung Himmel, zuckte plötzlich zusammen, wurde sogar etwas in die Luft gehoben und brach dann in sich zusammen. Ein wenig Regen prasselte nieder, dann lösten sich die Wolken auf, und die Sonne kam wieder zum Vorschein.

Barrett schenkte der Sonne jedoch keine Beachtung, da er sich auf den Zauberstock stützte und nach Luft rang. Seine Beine zitterten, und sein Magen knurrte. Er wusste, dass er etwas essen und sich ausruhen musste – und zwar schnell –, aber er wollte erst nach seinem Gegner sehen. Mit Bedacht nutzte er den geliehenen Zauberstab, um Tellite auf den Rücken zu drehen – und wäre vor Entsetzen fast zurückgeschreckt. Von dem Mann waren nur noch Haut und Knochen übrig. Seine Finger waren zu Klauen geworden, und sein Mund stand offen, als hätte er ein letztes Mal herausfordernd geschrien. Offensichtlich war er tot, die Magie hatte ihm das Leben ausgesaugt. Barrett schauderte und wandte sich ab. Wie viel Angst hatte er vor dem Herzog haben müssen, sich bis weit über die Belastungsgrenze seines Körpers hinauszutreiben? Dennoch hatte er etwas erreicht. Barrett war erschöpft. Er eilte ins Haus und verschloss die Tür hinter sich sorgfältig mit Magie. Hoffentlich wären Ezok und Ackwal, die noch immer von den Pflanzen umschlungen und bedeckt waren, so vernünftig, beim Anblick der Leiche Tellites das Weite zu suchen, zu Herzog Gello zurückzukehren und ihm zu berichten, dass Barrett fort war. Wenn nicht, musste er sich auch noch um sie kümmern. Was immer sie taten, er wusste, dass er nur wenig Zeit hatte. Sobald er erfuhr, dass seine Magier versagt hatten, würde Gello weitere Leute schicken, um ihn aufzuhalten. Der Herzog konnte jemanden, der so viel Macht besaß wie Barrett, nicht einfach in der Hauptstadt herumspazieren lassen. Barrett eilte durch die Küche. Er aß schnell und horchte ständig, ob sich doch irgendwelche Geräusche weiterer Männer Gellos ankündigten, bis er die Ungewissheit nicht mehr ertragen konnte. Er musste weg von hier. Er nahm seine Unterlagen mit, seinen Stock, einen Wasserschlauch und ein letztes Stück Käse und verließ sein Haus durch die Hintertür. Trotz seiner Erschöpfung nahm er sich noch die Zeit, einige magische Fallen an seinem Haus aufzustellen. Wenn irgendjemand es durchsuchte, wollte er davon wissen. Besonders, da der Zugang zu seinem geheimen Fluchtweg am Ende seines enorm großen Gartens verborgen lag.

Vor Jahren hatten Magier herausgefunden, wie man sich Eichen zunutze machen konnte, um große Entfernungen praktisch ohne Reisezeit zu überwinden. Es war ein komplizierter und sehr anstrengender Zauber. Irgendwie wusste jede Eiche, wo sich andere Eichen befanden – Barrett glaubte, dass es mit der Fortpflanzung der Bäume zusammenhing. Dies in Einklang mit einer Fähigkeit, wie sie bei Vögeln, zum Beispiel Tauben, entdeckt wurde, nämlich ihren Weg durch fremde Länder zu finden, ohne jemals zuvor dort gewesen zu sein, erlaubte es den Magiern, in eine Eiche einzutreten und fast gleichzeitig aus einer anderen Eiche wieder herauszutreten, ganz gleich, ob diese nur Schritte oder Meilen oder weite Tagesritte entfernt war. Die ersten Versuche waren, wie bei jeder neuen Magie, gefahrvoll, und die Magier mussten vor dem Versuch mit dem Baum und einem Vogel kommunizieren. Nachdem diese Theorie so weit gemeistert war, dass sie gelehrt werden konnte, war sie bald weiter verfeinert worden. Daher war Barrett tatsächlich in der Lage, auf diese Weise von Norstalos-Stadt direkt bis in den weit entfernten Osten des Landes zu gelangen – innerhalb von Sekunden. Aber eine solche Reise erkaufte man sich mit einem hohen Preis – wenn er ankam, war er so erschöpft, als hätte er dieselbe Entfernung zu Fuß zurückgelegt.

Die Kunde und Erforschung des Verhaltens von Tieren und Pflanzen sowie dessen magische Nutzung hatte einen großen Teil seiner bisherigen Ausbildung zum Magier in Anspruch genommen. Aber etwa gleich viel Zeit war darauf verwendet worden, die Grenzen seiner Macht, und noch wichtiger, die Grenzen seiner Kraft ausloten zu lassen. Seine relative Jugend und sein sportlicher Körper waren unter anderem Gründe, warum er ein so vollkommener Magier war. Ältere Männer hatten zwar vielleicht größeres Wissen, es fehlte ihnen aber oft an der nötigen Stärke, große Magie zu wirken. Durch harte Arbeit und großen Fleiß war er in der Lage, sein zielstrebig vermehrtes Wissen tatsächlich in Magie umsetzen zu können. Gerade hatte er hautnah erlebt, wie es einem Zauberer erging, der seine eigenen Grenzen überschritt. Als hätte er eine solche Mahnung gebraucht! Sein einstiger Meister war erst vor fünf Jahren gestorben, weil er versucht hatte, seine Grenzen zu überschreiten. Diese Reise war nicht weiter als andere, die er unternommen hatte, doch er hegte gewisse Bedenken. Aber sein Tagtraum von der Rückkehr zur Königin trieb ihn weiter.

Seine Eiche war hinter anderen Bäumen versteckt, denn selbst so erbärmliche Magier wie Elong und Ackwal, die immer noch bewusstlos in seinem Garten lagen, wussten, dass man mittels Eichen reisen konnte, und würden den Baum unter Beobachtung stellen oder fällen lassen, wenn sie ihn entdeckten. Behutsam näherte er sich dem Baum und berührte die Rinde. Er atmete normal, war nicht länger durstig oder hungrig, konnte jedoch die Erschöpfung seiner Muskeln spüren. Ihm tat alles weh, und unter normalen Umständen hätte er sich für den Rest des Tages schlafen gelegt. Aber dafür blieb ihm keine Zeit, also ignorierte er den Schmerz. Er atmete tief durch, bediente sich der Magie und wurde eins mit dem Baum. Während er sich wie der Baum fühlte, suchte er im Geiste nach dem nächsten Baum, der am Stadtrand in einem Park stand. Sorgfältig verinnerlichte er das Gefühl, das dieser Baum vermittelte, und sprang zum nächsten weiter, der sich außerhalb der Stadtmauern befand.

So reiste er im Geiste weiter von Baum zu Baum, indem er sie sich einen nach dem anderen vergegenwärtigte und sich ihre genaue Reihenfolge einprägte. Er ging weiter und weiter, bis er merkte, dass die Bilder der Bäume seine Vorstellungskraft beinahe überforderten, dass sie versuchten, aus der Reihe der anderen auszubrechen. Das war der gefährlichste Moment. Wenn ein Magier auch nur einen Schritt verpasste, würde diese Reise für ihn kein Ende nehmen, er würde auf ewig in seinem Geist verloren sein. Es war schwierig und beängstigend – aber das mochte er am liebsten: in den Grenzbereichen der Magie sowohl seine körperliche als auch geistige Belastbarkeit ausloten. Das war es, was ihn zum besten Magier des Landes, vielleicht zum besten Magier der Welt machte. Andere würden versuchen, die Reise abzubrechen, um das Risiko zu minimieren, doch er trieb sich immer weiter voran, stellte eine scheinbar endlose Reihe von Bäumen zusammen, bis er zum letzten kam, der in der Nähe der Grenze zu Tetril wuchs und unweit der Hütte des Königlichen Magiers, in der er sich ausruhen konnte.

Nun hatte sein Geist die Reise überstanden, und er musste nur noch den Weg öffnen, damit sein Körper folgen konnte. Das war nach wenigen Herzschlägen geschehen, und er war bereit, durch das halbe Land zu reisen. Während er im Geiste den Weg offen hielt, trat er in den ersten Baum – und ging hindurch, und dann durch jeden anderen Baum in derselben Sekunde, bevor er aus dem letzten Baum in der Nähe der tetrilischen Grenze wieder austrat. Die Anstrengung einer solchen Reise fuhr ihm einen Augenblick später in die Knochen. Er fiel auf die Knie und musste sich an seinem Zauberstock wieder hochziehen. Er hatte gerade noch genügend Kraft, um ein siegesfreudiges Lächeln zustande zu bringen. Er hatte es geschafft, er war den Dieben voraus! Nun musste er sich nur noch einen Tag ausruhen, bevor er sie abfangen konnte. Er trank in großen Zügen aus dem Wasserschlauch und stopfte sich den Käse in den Mund, weil sein Körper nach Nahrung und Flüssigkeit lechzte. Er wusste, dass es in der Hütte noch mehr Vorräte gab. Er musste es nur bis dorthin schaffen.

Während er den Weg zu der Hütte entlangtaumelte, berührten ihn die ersten zarten Fangarme kalter Angst. Er spürte, wie jeder Schritt seine Lebenskraft verzehrte. Er hatte sich noch nie zuvor so erschöpft gefühlt, und unweigerlich kam ihm der Anblick Tellites vor Augen, von dem nur noch Haut und Knochen übrig geblieben waren.

»Ich bin stark!«, sagte er sich selbst. Unter Aufbietung all seiner Energie schaffte er es schließlich, die Hütte zu erreichen und sich auf ein Bett fallen zu lassen.

Als er endlich auf dem Bett lag und immer noch um Atem rang, wusste er jedoch, dass die Wirklichkeit nicht seinen tapferen Worten entsprach. So, wie er sich fühlte, würde es Tage dauern, bis er in der Lage war, sich auf die Suche zu machen. Tellite mochte zwar gestorben sein, aber er hatte Herzog Gello dennoch gute Dienste geleistet, dachte Barrett bitter.

Königin Merren war aufgebracht darüber, wie wenige Adlige zur Sitzung des Kronrats erschienen waren. Viele fehlten – und die meisten davon waren diejenigen, von denen sie zwar nicht glaubte, dass sie auf ihrer Seite standen, aber wusste, dass sie gegen Herzog Gello eingestellt waren. Und das war fast genauso viel wert. Als sie die Anwesenden durchzählte, stellte sie fest, dass es gerade genug waren, um den Kronrat beschlussfähig zu machen. Das war lächerlich angesichts der Ereignisse der letzten Nacht. Und es bedeutete, dass diese anwesenden Männer heute alles beschließen konnten, was Gello ihnen aufgetragen hatte. Ein Beschluss des Rates war für sie nicht bindend, sie konnte ohne Weiteres das Gegenteil von dem anordnen, was ihr Kronrat wollte. Aber ohne die Unterstützung der Adligen hatte der Herrscher von Norstalos niemanden, der seine Gesetze und Erlasse durchsetzte. Und ohne ihr eigenes Heer hatte sie dem Adel auch nichts entgegenzusetzen.

Sie bezwang ihre Beunruhigung und konzentrierte sich auf die Besprechung, bei der es selbstverständlich um das Drachenschwert und dessen Diebstahl ging.

»Ich finde es äußerst besorgniserregend, dass Diebe in den Palast eindringen, die Wachen töten, das Schwert stehlen und entkommen konnten! Wenn der Palast kein sicherer Ort ist, dann gibt es keinen sicheren Ort. Ich halte es für nötig, das Heer zu beauftragen, für Sicherheit zu sorgen.« Der dicke, schwitzende Graf Cessor, dessen Ländereien die große Stadt Cessor an der Westküste einschloss, hielt die Eröffnungsansprache. Die Adligen aus Norstalos ließen sich inzwischen gewohnheitsmäßig mit ihrem Titel anreden. Daher nannte man den Mann, der jetzt zum Kronrat sprach, Graf Cessor, den vierunddreißigsten Erben eines noblen Titels, statt einfach nur den alten Gaven Ildale aus Cessor.

Merren sah ihn voller Abscheu an. Als Mann des Westens versuchte er, sich bei Herzog Gello einzuschmeicheln und eine seiner drei Töchter mit ihm zu verheiraten. Alles, was Cessor sagte, hätte Gello genauso gut selbst sagen können. In den ersten drei Monaten ihrer Amtszeit hatte sie versucht, den Wünschen dieser Männer entgegenzukommen und höflich zu ihnen zu sein, aber als sie alle nach und nach ihre Ergebenheit Gello gegenüber öffentlich bekannt hatten, war es ihr sinnlos erschienen, es bei ihnen weiter mit Freundlichkeit zu versuchen.

»Tatsächlich? Sollen wir eine seit Jahrhunderten bewährte Tradition verwerfen und das Land in Schrecken versetzen, indem wir Soldaten die Straßen nach Männern absuchen lassen, die längst fort sind? Ein derart lächerlicher Vorschlag passt zu jemandem, dessen Kopf genauso verfettet ist wie sein Leib«, stellte sie ungerührt fest.

Cessor, dessen Vorliebe für Süßigkeiten sprichwörtlich war, bebte vor Zorn – und sein Doppelkinn schwabbelte.

»Aber das Problem, Eure Majestät, besteht doch darin, dass das Drachenschwert nicht mehr in unserem Besitz ist. Jahrhundertelang hieß es, das Schwert gewährleiste den Frieden in unserem schönen Land. Jetzt, da es fort ist, könnte unser Land sogar auf eine Stufe mit anderen Ländern herabsinken. Es wäre doch sicher vernünftig, das Heer jetzt schon einzusetzen, statt zu warten, bis es zu spät ist?«

Das war der glatte Graf Worick, ein weiterer Adliger aus dem Westen und ein weiterer Schützling Gellos. Klein, dünn und makellos gepflegt verärgerte er die Königin noch mehr als der unförmige Cessor.

»Traut Ihr dem Volk dieses Landes so wenig zu, lieber Worick?« Merren lächelte dünn. »Glaubt Ihr ernsthaft, das Einzige, was die Bewohner dieses Landes davon abhält, einander zu töten, sei die Anwesenheit des Drachenschwertes? Wart Ihr es nicht, der wie viele andere aus dieser Runde Norstalos das großartigste aller Länder nannte? Und der meinte, alle anderen könnten höchstens davon träumen, so zu sein wie wir?«

Sie gestattete sich ein siegesfreudiges Lächeln, sah in die Runde und seufzte. An den verschlossenen Gesichtern konnte sie ablesen, dass jedes Wort von ihr auf taube Ohren stoßen würde. Diese Sitzung war offensichtlich eine von Gello eingefädelte Farce. Er hatte es irgendwie geschafft, all seine Gegner von dieser Versammlung fernzuhalten, und seinen Favoriten klare Anweisungen erteilt, wie sie handeln und was sagen sollten. Sie stellte fest, dass es keine Debatte gab. Sie würden sich alle dafür aussprechen, das Heer zusammenzuziehen und Herzog Gello anzuflehen, genau das zu tun, was er wollte – die Herrschaft über das Land übernehmen. Natürlich würden sie es mit netten Begriffen wie

»vorübergehend« oder »so lange wie nötig« beschönigen, diese Worte waren jedoch nur ausgeklügelte Lügen. Den Worten des nachfolgenden Redners schenkte sie kein Gehör und ließ sie einfach über sich ergehen.

Sie hatte begriffen, dass diese Sitzung des Kronrats das Ende bedeutete. Wenn dieser Tag zu Ende ging, würde Gello sein Ziel erreicht haben. Jetzt konnte sie nur noch ein Wunder retten. Ja, sie hatte Barrett ausgesandt, aber der Magier war auf sich allein gestellt. Was konnte er alleine schon ausrichten?

Der Gedanke, den Thron aufzugeben, schmerzte wie ein Dolch, den man ihr ins Herz gestoßen hatte. Es gab so viele Dinge, die sie als Königin erreichen wollte, aber der ihr aufgezwungene Kampf um den Thron hatte all ihre Zeit verschlungen. Es ärgerte sie maßlos. Nach jenem schicksalhaften Tag, als Gello beschämt aus dem Thronsaal geflohen war, hatte sie gewusst, dass es ihr Schicksal war, als Königin zu herrschen. Die erste Königin von Norstalos zu sein. Und sie hatte sich diesem Ziel verschrieben. Ungeachtet dessen, was König Croft und Herzogin Ivene vereinbart hatten, und in klarem Widerspruch zur offensichtlichen Einschätzung ihres Vaters wussten sowohl Merren als auch Gello, dass es nur einen endgültigen Sieger geben konnte. Norstalos konnte nur einen Herrscher haben, nicht zwei. Und heute erreichte der Kampf zwischen ihnen seinen Höhepunkt. Ein Kampf, von dem sie jetzt wusste, dass sie ihn verlieren würde; und das konnte sie nicht ertragen.

Sie stand abrupt auf, und Graf Cessor, der sich lauthals darüber ausließ, dass Norstalos sich jetzt im Notstand befinde und in Chaos versinken würde, wenn man dem Heer nicht freie Hand gab, verstummte, sodass eine peinliche Stille eintrat.

»Majestät?«, fragte Worick.

»Ich werde keine weitere Sekunde meiner Zeit mit einer Meute von Gellos Schoßhunden verschwenden«, erklärte sie. »Ich weiß, was Ihr vorhabt, ich habe keinerlei Interesse, an diesem lächerlichen Schauspiel teilzuhaben. Erlasst die Verfügung, die Euer Herr wünscht, und kriecht in der Hoffnung, dass er Euch den Kopf tätschelt und Euch für Eure gute Arbeit lobt, zu ihm zurück.«

»Majestät, ich muss protestieren!«, rief Cessor laut.

»Protestiert, soviel Ihr wollt, Ihr fetter Narr. Aroaril wird das entscheidende Urteil darüber fällen, was Ihr hier anrichtet. Möge er Euren verderbten Seelen gnädig sein, denn glaubt mir, ich werde sie zu Zorva schicken, wenn ich die Gelegenheit dazu bekomme«, fauchte sie ihn an. Dann stürmte sie aus dem Saal und genoss die entgeisterten Gesichter, wohl wissend, dass dies nur eine Feder war gegen das Bleigewicht von Gellos hinterhältigem Sieg. Sie ging langsam zurück in ihre Räume, und ihr kam der Gedanke, dass sie ihre letzten Augenblicke als Königin ruhig genießen konnte. Also ließ sie auftischen, bestellte ihre Hofdamen und Musiker zu sich und dachte sogar darüber nach, einen Barden kommen zu lassen. Aber es war ihr dennoch nicht möglich, zur Ruhe zu kommen. Ihr Magen rebellierte, die köstlichen Speisen schmeckten auf ihrer Zunge wie Asche, und die Musik klang in ihren Ohren misstönend.

Sie musste nicht lange warten. Die Musiker hatten gerade ihr zweites Stück angestimmt, als es draußen so laut wurde, dass sie ihre Einsätze versäumten. Die Hofdamen starrten die Königin an, während Schreie, Trompetensignale und Pferdegetrappel zu hören waren. Merren schickte Rana hinaus; sie sollte nachsehen, was vor sich ging.

»Meine Königin! Der Palast ist von Berittenen des Heeres umstellt!«, rief sie.

Merrens Herzschlag beschleunigte sich. So rasch! Gello musste seine Truppen schon in Bereitschaft gehalten haben! Sie trat auf den Balkon und blickte hinab. Die noch übrigen Wachen der Königsgarde sicherten das Tor, aber ihnen stand mehr als eine Kompanie Panzerreiter gegenüber. Ihr Anführer war eine unverwechselbare Gestalt. Herzog Gello.

»Der Kronrat hat mich gebeten, vorübergehend und bis diese Krise überwunden ist, die Befehlsgewalt zu übernehmen«, brüllte er. »Hier ist der offizielle Erlass. Ich befehle euch als Soldaten Norstalos' und Wachen der Königsgarde, euren Verband aufzulösen und in euer ursprüngliches Regiment zurückzukehren. Für die Sicherheit des Palastes und gewiss der des Landes sind von nun an meine Männer verantwortlich.«

Merren fragte sich kurz, ob ihre wenigen Gardisten sich Gello widersetzen würden. Aber sie waren hoffnungslos in der Unterzahl, und es würde ein sinnloses Massaker werden. Sie erwartete natürlich nicht, dass sie für sie starben, aber es würde ihr etwas bedeuten, wenn Gellos Verrat sie so zornig machte, dass sie zumindest versuchten, ihn aufzuhalten. Sie hätte ihnen am liebsten zugerufen: »Das ist der Mann, der letzte Nacht eure Freunde hat ermorden lassen!« Doch gerade als sie mit diesem Gedanken spielte, sah sie, wie der Kommandant der Königsgarde, Hauptmann Kay, seinen Männern befahl, ihre Schwerter und Wappenröcke abzulegen und auf einen Haufen zu legen.

Auf dem Platz vor ihrem Palast verfolgten eine Handvoll Stadtbewohner das Geschehen – offensichtlich neugierig, aber keineswegs bekümmert angesichts dieses Putsches gegen ihre Königin. Wo waren die aufgebrachten Menschenmengen? Wo waren die Gardisten, die lieber starben, als ihre Königin im Stich zu lassen? Wie sollte sie sich das erklären? Sie wollte fragen, konnte aber die passenden Worte nicht finden. Ihre Hofdamen scharten sich um sie; ihnen allen hatte es die Sprache verschlagen. Keine unternahm etwas, um sie zu trösten. Sie hätte das sehr begrüßt, obwohl sie sie abgewiesen hätte, weil sie nicht schwach wirken wollte.

Gerade, als sie das dachte, blickte Herzog Gello zu ihr herauf. Und selbst aus der Ferne konnte Merren erkennen, dass er siegesfreudig grinste. Wie sehr sie sich doch danach sehnte, ihn gedemütigt zu sehen!

»Möge Aroaril mir beistehen. Bring mir einen Krieger, der dir das Grinsen austreibt«, fluchte sie.

Es war ein langer Ritt von Chell nach Wollin, und durch Karias Anwesenheit wurde er noch länger. Sie wusste, dass Martil sie nicht gern dabei hatte, aber das war okay, weil sie auch nicht bei ihm sein wollte. Sie wollte zurück zu Pater Nott. Natürlich hatte der Pater gesagt, sie könne nicht bei ihm bleiben, aber das war einfach dumm. Er war derjenige, bei dem Karia sein wollte; und er war freundlicher als Martil oder ihr Paps und ihre Brüder. Also lag die Lösung auf der Hand. Sie musste

Martil das Leben nur so schwer wie möglich machen, dann würde er sie zu Pater Nott zurückbringen. Diese Methode hatte sie auch bei ihrem Paps versucht, aber der hatte sie geschlagen, bis sie es sein ließ. Dieser Martil dagegen hatte versprochen, sie niemals zu schlagen. Solange er es sich nicht anders überlegte, würde sie ihm zusetzen, bis er aufgab und sie zurückbrachte. Es schien ihn wütend zu machen, wenn sie nach Essen fragte, also tat sie das, so oft sie konnte. Ihr Bauch, der an so viel Nahrung nicht gewohnt war, brauchte viele Toilettenpausen. Die schienen Martil auch zu stören. Es war eigentlich eine recht witzige Sache, dieses Spiel zu spielen und zu sehen, wie weit sie Martil treiben konnte. Jedes Mal, wenn er böse zu werden schien, zwang er sich zur Ruhe und beruhigte sich wieder. Aber was sie ihn dann murmeln hörte, waren Lüche, das wusste sie ganz bestimmt, denn Pater Nott hatte es ihr einmal gesagt. Das Dumme war nur, dass Martil trotz all ihrer Bemühungen nicht umkehrte. Also beschloss sie, sich noch mehr anzustrengen. Sie war neugierig auf die vielen Dinge, die sie zum ersten Mal sah; da war es nur natürlich, dass sie Fragen stellte.

Martil knirschte so sehr mit den Zähnen, dass er sich sicher war, sie würden gleich bersten. Jedes Mal, wenn sie quengelte, dass sie etwas zu essen oder zu trinken brauche, und jeder Halt, damit sie ihr Geschäft verrichten konnte, zerrten an seinen Nerven. Aber damit konnte er umgehen. Nun fing sie auch noch an, ihn über jede Pflanze auszufragen, die sie sah, über jeden Vogel, den sie hörte, und auch über alle Tiere, die sie gern sehen wollte, die aber entgegen ihren Wünschen lieber im Verborgenen blieben.

Er beschloss ganz ruhig, dass er sich nicht von ihr bezwingen lassen würde. Wenn die Berellianer ihn nicht kleingekriegt hatten, würde es diesem kleinen Mädchen ebenso wenig gelingen. Was auch immer sie versuchte, er würde nicht die Beherrschung verlieren und sie so gewinnen lassen. Diese Genugtuung würde er ihr nicht gönnen. Und nachdem er so aus der Sache einen Wettstreit gemacht hatte, war ihm schon sehr viel wohler dabei. Aber ein Problem bestand weiterhin. Wie sollte er den Wettstreit gewinnen?

Er war fast etwas neidisch auf Pater Nott, der in der Lage gewesen war, mit Karia so mühelos umzugehen. Und ihm kam der Gedanke, dass es jetzt ein kluger Schritt sein mochte, ihr etwas zu geben, auf das sie sich freuen könnte.

»Wir werden bald in eine Stadt kommen. Da kaufen wir dir etwas anzuziehen und ein paar andere schöne Sachen. Dann gehen wir essen, und zwar so viel, wie du willst. Würde dir das gefallen?«

»Können wir danach zurück zu Pater Nott?«

»Nein«, sagte Martil, zum gefühlten zwanzigsten Mal.

»Ich hasse dich.«

Aufgemuntert durch solche Gespräche war Martil überglücklich, als sie endlich Wollin erreichten. Chell war ein kleines Dorf gewesen, aber Wollin diente nicht nur Chell, sondern auch einigen anderen Dörfern und Gehöften im Umkreis eines Tagesritts als Marktstadt. Das Städtchen war sogar von einer Mauer umgeben, doch diese erwies sich als eher schmächtig und von so armseliger Höhe und Bauart, dass ein Veteran wie Martil sie für einen Witz, aber nicht für ein ernsthaftes Hindernis halten konnte. Aber mehr als die Mauer beschäftigte ihn der Gedanke, wie Karia sich verhalten würde, sobald sie in der Stadt waren.

Der ehemalige Kriegshauptmann Rowran tat nichts lieber, als mit seinem eigenen Boot aufs Meer hinauszufahren. Selbst als er noch im Heeresdienst gestanden und in den Bergen gekämpft hatte, war die See sein Traum gewesen. Sie hatte etwas Beruhigendes, und er machte immer längere Reisen mit seinem Segelboot, seit er aus dem Krieg zurückgekehrt war. Wenn die Küste nicht mehr in Sichtweite war und er niemanden um sich herum hatte, schienen seine Probleme einfach zu verschwinden. Dann ging es ihm am besten.

Dies war kein guter Tag gewesen. Er hatte in einem Wirtshaus etwas getrunken und sich auf einen Nachmittag voller Erzählungen gefreut, als der Barde seinen Vortrag mit der Nachricht begann, Kriegshauptmann Macord habe sich umgebracht. Er sei in seinem Haus verbrannt. Also würde er anstelle seines geplanten Programms einige Balladen über den Krieg vortragen und zum Schluss das Lied von Bellic anstimmen. Rowran spürte, dass die Blicke aller in der Taverne augenblicklich auf ihm ruhten. Er wusste, dass er verschwinden musste – und zwar schnell.

Als er endlich auf seinem Boot war, war sein einziger Wunsch, möglichst schnell von allem und jedem fortzukommen. Daher beging er den Fehler, dieses Mal nicht zu überprüfen, ob sich jemand in die kleine Kabine an

Bord geschlichen hatte. Er hisste die Segel, legte ab und lief aus dem Hafen.

Cezar lotste Rowrans Boot später im Schutz der Dunkelheit in eine kleine Bucht. Die Leiche hatte er über Bord geworfen. Vorher hatte er ihm jedoch das Herz herausgeschnitten und es in einen eigens dafür vorgesehenen Kasten gelegt, den er jetzt in einem Sack über der Schulter trug. Er wollte das Boot auf die Felsen auflaufen lassen, damit die Anwohner es am nächsten Morgen fanden. Sie würden dann zweifelsohne schlussfolgern, dass Rowran ertrunken war. Nun zu Kriegshauptmann Oscarl, den Markuz und Onzalez für die größte Bedrohung des berellischen Ehrgeizes und der Vision des Angstpriesters hielten. Danach konnte er dann Kriegshauptmann Martil in Ruhe zur Strecke bringen.

Karia war noch nie zuvor in Wollin gewesen. Und da sie die letzten sechs Monate im Wald verbracht hatte, ließen all die Geräusche, Gerüche und das Getriebe sie schon vor den Mauern der Stadt vergessen, Martil zu quälen. Sie war daran gewöhnt, ein paar Kühe und Schafe zu sehen. Aber hier waren die Straßen voll von großen Herden, und Martil war sogar gezwungen, deswegen Umwege in Kauf zu nehmen. Einige Karren waren mit Kisten beladen, in denen Hühner gackerten. Andere waren voller Heu, Früchten und Gemüse. Begeistert beobachtete sie alles, an dem sie auf dem Weg zum Stadttor vorbeiritten.

Das Tor ragte über ihnen auf, und angesichts des Lärms der Stadt vergrub Karia die Finger in Tomons Mähne, um etwas Trost zu finden.

»Und woher kommt dieser Geruch?«, wollte sie wissen, während sie sich die Nase zuhielt.

Martil erklärte ihr, dass es der Geruch einer Stadt war, in der Tausende Menschen auf engem Raum zusammenlebten, und der Geruch ihres Abfalls und ihrer Ausscheidungen und ihrer Tiere, die in der Stadt waren.

»Das ist ekelig. Wie kann man denn so leben?« Sie versuchte, durch den Mund zu atmen.

Für Karia war die Stadt einfach zu viel. Ihren Augen, ihren Ohren und insbesondere ihrer Nase fiel es schwer, das alles zu ertragen. Gut gekleidete Männer und Frauen liefen zusammen die Straße entlang, und ihre Kleider waren mit Abstand das Prächtigste, was sie je zu Gesicht bekommen hatte. Tagelöhner und Diener eilten vorbei. Ladenbesitzer priesen lautstark ihre Waren an, und unentwegt rumpelten Karren durch die Straßen.

Das machte ihr ein wenig Angst, und sie fühlte sich seltsamerweise ein bisschen besser, weil sie wusste, dass Martil ja da war, wenn die Marktschreier ihnen direkt etwas zuriefen und versuchten, sie an ihre Stände zu locken. Bestimmt lag das daran, sagte sie sich, dass Pater Nott ihn mochte, er also nicht so schlecht sein konnte wie ihr Vater, auch wenn er sie nicht zurück zu dem Pater bringen wollte.

Martil hatte leicht erheitert beobachtet, wie die Stadt sie zuerst eingeschüchtert und dann sogar dazu gebracht hatte, sich leicht an ihn zu lehnen, als suche sie seinen Schutz. Das war jedenfalls besser, als wenn sie nur schrie oder versuchte, ihn zu schlagen.

»Warum sind die ganzen Leute hier? Was machen sie hier alle?«, fragte sie wissbegierig.

»Na ja, einige wohnen hier, und andere sind hergekommen, um ihre Waren feilzubieten. Alle, die hier wohnen, brauchen etwas zu essen, aber in einer Stadt gibt es keinen Platz für Felder und Weiden. Also muss das, was die Leute essen sollen, hergebracht werden. Es wird hier verkauft, und manches wird in noch größere Städte gebracht.«

Sie nickte beeindruckt. In Wahrheit herrschte nicht allzu reges Treiben; es gab genug Platz auf den gepflasterten Straßen, sodass er Tomon nur selten zügeln musste. Aber es reichte offensichtlich, um Karia völlig in Bann zu ziehen. Ihre Blicke klebten an den Kleidern der Frauen, und Martil genoss die Ruhe zwischen ihren Fragen.

»Da wären wir«, sagte Martil, als er das Aushängeschild des Ladenbesitzers gesehen hatte, nach dem er gesucht hatte.

»Wo sind wir denn?«, fragte Karia ihn, als er ihr vom Pferd half. Er hatte fast damit gerechnet, dass sie wieder schreien oder wegrennen würde, aber stattdessen versuchte sie, so nah bei ihm zu bleiben, wie es nur ging. *Sie mag mich hassen, aber sie hat vor mir weniger Angst als vor einem Haufen fetter Händler,* dachte er.

»Wir sind bei einem Schneider. Und wir werden dir ein paar Kleider besorgen. Komm.«

Er führte sie an zwei gut gekleideten Frauen und einem Diener vorbei, der hinter ihnen unter der Last ihrer Einkäufe taumelte. Dann betraten sie die Schneiderei.

Menner brüstete sich gern, der beste Schneider in Wollin zu sein. Natürlich sagte er nie dazu, dass es in dem Städtchen nur zwei andere gab, beides alte Frauen, die auch noch nie in Norstalos-Stadt gewesen waren, geschweige denn jemals feine Kleider für irgendwelche Edelleute genäht hatten.

Er wäre gerne in Norstalos-Stadt geblieben; aber er war nicht nur ein talentierter Schneider, sondern auch ein großes Klatschmaul. Und nachdem er ein paar anzügliche Geschichten über Herzog Gello weitergegeben hatte, waren einige Männer von dessen Leibwache gekommen, um ihm einen kurzen Besuch abzustatten. Sie hatten sich jedoch weder für die neuesten Farben noch für den damals unerhörten Schnitt seiner modernsten Röcke interessiert, sondern ihm lediglich mitgeteilt, dass er seine Eingeweide als Halsschmuck tragen würde, wenn er in der nächsten Woche noch in der Stadt wäre.

Keine Stadt in ganz Norstalos war weiter von den im Westen gelegenen Ländereien des Herzogs entfernt als Wollin, und inzwischen betrieb er hier eine gewinnbringende Schneiderei. Seine Kundinnen waren vor allem die Frauen von reichen Landwirten und Kaufleuten. Traurigerweise musste er hier allerdings auf den gewohnten Tratsch verzichten – ihm kam hier kaum jemand wichtig genug vor, dass er sich über ihn das Maul zerreißen wollte. Er hatte gerade zwei Kleider an eine Stammkundin verkauft, als die Klingel ertönte und ein interessantes Paar den Laden betrat. Ein Krieger und seine Tochter, allem Anschein nach. Der Mann war offenkundig Rallorer, nach seinem Hemd und seiner Hose zu urteilen, und das Mädchen trug … Menner schauderte angesichts des ältlichen Gewands. Dennoch, der Mann trug zwei Schwerter am Gürtel, also würde sich Höflichkeit bezahlt machen.

»Willkommen bei Menners! Wie kann ich Euch helfen?«, begrüßte er die beiden und kam hinter seiner Ladentheke hervor, damit sie sehen konnten, wie er angezogen war – er trug nach neuester Mode der Stadt ein gelbes Hemd mit bauschigen Ärmeln und tiefem Halskragen zu einer orangefarbenen Hose.

Karia starrte ihn mit offenem Mund an.

»Wir brauchen Kleider für das Mädchen«, verkündete Martil.

Menner nahm den Stoff von Karias Kleid zwischen Zeigefinger und Daumen und wäre fast entsetzt zurückgewichen, bevor er sich schnell wieder fing. »Mein lieber Herr, dann habt Ihr den richtigen Schneider gefunden! Wir nähen Kleider aus den neuesten Stoffen und nach der jüngsten Mode!«

»Sie ist nicht mit der Königin verabredet. Ich brauche für sie zwei Hemden, zwei Hosen und drei schlichte Kleider. Dann ein Paar warme Schuhe, ein Paar Lederschuhe und ein Paar Sandalen«, knurrte Martil. Karia versuchte sich währenddessen hinter einem seiner Beine zu verstecken und spähte nur zu dem komisch gekleideten Mann hinauf, wenn sie glaubte, dass er gerade nicht in ihre Richtung schaute.

Menner lächelte. »Natürlich können wir das für Euch machen, aber seid gewarnt, es wird eine gewisse Zeit dauern, und es wird einer Anzahlung bedürfen ...«

Martil hatte nicht vor, länger in Wollin zu bleiben als unbedingt nötig. Er brachte eine dicke Goldmünze zum Vorschein und stellte sicher, dass Menner sah, wie wertvoll das Goldstück war. »Ich brauche das alles bis morgen.«

»Obwohl ich Euch wirklich gern helfen würde, ist das einfach nicht zu schaffen.«

Martil brachte eine zweite Goldmünze zum Vorschein und hätte es kaum für möglich gehalten, aber Menners Grinsen wurde noch breiter.

»Nun, für besondere Kunden wie Euch können wir immer eine Ausnahme machen. Lasst mich die Maße nehmen. Bevor ich beginne, könnte ich Euch beiden vielleicht etwas zu trinken anbieten? Ihr seid doch zweifelsohne von weit her gekommen?«

»Etwas zu trinken. Und etwas zu essen für das Mädchen«, stimmte Martil zu.

Menner eilte davon und verschwand im Hinterzimmer, um nur Sekunden später mit einem kleinen Teller voller Kekse, einem Krug Fruchtsaft und zwei Bechern zurückzukehren. Karia war sich immer noch nicht sicher, was sie von jemandem halten sollte, der so angezogen war. Sie schaffte es jedoch nicht, ihr lebhaftes Interesse an der Zwischenmahlzeit zu verbergen.

Menner reichte ihr einen Becher und lächelte, als sie ihn leerte und dann einen langen Rülpser von sich gab.

»Einkaufen macht durstig, nicht wahr?«, sagte er lächelnd.

Sie schwieg und sah ihn misstrauisch an, während sie sich einen Keks nahm.

»Bedank dich bei dem Herrn«, forderte Martil sie auf, doch sie hatte den beiden den Rücken zugekehrt.

»Das ist doch nicht nötig. Ein so kleines Mädchen ist doch einfach nur schüchtern«, sagte Menner lächelnd und brachte eine kleine Tafel, diverse Stoffstreifen verschiedener Längen und Knoten als Markierungen zum

Messen hervor. »Kannst du bitte deinen Arm für mich ausstrecken?«

Karia hatte offensichtlich keinerlei Absicht, das zu tun. Martil sah eine Rangelei oder – schlimmer – viel Geschrei kommen, wusste aber nicht, was er dagegen unternehmen sollte.

Aber Menner wusste es. Er hatte schon vielen kleinen Mädchen Kleider genäht. Das war ein wichtiger und gewinnbringender Teil seines Geschäftes. Wenn sie bereits in jungen Jahren ihre Kleider bei ihm kauften, dann hatte er Kunden, die den Rest ihres Lebens bei ihm arbeiten ließen.

»Hättest du gerne eine schöne Puppe, mit der du spielen kannst?«, fragte er sie mit einem Lächeln auf den Lippen.

Karia konnte ihr Interesse nicht unterdrücken und erwiderte das Lächeln sogar ein kleines bisschen. Menner öffnete einen Schrank und nahm eine einfache Wollpuppe heraus; sie hatte ein Kleid an. Er setzte sich auf den Boden, bot Karia die Puppe an und lächelte, als sie ihm das Spielzeug fast aus der Hand riss. »Sie gehört jetzt dir. Wie wirst du sie nennen?«

Karia begutachtete die Puppe überglücklich. »Sie gehört mir?«

»Nur wenn du deinen Arm ausstreckst, damit ich weiß, wie groß ich deine Kleider machen muss«, sagte er einfühlsam.

Karia dachte nicht besonders lange darüber nach. Ihr rechter Arm schnellte sofort nach vorn. Im anderen Arm hielt sie die Puppe, der ein fröhliches Lächeln aufgenäht war. Karias alte Puppen waren längst verschwunden, aber sie beschloss, dass diese hier eine ganz besondere Freundin sein würde.

»Ihr Name ist Puppi«, teilte sie mit und streckte Menner nun ihren anderen Arm hin.

Er hatte alle Maße genommen und sah sich die Zahlen auf seiner Tafel an, während Karia sich ein Stück Kuchen schmecken ließ.

»Ich glaube, ich habe noch ein Probierkleid hier, das ich Euch jetzt schon geben könnte«, bot er an.

»Und was passiert dann mit dem, das ich anhabe?«, rief Karia und zupfte an ihrem Kleid.

»Wir könnten es einem Bettler geben, kleines Fräulein, doch ich glaube, selbst diese Leute haben gewisse Erwartungen«, sagte Menner ernst. »Das Einzige, was sich über dieses Kleid freuen würde, ist ein großes Feuer. Ich bin gleich zurück.«

»Er ist witzig«, sagte Karia, als Menner wieder im Hinterzimmer verschwunden war.

Martil lächelte. Es war interessant zu sehen, wie Menner Karia für sich gewonnen hatte. Bestechung, Ablenkung und eine Spur Witz.

Er kehrte mit einem hellrosa Kleid zurück. Es war schlicht geschnitten und hatte keine Verzierungen, aber es war offensichtlich sauber und daher aus Martils Sicht perfekt.

»Dort kannst du dich umziehen«, sagte er und zog an einem Vorhang, der von einer halbkreisförmigen Stange aus Holz hing, um an einer Wand einen kleinen, geschützten Raum zu bilden.

Karia war sich zwar wegen des Schneiders immer noch nicht sicher, aber sie liebte das Kleid. Sie zog sich ihr altes über den Kopf und streckte die Hand nach dem neuen Kleid aus.

»Beim Barte Aroarils! Kleines Fräulein, die Umkleidekabine …«

Menner starrte sie fassungslos an, aber sie nahm ihm das Kleid einfach aus der Hand.

»Sie ist auf dem Land aufgewachsen.« Martil versuchte, seine Verlegenheit abzutun. Er würde ihr wohl noch einmal erklären müssen, wie wichtig ein wenig Anstand war, dachte er und wandte sich rasch ab, um aus dem Fenster zu schauen.

»Wie sieht es aus? Bin ich hübsch?«, fragte Karia, während sie sich in ihr Kleid schlängelte.

Menner gewann seine Fassung zurück und eilte davon, um mit einem großen Spiegel wiederzukommen, in dem sie sich bewunderte.

»Es sieht reizend aus«, versicherte er ihr. »Nun müssen nur noch die Farben ausgesucht werden, und die Anzahlung muss hinterlegt werden …«

Als Martil mit Karia den Laden verließ, überlegte er, dass er für die Kleider vermutlich das Dreifache des üblichen Preises bezahlt hatte. Aber da er so Zeit gespart und außerdem wichtige Dinge gelernt hatte, war es in seinen Augen eine lohnende Ausgabe gewesen. Wenn er mit ihren Stimmungsschwankungen umgehen konnte, würde der Ritt nach Thest nicht mehr ganz so unangenehm werden. Er betrachtete seinen Schwur inzwischen fast als eine militärische Herausforderung. Schließlich hatte sich gezeigt, dass auch hier Ablenkungstaktik ihren Platz hatte.

Karia sagte nichts, weil ihr Mund voller edler Süßigkeiten war, die Menner ihr zum Abschied gegeben hatte.

Martil hatte keine Ahnung, welche die richtigen Farben für Kinderkleidung waren, also hatte er Karia aussuchen lassen. Ihre Wahl verschiedener Rosa- und Violetttöne akzeptierte Martil klaglos.

Was Karia betraf, sie war viel zu beschäftigt damit, Puppi zu bestaunen und ihr neues Kleid zu bewundern, um dem Tumult um sie herum noch viel Beachtung zu schenken. Menner hatte ihnen einen Gasthof empfohlen, die Herberge »Spatz und Krone«; sie war nicht weit entfernt. Weil Martil sich nicht in der Stadt auskannte, ritten sie dorthin. In diesem Fall stellte sich die zufällige Wahl als ganz annehmbar heraus; er war sich zwar nicht sicher, was er erwartet hatte, aber das Gasthaus war ein dreistöckiges Gebäude, das die umstehenden Bauten deutlich überragte. Er ritt um das Haus herum und fand dahinter einen großen Stall und einen Hinterhof, der bis zur nächsten Straße reichte. Nicht nur Pferde standen dort, sondern auch Kutschen und Karren, und eine Handvoll Burschen kümmerte sich dort um alles.

Martil lenkte Tomon zum Haupttor und musste ihn zügeln, als zwei große Kerle in Lederwämsern vortraten. Jeder von ihnen hielt einen Knüppel mit Bleiende in Händen.

»Was ist euer Begehr?«, fragte einer der beiden gelangweilt.

»Ein Zimmer für mich und das Mädchen, ein Platz im Stall und Futter für das Pferd«, antwortete Martil barsch.

»Halt, die Stimme kenne ich doch!«, rief derjenige von den beiden, der bisher geschwiegen hatte. »Hauptmann Martil, wie er leibt und lebt!«

»Beim Barte Aroarils, so ist es! Die anderen Jungs

werden uns beneiden, dass wir dich getroffen haben!«, schnaufte der erste Sprecher.

Martil musste lächeln, als er ihren Akzent erkannte. »Was tut ihr denn so weit weg von Rallora?«

»Na ja. Es ist hier sehr viel einfacher als der Wachdienst dort, wo ein Regiment Berellianer hinter dem nächsten Bergkamm lauert«, sagte der erste Mann grinsend; sein Grinsen verblasste jedoch. »Und dort erinnert uns zu viel an früher.«

Die drei verfielen in Schweigen und dachten daran, was dieser Satz bedeutete. Die beiden Wachen hatten sich zuerst wieder gefangen. »Also, nichts wie hinein, Hauptmann. Lass nur ein bisschen Gold aufblitzen, schon werden die Jungs angerannt kommen. Aber wenn du nichts dagegen hast, würden wir dir gern als Erste die Hand schütteln.«

Martil grüßte sie als Krieger, Handgelenk an Handgelenk, wobei er sich ein wenig dumm vorkam, und ging weiter, bis ein Stalljunge zu ihm geeilt kam.

»Wir brauchen ein Zimmer für heute Nacht«, verkündete er und hielt ein Goldstück hoch.

»Ich werde den Wirt holen«, sagte der Junge augenblicklich und flitzte davon.

»Warum tun die Leute immer alles für dich?«, fragte Karia.

»Weil ich Gold habe. Die Leute tun viel für Gold.« Martil zuckte mit den Achseln; er wollte nicht an seine Vergangenheit denken.

»Paps dachte, die Leute würden Dinge für ihn tun, wenn er ihnen mit Schlägen drohte. Gold gefällt mir besser«, sagte Karia feierlich.

5

Der Thronsaal war voll, und Dutzende Heeresoffiziere und Edelleute waren in leise Gespräche vertieft. Warum hatte König Markuz sie mitten am Tage herrufen lassen, und warum war jedes Fenster mit metallenen Läden verschlossen? Graf Byrez, der eigens von seinem Schloss hoch im Norden hergeritten war, um dieser Versammlung beizuwohnen, fragte sich, was das alles zu bedeuten hatte.

»Der König!«, kündigte ein Diener an, und sofort verstummten alle.

Markuz schritt zu seinem Thron, setzte sich aber nicht.

»Berellia wird wiedererstehen!«, brüllte er

Augenblicklich brachen die Offiziere in Beifall aus. Bei den Adligen, ihn eingeschlossen, war die Begeisterung nicht ganz so groß, beobachtete Byrez.

»Einer der Schlächter von Bellic ist bereits tot! Die anderen vier werden ihm bald folgen. Dann werden ihre schwarzen Herzen im ganzen Land zur Schau gestellt, damit jeder sie sehen kann!«

Nun klatschten alle Beifall.

»Und wir werden endlich alles bekommen, was uns zusteht! Nicht in Rallora, sondern indem wir Norstalos regieren!«, fuhr Markuz fort.

Dieses Mal klatschten nur wenige Männer; selbst der jüngste Offizier wusste, dass so etwas unmöglich war.

»Meine Freunde, es ist wahr. Norstalos wird uns um Hilfe bitten. Gemeinsam, als Partner, werden wir diese Welt regieren, obwohl es schließlich nur einen Herrscher geben wird!«

Verstreuter Applaus und verwirrtes Gemurmel folgten diesen Worten, und Byrez sah, wie sich das Gesicht seines Königs vor Ärger straffte.

»Aber wenn wir erreichen wollen, was das Schicksal uns bestimmt hat, brauchen wir mehr Männer. Ich befehle euch, wieder Männer anzuwerben. Hebt mir ein neues Heer aus, das wir ein weiteres Mal zum Sieg führen können!«

Nach diesen Worten herrschte Schweigen, und Byrez spürte, wie seine Beine unruhig wurden.

»Herr, wie soll das möglich sein?«, fragte er. »Unsere Truppen sind nur noch ein Schatten des Heeres, das einst in den Süden zog. Wenn wir Norstalos angreifen, wird die Existenz Berellias auf dem Spiel stehen!«

Byrez warf flüchtige Blicke nach links und rechts und sah viele Männer zustimmend nicken. Um sie ging es ihm allerdings nicht; er hielt vielmehr Ausschau nach Cezar. Der Streiter der Königs würde ihm bestimmt bald einen Besuch abstatten …

Aber Markuz gab lediglich ein Handzeichen, um für Ruhe zu sorgen.

»Dieses Mal wird es anders sein. Dieses Mal werden wir siegreich sein! Denn wir haben göttliche Unterstützung!«

Er gestikulierte, und eine Gestalt in schwarzer Kutte trat ins Licht.

Byrez keuchte entsetzt und griff nach seinem Schwert – das nicht da war, wo es sein sollte, weil er es zuvor den Wachen des Königs ausgehändigt hatte.

»Ein Angstpriester! Mit dergleichen sollen wir uns verbünden?«, rief er.

»Das haben wir bereits«, erwiderte Markuz kühl. »Aroaril hat uns im Stich gelassen. Er hat uns in Rallora eine Niederlage beschert! Nur göttliches Eingreifen hat uns dort aufhalten können. Dann wurden wir hintergangen, und Verräter aus unserem eigenen Land haben uns den Dolch in den Rücken gestoßen. Das ruhmreiche Berellia ist besudelt, verdorben und schwach. Mit der Hilfe von Bruder Onzalez werden wir dieser Verderbnis ein Ende setzen, eine von Grund auf neue Gesellschaft formen und unseren rechtmäßigen Platz als Herrscher der Welt einnehmen! Jeder, der uns nicht zur Seite stehen will, wird als Verräter betrachtet. Denn alle wahren Berellianer möchten ihr Heimatland wieder mächtig sehen!«

»Meine Freunde, uns Zorva zuzuwenden ist keine Lösung. Seht nicht tatenlos zu, wie das Böse von unserem Land Besitz ergreift!«, appellierte Byrez an die Versammlung.

»Wer nicht mit uns ist, stellt sich gegen Berellia. Jeder, der nicht an der ruhmreichen Zukunft Berellias teilhaben will, kann jetzt gehen!«, brüllte Markuz.

Byrez wusste, dass es einem Todesurteil gleichkam, dieser Aufforderung zu folgen; er wusste aber auch, dass es Schlimmeres gab als den Tod. Er sah sich im Saal um – niemand brachte es fertig, ihm in die Augen zu sehen –, stürmte hinaus und schloss die Türen hinter sich.

Er hatte fast erwartet, schon auf dem Gang sein Ende zu finden, aber außer den normalen Wachen versuchte niemand, ihn aufzuhalten. Byrez beschloss, sofort in seine Heimat zurückzureiten – und hoffte, dass er dort ankommen würde.

Markuz ließ seinen Blick über die anderen Adligen und Offiziere schweifen. Niemand folgte dem Grafen, aber viele hatten ihm hinterhergeblickt, als er gegangen war.

»Sag Cezar, dass er so schnell wie möglich hierher zurückkehren soll«, wies Markuz Onzalez aus dem Mundwinkel an, bevor er seinem Publikum wieder zuwinkte. »Versammelt euch, meine Freunde, und hört, wie wir unseren letzten Sieg erringen werden!«

Kettering war gerade mit seiner Frisur fertig, als einer der Stalljungen in sein Büro gerannt kam. Als des Wirtes rechte Hand im Spatz und Krone war Kettering für den Speisesaal und die Gästezimmer verantwortlich. Um den Schankraum kümmerte sich der Wirt selbst, zumindest seit Ketterings kleinem Zwischenfall mit den zwei Kriegern aus Avish und seinem Haar. Kettering glaubte, die meisten in der Stadt hätten das inzwischen vergessen. Dennoch stellte er gern sicher, dass sein Haar perfekt lag; er benutzte eine spezielle Salbe, die ihm der Apotheker gegeben hatte, um sein Haar auf dem Kopf zu halten, nachdem er es sich von dem langen Haarkranz über den Schädel gekämmt hatte.

»Gäste, mein Herr, Gäste mit Gold«, fiel der Stalljunge mit der Tür ins Haus.

Seine Haarpracht war nicht ganz so geordnet, wie er

es gerne gehabt hätte, aber Gold war zu wichtig, um es zu vernachlässigen. Er folgte dem livrierten Stalljungen nach draußen auf den Hof, wo ein Krieger und seine Tochter auf einem prachtvollen Pferd saßen. Der Mann sah aus wie ein Rohling mit seinen Narben, den kalten grauen Augen und seinen zwei Schwertern, und die nackten Füße seiner Tochter waren schmutzig. Unwillkürlich schaute er zum Tor hinüber, wo die bezahlten Wachen standen. Sie winkten ihm lediglich zu. Er beschloss, vielleicht später mit ihnen zu reden. Er wollte hier nicht irgendwelches Gesindel beherbergen. Dennoch musste man es manchmal darauf ankommen lassen. Man konnte nie wissen, wer die Taschen voller Geld hatte. Seine Gesichtszüge normalisierten sich, und er brachte ein Willkommenslächeln zustande und trat vor, um den Krieger zu grüßen.

»Ich bin Kettering, die rechte Hand des Wirts im Spatz und Krone. Wie kann ich zu Diensten sein?«, fragte er glatt.

Als Antwort ließ der Krieger seinen Geldbeutel zum Vorschein kommen und die schweren Münzen darin klimpern. »Unterkunft in zwei Zimmern. Ein Essen am Abend und Frühstück«, sagte er schlicht.

»Gut, ich werde sehen, was ich tun kann«, sagte Kettering bedächtig und schielte auf die Börse. Es konnte gewiss nicht nur Gold darin sein.

»Du wirst tun, was er sagt, weil er sehr viel Gold hat«, meldete Karia sich zu Wort.

Beide Männer sahen sie an, verwundert, aber Kettering hatte sich zuerst wieder gefangen. Er nickte den Wachmännern am Tor zu und ließ sie so wissen, dass sie ihre Sache gut gemacht hatten. Dann verbeugte er sich tief und verspürte einen Stich der Furcht, denn seine so sorgfältig bearbeiteten Haare verrutschten ein wenig.

»In Ordnung, dann lasst das Pferd hier und folgt mir. Wir haben einige schöne Zimmer, das versichere ich Euch, und unsere Köche gehören zu den besten dieser Stadt«, sagte er überschwänglich und drehte sich zu einer Schar Stalljungen um. Tomon wurde weggeführt, um abgesattelt, gestriegelt und gefüttert zu werden. Martil und Karia folgten dem vor ihnen hertänzelnden Kettering. Drei Jungen, die unter dem Gewicht der Satteltaschen taumelten, bildeten die Nachhut.

Die Schrullen des Mannes erheiterten Martil. Er war gern bereit, den Narren zu tolerieren, denn ein Blick in das Gasthaus zeigte, dass Menners Empfehlung gut gewesen war – es war auf jeden Fall eines der besten, die er in Norstalos gesehen hatte.

Karia war von dem Gasthaus eingeschüchtert. Nach der Schlichtheit von Pater Notts Haus und dem Saustall, der das Gehöft ihres Vaters gewesen war, mussten die dicken Teppiche, die schweren Messingleuchter und die kunstvollen Holzvertäfelungen sie sehr beeindrucken.

»Mein Herr, wir bitten unsere Gäste, im Haus keine Waffen zu führen«, bemerkte Kettering, als er sie das Treppenhaus hinaufführte. »Wir haben die allerbesten Männer eingestellt, um für Ruhe zu sorgen. Aber natürlich ist, wie wir zu sagen pflegen, das Drachenschwert die einzige Waffe, die den Frieden bewahrt – und das werdet Ihr wohl kaum bei Euch haben.«

Martil zuckte mit den Achseln. »Ich werde die Schwerter in meinem Zimmer lassen«, stimmte er zu.

Sie hatten sehr viel Platz. Die »Unterkunft« bestand aus mehreren Zimmern: einem gemütlichen Wohnraum mit mehreren breiten Sofas, einem Tisch und sechs gepolsterten Stühlen. Zu einer Seite führten Türen in ein großes Schlafzimmer und ein Badezimmer, und auf der anderen Seite lag das zweite Schlafzimmer.

»Das ist ja größer, als Papas Bauernhof es war«, rief Karia.

Martil sah, wie Kettering die Augenbrauen hochzog, so hoch, dass sie unter seinem unnatürlichen Haaransatz verschwanden.

»Ich bringe sie zu ihrem Onkel. Das war der letzte Wunsch ihres Vaters«, erklärte er dem Mann.

Kettering öffnete den Mund, um eine weitere Frage zu stellen, blickte dem Krieger dann jedoch in die kalten Augen und beschloss, dass Diskretion bei seiner Arbeit manchmal lebenswichtig sein konnte.

»Ich bin sicher, Ihr werdet einen schönen Aufenthalt hier haben. Und solltet Ihr etwas brauchen, zögert nicht zu fragen.« Er ließ die Burschen die Satteltaschen auf den Tisch legen und händigte Martil einen schweren Messingschlüssel aus, bevor er verschwand.

»Was sollen wir jetzt tun?«, fragte Karia. Sie wollte auf dem Bett herumspringen, aber die teure Einrichtung schüchterte sie ein wenig ein.

»Vor dem Essen wird gebadet«, sagte Martil mit Nachdruck.

Er ignorierte ihren Widerstand und trug sie ins Badezimmer. Dort nahm ein großer, mit Wasser gefüllter Badezuber den Ehrenplatz ein.

»Ich hab doch gestern erst gebadet! Paps sagt, man

muss nur zweimal im Jahr baden!«, kreischte sie. »Das Wasser ist ganz kalt.«

Einzig die Drohung, ihr das Abendessen zu verweigern, machte es möglich, dass Karia widerwillig in den Zuber kletterte.

»Gut, wasch dich jetzt und ruf mich, wenn es Zeit für die Haare ist«, sagte Martil.

Karia sah ihn böse an. »Ich will aus dem Zuber heraus«, gab sie zu verstehen.

»Du wirst drinbleiben und dich waschen«, antwortete er.

»Werde ich nicht.«

Martil erkannte, dass er sich in eine ausweglose Situation manövriert hatte, und nach ihrem siegesgewissen Blick zu urteilen, wusste sie es auch. Nun gut, er mochte seinem Gegner in die Falle gegangen sein. Aber es gab noch die Möglichkeit, etwas Unerwartetes zu versuchen.

»In Ordnung«, seufzte er. Nun war der richtige Moment, Menners Taktik nachzuahmen und etwas Neues zu probieren. Er sah sich rasch nach etwas um, das als Spielzeug benutzt werden konnte. Es gab jedoch nichts außer einer Waschbürste mit langem Griff. Und er konnte nichts anderes tun, als zu behaupten, sie sei lebendig und ein freundliches Geschöpf. Das fiel ihm schwer. Aber er spielte lieber den Dummkopf, als zu verlieren.

Karia hatte aufgehört zu schreien und zu brüllen, und statt ihr die Seife zu geben, brachte er die lange Bürste zum Vorschein und sagte, ihr Name sei Frau Bürste, und sie wolle Karia in der Wanne besuchen.

Gegen ihren Willen war ihre Neugier geweckt. Was

tat er da? Sie vergaß ganz zu schreien, als Frau Bürste so tat, als würde sie schwimmen und ihre Zehen kitzeln. Als sie endlich begriff, dass es nur ein Trick war, hatte sie bereits Seife in den Haaren und auf den Füßen.

Als sie zu Ende gebadet hatte, schwitzte Martil leicht und freute sich darauf, selbst baden zu können. Es war ein Sieg gewesen, aber nicht vergleichbar mit seinem Sieg am Berg Shadar in seiner ersten gewonnenen Schlacht als Hauptmann. Aber aller Anfang war schwer.

»Komm heraus und trockne dich ab, während ich mich bade«, schlug er vor. »Würdest du gern etwas essen?«

Er war ein lustiger Mann, fand sie. Nicht einmal Pater Nott hatte sich so etwas wie Frau Bürste ausgedacht. Sie ließ sich von ihm in zwei große, warme und flauschige Handtücher wickeln und in einen weichen Sessel setzen. Dann aß sie einen Apfel. Das war schön, aber als sie aufgegessen hatte, wurde ihr wieder langweilig. Sie beschloss nachzusehen, was Martil machte.

Martil war gerade in das Wasser eingetaucht, als Karia ins Badezimmer zurückkam.

»Bist du noch nicht fertig? Wann gibt es Abendessen? Meine Haare sind noch nass, und darum tropft mir Wasser auf den Rücken«, plapperte sie in einem fort.

»Gut, geh und warte draußen, ich bin gleich fertig«, schlug er vor. Sie machte keinerlei Anstalten, seiner Bitte Folge zu leisten, also versuchte er sein Glück erneut. »Warum siehst du nicht nach, ob in einer meiner Satteltaschen noch Honigmandeln sind?«

Sie stapfte hinaus, und er griff nach einem Handtuch. Aber alle großen Handtücher hatte Karia; er musste sich mit einem zufriedengeben, das er sich nicht einmal um die Hüfte binden konnte.

»Ich glaube, ich war besser dran, als sie mich noch angeschrien hat«, gestand er seinem Spiegelbild.

Kurz darauf ging Martil, der inzwischen angezogen, aber noch nicht ganz trocken war, mit Karia hinunter in den Speisesaal. Er war riesig und nahm den größten Teil des ersten Stocks ein, und selbst zu dieser frühen Stunde war er schon halb voll. Hungrige Familien und ein paar allein speisende Männer und sogar Frauen saßen an den Tischen und aßen. Sie bestellten Fleischpasteten und Gemüse, und Karia begann wieder, Fragen zu stellen. Dann ließ er noch einen Früchteteller bringen, bei dem er ihr etwas half. Er bemerkte, dass einige der Frauen im Saal sie beide interessiert musterten, besonders eine, die zwei Tische weiter saß. Karia war gewiss mit ein Grund für diese Blicke. Aber gleichzeitig engte sie natürlich seine Bewegungsfreiheit beträchtlich ein. Er konnte sie schließlich nicht einfach allein am Tisch sitzen lassen, um eine Frau anzusprechen. »Jetzt habe ich Langeweile. Was sollen wir machen?«, fragte Karia und störte seinen Gedankenfluss.

Martil war verblüfft. Sie waren in einem Gasthaus. Dort aß man, und anschließend trank man etwas. Und wenn ein Barde kam, um etwas vorzutragen, dann suchte man besser das Weite. Wenn kein Barde kam, dann suchte man entweder Streit oder sprach eine hübsche Frau an, wobei diese Reihenfolge nicht vorgeschrieben war. Das waren die einzigen Dinge, die er je in Gasthäusern getan hatte, soweit er sich erinnerte. Aber ihm war unerfindlich, wie er ein kleines Mädchen an irgendetwas davon beteiligen konnte.

»Willst du oben mit Puppi spielen?«, fragte er.

»Nein. Kannst du mir nicht etwas vorlesen?«

Martil beobachtete die Frau, die zwei Tische weiter saß. Sie hatte langes braunes Haar, braune Augen und trug ein langes grünes Kleid, das sich überall, wo es darauf ankam, eng an den Körper schmiegte, soweit er es beurteilen konnte.

»Meine Bücher würden dir nicht gefallen. Ich habe aber ein Paar Würfel in meinen Satteltaschen – damit könntest du spielen.«

»Zeigst du mir, wie das geht?«

Widerstrebend richtete er seinen Blick wieder auf Karia. »Natürlich«, seufzte er.

Er hatte gehofft, er könne Karia in eins der Betten bringen und zeitig genug wieder unten sein, um sich noch mit der Frau zu unterhalten. Als sie oben waren, kramte er die Knochenwürfel heraus, mit denen er und seine Freunde sich einst in der Kaserne die Zeit vertrieben hatten; damals, als das rallorische Heer noch eine Kaserne besessen hatte. Während der ersten Runden lief alles gut. Dann legte Martil etwas Kupfergeld auf den Tisch, um das sie spielten. Karia war überglücklich, selbst etwas Geld zu besitzen, sie baute kleine Türme daraus, sie rollte es auf dem Tisch hin und her, und sie umarmte es sogar. Die eine Sache, von der Paps immer und unaufhörlich gesprochen hatte, war Geld. Wie gut es war, es zu besitzen. Man konnte allerlei Dinge damit kaufen. Nun besaß sie Geld; sie konnte tun, was immer ihr in den Sinn kam. Sogar verschwinden und zu Pater Nott gehen.

Dann geschah das Unheil. Martil gewann die erste Partie, und sie musste ihm etwas von ihrem Geld geben.

Er gewann auch die zweite und dritte Runde, obwohl er versucht hatte zu verlieren. Als sie mit ansah, wie er ihre letzte Kupfermünze nahm, warf sie sich auf den Boden, trat wild um sich und schrie.

Schnell, lenk sie ab, dachte Martil. Er erbot sich, ihr ein Glas Milch zu holen und sie so lange mit allen Münzen spielen zu lassen. Sie baute schon wieder Türme aus den Geldstücken, als Martil zur Tür hinaus und hinuntereilte, um im Speisesaal nach einem Glas Milch zu fragen und zu schauen, ob die Frau noch dort war und er sie für später, wenn Karia schlief, in sein Zimmer einladen konnte.

Er bestellte die Milch und sah voller Erleichterung, dass die Frau ihren Nachtisch noch nicht aufgegessen hatte. Während er darauf wartete, dass man ihm die Milch brachte, nutzte er die Gelegenheit und sprach die Frau an.

»Ihr wart vorhin mit Eurer Tochter hier, oder?«, sagte sie, als er an ihren Tisch trat. Er hielt das für ein gutes Zeichen.

»Das stimmt. Ich bin hergekommen, um ihr ein Glas Milch zu holen.«

»Passt ihre Mutter jetzt auf sie auf?«

Martil fand, dass nicht der richtige Augenblick sei, um die ganze Geschichte zu erzählen. »Nein, ihre Mutter ist bei ihrer Geburt gestorben«, sagte er und versuchte, einen bekümmerten Gesichtsausdruck zu machen.

»Das tut mir leid«, seufzte die Frau. »Es muss schwer sein, ein Kind allein großzuziehen. Ihr vermisst sie bestimmt.«

»Also, wisst Ihr …« Martil zuckte mit den Achseln.

Er versuchte, nicht wie ein Häftling zu wirken, der gerade wieder auf die Welt losgelassen worden war und die Freiheit genoss. »Warum kommt Ihr nicht später hoch in mein Zimmer, dann kann ich Euch in Ruhe alles darüber erzählen«, bot er an.

»Nein, das geht doch nicht! Ich würde Eure Tochter stören!«, rief sie. »Außerdem ist heute Abend ein Barde hier. Es steht außer Frage.«

Martil dachte krampfhaft darüber nach, wie er der Frau einen Besuch bei ihm doch noch schmackhaft machen konnte, als jemand ihm auf die Schulter tippte. Er drehte sich um und sah die Schankmagd, die ihm ein Glas Milch hinhielt.

Die Frau an dem Tisch lächelte. »Ihr wollt bestimmt rasch zu Eurer Tochter zurück. Es ist so schön, einen Mann zu sehen, der sich um ein Kind kümmert.«

Martil zwang sich, das Lächeln nicht zu vergessen. Er wandte sich um, stieg die Treppen hoch und murmelte dabei etwas in seinen Bart. Seine Stimmung wurde auch nicht besser, als er die Tür öffnete und sah, dass Karia auf der Suche nach mehr Geld all seinen Proviant auf dem Boden verstreut hatte.

»Was machst du da?«, brüllte er, und sofort war sie unter einem der Betten verschwunden.

Mit einem Tritt schloss er die Tür. Danach schmerzte sein Fuß. Er begriff, dass er so nicht weiterkam. Er ging ins Schlafzimmer, in das Karia geflohen war, und legte sich auf den Boden. Bald entdeckte er unter dem Bettgestell ein Augenpaar, das aus der Dunkelheit spähte.

»Ich habe deine Milch. Willst du nicht rauskommen und sie dir holen?«

»Nein, den Trick kenne ich«, sagte sie mürrisch.

»Es ist kein Trick. Ich war nur überrascht, was du da gemacht hast. Es war mein Fehler, dass ich dich allein gelassen habe. Also, wie wäre es, wenn du jetzt rauskommst und ich dir eine Geschichte erzähle, während du deine Milch trinkst?«

Karia liebte Geschichten. Pater Nott hatte ihr jeden Abend welche erzählt, immer eine aus dem Buch des Aroaril, die nie zu Ende zu gehen schien und in der es keine Drachen oder andere interessante Geschöpfe gab. Aber es hatte jeden Abend auch eine Sage gegeben – eine wunderbare, spannende Abenteuergeschichte, in der sogar Magie vorkam!

»Gibt es in der Geschichte Drachen? Oder Elfen? Oder Prinzessinnen? Die liebe ich!«, sagte sie.

Natürlich, sie liebte die Sagen, dachte Martil grimmig. Das verhieß nichts Gutes für ihn. Er versuchte, sich einer Geschichte zu entsinnen, die ihr gefallen könnte. Es war viele Jahre her, seit man ihm zum letzten Mal eine Geschichte erzählt hatte; und die hatte davon gehandelt, dass die heimtückischen Berellianer die Ausgeburt Zorvas waren. Das war nichts, was ein kleines Mädchen vor dem Einschlafen hören wollte. Es gelang ihm schließlich, sich eine Geschichte von einem Drachen auszudenken, der sein Kind verloren hatte, nur um später herauszufinden, dass es lediglich mit einer Elfe gespielt hatte. Er wusste, dass es keine gute Geschichte war, aber ihm wollte einfach nichts Besseres einfallen.

»War's das schon?«, fragte Karia, als er zum Ende gekommen war.

»Ja«, sagte Martil. Er wäre der Erste gewesen, der zugegeben hätte, dass er kein guter Geschichtenerzähler war, aber es so deutlich gesagt zu bekommen, kam ihm doch etwas quer.

»Jetzt ist Schlafenszeit«, kündigte er an.

Aber Karia hatte nicht vor, ins Bett zu gehen. Hier gab es so vieles zu erkunden. Zunächst einmal würde sie herausfinden, was in den anderen Satteltaschen war – oder sich stattdessen eine ordentliche Geschichte erzählen lassen.

»Ich bin nicht müde«, teilte sie ihm mit. Das war auch bei Pater Nott immer ihre gewöhnliche Antwort gewesen.

»Aber ich bin müde«, sagte Martil nachdrücklich. Es war anstrengend, sich um sie zu kümmern.

»Wirst du wieder nach unten gehen, wenn ich schlafe?«, wollte sie wissen.

Es war sicherlich eine Versuchung, Kettering zu fragen, ob er ihm eine Frau schicken konnte. Aber Martil antwortete lächelnd: »Nein, ich gehe auch sofort schlafen.«

Aber Karia erkannte an seiner Stimme, dass etwas nicht stimmte. Ihr Paps und ihre Brüder waren nachts immer ausgegangen und hatten sie allein gelassen. Sie hatte es gehasst, in dem dunklen Haus ganz allein zu sein, hatte dann geweint und war unter Tränen eingeschlafen. Bei dem Gedanken, hier allein in der Nacht aufzuwachen, wurde ihr übel.

»Lass mich nicht allein. Ich mag die Dunkelheit nicht«, bat sie ihn.

»Ich würde dich nie allein lassen«, versuchte Martil sie zu überzeugen, weil er spürte, dass sie bei dem Gedanken fast weinen musste.

»Doch, würdest du. Du willst mich allein lassen. Du wolltest mich bei Pater Nott lassen, und jetzt willst du mich zu Onkel Danir bringen und mich dort lassen!«, sagte sie vorwurfsvoll. Sie mochte ihn zwar nicht, aber dennoch tat es weh, dass auch er sie allein lassen wollte. Niemand schien sie zu wollen. Das war so gemein! Ganz gleich, ob sie brav oder böse war: Alle ließen sie im Stich.

»Ich will dich allein lassen? Du wolltest doch selbst bei Pater Nott bleiben!«, protestierte Martil gekränkt. Dann sah er ihren Gesichtsausdruck. Er seufzte. »Ich werde nicht gehen. Ich verspreche es. Was kann ich tun, um dich zu überzeugen?«

Sichtlich erleichtert dachte sie einen Moment nach und fragte dann: »Kannst du mir die Haare bürsten?«

Martil versuchte, ihre Logik zu verstehen. »Warum? Willst du dich etwa fürs Schlafen schön machen?«

»Nein«, sagte sie und konnte nicht fassen, dass ein Erwachsener so dumm sein konnte. »Pater Nott hat mir auch immer die Haare gebürstet, und ich bin dabei eingeschlafen.«

Martil seufzte, stand auf und suchte in seinen Taschen, bis er ihre alte hölzerne Haarbürste gefunden hatte. Dann bürstete er ihr das Haar – eine nicht zu unterschätzende Aufgabe. Er musste vorsichtig sein, denn sobald sie eingeschlafen war, wollte er sie nicht wieder aufwecken, indem er mit der Bürste in einem Haarknoten hängen blieb. Als sie sich schließlich schon ein Weilchen nicht mehr bewegt hatte, hielt er den Atem an und zog die Bürste dann vorsichtig aus ihrem Haar – Karia rührte sich nicht, sondern atmete einfach leise weiter. Jetzt gehörte die Nacht ihm. Er könnte sich ein paar Getränke aufs Zimmer bestellen, noch etwas zu essen, und vielleicht auch in Erfahrung bringen, ob Kettering nicht ein paar Huren beschäftigte.

Dann sah er sie an, wie sie friedlich schlief. Und er wusste, dass er nichts davon würde genießen können. Er würde sich die ganze Zeit Gedanken um sie machen. Er hatte keine Ahnung warum. Sie war ein kleines, schreiendes Monster, das ihn hasste. Was war er ihr also schuldig? Er konnte keine Antwort darauf finden. Es fühlte sich einfach falsch an. Er überlegte, ob er aufstehen und in das andere Schlafzimmer gehen sollte, doch nicht einmal dafür hatte er noch genügend Kraft. Also ließ er seine Augen zufallen und schlief sofort ein.

Ein böser Ellbogenstoß gegen den Kopf weckte ihn. Er richtete sich auf, bereit sich zu verteidigen – sah jedoch nur Karia, die sich umgedreht und ihm im Schlaf den Stoß versetzt hatte. Er legte sich wieder hin und gähnte – wurde aber kurze Zeit später von einem harten Tritt gegen das Knie geweckt. Wieder stellte er fest, dass Karia fest schlief und gar nicht merkte, was sie tat.

»Schon verstanden«, brummte er und schwankte hinüber in das andere Schlafzimmer. Er hätte nie gedacht, dass er sich einmal freuen würde, ein leeres Bett für sich zu haben.

Kurz nach Mitternacht wurde er von einem Schrei geweckt. Mit ein paar Schritten war er in ihrem Zimmer. Sie saß aufrecht im Bett.

»Wo warst du? Ich dachte, du wärst weg!«, schluchzte sie.

»Du hast mich immerzu geschlagen und getreten! Ich wollte nur etwas schlafen!«, protestierte er vergeblich, denn seine Worte schienen nicht zu ihr durchzudringen. Er setzte sich zu ihr und streichelte ihr den Rücken, bis sie sich beruhigt hatte und nicht mehr weinte.

»Jetzt muss ich mal auf die Toilette«, sagte sie. »Wo ist sie?«

Wo wir sie gelassen haben, dachte Martil. Er stand auf und begleitete das Kind im Halbschlaf zur Toilette und wieder zurück ins Bett.

»Bürste mir die Haare«, verlangte sie, als sie wieder im Bett lag.

»In Ordnung, aber wenn du wieder aufwachst und ich nicht hier bin, bin ich im Zimmer gegenüber in meinem Bett«, sagte er ihr. »Verstanden?«

»Ich bin nicht dumm, du großes Dummerchen«, antwortete sie.

Er bürstete ihr das Haar, legte sich wieder hin und schlief wieder ein. Ein schmerzhafter Hieb auf die Nase weckte ihn. Er fluchte leise und schwankte in sein Schlafzimmer zurück.

Er schlief friedlich bis zum Morgengrauen, als Karia ihn weckte, um ihn wissen zu lassen, dass sie hungrig war.

»Es ist noch zu früh. Geh wieder schlafen«, protestierte er. »Hier wird es erst später Frühstück geben.«

»Aber ich habe Hunger! Gibt es Röstbrot?«

Martil drehte sich um und hoffte, sie so loszuwerden. Das Bett knarrte, als sie neben ihn kletterte, kleine Finger nach seinen Augenlidern griffen und sie zu öffnen versuchten.

»Bist du wach?«

»Lass das!« Martil drehte sich schwungvoll von Karia

weg. Und landete prompt auf dem Boden. Er rollte sich auf den Rücken und sah, wie Karia ihn über die Bettkante anstarrte.

»Bist du jetzt wach?«, fragte sie.

Martil hatte in seiner Zeit als Hauptmann gelernt, eine Niederlage zu erkennen, wenn sie ihm ins Gesicht sprang. *Wenn wir nur tausend von ihrer Sorte gehabt hätten – der Kampfgeist der Berellianer wäre innerhalb einer Woche gebrochen gewesen,* dachte er.

Er ließ sich Zeit, als er sich das Gesicht wusch und die Stiefel anzog. Die Morgenröte erhellte gerade erst den Himmel, und er fragte sich, ob er in der Küche des Gasthofs nicht doch irgendetwas bekommen konnte. Dann verfluchte er sich für seine Dummheit. Es gab in der Nähe bestimmt ein halbes Dutzend Bäcker, die bereits alle hart arbeiteten.

»Komm schon, wir gehen in die Stadt«, sagte er und beschloss, seine Schwerter mitzunehmen, nur für alle Fälle.

Es hatte sich herumgesprochen. Sie mochten das Land entzweit haben, aber für viele Rallorer, für diejenigen, die unter der Knute Berellias gelitten hatten, waren die Schlächter von Bellic immer noch Helden. Und jetzt waren zwei davon tot, und einer war verschwunden. Die Barden im ganzen Land ließen sich darüber aus, und es gab viele Gerüchte über den genauen Hergang. Ein dreifacher Zufall war etwas viel, und König Tolbert musste Ermittlungen anstellen lassen. Der frühere Kriegshauptmann Oscarl hatte allerdings nicht vor, auf deren Ergebnisse zu warten. Stattdessen mietete er eine Kutsche, packte sie randvoll mit seinem Besitz und machte sich auf den Weg in sein altes Heimatdorf. Um sicherzustellen, dass er gefahrlos ankam, hatte er eine Schwadron Wachleute angeheuert, die vor, hinter und neben der Kutsche herritten. Und ein Wachmann fuhr auf dem Dach der Kutsche mit. Bestimmt würde ihm so auf der Reise niemand zu nahe kommen. Und der Fahrer, den er angeheuert hatte, ein kleiner, unscheinbarer Mann in dunkler Kleidung, sah aus, als würde er sein Handwerk verstehen.

Später stieg Cezar über Oscarls Leiche und von der Kutsche. Das war genauso gut gelaufen, wie er es geplant hatte. Das Land hatte einen Verdacht, aber es war schon zu spät. Er war keinen halben Tagesritt von der berellischen Grenze entfernt, wo er sich ein schnelleres Pferd besorgen und die Verfolgung Hauptmann Martils aufnehmen konnte.

Martil war seiner Nase gefolgt, bis der Geruch nach gebackenem Brot fast dick genug wurde, um Butter darauf streichen zu können. Er kaufte zwei Laibe Käsebrot und stritt sich dann mit Karia darüber, ob sie noch zu heiß waren, um sie sofort zu essen.

»Du bist nicht wie Pater Nott«, murrte sie. »Er hätte mir schon was gegeben.«

»Vielleicht. Damit du dir den Mund verbrennst und daraus lernst, dass du besser hören solltest«, erklärte Martil. »Warte, bis wir wieder im Gasthaus sind.«

Sie streckte ihm die Zunge heraus und ließ sie geräuschvoll flattern.

»Jetzt reicht es mir. Ich werde alles allein essen«, sagte Martil.

Sofort schrie sie los, weinte und ließ sich zu Boden sacken. Martil versuchte sie zu beruhigen, jedoch ohne Erfolg; er rechnete jeden Augenblick damit, dass eine Horde aufgebrachter Stadtbewohner aus ihren Häusern kam, um sich dafür zu rächen, auf diese Weise geweckt worden zu sein.

»Na schön. Wenn du ruhig und vernünftig bist, werde ich dir ein Stück geben«, bot er ihr verzweifelt an.

»Gib nicht nach, Mann! Kinder müssen hören!«, rief eine Stimme, und er blickte auf. Drei Milizsoldaten kamen auf sie zu. Sie grinsten – offensichtlich, weil sie die Unterhaltung mitgehört hatten. Zwei von den Männern waren noch jung; der dritte mochte in den Vierzigern sein. Er trug einen dicken Bart und die Wachtmeisterstreifen auf der Brust.

»Mach dir keine Sorgen«, sagte der Wachtmeister. »Kleine Mädchen hören nie auf ihre Väter.«

Karia blickte auf. »Er ist nicht mein Vater«, verkündete sie.

Martil stöhnte. In diesem Augenblick hätte er ihr gern einen ganzen Laib Brot in den Rachen geschoben, um sie zum Schweigen zu bringen. Die Milizsoldaten hätten sie nach ihrer kleinen Bemerkung einfach weitergehen lassen. Aber jetzt nicht mehr.

»Wirklich? Wer ist er dann?«, fragte der Wachtmeister, und seine beiden Begleiter traten etwas weiter vor.

Martil wollte gerade zu einer Erklärung ansetzen, aber Karia kam ihm zuvor.

»Er hat meinen Vater und meine Brüder getötet, und jetzt bringt er mich zu meinem Onkel, aber ich will dort nicht hin. Ich will wieder zurück ins Dorf zu Pater Nott.«

Martil versuchte zu lächeln, aber die Männer waren näher gekommen, und sie hatten ihre Hände an ihre Gürtel gelegt, dicht an die dicken Knüppel, die sie alle trugen.

»Ganz so einfach ist es nicht«, sagte er mit einem gekünstelten Lachen.

»Ach wirklich? Warum erzählst du mir dann nicht, wie es tatsächlich ist?«, sagte der Wachtmeister, dessen gute Laune restlos verflogen war. Martil spürte, dass er langsam zornig wurde. Wie war er in diese Situation gekommen?

»Ich wurde von Wegelagerern überfallen. Ich habe mich gegen sie zur Wehr gesetzt und fand dann dieses Mädchen vor. Und wie sie gesagt hat, bringe ich sie zu ihrem Onkel, auf Bitte eines Priesters Aroarils«, erwiderte er aufgebracht. »Ich habe dem Wachtmeister der Miliz in Chell bereits erklärt, was geschehen ist. Ich beabsichtige nicht, das alles noch einmal zu erklären.«

»Chell, sagst du? Ich habe letzte Nacht eine Meldung von dort gesehen. Ein paar für ihre Übeltaten berüchtigte Straßenräuber, Edil und seine Söhne, wurden als getötet gemeldet. Aber wie sollte ein Mann allein es mit vier Wegelagerern aufnehmen können, selbst wenn es solche Dummbeutel wie diese waren?«

Martil funkelte den Wachtmeister an. »Ich habe mein halbes Leben damit verbracht, auf Schlachtfeldern Männer zu töten. Denkst du, ein paar armselige Bauern könnten mich aufhalten? Oder vielleicht drei Milizsoldaten? Was meinst du?«

»Was glaubst du, wer du bist?«, knurrte der Wachtmeister.

Einer der jungen Milizsoldaten, der sich einen Schnurrbart hatte wachsen lassen, um älter zu wirken, deutete mit dem Finger auf Martil. »Ich habe die Meldung auch gelesen, Wachtmeister! Dort stand, es sei Hauptmann Martil gewesen, einer der Schlächter von Bellic.«

Martil war es diesmal zufrieden, so bezeichnet zu werden, denn es schien die drei Soldaten sehr zu erleichtern.

»Nun, dann ist es ja etwas ganz anderes«, sagte der Wachtmeister warm. »Das Land von solchem Abschaum zu befreien dient unser aller Wohl!«

»Rede nicht so über meinen Vater, du Scheißeschaufler von der Miliz!«, kreischte Karia. Martil fragte sich, ob es wohl irgendeine Krankheit war, die sie immer zu den ungünstigsten Gelegenheiten die ungünstigsten Dinge sagen ließ.

»Sie weiß nicht, was das wirklich bedeutet«, fügte Martil hastig hinzu.

»Ja, wenn sie eine aus Edils Brut ist«, sagte der Wachtmeister grimmig. »Was machst du mit ihr?«

»Ich bringe sie zu ihrem Onkel Danir«, sagte Martil achselzuckend. Er war immer noch verärgert.

»Onkel Danir? Du meinst doch nicht Danir, den Zerstörer?«, keuchte der schnurrbärtige Konstabler.

Martil starrte ihn an. »Ich weiß nicht, wie viele Onkel Danirs sie hat. Ich kenne den Mann nicht.«

»Im Dorf Thest, gleich hinter der Grenze in Tetril?«

»Stimmt genau«, sagte Martil, dem nichts Gutes schwante.

»Ihm gehört das ganze Dorf. Er tut den Leuten aus

Tetril nichts, er kommt nur nachts über die Grenze geschlichen, um uns zu überfallen«, knurrte der Wachtmeister. »Du kannst sie nicht zu ihm bringen; man wird dich dort töten!«

»Er wird schon herausfinden, dass ich nicht so leicht zu töten bin«, sagte Martil mit einer Zuversicht, die nicht ganz echt war. Wenn er – und davon war er bisher ausgegangen – das Mädchen bei irgendeinem Bauern absetzte, und selbst wenn es einer mit sechs kampffähigen Söhnen war, hatte er immer noch gute Aussichten, seine Reise anschließend gesund und munter fortsetzen zu können. Aber sie zu dem Anführer einer Räuberbande zu bringen … da konnte er sich auch gleich selbst die Kehle aufschlitzen. Was hatte der verdammte Priester gesehen? Dachte er, Martil würde sie eher behalten als Selbstmord begehen, indem er einem Räuberhauptmann auf die Nase band, dass er dessen Bruder und Neffen getötet hatte?

»Sei kein Narr! Du bist zwar mit Edil und seiner Brut fertig geworden, aber Danir wird von einem ganzen Dorf verteidigt. Da werden dreißig oder vierzig Männer auf dich warten. Lass das Mädchen doch einfach hier. Es gibt hier ein paar Familien, von denen ich weiß, dass sie sich freuen würden, ein kleines Kind aufzunehmen. Sie werden ihr ihre Flausen schon austreiben, und dann wird sie mit ihrem Leben etwas anfangen können. Das wäre besser als alles, was sie bei Danir erwartet. Und obendrein bleibst du am Leben.«

Martil geriet durchaus in Versuchung. Er begriff, wie Edils Sohn ihn hereingelegt hatte. Es war ihm überhaupt nicht um Karia gegangen – sie war nur ein Werkzeug, um sicherzustellen, dass Vergeltung für den Tod Edils und seiner Söhne geübt wurde. Wie sie sie vorbereitet hatten, was sie ihr über Onkel Danir erzählt hatten – wusste sie überhaupt, dass sie zu einem Räuberhauptmann gebracht wurde, bei dem sie leben sollte? Oder dachte sie, die Reise würde auf einem schönen Bauernhof enden?

Wenn er klug war, würde er sie der Miliz überlassen. Er wäre sie los und könnte allein weiterreiten. Sofort sah er sein erträumtes Haus am Meer vor Augen. Aber irgendetwas hielt ihn davon ab, sie der Miliz zu überantworten. Vielleicht war es sein Gespräch mit Pater Nott. Der Priester hatte ihm wieder und wieder gesagt, dass sein einziger Pfad zum Leben nach Thest führe und dass alles andere seinen Untergang bedeute. Vielleicht lag es an den Eiden, die er geschworen hatte. Vielleicht war es sogar die Erinnerung an den Ausdruck auf Karias Gesicht in der letzten Nacht, als er versprochen hatte, sie nicht allein zu lassen.

Wie auch immer, seine Instinkte sagten ihm, dass er sie nicht hergeben sollte, und seine Instinkte hatten ihn in zahllosen Schlachten am Leben gehalten. Also vertraute er ihnen blind. Er würde sich später Gedanken um diesen Danir machen und sich jetzt erst einmal des Problems annehmen, dem er sich unmittelbar gegenübersah. Aber das alles konnte er irgendwelchen Milizsoldaten kaum erklären.

»Nein«, sagte Martil schlicht.

»Zwing uns nicht, sie festzunehmen«, warnte ihn der Wachtmeister. »Sie ist immerhin die Brut eines Verbrechers. Und dann wäre da noch die Kleinigkeit, dass sie uns ›Scheißeschaufler von der Miliz‹ genannt hat. Das reicht für eine Woche hinter Gittern.«

»Zwingt mich nicht, euch aufzuhalten«, sagte Martil kalt und sah dem Wachtmeister scharf in die Augen. Die frühe Stunde, der Mangel an Schlaf, der Streit mit Karia und die neuen Erkenntnisse über Onkel Danir verschmolzen zu einer kochenden Wut, die direkt hinter seinen Augen brodelte. Davon musste etwas zu sehen gewesen sein, denn der Wachtmeister gab rasch nach.

»Also gut, aber sag nicht, wir hätten dich nicht gewarnt. Und wenn du in irgendeinem lausigen Dorf in Tetril im Dreck liegst und deine letzten Wort keuchst, vergiss nicht, dass ich nicht da sein werde, um dir zu sagen: ›Ich habe es dir ja gesagt.‹«

Martil führte Karia an dem Trio vorbei und bot ihr abwesend ein Stück Käsebrot an.

»Wachtmeister, warum lassen wir ihn einfach gehen?«, fragte der Konstabler mit dem schütteren Bart.

Der Wachtmeister richtete den Blick seiner weltmüden Augen auf die beiden Konstabler.

»Jungs, wenn ihr das erst einmal so lange gemacht habt wie ich, dann werdet ihr wissen, wann ihr euch auf einen Kampf einlassen solltet. Wir werden nicht gut genug bezahlt, um uns mit seinesgleichen anzulegen.«

6

Graf Byrez wusste, dass ihm nur wenig Zeit blieb. Er hatte den Rückweg zu seiner Burg bewältigt, ohne dass er unterwegs aufgehalten oder getötet worden wäre. Aber das hieß nur, dass man ihn ein wenig später umbrachte. König Markuz würde eine Herausforderung seiner Autorität niemals hinnehmen. Und ebenso wenig würde der Graf jemals zu Zorva übertreten. Byrez war seinem König mit Begeisterung in den Krieg gefolgt, der in einer ruhmlosen Niederlage und Demütigung geendet hatte. Aber was zu viel war, war zu viel.

»Ihr habt mich rufen lassen, Herr?«, sagte sein Freund Pater Saltek, der Priester seines Sprengels.

»Der König steht kurz davor, das Land für immer zu zerstören«, erklärte Byrez ernst. »Wir sollen uns dazu bekehren, Zorva anzubeten. Der König hatte einen Angstpriester zu der Versammlung bestellt, an der ich auf Befehl teilnahm.«

»Der gute Aroaril stehe uns bei!«, stöhnte Saltek.

»Dafür ist jetzt keine Zeit«, sagte Byrez unwirsch. »Wir werden ein Blutbad erleben, gegen das die Rallorischen Kriege ein Kinderspiel waren. Und es wird hier beginnen. Der König ist wahnsinnig, und niemand will ihn aufhalten. Sie stimmen ihm lieber zu und lassen sich auf die Ausgeburt des Bösen ein, statt für das einzustehen, was recht ist. Ihr müsst Euch verbergen. Die Angstpriester werden als Erstes alle Priester ausmerzen, derer sie habhaft werden können. Das Licht Aroarils darf in Berellia nicht verlöschen. Einige gute Menschen werden übrig bleiben. Wir müssen hoffen, dass wir eines Tages wieder ein normales Land sein können.«

»Aber, Herr, was soll aus Euch werden und meinen Verpflichtungen hier?«

»Ihr seid von allem entbunden. Jetzt gilt die einzige Verpflichtung Aroaril. Nehmt dieses Geld und sucht Euch Unterschlupf, mein Freund – bevor sie uns beide bekommen.«

Pater Saltek umarmte den Grafen, der davon zu überrascht war, um ihm Einhalt zu gebieten.

»Wir werden uns wiedersehen, Herr«, sagte der Pater gerührt.

Byrez winkte ihn fort. Er hatte andere Sorgen. Er konnte Pater Saltek retten. Aber er bezweifelte, dass er sich selbst oder seine Familie retten konnte. Es war nur eine Frage der Zeit, bis Cezar an sein Tor klopfte.

Martil hoffte, sich ein wenig entspannen zu können, als sie wieder in ihren Räumen waren. Karia verhielt sich zunächst ruhig, doch als das Käsebrot aufgegessen war, stand ihr nicht der Sinn danach, ihm Zeit für ein Schläfchen zu lassen – und gewiss nicht die Zeit, die er gebraucht hätte, um sein weiteres Vorgehen zu bedenken.

»Mir ist langweilig. Was sollen wir machen?«, wollte sie wissen, während sie neben ihm auf und ab hüpfte.

»Bist du nicht müde?«, jammerte er.

»Nein! Denk dir etwas aus!«, schrie sie ihm ins Ohr.

Gähnend beschloss Martil, Tomon zu satteln und durch die Stadt zu reiten. Danir konnte warten. Überhaupt hatten sie noch jede Menge Zeit. Die Grenze war mehrere Tagesritte entfernt. Im Wirtshaus hatte man ihnen etwas zu essen eingepackt, weil sie nicht zum Mittagessen im Speisesaal wieder zurück sein würden. Tomon war gefüttert, sein Fell gestriegelt und sein Sattel gesäubert worden. Und er roch frisch, stank nicht. Daher war der Ritt sehr angenehm. Martil fiel jedoch auf, dass die Stimmung auf den Straßen heute eine andere war. Gestern waren die Leute herumgehetzt, als hätte es jeder überaus eilig, sein Ziel zu erreichen. Heute standen sie in kleinen Gruppen zusammen und schauten sich oft um, als bedrücke sie irgendeine Angst. Die Miliz war anscheinend überall gleichzeitig; offenbar hatte sie alle verfügbaren Kräfte im Einsatz. Martil sorgte dafür, dass Karia immer etwas zu essen im Mund hatte, wenn sie einer Patrouille begegneten, damit sie nicht mit irgendwelchen Ausrufen deren Aufmerksamkeit auf sich lenkte. Er konnte nicht genau ausmachen, was es mit dieser Veränderung auf sich hatte, doch er wusste, woran sie ihn erinnerte: eine Stadt in der Nähe eines Schlachtfelds, die gerade von der Niederlage ihrer Seite am vorherigen Tag erfahren hatte, sodass niemand wusste, was die Zukunft für ihn bereithielt. Aber das konnte es ja kaum sein. Es war allgemein bekannt, dass es für die Norstaler keine Bedrohung gab. Trotzdem wurde Martil das Gefühl nicht los.

Er machte noch ein paar Besorgungen, kaufte Karia ein paar zusätzliche Puppen zum Spielen, einen hölzernen Kreisel, einen kleinen Lederball und eine bessere Haarbürste. Er hatte sich auch ein paar Bilderbücher ausgesucht, und es graute ihm schon davor, sie vorlesen zu müssen. Schnulzige, lächerliche Geschichten, ein einziger Unfug über noble Prinzen und schöne Prinzessinnen, Abenteuer, Elfen und Drachen. Aber davon abgesehen war er mit dem Erfolg zufrieden, den die Einkäufe unverzüglich erzielten. Karia hatte es besonders eine der Puppen angetan, und sie drückte sie fest an sich.

Sie amüsierte sich prächtig. Sie konnte essen, wann immer ihr der Sinn danach stand, und Martil beantwortete ihr bereitwillig alle Fragen und zeigte ihr auch viele Tiere und die verschiedenen Märkte in der Stadt. Dann waren da noch die Spielzeuge. Sie konnte es kaum erwarten, damit zu spielen.

Als sie all ihre Einkäufe getätigt hatten und Karia ihr eingepacktes Mittagessen – und alles von Martils Portion, das lecker aussah – verzehrt hatte, war es fast Mittag, und sie ritten zu Menners Schneiderei.

In seinem Laden war es dieses Mal so voll, dass es wenig sinnreich erschien, sich auch noch hineinzuquetschen. Stattdessen bummelten sie die Straße entlang und sahen sich andere Läden an. Nur einer erregte Martils Aufmerksamkeit. Das Fenster war verbrettert, und auf den Brettern stand in großen Buchstaben: »Fernal, Magier des vierten Kreises. Anmeldung erforderlich. Keine Magie umsonst.« Neben den Worten prangten ein paar grobe Sterne, um deren Wirkung zu verstärken, und »Keine Magie umsonst« war unterstrichen.

Karia war völlig hingerissen, als sie hörte, dass es der Laden eines Magiers war. »Können wir da reingehen? Können wir, biiitte?«, flehte sie Martil an.

»Ein anderes Mal«, sagte Martil beiläufig. Er hatte

eine Abneigung gegen alle Zauberer. Sie hatten diese Gabe – und was stellten sie damit an? Sie berechneten exorbitant viel Geld für ihre Vorstellungen, stolzierten umher und erklärten allen Leuten, wie wichtig sie waren.

Bis sie zurückkamen, hatte der Schneiderladen sich geleert. Karias Kleider waren alle fertig, und mit wachsender Begeisterung probierte sie eins nach dem anderen an. Nur von den Schuhen wollte sie nichts wissen. Sie beschwerte sich, dass sie kniffen und ihr die Füße darin wehtaten. Es erforderte Menners gesamte Überredungskünste, um sie dazu zu bringen, die Schuhe zu behalten. Und danach bedurfte es einiger Honigmandeln und des letzten – und besten – Kleides, um sie wieder vollends aufzuheitern.

Martil überlegte, was er Gescheites sagen konnte, während er und Menner auf Karia warteten, die sich in dem Kleid noch immer bewunderte.

»Was gibt es Neues heute?« Martil sah draußen drei Leute zusammenstehen und sich angeregt unterhalten. Er vermutete, dass der Schneider, was Klatsch und Tratsch betraf, immer auf dem neuesten Stand war.

Menner konnte nicht widerstehen. »Schlimme Neuigkeiten, Herr. Man sagt, das Drachenschwert sei aus dem Palast gestohlen worden. Angeblich soll das Heer damit betraut worden sein, es zu suchen, und die Königsgarde ist aufgelöst worden, weil sie nicht fähig war, den Diebstahl zu verhindern«, sagte er und konnte sich vor Aufregung über all das ein Lächeln kaum verkneifen.

»Das Drachenschwert? Aber wie konnte es gestohlen werden?« Martil konnte sich kaum vorstellen, dass man die größte Kostbarkeit des Landes nicht vor einem Diebstahl zu bewahren wusste.

»Das ist die Frage, die wir uns alle stellen. Seit wir das Drachenschwert besitzen, leben wir in Frieden, während der Krieg unsere Nachbarländer verwüstet hat. Wer weiß, wie es unserem armen Land ohne das Schwert ergehen wird?«

Martil spürte den Drang zu erwähnen, dass die benachbarten Länder eher kleine oder recht zerrüttete Heere unterhielten, das norstalische Heer dagegen stark und groß war. Aber er sagte nichts.

»Die Miliz sagt, das Heer habe vom Palast den Befehl erhalten, die Ordnung wiederherzustellen. Ganze Geschwader von Berittenen sind auf der Straße nach Westen unterwegs. Vielleicht sind die Diebe in diese Richtung geritten. Stellt Euch das vor! Und das Heer wurde beauftragt! Herzog Gello muss überglücklich sein!«

»Also, dieser Herzog Gello«, setzte Martil an, aber dann klingelte es an der Eingangstür, und zwei Kunden betraten das Geschäft.

Menner verstummte sofort und verbeugte sich vor Martil, bevor er den neuen Kunden entgegeneilte. Er musste seine Zunge hüten, wenn es um Gello ging. Er wollte seine Eingeweide dort behalten, wo sie hingehörten.

Martil war von den Neuigkeiten zwar überrascht, zuckte aber bloß die Achseln. Das war seine geringste Sorge.

Karia beschloss, das rosafarbene Kleid zu tragen, auf dessen Schultern weiße und violette Blumen genäht waren. Der Rest verschwand in Martils Satteltaschen, die nun voller Kleider und Spielzeug waren. Dafür war ihr Proviant schon ziemlich zusammengeschrumpft.

Sie machten in einem Park Halt, damit Martil einen späten Mittagsimbiss zu sich nehmen konnte. Für Karia war es schon der zweite. Es waren auch viele Städter dort, die das schöne Wetter genossen.

Zusammen probierten Karia und Martil alle Spielzeuge aus, und dann versuchte er, ihr beizubringen, wie man Ball spielte. Wider Erwarten hatte er sogar seinen Spaß dabei. Karia lachte jedes Mal voller Glück, wenn sie den Ball fing oder wenn er so tat, als hätte er den Ball fallen gelassen. Zum ersten Mal hörte er ein Kind lachen, ohne dass er an Bellic dachte. Das war ein schönes Gefühl. Und noch besser war, dass er kein Bedürfnis verspürte, etwas Alkoholisches zu trinken. Er hatte seit dem Malzbrand bei Pater Nott nichts dergleichen mehr angerührt. Vielleicht weil sie ihm nie Zeit genug dazu ließ. Zwar brachte sie ihn damit manchmal zur Weißglut, aber er hatte eben auch keine Zeit gehabt, an Bellic zu denken oder alles andere, was ihn heimsuchte. Wenn er allein war, hatte er zu viel Zeit, sich mit diesen Gedanken aufzuhalten. Mit Karia in seiner Nähe hatte er ganz andere Dinge im Kopf.

Die Zeit verging wie im Flug, und es wurde spät, als er dem Spiel zu seinem Bedauern schließlich ein Ende setzen musste. Ihnen stand noch ein flotter Ritt bevor, wenn sie es vor Anbruch der Dunkelheit bis ins nächste Dorf schaffen wollten. Er hatte ein wenig Angst, dass Karia ihn wieder anschrie – aber allem Anschein nach war sie froh, dass sie aufbrachen.

Karias Beine waren müde, und sie wollte sich einfach nur auf das Pferd setzen und sich entspannen. Sie war seit

Langem schon nicht mehr so herumgetollt. Sie brauchte eine Pause und musste sich ihren Puppen widmen, die gekuschelt werden mussten. So ließ es sich leben, dachte sie. Nicht mal Pater Nott hatte so mit ihr gespielt.

»Du musst Martil schnell töten!«

Onzalez mochte ein Mann ohne Gesicht sein, aber er wusste trotzdem, eine Drohung wirksam zu äußern. Markuz schimpfte und tobte für gewöhnlich; Onzalez dagegen bevorzugte eine frostige Kälte, die seinen Zorn erahnen ließ.

»Ich bin in diesem Augenblick hinter ihm her, Bruder«, antwortete Cezar kaltblütig. Cezar kannte seinen Wert. Man würde ihn nicht töten.

»Es gab gewisse … Reaktionen der Adligen auf die Pläne des Königs. Deine Anwesenheit hier ist eher nötig, als wir dachten. Töte ihn schnell. Die Zeit läuft uns davon.«

Martil ritt aus Wollin hinaus, ohne noch einmal zurückzublicken. Die Stadt mochte zwar vor Neuigkeiten über das Drachenschwert brodeln, aber er glaubte nicht, dass diese Geschichte ihn betraf. Nach ihrer Rast im Park machte ihm auch die weitere Reise mit Karia nicht mehr so zu schaffen. Er hatte das Gefühl, in der Stadt wirklich zwei wichtige Dinge gelernt zu haben: wie er mit Karia umzugehen hatte und wie er mit seinem Zorn fertig wurde. Es war ein schönes Gefühl.

Die Hauptstraße Richtung Osten nach Tetril war groß und war stark befahren. Martil ritt flott an ein paar Karren vorbei, und als eine kleine Schafherde, die die

Straße überquert hatte, ebenfalls hinter ihm lag, ließ er es ein bisschen ruhiger angehen. Er versuchte dennoch, ein gutes Tempo beizubehalten, damit sie trotz zahlreicher Aufenthalte noch vor Einbruch der Dunkelheit das nächste Dorf erreichten. Karia brauchte Pausen, wenn sie ihr Geschäft verrichten musste, wenn er ihr etwas zu trinken oder zu essen aus den Satteltaschen kramen sollte und wenn eine ihrer Puppen mal musste. Martil hatte versucht, die Sache mit der Puppe zu unterbinden, aber nach viel Geschrei durfte Puppi schließlich doch hinter die Büsche gehen. Es hätte nicht viel gefehlt, und Puppi wäre für immer in den Büschen verschwunden – nur das sichere Wissen, dass es danach nur noch mehr Geschrei und Tränen geben würde, hatte Martil von dieser Untat abgehalten.

Karia hatte sich geärgert, weil Martil sich geweigert hatte, bei ihrem Spiel mit Puppi mitzumachen. Schließlich war er derjenige, der Frau Bürste erfunden hatte. Also setzte sie ihm weiter zu, bis er zumindest Tomons Stimme nachmachte, was sie sehr lustig fand.

Inzwischen hielt Martil in alle Richtungen Ausschau, um etwas zu finden, das für etwas Abwechslung sorgen konnte. Eine Staubwolke hinter ihnen weckte sein Interesse. Es stellte sich heraus, dass es fünf Berittene des Heeres waren, die in lockerer Formation herangaloppiert kamen. Er beobachtete sie zweifelnd. Kein Kommandant der Berittenen in seiner Division hätte es gewagt, seine Pferde derart zu erschöpfen. Man konnte nie wissen, wann man die Kraft seines Pferdes wirklich brauchte. Berittene auf ermüdeten Pferden waren einladende Ziele. Während sie herankamen, wandte Martil sich immer wieder im Sattel nach ihnen um. Nach der Fahne, die einer von ihnen trug, gehörten sie zum Norstaler Heer. Sie trugen kurze Kettenhemden, lederne Kniehosen und hohe Stiefel. Jagdreiter also. Bestens geeignet zum Auskundschaften, zur Verfolgung versprengter oder fliehender feindlicher Truppenteile und natürlich zum Angriff auf Fußtruppen. Er fragte sich, was sie hier wollten.

Martil ließ Tomon ganz rechts am Rand der Straße gehen, damit die Reiter leicht passieren konnten. Aber stattdessen schwenkten sie um und brachten ihre Pferde in einer Wolke aus Staub und Schweiß vor ihm zum Stehen.

»Halt! Wer bist du?«, rief ihr Anführer mit einer Stimme, die gebieterisch klingen sollte. Er war hager, hatte leicht hervortretende Augen und überall im Gesicht rote Flecken. Martil entdeckte eine einzelne Krone auf seinem Ärmel – ein Unterleutnant also, ein Nachwuchsoffizier. Das verriet ihm gleichzeitig, was hier vor sich ging. Viele, die Soldat wurden und ihr erstes Kommando über eine Truppe bekamen, hielten sie sich sogleich für Aroarils Geschenk an das Heer.

»Ich bin Hauptmann Martil vom Ersten Leibregiment des Königs«, verkündete Martil, der sich sicher war, dass sein Ruf diesen jungen Spund schon in die Schranken weisen würde. »Und wer bist du?«

Der junge Mann errötete; das brachte seine roten Flecken noch besser zur Geltung. »Ich bin Leutnant Havrick von den Norstaler Jagdreitern.«

Havricks Blut war in Wallung. Endlich geschah etwas. Keine endlosen Tage des Drills und Wachestehens mehr, vorbei die langen Stunden, die er damit zugebracht hatte,

Vorschriften und Anweisungen auswendig zu lernen. Das Drachenschwert war gestohlen worden, und es war an jedem treu ergebenen Norstaler zu zeigen, aus welchem Holz er geschnitzt war. Die Nachricht war früher am Tage eingetroffen, übermittelt von einem Reiter auf einem erschöpften Pferd, der nur so lange geblieben war, wie es gedauert hatte, das Pferd zu wechseln und der Patrouille Befehle zu erteilen. Der Oberleutnant hatte diese Befehle befolgt und den Großteil seiner Männer in die Hauptstadt geschickt, einige auch nach Norden und nach Süden, sodass nur noch Havrick mit seinen paar Reitern für die Straße nach Tetril übrig geblieben war.

»So weit dürften die Diebe nicht gekommen sein, aber man kann ja nie wissen«, hatte der Oberleutnant gesagt. »Meinst du, du schaffst das, Havrick?« Havrick hatte die Gelegenheit beim Schopf gepackt. Er war es leid zu hören, dass er sich keine Hoffnung auf eine Beförderung zu machen brauchte, dass seine Unfähigkeit, die vielen Vorschriften im Gedächtnis zu behalten, seine Karriere ruinieren würde. Wenn er das Drachenschwert fand, würde großer Lohn auf ihn warten: Beförderung, Gold, Frauen. Er hatte sich sogar bei der stillen Hoffnung ertappt, das Drachenschwert könne ihn für würdig befinden, es zu ziehen und zu führen. Dann wäre er der Held seines Landes. Und er würde damit bewiesen haben, dass sich alle geirrt hatten. In dieser Hoffnung hatte er seine Männer angewiesen, jeder noch so unverdächtigen Sache auf den Grund zu gehen. Und jetzt bot ihm dieser Mann, der ein rallorischer Bastard zu sein behauptete, die Stirn.

»Ich habe Befehl, auf dieser Straße zu patrouillieren. Vor ein paar Meilen haben wir einige Karren angehalten, und uns wurde berichtet, dass ein Reiter an ihnen vorbeigaloppiert ist. Warst du dieser Reiter?«

Martil konnte kaum glauben, dass sein Name einmal nicht bekannt war – und das ausgerechnet dann, wenn er es gebraucht hätte. Deshalb antwortete er kalt: »Sehe ich aus, als würde ich galoppieren? Ihr hättet mich nicht eingeholt, wenn ich galoppiert wäre, weil eure Pferde nach ein paar weiteren Meilen lahm geworden wären. Das sollte jeder Reitersoldat wissen: Schone dein Pferd oder sorge für Ersatz. Das wirst du auch noch lernen, wenn du erst ein paar Jahre dabei bist.«

Havrick wurde blass und presste die Lippen aufeinander. So würde er sich von einem Zivilisten nicht beleidigen lassen. »Ich suche nach Dieben. Warst du irgendwann in der letzten Woche in der Hauptstadt?«

»Nein. Jetzt lass uns durch.«

»Du machst dich verdächtig.« Havrick beschloss, dass ein paar Tage in einer Zelle diesem arroganten Rallorer eine Lehre sein würden. Außerdem war er mit vier Reitern hier. Was konnte ein Mann allein schon ausrichten? »Ich befehle dir hiermit, mit uns zurück nach Wollin zu kommen, damit du weiter befragt werden kannst, falls du es hast.«

»Falls ich was habe?«

»Werde nicht unverschämt! Du weißt, wovon ich rede!«, schrie Havrick.

»Ähm, Leutnant, Ihr habt tatsächlich noch nicht gesagt, was er haben soll«, meldete sich einer der Reiter zu Wort.

Havrick knirschte mit den Zähnen. »Das Drachenschwert! Es wurde gestohlen, und ich glaube, dass du es hast! Also, kommst du nun freiwillig mit, oder muss ich meinen Männern befehlen, dich festzunehmen?«

Nachdem er die Aufforderung ausgesprochen hatte, konnte er der Versuchung nicht widerstehen, sich kurz umzusehen, um in Erfahrung zu bringen, welcher seiner Männer es gewagt hatte, ihm zu widersprechen. Das war ein Fehler.

Martil hatte genug von diesem aufgeplusterten Narren und hatte auch nicht vor, sich irgendwohin mitnehmen zu lassen. Sein Zorn, von dem er glaubte, ihn in Karias Gegenwart unter Kontrolle zu haben, kochte ein weiteres Mal über, und seine Schwerter blitzten auf. Als Havrick sich wieder Martil zuwandte, hatte er zwei Klingen einen Daumenbreit vor der Nase.

»Ist eins davon das Drachenschwert?«, knurrte Martil.

Havrick blickte über die Schwertspitzen, die vom vielen Schärfen leicht uneben geworden waren, in die kalten, grauen Augen des Mannes und begriff, dass er seinen Kopf brauchte, um die Belohnung in Empfang zu nehmen. »Nein.«

»Gut.« Martil warf einen flüchtigen Blick auf die Reiter. Keiner wirkte bedrohlich. Er starrte Havrick an und konnte dem Mann seine widersprüchlichen Gefühle vom Gesicht ablesen. Es war einer wie Edil, der sein Opfer schikanieren wollte und ganz klein wurde, wenn das Blatt sich wendete. Martil wusste, dass er die Sache immer noch einfach regeln konnte. Wenn er ihnen anbot, seine Satteltaschen zu durchsuchen, würden sie kein Drachenschwert finden und ihn seiner Wege ziehen lassen. Schließlich hatte Havrick vier Männer bei sich. Und anders als Edil und seine Söhne waren diese Männer ausgebildete Soldaten, die Kettenhemden trugen und Schwerter hatten. Sie würden sich nicht so einfach bezwingen lassen. Und dann war da noch Karia, die vor ihm hockte.

Havrick machte sich Martils Schweigen zunutze. Dieser rallorische Abschaum konnte ihn nicht ernsthaft bedrohen, er versuchte nur, ihm Angst einzujagen. Vielleicht hatte er ja doch das Drachenschwert. Dies war der Augenblick zu beweisen, dass er eines höheren Dienstrangs würdig war.

»Leg deine Schwerter nieder und begleite mich nach Wollin, oder ich werde meinen Männern befehlen, dich anzugreifen.«

Sofort hatte Martil seine guten Vorsätze vergessen.

»Der Erste, der sich bewegt, wird den Kopf seines Leutnants auflesen müssen! Tut, was ich euch sage, oder ich schneide euch in so feine Streifen, dass nicht einmal die Ziege, die eure Mutter war, euch noch erkennen wird!«

Havrick sah dem Mann in die Augen und sah den Zorn darin lodern. Der Mann würde ihn umbringen und sich nicht darum scheren, was danach geschah. Havrick hatte gehört, dass alle Rallorer wahnsinnig waren, und jetzt glaubte er es. Sein Mund war trocken, und sein Magen rumorte, während er verzweifelt nach einem Ausweg suchte.

»Keine Sorge, Leutnant. Gebt den Befehl. Wir werden Euren Tod rächen«, sagte einer seiner Reiter beruhigend – aber Havrik wagte es dieses Mal nicht, den Kopf nach dem Sprecher umzudrehen.

Das hatte gereicht, um seinen Kampfgeist zu brechen.

»Ihr Narren! Tut, was er sagt!«

Gemäß Martils Anweisungen legten Havrick und seine Männer ihre Schwertgürtel ab. Vorsichtig hielt er seine Schwerter an Havricks Kehle und ließ die Männer die Zügel ihrer Pferde durchschneiden und sich danach gegenseitig an einen Baum fesseln, und zwar so, dass sie von der Straße aus nicht gesehen werden konnten. Sobald sie hilflos waren, trieb er ihre Pferde mit der Gerte im Galopp davon, zurück in die Richtung, aus der sie gekommen waren. Er sah ihnen voller Zufriedenheit hinterher. Nach zwei oder drei Meilen waren die Pferde gewiss erschöpft und würden den restlichen Weg zu ihrer Kaserne im Schritt laufen.

Nur Havrick wurde nicht gefesselt. Er konnte sich die brennende Peinlichkeit schon vorstellen, wenn er das hier erklären musste. Er wusste, dass der Hauptmann seines Regiments ihn mit Beleidigungen überschütten würde.

»Ich werde dich verfolgen«, knurrte Havrick.

»Das könntest du versuchen. Aber du wirst wohl zu spät kommen. Bis du zurück in Wollin bist, neue Pferde gefunden hast und deine Männer hier befreit hast, bin ich längst in Rallora«, sagte Martil in der Absicht, sein wahres Ziel zu verschleiern.

Havricks Augen funkelten vor Hass, und er schwitzte inzwischen stark. Ihm war klar geworden, dass die Beschämung, diese Demütigung erklären zu müssen, einem schmerzhaften Tod vorzuziehen war. Martil steckte ein Schwert in die Scheide und half Karia abzusteigen.

»Warte einfach hier«, sagte er ihr mit einem ermutigenden Lächeln, als sie ihm nervös zunickte. Er zog sein Messer und schnitt vorsichtig die Zügel von Havricks

Pferd durch, damit der Leutnant das Pferd nicht mehr beherrschen konnte. Dann nutzte er die Lederriemen, um dem Mann die Hände zu fesseln, und band sie am Sattelknauf fest.

»Ich habe das Drachenschwert nicht, Leutnant. Aber ich lasse mich nicht gern zum Narren halten. Wenn du wieder bei deinem Regiment bist, lass dir von Kriegshauptmann Martil aus Rallora erzählen. Dann wirst du feststellen, welches Glück du hattest«, erklärte er ihm.

Havrick öffnete den Mund und wollte sagen, dass Martil den Tag verfluchen werde, an dem er Leutnant Havrick von den Norstaler Jagdreitern gedemütigt habe. Aber bevor er zu Wort kam, schlug Martil dem Pferd aufs Hinterteil. Das Tier galoppierte in Richtung Wollin los; Havrick hatte große Mühe, im Sattel zu bleiben.

Martil vergewisserte sich noch, dass die übrigen Reiter gut gefesselt waren, und nickte zufrieden. Sie würden nicht entkommen. Sie beobachteten ihn schicksalsergeben. Schließlich konnten sie nirgendwo anders hinschauen, weil sie an Bäume gefesselt waren.

Martil winkte ihnen zu, hob Karia aufs Pferd und ritt auf Tomon im Trab davon, nur für den Fall. Er schätzte, dass Havrick nicht vor Einbruch der Nacht in Wollin eintreffen würde. Dann musste er erst neue Pferde finden und wieder hierher zurückkehren, um seine Männer zu befreien. Bis dahin würde er schon ein ganzes Stück weiter sein.

Er bezweifelte, diesen Leutnant jemals wiederzusehen. Zunächst einmal würde der Mann in der falschen Richtung suchen. Aber um sicherzugehen, kehrte Martil der Hauptstraße den Rücken und beschloss, einen umständlicheren Weg nach Osten einzuschlagen. Er würde etwa einen Tag länger brauchen, aber dafür konnte er tief und fest schlafen.

Sie fanden ein kleines Dorf, wo sie übernachten konnten, als die Sonne gerade unterging. Es hätte Chell sein können, allerdings hatte es ungefähr zwanzig Häuser weniger. Da es abseits der Hauptstraße lag, war das Wirtshaus des Dorfes klein und der Gastwirt hocherfreut, dass Gäste kamen. Die Mahlzeit, die er auftrug – fettiger Hammeleintopf mit grob geschnittenem Brot –, war kaum mit der Pastete aus dem Spatz und Krone zu vergleichen. Und in ihrem Zimmer stand lediglich ein großes, rohes Bett. Statt eines Bades gab es eine angeschlagene Schüssel und einen Krug kalten Wassers. Die Grube mit dem Abtritt befand sich draußen hinter dem Haus. Aber es war besser, als im Wald zu schlafen.

Sie könnten noch auf der Hauptstraße sein und in einem großen Gasthof absteigen, wenn er Havrick nicht gedemütigt hätte. Dort würde es feinere Speisen geben und bessere Zimmer. Martil hatte die Beherrschung verloren, und jetzt mussten sie mit den Konsequenzen leben. Schon wieder. Das einzig Gute daran war, dass die Wahrscheinlichkeit, auf einen Barden zu treffen, der noch mehr verdammte Geschichten erzählte, sehr gering war.

Eine Sache hatte sich jedoch nicht geändert. Es wurde über das Drachenschwert gesprochen. Hier waren keine Soldaten gewesen, um danach zu suchen, wie Martil erleichtert erfuhr. Trotzdem waren die Menschen im Ort, unweit der Grenze zu Tetril, etwas ängstlich. Offenbar waren zu Zeiten König Riels an dieser Grenze viele Schlachten ausgetragen worden. Martil, der erlebt hatte, wie ein Heer in sein Land eingefallen war und seine Heimat verwüstet hatte, musste sich beherrschen, nichts Verächtliches zu sagen. Wenn die Heimat eines Mannes bedroht war, dann nahm er sich eine Waffe und verteidigte sein Land; er setzte sich nicht in ein Wirtshaus und jammerte. In vielen Jahren des Friedens hatten die Norstaler anscheinend vergessen, wie man für sich selbst einsteht, überlegte er. Und es wurde noch schlimmer, denn im Laufe des Abends verwandelte ihre Angst sich in Überheblichkeit.

»Wenigstens müssen wir uns keine Sorgen wegen der Berellianer machen. Wenn die Rallorer sie besiegen konnten, dann sollte es reichen, wenn wir ihnen zwei Großmütter auf den Ponys meiner Tochter entgegenschicken«, verkündete ein fetter Bauer, und die Männer um ihn herum lachten ausgelassen.

Martil musste ins Brot beißen, um sich davon abzuhalten, etwas zu sagen. Er erinnerte sich an die berellische Garde; es waren Männer in guten Rüstungen gewesen, mit Speeren und großen Schilden bewaffnet. Diese Männer hatten den Rallorern gezeigt, dass Kampfgeist und Begeisterung allein gegen eine gute Ausbildung und Disziplin nicht bestehen konnten. Dann gab es noch die Axtkämpfer, riesige Männer, die massive, zweischneidige Äxte führten. Die Berellianer setzten sie ein, um Breschen in die Front ihrer Gegner zu schlagen, damit kurz darauf die Garde mit Speeren angreifen konnte. Martil konnte sich noch an seine erste Schlacht gegen sie erinnern. Mit ihren hohen Helmen hatten die Axtkämpfer wie Riesen ausgesehen. Und niemand stellte sich ihnen gerne in den Weg. Wie sollte man sich gegen einen Mann verteidigen, der eine gewaltige Axt schwang? Allein der Anblick dieser Männer war furchteinflößend gewesen. Selbst jetzt schauderte Martil, als er sich an den ersten erinnerte, den er getötet hatte. Er war in der dritten Reihe gewesen und hatte sich relativ sicher gefühlt. Dann hatte er mit ansehen müssen, wie die Axtkämpfer die ersten zwei Reihen rasch durchbrachen, als würden sie Kinder zur Seite fegen. Ein großer Mann hatte weit ausgeholt und seinen Hieb auf Martil gezielt. Er hatte seinen Schild hochgerissen, und die Axt hatte das Holz zerschmettert; der Metallplatte darunter hatte er es zu verdanken, dass er seinen Arm nicht verlor. Er hatte den zerstörten Schild weggeworfen und war mit einem Sprung dem nächsten Hieb ausgewichen. Der Rest seines Regiments hatte sich zerstreut, er jedoch war nur noch darauf bedacht gewesen, am Leben zu bleiben. Dann hatte er ein Schwert aus dem Boden ragen sehen, das ein Kamerad fallen gelassen hatte. Er hatte es herausgezogen und mit zwei Schwertern weitergekämpft. Ein angetäuschter Schwerthieb war der Schlüssel zu seinem ersten Erfolg gewesen. Der Axtkämpfer hatte ihn instinktiv abgewehrt, sodass es ihm möglich wurde, ihm das andere Schwert in den Hals zu rammen. In diesem Augenblick war seine Angst von ihm abgefallen; es hatten sich Überlebende um ihn geschart, bis schließlich ungefähr sechzig Männer zusammen gewesen waren. Sie hatten es geschafft, sich aus dem Gemetzel zu retten, das Hunderte ihrer Landsleute das Leben gekostet hatte.

Dieser Tag hatte sein Leben verändert und ihm geholfen, einen Krieg zu gewinnen, der schon Jahre angedauert und unzählige Leben gekostet hatte. Und jetzt machten sich diese dummdreisten Bauern darüber lustig.

»Ich würde gerne sehen, wie ihr versucht, sie aufzuhalten«, murmelte Martil.

»Was hast du gesagt?«, meldete sich Karia zu Wort.

Martil versuchte zu lächeln. »Ich hab nur ein Selbstgespräch geführt. Wir gehen am besten gleich ins Bett. Morgen geht es früh los.«

Karia schien nicht traurig, das zu hören. Das machte ihn skeptisch. Er fand schon bald heraus, dass sein Misstrauen begründet war. Sie wollte schnell ins Bett, weil sie nicht nur ihr neues Nachthemd tragen, sondern auch all ihre Puppen darin schlafen legen wollte. Das tat sie derart kunstvoll, dass kein Platz mehr für Martil blieb.

»Du musst auf die andere Seite, damit ich auf dieser hier schlafen kann«, erklärte Martil und gestikulierte entsprechend.

»Aber in der Mitte ist es am gemütlichsten!«, jammerte sie.

»Rück wenigstens die Puppen zur Seite, damit für mich noch Platz ist«, beschwerte sich Martil. Nach seiner Erfahrung im Spatz und Krone freute er sich nicht besonders darauf, das Bett mit Karia zu teilen. Aber die einzige andere Möglichkeit war der Boden – und der war kalt und hart.

Nach viel Murren wurden die Puppen so hingelegt, dass sie nur noch das halbe Bett brauchten. Martil las eine Geschichte vor, in der es um den dritten Sohn eines Königs ging, der auszog, um eine Prinzessin zu retten, nachdem seine beiden älteren Brüder versagt hatten. Es war ein typisches Märchen, in dem es mehr auf den glücklichen Ausgang als auf Wirklichkeitstreue ankam, wie Karia es liebte.

»Jetzt musst du mir ein Lied vorsingen«, verkündete sie. »Pater Nott hat mir immer ein Lied vorgesungen. Ich kann sonst nicht einschlafen.«

Martil erkannte, dass er keine Ruhe finden würde, ehe er nicht ein Lied vorgesungen hatte. Er dachte krampfhaft nach und versuchte, sich an ein geeignetes Lied zu erinnern. Doch ihm fielen nur klassische Soldatenlieder ein, die voller Schimpfwörter und Geschichten über Sex waren. Das Lied über das mysteriöse Tier – von dem er immer noch nicht wusste, was für eins es war – gehörte zu denen, an die er sich noch einigermaßen gut erinnern konnte.

»Also schön, was hat Pater Nott dir denn vorgesungen?«, fragte er.

»Woher soll ich das wissen? Ich bin doch eingeschlafen, wenn er gesungen hat«, sagte Karia kalt. Sie hielt Martil für ein großes Dummerchen! Wenn er kein so schönes Pferd hätte, keine Spiele mit ihr spielen, ihr keine Sachen kaufen würde und nicht viel zu essen hätte, dann wäre er überhaupt zu nichts nutze.

Verzweifelt fing Martil an zu singen, was ihm als Erstes einfiel.

»Schlafe ein, schlafe ein, schlafe ein, du solltest jetzt einschlafen …« Er war sich schmerzlich bewusst, dass seine Stimme nicht zum Singen gemacht war. Befehle quer über ein Schlachtfeld zu brüllen, mochte wohl jede Singstimme verderben. Martil sang dieselbe Zeile wieder und wieder, bis ihre Atmung tiefer geworden war und sie allem Anschein nach eingeschlafen war. Er seufzte vor Erleichterung und versuchte, es sich auf dem kleinen, ihm überlassenen Teil des Bettes bequem zu machen. Er musste eingeschlafen sein, denn als Nächstes wurde er wieder wach. Ihm tat die Schulter weh – und eine kleine Hand lag auf seinem Gesicht. Karia hatte ihre Puppen im Stich gelassen, war quer durch das Bett gewandert und hatte sich dicht an Martil gekuschelt.

Er beobachtete ihr Gesicht für eine Weile. Er hatte sie eigentlich gerne bei sich, wenn sie schlief. Ihre kleine Hand lag weich auf seinem Gesicht und verschaffte ihm ein eigenartiges, warmes Gefühl in der Brust. Er lag dort recht lange so und wunderte sich. Dann ließ er sich vorsichtig aus dem Bett gleiten, ging auf die andere Seite hinüber, schob die Puppen zu Karia hinüber und legte sich dann wieder schlafen.

Zum Frühstück gab es keinen Käse, aber genügend Brot, das geröstet werden konnte, und frische Butter, Honig und Milch, um es schmackhafter zu machen. Als Karia ihren vollgeladenen Teller leergegessen hatte, versuchte Martil mit dem mürrischen Gastwirt zu reden. Es stellte sich heraus, dass er kein Morgenmensch war, aber seine Frau war es. Sie war eine ziemlich mollige Frau mit einem wahrhaft hässlichen Gesicht und wirklich hilfreich. Sie nannte ihm Dörfer, wo sie übernachten konnten, und bestätigte, dass noch keine Berittenen in diese Gegend gekommen waren. Außerdem hatte sie über Danir den Zerstörer nur Schlechtes gehört.

»Er kommt in den meisten Nächten über die Grenze geritten und hat es auf Gehöfte und arglose Reisende abgesehen. Am besten bleibt man nachts hinter einer sicher verschlossenen Tür«, riet sie ihm. »Was willst du überhaupt in Thest? Es ist ein Drecksnest.«

Martil sah sich im Schankraum um. Es gab überall Schmutz und Flecken, in der Luft lagen viele Gerüche – von denen Schwein der einzige war, den er erkannte –, und er fragte sich, wie schlecht Thest sein musste, um vom Besitzer dieses Wirtshauses verspottet zu werden.

»Hab dort Verwandte«, sagte er lediglich.

»Mir wurde gesagt, du könntest mir helfen.«

Pater Prent lächelte. »Ich bin ein Priester Aroarils. Ich habe immer Zeit, den Bedürftigen zu helfen.«

»Ich will keine Antwort aus dem Lehrbuch! Ich brauche Hilfe, verdammt! Der Erzbischof, dieser Bastard, wird mir das Priesteramt nehmen!«

Prent seufzte theatralisch. Der Mann im Kapuzenumhang hatte sich wie vereinbart nach Einbruch der Dunkelheit in seine Kirche geschlichen. Er hatte ihn am Haken. Jetzt musste er ihn nur noch an Land ziehen.

»Nun, da war diese Sache mit dem Mädchen aus dem Dorf. Derlei Vorkommnisse werfen ein schlechtes Licht auf die Kirche.«

»Meinst du, das wüsste ich nicht? Was kann ich tun?«

»Mein lieber Bischof, ist es dir in den Sinn gekommen, bei Aroaril um Vergebung zu beten?«

»Er erhört meine Gebete nicht – das tut er seit Jahren schon nicht mehr, wie du verflucht genau weißt! Das ist noch ein Grund, warum der Erzbischof mich hasst. Also, wirst du mir helfen oder mich weiterhin schikanieren?«

Prent lächelte dünn. »Wo stände die Kirche denn heute, wenn man jedem sein Amt nähme, der bei Aroaril in Ungnade gefallen ist? Die gute Nachricht ist, dass ich dir helfen kann. Ich kann mit dem Mädchen sprechen und dafür sorgen, dass sie nicht gegen dich aussagt. Aber meine ... Überredungskünste ... sind nicht ganz billig.«

»Ich kann es mir leisten«, räumte der Bischof bitter ein.

»Exzellent. Dann wird dieser traurige Vorfall bald vergessen sein – nur von dir und mir nicht.«

Martil widerfuhr ein neues Unglück, als sie am nächsten Morgen weiterritten. Der Wald hier bestand nur aus kleinen Baumgruppen zwischen den Feldern, die das wellige Land bedeckten. Entlang ihres Weges wuchs eine große Vielfalt von Pflanzen, und Karia beschloss, dass sie sie sammeln wollte. Also mussten nun auch noch Blumenpausen zusätzlich zu denen zur Essensaufnahme, Ausscheidung und Puppenpflege eingelegt werden.

Karia genoss dieses Leben. Es war schön, gemächlich durch die Lande zu reiten, etwas zu essen, wann man hungrig war, und sich die Beine vertreten zu können, während man Blumen sammelte. Wenn sie Martil nur oft genug fragte, würde er ihr sogar mit seinem Messer einige der größeren Blüten abschneiden. Es war zwar nicht wie das Leben bei Pater Nott, aber es war nicht schlecht. Manchmal vergaß sie sogar, ihm zuzusetzen. Allerdings bekam sie auf ihre dauernden Fragen oft nur ein Gemurmel als Antwort, und sie war sich sicher, dass ab und zu ein Luch dabei war.

Sie hatte zahllose Fragen zu den Bäumen – Martil kannte einige Arten, dachte sich den Rest jedoch aus und hoffte, sie würde es nie bemerken –, den wenigen Vögeln und Tieren, die sie sahen, und natürlich zu den Kaufleuten und Bauern, denen sie auf der Straße begegneten. Sie ritten immer noch auf einer Nebenroute, aber die Straße war dennoch gut befahren. Zuerst hatte Martil versucht, ihr das Fragen abzugewöhnen, indem er ihr nur kurze Antworten gab oder sie ganz ignorierte. Aber das hatte lediglich noch mehr Fragen zur Folge gehabt. Also gab er schließlich auf und erzählte ihr alles, was er wusste.

Es blieb warm, aber sie mussten ihren Tagesritt zweimal unterbrechen, weil heftige Regenstürme übers Land zogen. Sie hatten dann in Gasthäusern Unterschlupf gesucht, und das hieß für Martil noch mehr vorlesen, noch mehr Spiele.

Sie unterhielten sich auch mit anderen Reisenden, die ihnen begegneten; die Leute hatten es nicht eilig und freuten sich über ein Gespräch. Sie machten Karia oft Komplimente für ihr Kleid, berichteten Martil von der Beschaffenheit der Straße zur Grenze und ließen ihre Sorge wegen des vermissten Drachenschwerts durchblicken.

»Was für eine kleine Schönheit«, sagten die Leute wieder und wieder.

»Sie kommt nach ihrer Mutter«, antwortete Martil dann, was nach seinem Kenntnisstand auch gänzlich der Wahrheit entsprach.

Ein Kaufmann lud sie sogar ein, mit ihm zusammen zu Mittag zu essen. Martil war sich unsicher gewesen und wäre lieber weitergeritten, aber Karia hatte Hunger, und er musste auch bedenken, dass er sparsam mit ihren eigenen Vorräten umgehen musste.

Also ließen sie sich an der Straße nieder und aßen kaltes Schweinefleisch und Äpfel, die sie mit Wasser hinunterspülten, während Tomon und das Zugpferd des

Kaufmanns ein paar Äpfel bekamen. Der Kaufmann hieß Berne, und er war ein kleiner, kräftiger Mann mit braunen Haaren und dichtem Bart, der sein gesamtes Leben in Ostnorstalos verbracht hatte. Er kaufte kleineren Bauern ihre Ernte ab und brachte sie in die größeren Städte, um sie dort wieder zu verkaufen. Er hatte es offensichtlich nicht eilig damit, seine Waren zum Markt zu schaffen, denn als Martil ihn erst auf das Drachenschwert angesprochen hatte, hörte er gar nicht mehr auf zu erzählen.

Martil hatte gefragt, warum man nicht tat, was seiner Meinung nach ganz offensichtlich das Problem lösen würde. Wenn dem Land ein Schwert abhandengekommen war, dann musste man die Drachen bitten, ihm ein neues zu geben.

»Die Drachen um ein neues Schwert bitten? Seid Ihr wahnsinnig? König Riel musste einem Drachen das Leben retten, um dieses eine zu bekommen. Sie pflücken die magischen Schwerter nicht wie Äpfel von Bäumen, wisst Ihr?«, prustete Berne und gestikulierte heftig mit einem Stück Apfel. »Kennt Ihr etwa die ruhmreiche Geschichte des Schwertes nicht? Versteht Ihr nicht, weshalb es für dieses mächtige Land so wichtig ist?«

»Nein.«

»Was bringt man Euch denn dort unten in Rallora bei?«, keuchte Berne entsetzt.

Martil knirschte mit den Zähnen. »Habt Ihr nicht von dieser Kleinigkeit gehört, die es da gab? Die rallorischen Kriege? Die im Lauf der letzten sechzehn Jahre Tausende von Menschen das Leben gekostet haben? Wir waren damit etwas zu beschäftigt, um unseren Kindern die Legenden über irgendein Schwert in Norstalos zu erzählen.« Er hielt inne und merkte, dass er kurz davor stand, die Beherrschung zu verlieren. Aber wie konnte er einem Apfelhändler die Umstände erklären? Wie es war, nie zu wissen, ob man den Tag überleben würde. Warum hätte er sich darüber Gedanken machen sollen, oder sich sogar dafür interessieren, was in einem anderen Land geschah?

»Also schön, ich werde es Euch erzählen«, verkündete Berne und machte es sich bequem. »Zu König Riels Zeit war Norstalos von allen Seiten bedroht. Wir hatten gerade begonnen, den Norden zu erkunden – und stießen auf die Kobolde, die dort lebten. Die Leute aus Tetril unternahmen Plünderzüge auf unserer Seite der Grenze, die Berellianer waren eine ernste Sorge. Aber das Schlimmste war, dass die Hälfte der Adligen sich weigerte, die Krone anzuerkennen und Abgaben zu leisten. Stattdessen stellten sie eigene Heere auf und regierten ihre eigenen kleinen Lehen. Dann bewahrte König Riel einen Drachen davor, von den Kobolden getötet zu werden, und alles änderte sich. Die Drachen gaben ihm das magische Drachenschwert. Viele behaupten, es habe die Macht, den Frieden in Norstalos zu wahren, aber ich für meinen Teil halte das für unwahr. Ich glaube eher, dass seine Macht viele Männer inspiriert, das Richtige zu tun. Jedenfalls haben die Adligen sich König Riel damals wieder angeschlossen, um die Kobolde für ihr entsetzliches Verbrechen zu bestrafen, und die Macht der Krone strahlte in hellerem Glanz als je zuvor. Im Hügelland des fernen Nordens fanden wir Gold und ertragreiches Ackerland. Unser Wohlstand nahm zu und war dauerhaft, und damit gingen auch Frieden und Sicherheit einher. Der König hatte Geld, um ein großes Heer auszubilden und es zu bezahlen, um uns zu beschützen. Und das alles wegen des Drachenschwertes. Riel starb kurz darauf, gab die Regeln für das Schwert jedoch an seinen Sohn weiter …«

»Ja, und ich bin mir sicher, dass sie sehr interessant sind«, unterbrach ihn Martil. Er wollte doch keine Einzelheiten hören, für die niemand, am wenigsten er selbst, jemals irgendwelche Verwendung haben würde! »Jedenfalls, warum macht Ihr Euch deswegen solche Sorgen? Euer Heer ist immer noch das größte des Kontinents, und niemand wird es wagen, in Euer Land einzufallen«, gab er zu bedenken.

»Die Schwierigkeiten werden nicht von außen, sondern von innen kommen. Es gäbe kein Problem, wenn Herzog Gello das Schwert gezogen hätte, aber es hat sich ihm verweigert. Er hat also ebenso wenig die Möglichkeit, jemals die Magie des Schwertes aufzurufen, wie ich die Möglichkeit habe, mir Flügel wachsen zu lassen.«

»Was ist Magie?«, fragte Karia und unterbrach die plötzlich eingetretene Stille. Martil sah es schon kommen; dies würde ein langes Mittagessen werden. »Diese Frage zu beantworten, würde zu lange dauern. Berne muss seine Reise fortsetzen und wir auch«, sagte er hastig.

»Oh, ich habe alle Zeit der Welt. Diese Äpfel sind ohnehin noch nicht richtig reif«, sagte er lächelnd.

Trotz Martils Einwänden begann er ganz genau zu beschreiben, wie Magie funktionierte. Pater Nott hatte etwas gesagt, das Karia in Verbindung mit Magie brachte, aber Martil glaubte nicht daran. Die Fähigkeit, Magie zu üben, war eine seltene Gabe. Vielleicht einer von tausend hatte diese Macht, und das hieß immer noch nicht, dass er damit irgendetwas anfangen konnte.

»Jeder von uns trägt Magie in sich. Es ist die Kraft, die uns nährt, die uns beim Wachsen, Atmen, Lieben und Sehen hilft. Wenn etwas geboren wird, kommt ein kleines bisschen Magie ins Spiel, um es zum Leben zu erwecken. Wenn das Lebewesen wächst, nutzt es weitere Magie, und wenn es stirbt, gibt es die Magie wieder an die Welt zurück, die sie dazu nutzt, etwas anderes zu erschaffen. Es ist alles ein Kreislauf, ein großer Kreislauf. Aber Magienutzer – oder Zauberer oder Magier, wie man sie auch nennen mag – haben eine Möglichkeit, diese rohe Magie zu ergreifen und sie auf unterschiedlichste Art zu verwenden.«

»Wie?«, wollte Karia wissen.

Berne lächelte. »Magie ist eine natürliche Kraft, die durch die Welt fließt. Sie kann den Wind wehen oder diesen Apfel wachsen lassen. Man kann lernen, wie man sich diese Magie zunutze macht. Zauberer studieren Pflanzen, das Wetter, Vögel und Tiere und versuchen herauszufinden, wie sie sich verhalten. Dann lernen und versuchen sie, das zu kopieren, damit sie es durch Magie geschehen lassen können.«

»Woher weißt du so viel?«, fragte Karia erstaunt.

»Ich stand einst bei einem Zauberer in der Lehre. Meine Eltern dachten, ich hätte etwas Macht, weil ich von der Pflanzenzucht ganz besessen war. Natürlich habe ich auch von Drachen geträumt. Aber ich habe es noch nicht einmal in den ersten Kreis geschafft.«

»Was?«

»Wenn man seine Prüfungen besteht, erhält man Eintritt in den ersten Kreis, dann in den zweiten Kreis und so weiter, bis man den neunten Kreis erreicht hat.«

»Wie lange dauert das?«, fragte Karia.

Nicht so lange wie dieses Mittagessen, dachte Martil.

»Oh, viele schaffen es nie. Zum siebten Kreis zugelassen zu werden, ist eine große Ehre. Es gibt wahrscheinlich nur drei oder vier Magier in Norstalos, die es bis in den neunten Kreis geschafft haben. Sie können Magie benutzen, die wir uns gar nicht vorstellen können. Sie können einen natürlichen Prozess, der in einer seltenen Pflanze geschieht, kopieren und ihn bei einem Menschen oder einem Tier anwenden. Aber sie müssen einen hohen Preis dafür zahlen. Sie müssen an Kraft abgeben, was sie sich an Magie genommen haben. Wenn sie zu viel Magie nutzen oder versuchen, zu viel zu tun, wenn sie bereits erschöpft sind, dann kann das sie töten. Daher gibt es einige Dinge, zum Beispiel das Fliegen, die unmöglich sind. Sie kosten zu viel Kraft. Die Magie muss ersetzt werden, und sie wird der Lebenskraft des Magiers entnommen, wenn das nötig ist, um den Kreis von Magie und Kraft aufrechtzuerhalten. Der Kreislauf ist alles. Alles muss sterben und seine Energie wieder zurück in den Kreis geben, damit der Kreislauf weitergeht.«

»Alles muss sterben? Sogar Drachen?«, fragte Karia.

»Nun ja, selbst Drachen. Nichts kann den Kreislauf durchbrechen. Aber den Tag, an dem die Drachen sterben, werde ich hoffentlich nicht erleben. Aroaril weiß, was dann geschehen mag!«

»Aber …«, setzte Karia an.

Martil erkannte die Gefahrenzeichen. Sie würde noch bis zum Einbruch der Nacht Fragen stellen. Und Berne wirkte immer noch so fröhlich, dass er sie auch weiterhin beantworten würde.

»Wir müssen unsere Reise fortsetzen, und Berne auch. Danke für das Mittagessen und deine Geschichten, aber wenn wir nicht bald aufbrechen, schaffen wir es nicht ins nächste Dorf, bevor es dunkel wird. Mit einem kleinen Kind reist es sich langsam«, sagte Martil und lächelte Berne entschuldigend an.

Trotz Karias Einwänden und Bernes Angebot, sie könnten die Nacht unter seiner Kutsche schlafen, gelang es Martil, sie auf Tomon zu setzen und davonzureiten. Er winkte Berne zum Abschied. Aber dieser kleine Sieg brachte ihm wenig Frieden. Alle Fragen, die sie Berne hatte stellen wollen, musste er ihr nun beantworten.

Alles, was mit Magie zu tun hatte, war für Karia schon immer von besonderem Interesse gewesen, es hatte sie geradezu in seinen Bann geschlagen. Beispielsweise, wenn sie Pater Nott zugesehen hatte, wie er die Macht Aroarils nutzte, um Krankheiten zu heilen und anderen zu helfen. Und in den vergangenen Jahren hatte sie auch von Drachen geträumt. Sie liebte diese Träume. Sie fingen immer gleich an. Ein Drache grüßte sie, aber es war jede Nacht ein anderer Drache. Manchmal war er golden und gewaltig, manchmal zierlich, klein und grün; er konnte alle möglichen Farben haben, und auch seine Stimme war jedes Mal eine andere. Der Drache nahm sie mit und flog mit ihr, schoss hoch in den Himmel hinauf. Deshalb wollte sie etwas über Magie erfahren. Also ergriff sie nun wissbegierig die Gelegenheit. Martil musste das alles wissen. Er hatte auch all ihre anderen Fragen beantworten können.

Martil bemühte sich um Antworten. Er hatte keine Ahnung, wie man Magie benutzte oder woran man erkannte, dass man es konnte. Er wusste jedoch, dass die Drachen die Wächter der Magie waren und dafür sorgten, dass der Kreislauf der Magie in Gang blieb und dass immer wieder neues Leben entstand.

Die Elfen dagegen waren nicht die magischen Geschöpfe, die man aus den Sagen kannte, sondern nur ein besonderer Menschenschlag, der den Drachen diente. Anscheinend hatte es ihre äußere Erscheinung verändert, so lange Zeit in unmittelbarer Nähe derart starker Magie zu leben. Ihre Gesichter sahen denen der Drachen irgendwie ähnlich, und deshalb wurden sie in den Geschichten oft mit den mystischen Wesen gleichgesetzt.

Das hatte Karia bitter enttäuscht.

»Aber Elfen und Feen und Kobolde sind echt! Sie kommen doch alle in den Sagen vor!«, protestierte sie.

»In Wirklichkeit gibt es sie nicht«, stellte Martil klar, so freundlich er konnte. »Nur in Geschichten. Kobolde sind in Wirklichkeit Menschen, die in den Bergwäldern lange sehr abgeschieden gelebt haben und etwas anders aussahen als die Übrigen hier in diesem Erdteil. Und die Elfen sind auch Menschen, aber sie stehen schon seit langer Zeit unter dem Einfluss von Magie. Richtige Elfen oder sprechende Hasen oder dergleichen gibt es einfach nicht. Die Leute denken sich das bloß aus.« Er sah sie an, merkte, wie niedergeschlagen sie war, und seufzte. »Wie wäre es, wenn wir irgendwo einen Zauberer aufsuchen und er dir alles erklärt?«, schlug er vor.

»Na gut«, sagte sie achselzuckend und war enttäuscht, dass sie keine echten Elfen treffen würde.

Das Gasthaus des Dorfes, in dem sie übernachteten, war noch schlechter als die vorherigen. Das hätte er nicht für möglich gehalten. Jedoch waren die Gesprächsthemen die gleichen. Das Drachenschwert und die Zukunft.

Nach viel Nörgelei seitens Karia fragte Martil den Gastwirt, ob es einen Zauberer in der Nähe gab, damit sie mehr über Magie lernen konnte.

»Einen Zauberer? Hier?« Der Gastwirt, ein abgemagerter Mann, dem die Nase lief, sah sich in seinem muffigen Lokal um. »Die Leute hier können es sich nicht leisten, Zaubervorführungen zu besuchen. Du kannst den Priester sehr freundlich fragen, oder du kannst es vergessen. Rush, der zweite Sohn des alten Wood, ist Zauberer geworden. Ist in eine große Stadt gezogen, um es zu lernen. Kam nie zurück.«

Martil gab die Information an die äußerst unglückliche Karia weiter, aber er konnte nichts daran ändern. Er selbst hatte von den Bauern und ihrem endlosen Gejammer um den Verlust des Drachenschwerts allmählich genug und blieb auf dem Zimmer, nachdem er Karia zu Bett gebracht hatte. Natürlich hatte er ihr erst eine Geschichte vorlesen müssen, in der es um irgendeine dumme Prinzessin ging, die in einem Turm festsaß, bis sie von einem Prinzen gerettet wurde. Dann hatte er ihr das Einschlaflied vorsingen müssen. Es funktionierte, und sie schlief ein. Mitten in der Nacht bekam er wieder ihre Neigung, ihn zu treten, deutlich zu spüren. Inzwischen hatte er damit zu leben gelernt, bei der Aufteilung des Bettes den Kürzeren zu ziehen. Wenn er also nachts aufwachte und gefährlich nah am Rande des Bettes lag, während Karia sich an seinen Rücken kuschelte, dann beließ er es einfach dabei. Immerhin hatte er keine Albträume mehr, und weil sie immer früh wach wurde, brachen sie zeitig auf und kamen gut voran.

Martil bemerkte, dass die Landschaft sich veränderte und hügeliger wurde. Ihre Straße führte jetzt auf die große Hauptstraße nach Tetril zurück. Er war sich ziemlich sicher, dass Havrick die Suche inzwischen aufgegeben hatte oder mit anderen Aufgaben betraut worden war. Dennoch hielt er sicherheitshalber immer Ausschau nach ihm. Alles, was ihn davon abhielt, das zu tun, was er eigentlich tun sollte – nämlich nachdenken, was ihn in Thest erwartete –, kam ihm sehr gelegen. Er konnte sich nicht von dem Zwang befreien, dorthin gehen zu müssen, selbst jetzt, da sich herausgestellt hatte, dass es ein einziges Räubernest war.

Obwohl sie nun wieder die Hauptstraße entlangritten, war es so weit im Osten ziemlich ruhig. Die Bauernhäuser, die sie sahen, waren groß und lagen oft auf Hügeln, sodass man von dort aus weit ins Umland schauen konnte. Statt aus Lehm und Stroh oder Holz waren diese Häuser ausschließlich aus Stein gebaut. Die Fenster sahen eher aus wie Schießscharten, und selbst die Abtritte waren solide kleine Steinbauten. Martil vermutete, dass solch ein Gehöft einer Bande Straßenräuber eine Nacht lang standhalten konnte. Es gab nur wenig Vieh, und es wurden hauptsächlich Hackfrüchte angebaut. Diese Felder ließen sich nicht ohne Weiteres verwüsten oder ausräumen.

Das waren die Dinge, die ihm im Kopf herumgingen,

während Karia immer noch fragte und fragte. Noch vor ein paar Tagen hätte er ein bisschen Frieden und Ruhe mit Geld bezahlt, aber nun war er nicht nur an sie gewöhnt, sondern hatte sie sogar gern bei sich, statt allein seinen Gedanken überlassen zu bleiben.

Cezar wusste, dass Martil nicht durch Berellia gereist sein würde. Nein, er würde den Weg durch Aviland und den Osten von Norstalos genommen haben. Das bedeutete, dass Cezar eine Abkürzung nehmen und ihn einholen konnte. Außerdem nahm er an, dass Martil sich Zeit ließ, sein Pferd nicht überanstrengte und sich auch keine großen Sorgen machte. Cezar hatte vier schnelle Pferde, und er würde jedes davon zuschanden reiten, wenn es erforderlich sein sollte, um Martil zu erreichen. Norstalos war ein großes Land, aber er war sich sicher, er würde seine Beute finden. Martil würde über die Hauptstraßen reiten, also musste er lediglich fragen, ob sich jemand an einen Rallorer mit zwei Schwertern erinnerte. Ein bisschen Gold – und die glaubhafte Geschichte, dass der Rallorer ein alter Freund war, der ihm noch Geld schuldete – sollte ihm helfen, die nötigen Informationen zu erhalten. Und wenn er ihm erst nahe genug war, würde er ohne Zweifel erfolgreich sein. Dieser Martil mochte sich für den besten Schwertkämpfer des Kontinents halten; aber Cezar hatte nicht vor, es auf einen offenen Kampf ankommen zu lassen. Ein Stich in den Rücken, ein Messer in der Nacht, Gift in Speise oder Trank – so oder so, Martil würde sterben.

7

Das letzte Dorf vor der Grenze war von einer hohen, doppelten Holzpalisade umgeben; Männer patrouillierten auf dem Wehrgang dazwischen und bewachten die Tore. Genau wie die großen Bauernhäuser ließ das darauf schließen, dass die Ortsansässigen vor Danir auf der Hut waren. Martil war für einen Moment besorgt, als er die Miliz am Tor sah. Er fragte sich, ob Havrick eine Nachricht hatte verbreiten lassen. Aber die Soldaten winkten ihn und Karia ohne Weiteres durch. Wenigstens war das Gasthaus am Ort erfreulich. Es gab einen Speisesaal neben dem Schankraum, und die Schlafräume waren sowohl groß als auch sauber. Martil legte seine Taschen auf einem Tisch ab und sah aus dem Fenster nach Osten. Er hatte ein unbehagliches Gefühl im Magen, ähnlich dem, das sich immer vor einer Schlacht bemerkbar gemacht hatte. *Vielleicht liegt es daran, dass du morgen einen blutrünstigen Räuber aufsuchen und ihm sagen willst, dass du seinen Bruder und seine Neffen getötet hast,* dachte er. Dann dachte er weiter nach. Was auch immer ihm zustoßen mochte, er wollte auf keinen Fall, dass Karia bei noch so einem wie Edil endete, der sie schlug und misshandelte. Sie verdiente etwas Besseres.

»Worüber denkst du nach?«, fragte sie.

»Ob wir einfach umdrehen und deinen Onkel morgen nicht besuchen sollten«, sagte er achselzuckend.

»Wir treffen ihn morgen?«, fragte Karia entsetzt. Sie hatte diese Reise so sehr genossen. Bei dem Gedanken, wieder so zu leben wie bei ihrem Paps, wurde ihr schlecht. »Ich will Onkel Danir nicht treffen! Er wird noch gemeiner sein, als Paps es war! Er wird mich hassen, und er wird dich töten!«

»Aha, er wird mich also töten?«, sagte Martil grimmig. Offensichtlich hatte Edil ihr erzählt, was sie in Thest erwartete. Sie hatte das für sich behalten, dachte er bitter.

Sie schien seinem Gedankengang zu folgen. »Zuerst wollte ich, dass du bestraft wirst. Ich wollte, dass du mich zu Danir bringst, damit du seiner Bande in die Hände fällst. Dann, als du mich nicht bei Pater Nott lassen wolltest, habe ich dich noch mehr gehasst und wollte, dass du verletzt wirst. Aber jetzt … jetzt würde ich lieber bei dir bleiben als zu Onkel Danir gehen. Zwing mich nicht, zu ihm zu gehen! Paps hatte Angst vor Onkel Danir. Er wollte nur, dass er ihn rächt. Ich war ihm egal. Und wenn Paps Danir nicht mochte, dann werde ich das auch nicht, das weiß ich.«

Martil saß einfach da und war verblüfft. Er hatte einfach keine Ahnung, was er jetzt tun sollte. Was hatte Pater Nott gesehen? Er versuchte, sich an die genauen Worte des Priesters zu erinnern. Er hatte gesagt: »Geh nach Thest«, und nicht: »Immer Richtung Thest marschieren, und sobald du die Wahrheit erfährst, kannst du woanders hingehen.« Warum sprachen alte Priester immer in verdammten Rätseln? Konnte der Mann nicht einfach sagen, was ihn dort erwartete?

»Das würdest du mir nicht glauben«, hatte Nott gesagt.

Bestimmt konnte es nichts Schlechtes sein, weil Nott Karia nicht in Gefahr bringen würde. Also, was hatte der alte Mann in seiner Vision gesehen?

»Karia, vertraust du Pater Nott?«, fragte er.

»Natürlich. Warum?«

»Weil er mir gesagt hat, dass wir nach Thest gehen müssten. Er sagte, es wäre wichtig.«

Karia war alles andere als beeindruckt.

»Du versuchst, mich reinzulegen. Wenn wir dort ankommen, wirst du einfach davonreiten und mich alleinlassen.« Sie verschränkte die Arme vor der Brust und sah ihn voller Verachtung an. »Ich bin nicht zufrieden.«

Martil tat sich schwer, ihren Gesichtsausdruck nicht zu belächeln. »Es ist kein Trick. Vielleicht hat Pater Nott eine richtige Familie gesehen, bei der du leben kannst. Bestimmt würdest du doch lieber mit anderen Kindern spielen als mit mir.«

»Ich spiele gerne mit dir. Und ich kriege gerne Geschichten vorgelesen. Und ich esse gerne gutes Essen. Ich wette, das werde ich dort nicht haben. Es wird wieder so sein wie das Leben im Wald.«

Martil dachte darüber nach, dass sie ihn dem Leben im Wald vorzog. Das war so etwas wie ein Kompliment, nahm er an.

»Pater Nott wollte, dass wir dort hingehen. Er muss etwas wissen. Also werden wir schauen, was uns dort erwartet, und wenn es dir nicht gefällt, gehen wir einfach wieder.« *Falls wir dann noch gehen können,* fügte er im Stillen hinzu. »In Ordnung?«

Sie war nicht überzeugt, willigte aber trotzdem ein. Schließlich hatte er seine Versprechen bisher gehalten. »In Ordnung. Aber wenn ich nicht zufrieden bin, dann sage ich es dir sofort.«

Martil streckte seine Hand aus, und sie schlug feierlich ein.

Sie würden herausfinden, was der Priester gesehen hatte.

Der Gastwirt sah aus wie ein alter Soldat. Er hatte einen borstigen grauen Bart und kräftige Arme, sein Schädel war rasiert und sein Rücken gerade. Er stellte sich als Darry vor, reichte Martil in Kriegermanier die Hand und sagte Karia, dass sie hübsch war.

Bei den Menschen im Speisesaal handelte es sich auch nicht um den gewöhnlichen Haufen stinkender Bauern. Es waren wenige Kaufleute da, und weil Räuber deren Gebiet unsicher machten, hatten sie auch zahlreiche Wachleute dabei. Und zwar, wie Martil sofort sah, fast ausschließlich Rallorer. Es hätte ihn nicht überraschen sollen. Als der König die Regimenter aufgelöst hatte, die in Bellic gewütet hatten, waren Tausende Männer arbeitslos geworden, die in ihrem gesamten Leben als Erwachsene nichts als Krieg gekannt hatten. Manche kehrten in ihre Heimatdörfer zurück, doch viele hatten zu viel erlebt, wie Martil, um wieder ihr früheres Leben aufnehmen zu können. Aber sie brauchten etwas zu essen, also meldeten sich viele von ihnen in Norstalos als Leibwachen oder Eskorten für Handelskarawanen. Die Bezahlung war gut, und besonderen Gefahren waren sie dabei nicht ausgesetzt.

Als Martil an ihnen vorbeiging, sah er aus dem Augenwinkel, wie manche die Augen aufrissen, als sie ihn erkannten. Zwei Männer, die offensichtlich schon viel getrunken hatten, salutierten sogar vor ihm.

Darry, der Gastwirt, brachte sie an einen kleinen Tisch und deutete auf die Speisekarte, eine Tafel, die an der Wand hing.

»Rallorischer Offizier?«, fragte er ruhig.

»Richtig«, bestätigte Martil mit Bedacht, weil er nicht zu viel von sich preisgeben wollte.

»Dann weiß ich Bescheid«, sagte Darry mit einem Zwinkern.

Sie bestellten Brathähnchen und Gemüse. Während sie warteten, sah Martil sich um und entdeckte fast ein Dutzend Männer der Miliz, die am anderen Ende des Raumes saßen, in der Nähe des Tresens. Sie lachten und tranken. Als Darry ihnen ihre Mahlzeit brachte, fragte Martil ihn, warum sie hier waren und nicht draußen patrouillierten.

Darry hielt kurz inne und sagte dann mit gedämpfter Stimme: »Sie wissen, dass Danir uns nicht angreift, wenn so viele Söldner als Wachen der Karawanen hier sind. Also sitzen sie hier sicher im Warmen und scheren sich nicht darum, dass die Bauern ringsum zu Schaden kommen.«

»Warum lasst ihr euch das gefallen?« Bestimmt konnte eine Schwadron Berittener Danir irgendwo auflauern und seine Schreckensherrschaft ein für alle Mal beenden.

»Vor ein paar Jahren hätten wir das nicht geduldet«, sagte Darry achselzuckend. »Aber in den vergangenen paar Jahren hat das Heer sich nicht mehr um den Schutz der Bauern gekümmert. Sie haben nun wichtigere Dinge zu tun, sagen sie uns. Zu beschäftigt. Zu meinen Zeiten wären wir hier mit ein paar Bogenschützen und Jagdreitern angerückt und hätten binnen einer Woche dieser Räuberbande den Garaus gemacht. Im Laufe der letzten Jahre hat Danir sich immer und immer weiter vorgewagt, weil wir uns zurücklehnen und nichts dagegen unternehmen.« Darry schien noch mehr sagen zu wollen, wurde jedoch von einem der Milizsoldaten gerufen. Er setzte ein Lächeln auf und eilte zum Tisch der Miliz hinüber.

Ausnahmsweise fragte Karia einmal nicht, was vor sich ging. Das lag zum einen daran, dass sie sehr fleißig aß; zum anderen war sie etwas eingeschüchtert, weil einige Männer aus Aviland am Tisch hinter ihnen sehr laut waren. Während ihrer Mahlzeit wurden diese Männer immer lauter, sie fluchten und lachten. Martil dachte darüber nach, Darry zu bitten einzuschreiten. Er erkannte jedoch, dass das dem Gastwirt nur Ärger verschaffen würde. Daher beschloss er, es wäre das Beste, wenn sie auf ihr Zimmer gingen. Zum Nachtisch konnten sie später wieder herunterkommen.

»Lass uns gehen«, sagte Martil und legte Messer und Gabel auf den Tisch.

Weil man es beim Aufstehen nun mal so machte, schob sie ihren Stuhl nach hinten – und stieß gegen den Stuhl des avischen Wachmanns hinter ihr. Normalerweise hätte der Mann es kaum bemerkt, aber er hatte im gleichen Augenblick eine Kanne Bier an den Hals gesetzt. Jetzt lief ihm das Bier übers Gesicht statt durch die Kehle.

Fluchend sprang er auf, um zu sehen, wer seinen Stuhl gerammt hatte. Wie die meisten seiner Landsleute war er groß und hatte blonde Haare. Sein Bart war von beeindruckender Länge, allerdings jetzt verschmutzt und von Bier durchnässt. Sein Gesicht war vor Wut rot angelaufen, und seine blauen Augen hatten sich gerötet.

»Du kleine …«, brüllte er und holte zu einem Schlag aus.

»Rühr sie an, und du hast nur noch eine Hand für den Bierkrug!«, blaffte Martil und sprang ebenfalls auf.

Der Aviländer sah Martil an. »Ich hoffe, du hast genug Geld, um mir neue Kleider und Bier für den Rest der Nacht zu kaufen. Dann könnte ich einem kleinen Mädchen und seiner Großmutter vielleicht verzeihen«, spottete er.

Martil sah, dass Darry schon kam, um den Streit beizulegen. Martil könnte ihn einfach bitten, dem Aviländer ein frisches Bier zu bringen, sich selbst eines genehmigen und dann einfach verschwinden. Er zog es für einen Moment in Betracht, dann grinste er den Mann aus Aviland an.

»Ich würde dir ja ein Bier spendieren, aber ich glaube, Hunde sind hier nicht erlaubt«, sagte er gelassen.

Der Aviländer brauchte einen Moment, um die Beleidigung zu verstehen, dann knurrte er und nickte seinen Gefährten zu, die ihre Stühle ebenfalls zurückschoben. Martil stand seelenruhig da, hatte die Hände aber in der Nähe seiner Schwertgriffe. Aus dem Augenwinkel sah er, wie Darry die Milizsoldaten drängte einzuschreiten. Sie waren jedoch zu beschäftigt damit, über ihr Bier nachzusinnen.

»Ich hoffe, ihr Aviländer seid tatsächlich so gute Krieger, wie ihr glaubt«, sagte eine fremde Stimme eine Sekunde, bevor im Schankraum die Hölle losgebrochen wäre.

»Was?« Der Aviländer wollte den Augenkontakt mit Martil nicht abbrechen. Martil wollte ebenso wenig den Blick abwenden, also wandte sich keiner ab, um zu erfahren, wer der Sprecher war.

»Ihr seid im Begriff, euch mit Hauptmann Martil anzulegen!«

Martil konnte nicht umhin, sich befriedigt zu fühlen, als er sah, welche Reaktion sein Name auf die Aviländer hatte. Vielleicht hatte er irgendwann einmal gegen die Einheit des Mannes gekämpft. Der Mann wurde blass, ihm fiel die Kinnlade herunter, und seine beiden Gefährten überlegten nicht lange und setzten sich prompt wieder hin.

»De… der Schlächter von Bellic?«, krächzte er.

»Nur meine Freunde nennen mich so«, knurrte Martil.

Der Aviländer wägte seine Möglichkeiten ab. Martil war nicht nur dafür bekannt, ein unaufhaltsamer Schwertkämpfer zu sein, sondern der Raum war außerdem voller rallorischer Krieger. Daher fiel die Entscheidung schließlich nicht schwer.

»Deine Tochter hat mich überrascht. Ich habe voreilig reagiert. Ich bitte um Verzeihung. Vielleicht trinken wir etwas zusammen und vergessen den ganzen Zwischenfall?«, fragte er schroff.

Martil war nicht darauf aus, ihn ungeschoren davonkommen zu lassen, aber der Mann, der sich eingemischt hatte, trat vor und in sein Blickfeld.

»Hauptmann Martil«, salutierte er, und Martil starrte den mittelgroßen Mann an. Er hatte eine rote Haarmähne, eine Nase, die wenigstens einen Bruch hinter sich hatte, und grüne Augen. Er kam ihm nur sehr entfernt bekannt vor. »Wachtmeister Nerrin. Ich bin deinem Regiment kurz vor der Schlacht von Shadar beigetreten. Dort hast du mir das Leben gerettet, als du den letzten Gegenangriff geführt hast. Ich war nur sechs Monate unter deinem Kommando, bevor du mich zur Beförderung vorgeschlagen hast, als der König eine neue Division unter Kriegshauptmann Macord eingerichtet hatte.«

Martil erwiderte den Soldatengruß. Er erinnerte sich nicht an den Mann, aber er hatte während des Krieges Abertausenden Männern Befehle erteilt. Einerseits war er ihm für sein Einschreiten dankbar, aber gleichzeitig spürte er, dass sein Zorn sich gern entladen und er seine Wut gern an den drei angetrunkenen Aviländern ausgelassen hätte.

Nerrin wandte sich an den Aviländer. »Ich glaube, der Hauptmann und seine Tochter wollten gerade gehen, aber ich werde mit dir trinken.«

»Lasst mich euch beiden eine Kanne Bier spendieren«, sagte Darry, der herbeigeeilt kam. Der Aviländer setzte sich dankbar hin.

Karia hatte Angst; Angst vor den großen, betrunkenen Männern und davor, dass Martil etwas zustoßen könnte. Dann sah sie, wie sehr die Männer sich vor Martil fürchteten, und war nur noch verwirrt. Der Martil, der kurz davor war, diese Männer anzugreifen, war ein anderer als der, mit dem sie gespielt hatte und der mit ihr Blumen gepflückt hatte. Dann lächelte er sie an und streckte seine Hand aus, woraufhin Karia sich entspannte.

Martil musste den Gruß aller Rallorer in dem Saal erwidern, bevor sie auf ihr Zimmer gehen konnten.

»Warum haben diese Männer ihre Hände auf ihre Brust gelegt, als du vorbeigelaufen bist? Warum haben sie dich Schlächter genannt? Warum hatten sie Angst vor dir? Was ist passiert?«, fragte Karia, und es schien kein Ende der Fragerei in Sicht zu sein.

Martil versuchte, ihre Fragen zu beantworten. Er sah jedoch, dass sie kein Wort verstand.

»Was hältst du davon, wenn ich dir eine Geschichte vorlese?«, bot er stattdessen an. »Ich bin noch nicht sehr müde.«

Wachtmeister Hutter erzählte den Leuten immer, dass ihm das ruhige Leben liege. Demnach waren die jüngsten Ereignisse zu viel Aufregung für seinen Geschmack. Zuerst war ein rallorischer Krieger durch die Gegend gezogen und hatte sein größtes Problem beseitigt, nämlich Edil und seine Söhne. Dann war der Priester des Dorfes gegangen und ausgerechnet durch eine Frau ersetzt worden! Hutter wusste, dass es immer mehr Priesterinnen Aroarils gab; er hatte nur nicht erwartet, eine davon in seinem Dorf zu sehen. Und jetzt, um dem Ganzen noch den krönenden Abschluss zu geben, stellte dieser merkwürdige Mann ihm Fragen.

»Du suchst also nach Hauptmann Martil.« Hutter betrachtete den Mann für einige Sekunden. Er hatte irgendetwas Furchteinflößendes an sich, schlimmer noch als dieser Martil. Bei Martil hatte er das Gefühl gehabt, dass er gern einen Kampf austragen würde. Bei diesem Mann hatte er jedoch das Gefühl, dass er gern töten würde. Je schneller er von hier verschwand, desto besser. Hutter fasste rasch eine Entscheidung. »Er ist vor ein paar Tagen in unserem Dorf gewesen. Er war auf dem Weg nach Wollin«, sagte er kurz und bündig.

»Vielen Dank, Sergeant. Einen schönen Tag noch.«

Hutter beobachtete, wie der Mann auf sein gewiss kostspieliges Pferd stieg und davonritt. Seiner Meinung nach waren die beiden wie füreinander geschaffen. Ihr Aufeinandertreffen sollte nur möglichst weit weg von Chell stattfinden.

Darry hatte die Demütigung der Aviländer in der vergangenen Nacht durchaus erfreut. Die Rallorer waren ihm liebe Gäste, denn sie hatten immer Gold in den Taschen – die Aviländer dagegen waren stets nur auf Händel aus. Er hatte einige der Geschichten über Kriegshauptmann Martil mit Spannung verfolgt. Die Rallorer hatten den Anwesenden im Gasthaus berichtet, wie er den berellischen Kämpfer Hizek getötet hatte; und wie er es geschafft hatte, dass man vor ihm noch mehr Furcht als vor der berellischen Garde hatte, und wie er Shadar mit nur einem Regiment verteidigt hatte, für einen ganzen Tag, bis der König mit dem Rest des Heeres zu ihrem Entsatz angerückt war. Als ehemaliger Soldat hatte Darry die Rallorer und ihren Kampf um Freiheit immer sympathisch gefunden, obwohl er entsetzt von der Zerstörung Bellics gewesen war. Es war kaum nachvollziehbar, dass der Mann, der auf das kleine Mädchen aufpasste, derselbe war wie der aus den Erzählungen über die Schlächter von Bellic. Darry musste sich diese Geschichten über Bellic in seinem Lokal dreimal anhören und hatte den Barden dann verboten, sie vorzutragen. Er fand sie zu bedrückend. Er zog es vor, wenn die Barden die alten Geschichten erzählten, die eine gewisse Stimmung hatten und in denen es um viel Heldenmut ging, alle glücklich davonkamen und es hübsche Frauen gab. Nach solchen Erzählungen lief sein Geschäft besser. Folglich war dieser Martil auf mehr als eine Weise faszinierend, und obwohl das Leben so nahe der Grenze nicht langweilig wurde, gab es doch nur wenige so interessante Erlebnisse. Als Martil und das Mädchen am nächsten Morgen zum Frühstück herunterkamen, leistete er ihnen Gesellschaft.

Er war entsetzt zu hören, dass sie nach Tetril wollten. Jedoch war er bereit, nachdem Martil nicht lockergelassen hatte, eine Wegbeschreibung zu geben, die ebenso gut war wie das ausgezeichnete Frühstück mit Früchten und Haferflocken.

»Tetril steht auf keinem Wegweiser. Ihr reitet den halben Tag, dann haltet ihr nach einem riesigen Felsen Ausschau, der die Form einer Frau mit schönen Möp… – ich meine …«

»Ich weiß, worauf ich achten muss«, sagte Martil kurzerhand und blickte zu Karia, die gerade das letzte bisschen ihrer mit Honig gesüßten Haferflocken zusammenkratzte. Sie war heute Morgen erneut sehr ruhig für ihre Verhältnisse. Vielleicht war seine Laune auf sie übergesprungen, vielleicht hatte sie auch Angst.

»Pass auf dich auf. Und auf sie«, sagte Darry unverblümt. »Du hast einen ziemlich ehrfurchtgebietenden Ruf. Das reicht zwar, um ein paar Aviländer einzuschüchtern, aber Danir wird nicht umsonst der Zerstörer genannt. Warum in Aroarils gutem Namen willst du diesen seelenlosen Mann aufsuchen?«

»Ein Priester hat mir gesagt, ich müsse dorthin«, sagte Martil achselzuckend.

»Ein Priester hat mir mal gesagt, ich solle nicht fluchen, nicht trinken und keine Frau vögeln, die nicht meine Ehefrau ist! Nur weil es ein Priester sagt, heißt das nicht, dass man es befolgen muss. Nimm wenigstens einen Haufen der rallorischen Wachmänner mit, die ich momentan beherberge. Diese Jungs würden sich dir gerne anschließen, und wenn du mit zwanzig von ihnen bei Danir auftauchst, wird selbst er es sich überlegen.«

Martil schüttelte den Kopf. »Ich führe keine Männer mehr an. Ich habe geschworen, es nie wieder zu tun, als ich Rallora verlassen habe. Ich habe schon genug Männer in den Tod geführt. Außerdem bringe ich Danir seine Nichte, ob er es will oder nicht. Wenn ich mit zwanzig Kriegern dort anmarschiere, werden wir kämpfen. Was geschieht dann mit ihr? Ich muss allein dorthin.«

Darry starrte ihn an. Mit manchen Leuten konnte man einfach nicht vernünftig reden. »Deine Beerdigung, mein Freund«, sagte Darry achselzuckend und brachte die Frühstücksschüsseln weg.

Kettering konnte nicht glauben, was gerade geschah. Noch vor wenigen Sekunden war seine größte Sorge gewesen, sich sein Haar makellos zu frisieren. Dann kam ein Fremder herein, der einen toten Stalljungen hinter sich herschleifte und ihm ein Messer an die Kehle hielt.

»Ich brauche Informationen, und ich brauche sie sofort. Hat ein rallorischer Krieger hier übernachtet? Ein Mann mit zwei Schwertern?«

Kettering war kurz davor, zornig zu verkünden, dass die Privatsphäre ihrer Kunden wichtiger war als sein Leben, doch dann begriff er, welche Folge eine derartige Bemerkung für ihn haben würde.

»Meinst du einen Mann, der mit einem kleinen Mädchen unterwegs ist?«

Cezars Interesse war geweckt. Was hatte Martil mit einem kleinen Mädchen zu tun? Dann vergegenwärtigte er sich wieder die Tatsache, dass er sich nur auf seinen Auftrag konzentrieren sollte. Dies war das vierte Gasthaus, das er überprüft hatte, und das erste, in dem er von einem Rallorer hörte. Er hatte gehofft, die Wachmänner am Tor zu befragen, machte jedoch einen großen Bogen um sie, als er erkannte, dass sie Rallorer waren. Schlimmer noch, er wusste, dass ihm die Zeit davonlief. Er hatte in den vorangegangenen drei Gasthäusern Männer getötet; bestimmt wurde die Miliz bald benachrichtigt.

»Das könnte er sein. Die Schwerter sind das wichtige Merkmal. Zwei Schwerter!«

»Ja, so einer war hier. Vor ein paar Tagen. Hat irgendetwas von einer Schutzbefohlenen erzählt. Er wollte Richtung Osten, nach Tetril.«

Cezar griff in seinen Sack und brachte eine Handvoll Gold zum Vorschein.

»Kann ich dir zutrauen, hierüber Stillschweigen zu bewahren?«, knurrte er.

Ketterings sorgfältig frisiertes Haar verrutschte in mehrere Richtungen, als er energisch nickte. »Kein Wort. Diskretion ist mein zweiter Vorname.«

»Flüstere irgendjemandem auch nur ein Wort davon zu, und ich kehre zurück, um dir die Eingeweide herauszuschneiden«, warnte ihn Cezar und ließ die Münzen dann auf den Boden fallen. Als Kettering sich bückte, um sie aufzuheben, schlug Cezar ihn mit einem Hieb bewusstlos. Er fiel zu Boden, und Cezar legte ihm ein blutiges Messer in die erschlaffte Hand. Er betrachtete das Schaubild voller Befriedigung. Ein toter Stalljunge, eine Handvoll Gold, das aus den anderen drei Gasthäusern gestohlen worden war, und die Mordwaffe. Er wusste, dass der Miliz das gefallen würde. Niemand würde darüber berichten können, dass ein mysteriöser Fremder nach einem rallorischen Krieger gefragt hatte.

Die Unterschiede im Grenzgebiet zwischen Norstalos und Tetril waren sofort augenfällig. Die norstalischen Bauern waren nur wenige gewesen und massiv geschützt. Die tetrilischen Bauern – als wüssten sie, dass sie von Danir nichts zu befürchten hatten – ließen ihre Schafe und ihr Vieh auf Feldern nahe der Straße grasen; und die Häuser waren nicht wie die in Norstalos aus Stein, sondern aus Lehm und hatten Strohdächer.

Karia würdigte ihr verändertes Umfeld keines Blickes. Sie dachte die ganze Zeit darüber nach, was sie in dem Dorf erwartete. Bisher hatte sie in ihrem Leben zwei Extreme erfahren: die sanfte Fürsorge von Pater Nott und die Grausamkeit ihres Vaters. Nun hatte Martil ihr etwas gezeigt, über das sie nachdenken konnte.

Mit ihm war es nicht so wie bei Pater Nott, aber weitaus besser als bei ihrem Vater. Wenn sie sich vorstellte, dass sie sich wieder an etwas anderes gewöhnen musste, wurde ihr übel. Da sie auf diese Weise beschäftigt war, kamen sie gut voran, zumal Martil aus Nervosität und ohne sich dessen bewusst zu sein, Tomon zu flotterer Gangart anhielt. So kam es, dass sie deutlich vor Mittag die Abbiegung nach Thest erreichten. Obwohl Darry ihm den Weg gut beschrieben hatte, war Martil besorgt, er könnte den Felsen vielleicht übersehen haben. Aber als er ihn dann entdeckte, war seine Unverwechselbarkeit so offensichtlich, dass er lachen musste. Der Fels war gut so hoch wie ein Mann zu Ross und wies zusätzlich ungewöhnliche Kurven auf. Die Ähnlichkeit war verblüffend.

»Was ist so lustig?«, wollte Karia wissen.

Martil musste sich darauf besinnen, dass Karia ja ihre Mutter nicht gekannt hatte, sondern von einem alten Priester großgezogen worden war.

»Nur etwas, das ich gesehen habe«, sagte er im Versuch, sie mit der Antwort zufriedenzustellen.

»Meinst du den Stein dahinten, der aussieht wie eine Frau mit dicken Titten?«, fragte Karia unschuldig.

Martil wäre fast vom Pferd gefallen. »Wa… Was? Woher kennst du denn dieses Wort?«, stotterte er.

»Oh, Paps hat eine Frau mit auf den Hof gebracht, kurz bevor wir wegmussten. Er hat gesagt, sie war eine Nusse. Ich habe aber nie gesehen, wie sie eine Nuss in der Hand hatte. Sie hat noch nicht einmal nach Nüssen gesucht. Jedenfalls haben meine Brüder sie immer gefragt, ob sie ihnen ihre Titten zeigen würde, und das hat sie gemacht, und die sahen ungefähr so aus, sie waren nur etwas weiter auseinander.«

Martil hatte keinen blassen Schimmer, was er dazu sagen sollte. Er wusste nicht, ob er versuchen sollte, ihr zu erklären, was daran unanständig war; oder ob er einfach so tun sollte, als hätte die gesamte Unterhaltung nie stattgefunden.

»Warum wollten sie immer wieder ihre Titten sehen?«, fragte Karia.

Martil seufzte. Gegen die Berellianer zu kämpfen war im Vergleich hierzu einfach gewesen.

»Sie hätten das nicht sagen sollen, und ganz besonders nicht, wenn du dabei warst. Sie hätte ihre Ti… sie hätte sich nicht vor anderen Leuten ausziehen sollen«, sagte er.

»Das habe ich mir gedacht«, stimmte Karia zu. »Viele Frauen haben Pater Nott besucht, aber er hat keine davon gefragt, ob sie ihm ihre Titten zeigt.«

»Ein kluger Mann«, sagte Martil in der verzweifelten Hoffnung, dass diese Bemerkung die letzte in Hinblick auf diese Angelegenheit blieb.

Obwohl es in der Umgebung viel Wald gab, führte der Weg nach Tetril überwiegend durch offenes Gelände, allerdings über zahlreiche Hügel und durch viele Täler. Die Straße war anscheinend mit Absicht so angelegt worden, dass alle Reisenden immer gut gesehen werden konnten, es andererseits aber viele Möglichkeiten gab, um ihnen aufzulauern. Martil rechnete ständig damit, dass ein paar Räuber hinter irgendwelchen Büschen hervorsprangen und sie dann in ihr Dorf brachten. Er fühlte, wie ihm der Schweiß den Nacken hinunterlief. Das erste Anzeichen für einen Hinterhalt war gewöhnlich, dass die Tiere im Wald plötzlich stumm wurden. Doch obwohl sie immer wieder dicht an bewaldeten Hängen und Kuppen vorbeiritten, brach der Gesang der Vögel nie ab, als kümmerten sie Räuber und Überfälle herzlich wenig.

Sogar Füchse und Hasen kamen aus dem Dickicht und schließlich ein paar Rehe, um sich die Unbekannten anzusehen. Mit jeder weiteren Meile steigerte sich Martils Anspannung. Er sah sich fortwährend um, damit er sicher sein konnte, dass sie nicht beobachtet wurden. Nichts schien auf die Anwesenheit von bewaffneten Männern hinzudeuten.

Er blickte hinter sich, als sie über die Kuppe eines kleinen Hügels ritten und Karia bekanntgab: »Wir sind da!«

Martil drehte sich nach vorn, die Hände an seinen Schwertern, und bemerkte, dass sie schon fast in der Mitte des Dorfes Thest waren. Das Dorf erstreckte sich entlang des Weges wie ein mürrischer, alter Hund. Und genauso schlecht roch es auch. Die Hütten, die er sah, waren alle ziemlich grobe, liederliche Bauten, und das Gleiche galt für das Wirtshaus. Es gab keinen Marktplatz, keine Kirche und erst recht keinen Milizposten.

Es war alles ruhig und still. Ein paar dürre Hühner pickten vor einem stinkenden Misthaufen auf dem Boden, und zwei halb verhungerte Hunde kämpften zwischen zwei Hütten um irgendwas. Aber es war weit und breit keine Menschenseele zu sehen. Das machte Martil nervöser als alles andere.

»Worauf warten wir?«, wollte Karia wissen.

Martil gab keine Antwort und setzte Tomon langsam

in Bewegung. Er war nicht so weit gekommen, um jetzt umzukehren. Er ritt langsam weiter und rechnete damit, jede Sekunde vom Pfeil einer Armbrust getroffen zu werden. Deswegen gab er acht, dass Karia dicht hinter Tomons Hals saß, damit sie wenigstens etwas Schutz hatte.

Nichts geschah. Von Nahem sahen die Hütten noch verkommener aus, falls das möglich war. Es roch nach Fäulnis in dem Dorf.

»Pfuuiiii«, sagte Karia angewidert und hielt sich die Nase zu. Sogar Tomon sträubte sich.

Aber weiterhin geschah nichts. Martil ritt langsam an der ersten Hütte vorbei, beugte sich tief herab und spähte in den niedrigen Eingang. Er versuchte, in der Dunkelheit dahinter ein Anzeichen von Bewegung oder das Glänzen einer Rüstung auszumachen. Aber da war lediglich ein Huhn, das auf dem Boden scharrte. *Die zweite Hütte,* dachte er, sprang vom Pferd und stürmte mit gezückten Schwertern hinein. Es dauerte einen Moment, bis seine Augen sich an die Dunkelheit gewöhnt hatten. Es dauerte länger, bis seine Nase sich an den Gestank gewöhnt hatte. Aber es war niemand in der Hütte. Es gab eine kleine Feuerstelle, ein Bett, einen Tisch und zwei Stühle. Einst waren sie von brauchbarer Qualität gewesen, inzwischen waren sie aber verschmutzt. Daher nahm Martil an, dass sie bei einem Überfall erbeutet worden waren. Aber sonst gab es kaum etwas. Ein umgestoßener Stuhl und Speisereste auf einem der Teller auf dem Tisch. Das war alles. Es sah aus, als hätten die Bewohner die Hütte fluchtartig verlassen.

Martil steckte seine Schwerter in ihre Scheiden und

trat wieder ins Freie. Vor einer Armbrust hatte er jetzt keine Angst mehr, aber er wunderte sich, wo die Dorfbewohner wohl geblieben waren. Seiner Nase nach zu urteilen brannte nirgends in der Nähe ein Feuer. Er roch nur Abfall und menschliche wie tierische Ausscheidungen, und davon reichlich.

»Was ist hier los?«, fragte Karia, die immer noch auf Tomon saß. Die Ruhe beunruhigte sie allmählich auch.

»Das weiß ich nicht«, gestand Martil.

Er versuchte einen Grund zu finden, warum das Dorf so verlassen war. Es hatte keine Seuche sein können; es gab keine Leichen.

Das tetrilische Heer? Dann wären die Hütten niedergebrannt worden.

Waren sie alle zu einem Überfall ausgeritten? Aber wo waren die Frauen und Kinder?

Langsam erkundeten sie den Rest des Dorfes, wobei Martil sich vor dem fürchtete, was sie vielleicht entdeckten. Manche der Hütten waren vollständig eingerichtet; sämtliche Kleider, Nahrungsvorräte und Besitztümer hatte man zurückgelassen. Andere waren komplett ausgeräumt. Es war ein Rätsel, das Martil verwirrte.

»Können wir jetzt gehen? Das ist langweilig«, beschwerte Karia sich.

»Ich schaue nur noch im Gasthaus nach«, beschloss Martil. Wie die meisten der Hütten im Dorf wirkte es stark einsturzgefährdet. Nur noch getrockneter Lehm und alte Bierfässer schienen es aufrecht zu halten. Er band Tomons Zügel an die verrottende Pferdestange, die an einer Seite schon halb abgerissen war und herabhing. Die Tür war geschlossen; er zog sein rechtes Schwert, bevor er die Tür eintrat. Er wartete kurz ab, aber nichts regte sich. Mit einem Sprung in den Schankraum brachte er sich weg von der Tür, um keine Gefahr im Rücken zu haben, falls es einen plötzlichen Ansturm auf das Wirtshaus geben sollte. Nichts. Es war im Grunde genommen nur ein großer Raum. Ein großer, stinkender Raum. Der Gestank von schalem Bier lag dick in der Luft, Speisen verfaulten auf schmutzigen Tellern, die auf noch verschmutzteren Tischen standen. Aber es gab einen Geruch, der über allen anderen lag. Er durchquerte den Raum. Der Tresen bestand schlichtweg aus ein paar alten Türen, die auf leeren Fässern lagen. Und wenn seine Nase ihn nicht täuschte, dann kam von dort auch der Gestank, der die anderen, ebenfalls unangenehmen Gerüche überlagerte.

Vorsichtig näherte Martil sich dem Tresen und warf rasch einen Blick dahinter, wo ein Mann auf einer alten Matratze lag und sanft schnarchte. Sein Mund stand weit offen, und ein dünner Speichelfaden tröpfelte heraus. Er war im mittleren Alter, obwohl er augenscheinlich in einige Kämpfe verwickelt gewesen war. Die dünnen Narben auf seinem rechten Unterarm sprachen für sich, aber nicht so sehr wie der mit Leder abgedeckte Stumpf am Ende seines linken Armes, wo eine Hand hätte sein sollen. Der Mann trug schöne Kleidung, von guter Machart und feinem Schnitt. Die Kleidung war jedoch übersät mit Essens- und Bierflecken und noch weiteren Dingen, über die Martil nicht zu lange nachdenken wollte. Der Mann hatte eine lange Nase, ein paar Bartstoppeln am Kinn und dünnes, verfilztes Haar. Kurz gesagt, Martil hätte den Mann liebend gern schlafen lassen und sich aus dem Staub gemacht. Aber weil der Mann der einzige lebende Mensch in dem Dorf war und er Antworten brauchte, gab es nur diese eine Möglichkeit.

Er sah sich um und entdeckte einen alten Krug mit einer trüben Flüssigkeit darin – vom Geruch her Bier. Ehe er zum Brunnen lief, um einen Eimer Wasser zu holen, würde diese Flüssigkeit es auch tun. Außerdem konnte nichts den bereits herrschenden Gestank noch verschlimmern. Er nahm den Krug, goss ihn über den Kopf des Mannes aus und wich zurück, um auf eine Reaktion zu warten. Er musste zugeben, dass es spektakulär war.

Der Mann sprang brüllend auf, wischte sich den Großteil der Flüssigkeit mit der Hand aus dem Gesicht, roch an seiner Hand und brüllte noch lauter.

»Du Scheißkerl! Das war meine Pisse!«, schrie er. »Jetzt werde ich dir aber …« Er griff an den Gürtel, wo sein Messer in einer Scheide hätte stecken sollen. Das tat es aber nicht. Er hielt inne – zum Teil, weil sein Messer fort war, und zum Teil, weil Martil seine beiden Schwerter gezogen hatte. Er sammelte sich, fand sogleich passende Worte für die unerwartete Situation und fuhr glatt fort: »… ein Getränk anbieten und mich höflich mit dir darüber unterhalten, ob es nicht bessere Methoden gibt, einen Mann zu wecken. Oder über die politische Lage in Norstalos, sollte dir das lieber sein.« Seine Stimme war ein wenig heiser, aber Martil erkannte zweierlei: den Rest eines norstalischen Akzents und dass er keinen ungebildeten Mann vor sich hatte. So drückte sich kein gewöhnlicher Räuber aus.

Martil lächelte. Ohne auch nur im Geringsten erheitert zu wirken. »Wer bist du, und was ist mit diesem Dorf geschehen?«, wollte er wissen.

»Bevor ich mich zu einer Antwort hinreißen lasse: Wer stellt mir denn die Fragen?«, fragte der Mann argwöhnisch, fügte dann jedoch, als Martil seine Schwerter leicht in Bewegung setzte, hastig hinzu: »Ich war nur neugierig.«

»Bei Zorvas Eiern, ich diene weder im Norstaler noch im tetrilischen Heer und bin auch kein Milizsoldat. Aber ich will ein paar Antworten«, sagte Martil missmutig.

Der Mann sah sich die Schwerter an und zuckte mit den Achseln. »Ich bin Conal, und was die Geschehnisse hier betrifft... die zu erklären, könnte eine Weile dauern.« Der Mann wischte sich erneut über das nasse Gesicht und schauderte. »Würde es dir etwas ausmachen, wenn ich mich zuerst wasche? Und... hast du etwas zu essen für mich?«

Martil sah ihn voller Abscheu an. »Du solltest dich unbedingt waschen. Und das mit dem Essen... Es kommt darauf an, was du mir über Danir den Zerstörer und sein Schicksal sagen kannst. Für einen ordentlichen Bericht eine ordentliche Mahlzeit. Ich habe Neuigkeiten, die ihn interessieren werden.«

»Das bezweifle ich«, prustete Conal. »Aber wenn meine Auskünfte etwas Essbares wert sind, dann hoffe ich, dass du gutes Fleisch und einen hervorragenden Koch dabei hast, denn was ich zu berichten habe, ist einer schmackhaften Mahlzeit würdig.« Er sah sich hungrig um, während er sich ausgiebig im Schritt kratzte.

»Verkauf mir die Geschichte gut genug, und wir werden sehen.«

Martil wollte ihn nicht aus den Augen lassen, also folgte er Conan nach draußen. Falls es den Mann überraschte, dort ein kleines Mädchen auf einem großen Pferd sitzen zu sehen, ließ er es sich nicht anmerken. Er taumelte wortlos um die Ecke des Gasthauses zum Dorfbrunnen.

»Wer ist das? Er stinkt!«, rief Karia laut.

So laut, dass Conal es hörte und sich umdrehte. »Das würdest du auch, wenn man dir gerade deine eigene Pisse über den Kopf geschüttet hätte«, murrte er.

»Du hast in deinem Pipi gebadet?« Karia fand das sehr komisch. »Wer bist du?«

»Ich bin der letzte Mann des Zerstörers, Conal der Mutlose, zu deinen Diensten.« Er verneigte sich tief.

»Kein besonders eindrucksvoller Titel«, bemerkte Martil.

»Ich denke darüber nach, ihn zu ändern«, gestand Conal.

Einige Eimer Wasser änderten an seinem Erscheinungsbild nicht viel, schienen aber zumindest den Gestank etwas zu mildern. Conal zog sich frische Kleider an, aber diese waren auch nicht viel besser als die, die er zuvor getragen hatte. Dann nahm er einen großen Schluck Wasser aus dem letzten Eimer, bevor er sich zu dem stinkenden Plumpsklo begab, wo er endlos lang hockte und unter klangvollem Grunzen und Stöhnen sein Geschäft verrichtete.

Martil brachte Karia und Tomon etwas weiter weg, aber trotzdem war es unmöglich, diese Vorführung zu überhören, sosehr er sich auch bemühte, ein normales Gespräch mit Karia zu führen.

»Sei etwas leiser, bitte!«, brüllte er schließlich, als er Karias Fragen und Kichern nicht mehr ertragen konnte.

»Ich lasse dich nur wissen, dass ich keinen Fluchtversuch starte«, rief Conal erheitert zurück.

Endlich kam der alte Räuber hinter dem Wirtshaus wieder hervor und zog sich seine Hose zurecht. »Wie sieht es mit etwas Essbarem aus?«, rief er.

»Ich habe keinen Hunger mehr«, erwiderte Martil.

Martil ließ ihn den saubersten Tisch und drei Stühle nach draußen bringen, wo die Luft auch nicht frisch, aber doch besser als im Wirtshaus war. Dann gab er ihm ein Haferplätzchen und einen Streifen Trockenfleisch. Karia setzte sich und biss in einen Apfel, während Martil dem Mann zusah, wie er seine Ration gierig hinunterschlang.

»Also, was ist hier geschehen?«, fragte Martil.

Conal schluckte den letzten Bissen runter und rülpste laut. Karia kicherte, Martil legte seine Schwerter demonstrativ auf den Tisch.

»Es ist eine komische Geschichte«, begann Conal hastig, »und es begann vor ein paar Tagen. Du weißt offensichtlich, dass das hier das Dorf von Danir dem Zerstörer ist. Vor drei Tagen ist er mit seinen Männer losgezogen, wie üblich, um einen Bauern auf der anderen Seite der Grenze zu überfallen, den wir seit einer Woche ausgekundschaftet hatten.«

»Wir?«

Conal hob seinen linken Stummelarm und wedelte damit. »Damit kann ich weder reiten noch ein Schwert führen. Ich betreibe für Danir nur das Wirtshaus.«

»Erzähl weiter«, sagte Martil ausdruckslos.

»Aber sie kehrten nicht in der Morgendämmerung zurück, wie sie es normalerweise taten. Wir zogen bereits in Erwägung, sie suchen zu gehen, als endlich drei der Männer, die ausgezogen waren, zurück ins Dorf geritten kamen. Sie sahen aus, als hätte man sie rückwärts durch ein berellisches Heer gezogen. Einer von ihnen hatte ein Messer in den Eingeweiden und starb noch im Laufe des Tages. Wir alle wollten wissen, was geschehen war; also erzählten sie es uns.

Auf dem Weg zu dem Bauernhof hatte einer der Späher sechs Männer entdeckt, die einen siebten Mann in ihrer Mitte zu beschützen schienen und abseits der Hauptstraße ritten. Den Späher eingerechnet hatte Danir siebenundzwanzig Mann dabei. Dagegen würden sechs Wachmänner nichts ausrichten können. Und wenn sie bei Nacht und abseits der Hauptstraße ritten, musste der Mann in der Mitte etwas sehr Wertvolles bei sich haben. Also lauerte Danir ihnen auf und griff sie an.«

»Es waren aber keine gewöhnlichen Wachmänner«, sagte Martil schlicht.

Conal schmunzelte. »Du bist schon etwas herumgekommen, ich verstehe. Nein, es waren keine gewöhnlichen Wachmänner, denn sie haben wie Dämonen gekämpft. Danir hätte wahrscheinlich aufgeben und fliehen können, aber er war ein stolzer Mann, der sich nicht gern besiegen ließ. Und alle, die mit ihm geritten waren, hatten Angst vor ihm. Man kämpfte immer so lange, bis Danir den Befehl zum Rückzug gab, sonst bekam man später langsam die Eingeweide herausgerissen. Zum Schluss waren nur noch sieben von ihnen am Leben, darunter Danir, einer seiner Söhne – und der Mann, den die sechs Männer beschützt hatten. Also hat Danir ihm gesagt, er solle ihm seine Wertsachen geben, dann würde er ihn vielleicht nicht töten. Und weißt du, was der Mann dann getan hat?«

»Hat er sich in einen Drachen verwandelt?«, fragte Karia.

Conal lachte lauthals, und eine Menge gelber Zähne kam zum Vorschein.

»Nein. Er hatte zwei Messer in den Händen, nur zwei Messer, aber mit denen hatte er schon fünf Männer getötet. Er warf sie auf Danir und den Mann neben ihm und tötete sie beide. Danirs Sohn stürmte mit den anderen drei Männern auf ihn los. Der Mann zog kurzerhand zwei Dolche, tötete noch einen Mann und rammte Danirs Sohn den anderen Dolch in die Eingeweide, bevor die anderen ihn töteten. Also hatten von den siebenundzwanzig Männern zwei unverwundet und einer mehr tot als lebendig überlebt. Und wisst ihr, was die Männer gefunden haben, als sie die Leichen durchsucht haben?«

»Dass die Männer in Wahrheit alle Elfen waren?«, riet Karia.

Conal lachte erneut. »Du hast eine fabelhafte Fantasie, Prinzessin«, kicherte er.

»Ich bin keine Prinzessin. Ich bin Karia«, sagte sie.

»Es ist mir eine große Ehre, dich kennenzulernen. Ich dachte, wenn man so hübsch ist wie du, müsste man eine Prinzessin sein«, sagte er lächelnd.

»Erzähl einfach weiter«, knurrte Martil.

Conal nahm einen Schluck Wasser. »Es waren Soldaten. Sie trugen schwarze Waffenröcke, auf denen das Symbol von Herzog Gello und eine Art Krone darüber abgebildet waren.«

»Das bedeutet, dass sie zu seiner Leibwache gehörten«, stimmte Martil zu.

»Aber das Beste war, dass der Mann, der als Letzter starb, nachdem er noch seine Dolche gezückt hatte, ein Schwert bei sich trug. Stell sich das einer vor! Der Mann hat um sein Leben gekämpft und sein Schwert nicht gezückt, sondern nur mit seinen Dolchen gekämpft! Warum hat er sein Schwert nicht benutzt?«

»Ich weiß nicht. Vielleicht war es stumpf?«, riet Karia.

»Das erzähle ich euch später«, sagte Conal und rülpste, als er Martil ansah. »Zuerst muss ich euch erzählen, was mit dem Dorf passiert ist«, fügte er hastig hinzu. Nach einem langen Augenblick nickte Martil, also fuhr Conal fort. »Die beiden Männer haben also die Wertsachen an sich genommen, wobei es nicht viele gab, und sind mit Ferg, Danirs sterbendem Sohn, zurückgekehrt. Sie haben etwas länger gebraucht, weil verwundete Männer nicht so schnell sind. Als sie hier ankamen und allen berichteten, dass Danir getötet worden war und fast seine ganze Bande mit ihm, brach eine gewaltige Panik aus. Die Leute in dieser Gegend, besonders die jenseits der norstalischen Grenze, sind nicht gut auf den Zerstörer zu sprechen. Deshalb war es ohne Danir und vor allem ohne seine Männer, die hier ringsum Furcht und Schrecken verbreitet hatten, nur eine Frage der Zeit, bis eine ganze Horde aufgebrachter Norstaler in unser Dorf gestürmt kam. Also haben die Dorfbewohner mitgenommen, was sie tragen konnten, und sind noch am selben Tag weggezogen.«

»Und was ist mit Danirs Familie? Wohin ist sie geflohen?«, fragte Martil scharf, weil er trotz Danirs Tod wissen wollte, ob noch die Möglichkeit bestand, Karia bei einem Angehörigen zu lassen.

»Seine Frau ist ihm schon vor Jahren weggelaufen. Wenn er eine der Frauen aus dem Dorf wollte, nahm er sie sich einfach. Man legte sich nicht mit ihm an. Und seine Söhne – einer wurde bei dem Kampf getötet, der andere kam mit einem Dolch in den Eingeweiden zurück und wurde hinter diesem Haus begraben«, sagte Conal achselzuckend.

Martil begriff, dass er sich würde weiter um Karia kümmern müssen, und fragte sich erneut, was der alte Priester gesehen hatte. Dann schob er den Gedanken beiseite, um sich der vorliegenden Sache zu widmen.

»Was ist mit den beiden Männern, die mit der Beute zurückgekehrt sind? Das war doch der Rest von Danirs Bande?«

Conal seufzte. »Sie haben um die Beute gekämpft und sich gegenseitig umgebracht. Oder besser gesagt, der Sieger ist am nächsten Tag seinen Verletzungen erlegen. Ich musste sie beide beerdigen.«

»Und warum bist du noch hier?«, fragte Martil und wurde das Gefühl nicht los, als fehle noch ein Teil der Geschichte. »Ich dachte, du wärest so mutlos?«

»Das habe ich nie gesagt. So haben sie mich genannt, weil ich mich nicht an den Überfällen beteiligen konnte«, widersprach Conal. »Ich bin immer noch hier, weil ich mich noch nicht entschieden habe, was ich damit machen soll.«

»Womit? Sag schon«, knurrte Martil. Er war mit seiner Geduld langsam am Ende.

»Ich muss es dir zeigen. Vertrau mir, du würdest es

mir sonst nicht glauben. Ich würde es ja holen gehen, aber du könntest einen falschen Eindruck gewinnen. Du kommst besser mit.«

»Wenn das eine Falle ist …«, warnte ihn Martil.

»Dann bin ich noch dümmer, als ich aussehe. Komm mit.«

Conal führte sie in den hinteren Bereich des Wirtshauses; Karia wartete an der Tür und hielt sich die Nase zu.

Conal bewegte sich mit fast übertriebener Vorsicht, hievte seine Strohmatratze auf den Tresen, und darunter kam ein langes, in Stoff eingewickeltes Bündel zum Vorschein. Martil steckte seine Schwerter in die Scheiden zurück. »Tritt zurück und leg deine Hände – entschuldige, deine Hand – hinter den Kopf.«

Er wartete, bis Conal seinen Worten Folge geleistet hatte, und bückte sich dann, um das Bündel aufzuheben. Fast in derselben Sekunde, in der er es aufgehoben hatte, wusste er, dass ein Schwert darin war, obwohl es bei dieser Größe viel schwerer hätte sein müssen.

»Verstehst du, was ich meine?«, jammerte Conal. »Ich bin hiergeblieben, weil ich nicht wusste, was ich damit machen sollte.«

Martil wickelte das Schwert aus. Es war einfach in den Mantel eines Soldaten eingeschlagen worden. Es steckte in einer mit Juwelen besetzten Scheide. Als er die letzte Lage Stoff entfernt hatte, schien das Schwert schon – obwohl nicht einmal gezogen – den gesamten Raum zu erleuchten und machte aus dem verkommenen Wirtshaus einen warmen und hellen Ort; und es hatte sogar den Anschein, als würde es den Gestank mildern.

Martil hielt das Drachenschwert von Norstalos in der Hand.

Cezar konnte die norstalischen Wirtshäuser inzwischen nicht mehr sehen. Nach seinem anfänglichen Erfolg und dem Gefühl, er würde Hauptmann Martil in Kürze einholen, überkam ihn zum ersten Mal ein Gefühl der Enttäuschung. Aus irgendeinem Grund hatte man in keinem der Wirtshäuser entlang der Hauptstraßen einen rallorischen Krieger mit einem kleinen Mädchen gesehen – ein Paar, an das man sich einfach erinnern musste. Aber warum sollten sie die Hauptstraße verlassen? Es war ein Rätsel. Cezar wollte diesen Martil töten, das Mädchen Zorva als heilige Opfergabe bringen und wieder nach Berellia zurückkehren. Die Botschaften von Onzalez wurden allmählich beängstigend: *Vernichte ihn und kehre zurück. Dir bleibt nicht mehr viel Zeit.* Er musste Martils Weg zurückverfolgen und die Leute fragen, ob sie sich an die beiden erinnerten, bevor er einen kürzeren Weg einschlagen und sie einholen konnte. Trotzdem neigte sich seine Mission dem Ende zu. Er war nur noch zwei Tage von der Grenze entfernt und freute sich fast ebenso sehr darauf, das Mädchen in die Hände zu bekommen, wie Martil das Herz aus der Brust zu schneiden.

8

Martil nahm Conal gar nicht mehr wahr, während er das Schwert anstarrte. Der goldene Schwertgriff war geformt wie ein Drache, die Flügel wölbten sich und bildeten die Parierstange, der Körper den Griff. Der lange Hals mit dem Kopf und zwei Rubinen als Augen schlängelte sich um den Ansatz der Klinge. Die schwarze Scheide war juwelenbesetzt, und merkwürdige Runen aus Silber zogen sich über die beiden flachen Seiten. Das Dorf, das Wirtshaus, der stinkende Räuber, selbst Karia schien in den Hintergrund zu rücken. In diesem Moment konnte er nicht sagen, wo er war – noch nicht einmal, wer er war. Dieses Schwert stellte den Mittelpunkt der Welt dar; nichts anderes existierte mehr, nur das Schwert und er selbst. Die Augen auf dem Griff schienen ihn anzufunkeln; das Schwert erwärmte sich in seiner Hand. Ohne nachzudenken, ohne es zu wollen, als würde er einem inneren Zwang nachgeben, zog er die Klinge aus der Scheide. Als wäre das das Natürlichste auf der Welt, als wäre es die einzig mögliche Vorgehensweise, nachdem er es ausgewickelt hatte. Es wäre einfach falsch gewesen, es nicht zu ziehen. Die Klinge glitt mit einem eigenartigen Zischen aus der Scheide, und sie war noch schöner als der Griff. Ein vollendetes Stück glänzenden Stahls, das anscheinend selbst den trostlosen Schankraum des Wirtshauses funkeln ließ. Die Balance der Waffe war außergewöhnlich. Sein Auge sagte ihm, dass er ein großes Schwert hielt, aber seine Hand verspürte nicht mehr als das Gewicht eines kleinen Messers. Er starrte es wie gebannt an. Conals Geplapper brach diesen Bann schließlich.

»Du hast das Schwert gezogen?«, keuchte er verblüfft. »Du hast das Schwert gezogen!«, rief er schockiert. »Du hast das Schwert gezogen.«

»Was willst du? Natürlich habe ich das verdammte Schwert gezogen«, erwiderte Martil barsch.

»Verstehst du es nicht?«, keuchte Conal. »Weißt du nicht, was du getan hast?«

»Ist ja gut, ich stecke es wieder weg«, sagte er achselzuckend.

»Du kannst es nicht wieder wegstecken! Du führst das Schwert jetzt. Ganz Norstalos hat darauf gewartet, dass es jemandem gelingt, und jetzt bist du dieser Jemand!«

Etwas von dem puren Entsetzen in Conals Stimme drang zu Martil durch.

»Wie meinst du das?«

»Hast du nie die Sagen und Legenden über dieses Schwert gehört? Was bist du, irgendein rallorischer Ziegenficker?«

Martil richtete das Schwert auf ihn. »Ja, nur nicht mit Ziegen. Aber es wäre klug von dir, mich nicht zu beleidigen, solange ich ein Schwert in der Hand habe.« Dann gab er ein bisschen nach und erinnerte sich an den kleinen Kaufmann Berne. »Nein, ich kenne die Legenden von diesem Schwert nicht. Wie ich allen Norstalern fortwährend zu erklären versuche, habe ich mein Leben damit verbracht, in den rallorischen Kriegen zu kämpfen, und versucht, dabei am Leben zu bleiben. Merkwürdigerweise haben wir uns nie hingesetzt und norstalische Legenden und Mythen ausgetauscht. Also warum sagst du mir nicht, was los ist, statt so idiotisch herumzustammeln?«

»Die Klinge lässt sich nicht von jedem ziehen. Wenn das Schwert dich für unwürdig hält, dann kannst du noch so stark sein, du wirst es nicht aus der Scheide ziehen können. Aber wenn es dich für würdig befindet, wirst du das Schwert führen müssen, mit allem, was das mit sich bringt. Solltest du dem Zweck des Schwertes allerdings nicht gerecht werden, steht dir ein qualvoller Tod bevor.«

»Du sprichst, als wäre das Schwert lebendig. Es ist ein Schwert«, knurrte Martil.

»Ein Schwert, das von den Drachen im Verborgenen und mit großer Magie geschmiedet wurde. Es lässt sich für nichts Böses einsetzen. Wenn ein guter Mann es zieht und böse wird, wird die Magie des Schwertes ihn zerstören.«

»Was erachtet es denn als böse? Es ist ein Schwert. Schwerter machen, was man sie machen lässt. Woher weiß es denn, ob ein Mensch, den man damit töten will, gut oder schlecht ist?«, wandte Martil ein.

Conal lächelte. »Das sind die Fragen, mit denen sich berühmte Denker und Magier jahrhundertelang beschäftigt haben. Ich kann dir nur sagen, was ich weiß und was in Norstalos jedem Kind beigebracht wird. Das Schwert *weiß es,* weil es dafür gemacht wurde. Es weiß, was in deinem Herzen vorgeht, und kann es spüren.

Wenn man das Schwert zieht, ist man für den Rest seines Lebens mit ihm verbunden. Und du wirst ein langes Leben haben, wenn du ein guter Mann bist. Bist du ein schlechter Mann, wird dein Leben nur von kurzer Dauer sein und sehr unangenehm werden. Im Kampf macht es dich unbesiegbar, aber die wahre Macht des Schwertes liegt darin, dass es andere gute Männer dazu bringt, sich dir anzuschließen.«

Für Martils Geschmack klang das zu sehr nach einer Sage. Die Helden der Sagen waren immer siegreich, mochten ihre Aussichten auch noch so schlecht gewesen sein. Er dagegen hatte während seiner vielen Jahre im Krieg gelernt, dass es niemals eine Garantie für den Sieg dessen gab, was man für gut hielt. Er hatte zu viele inspirierende Ansprachen gehört, um ihnen noch Glauben zu schenken. Das alles waren zu viele Informationen auf einmal, also tat er, was er immer tat, wenn ihm eine Angelegenheit zu grimmig wurde. Er versuchte, das Ganze mit Humor zu sehen.

»Also habe ich dich inspiriert, mir zu folgen?«, fragte er Conal.

»Nein«, gab der alte Räuber zu. »Die Verantwortung liegt nun in deinen Händen. Ich würde mich gern davonmachen.« Er überlegte einen Augenblick. »Aber der Wahrheit halber muss gesagt werden, dass ich auch kein guter Mann bin.«

Ein guter Mann. Martil dachte plötzlich an die toten Kinder aus Bellic. Die auf seinen Befehl hin getötet worden waren. Wie konnte er als guter Mann angesehen werden? Er drehte sich zu Karia um. Sie stand unter seiner Obhut, weil er ihre Familie getötet hatte. Noch eine böse Tat. Wie hatte das Schwert ihm erlauben können, es zu ziehen? Es machte keinen Sinn – es sei denn, das Schwert besaß gar keine Magie, und es war alles nur ein Trick, um Jungen und Leichtgläubige zu täuschen. Es war lächerlich. Man konnte verrückt werden, wenn man zu sehr darüber nachdachte.

»Ich werde mich jetzt auf den Weg machen«, sagte Conal verhalten und deutete auf die Tür. »Wenn du nichts dagegen hast?«

»Was?«

»Nun ja, du hast das Schwert, Danir ist tot, und ich muss irgendwohin gehen, wo die Luft für mich besser ist. Zum Beispiel in den Süden von Aviland. Hierzubleiben wird sich wahrscheinlich als fataler Missgriff erweisen. Wenn du nicht von einer tobenden Menschenmenge niedergemacht wirst, dann von Herzog Gello.«

»Herzog Gello?«

»Es waren seine Männer, die das Drachenschwert bei sich hatten. Und selbst ein halbblinder Fährtensucher könnte dessen Spur in dieses Dorf verfolgen. Denk doch nur etwas nach. Wenn er sich die Mühe gemacht hat, das Schwert zu stehlen und verschwinden zu lassen, dann wird es ihm wenig ausmachen, ein paar Räuber auszulöschen.«

»Was hattest du mit dem Schwert vor?«, fragte Martil. Er wusste nur zu gut, dass die Zeit für eine Entscheidung gekommen war, aber er wollte sie so lange wie möglich hinauszögern. Er hatte Antworten zu finden gehofft, aber stattdessen stand er nur vor neuen Fragen. Und er hatte jetzt ein magisches Schwert, dessentwegen das ganze verdammte Land verrückt spielte. Er musste an Pater Nott denken. Hatte der alte Priester *das* gesehen?

Conal kratzte sich geräuschvoll über seine Bartstoppeln am Kinn. »Also, ich hatte mich noch nicht entschieden. Ferg hatte es verkaufen wollen. Er vermutete, dass dieser Gello fast jeden Preis zahlen würde, um das Schwert zurückzuerlangen. Ich glaubte eher, dass dieser Gello ihm die Eier in den Hals gestopft hätte. Nein, wenn du mich fragst, ist die einzige Person, die wirklich etwas dafür geben würde, die Königin. Aber man müsste ziemlich gerissen sein, um hinter Gellos Rücken an sie heranzukommen.«

Martil dachte scharf nach. Sein Eid war erfüllt, und er konnte jeden Weg einschlagen, der ihm beliebte. Aber was sollte aus Karia werden? Er bezweifelte, dass sie bei ihm bleiben wollte – andererseits, wo sollte sie sonst hin? Dann kam ihm ein erfreulicher Gedanke. Die Königin würde ihm wahrscheinlich zehntausend in Gold bezahlen, um dieses Schwert zurückzubekommen. Damit könnte er eine Pflegefamilie für Karia anheuern. Sie konnte sich von mehreren diejenige aussuchen, die ihr am besten gefiel. Sie verdiente es, glücklich zu sein. Aber was wäre mit ihm? Er dachte an seinen Traum von einem Haus an der nördlichen See. Er lief durch die großen Räume des Hauses, ganz allein, und nur die Schreie der in Bellic getöteten Kinder füllten die Leere. Er schauderte und versuchte, diese Gedanken auszublenden, doch er fühlte sich weiterhin leer.

»Was ist los? Mir ist langweilig«, teilte Karia mit und kam zu Martil herübergetrottet.

»Wir brechen bald auf«, versprach Martil automatisch. Dann dachte er über seine Antwort nach. »Wir könnten einen Ausflug nach Norstalos-Stadt machen. Würde dir das gefallen?«

»Ist das da, wo Pater Nott hingegangen ist?«

»Ja, da ist es. Wir müssen das Schwert loswerden, aber danach können wir ihn vielleicht sogar besuchen.« *Und ich werde ein ernstes Wort mit ihm reden,* fügte Martil unausgesprochen hinzu.

»Toll! Ich muss ihm sagen, dass es mir gut geht und dass du dich um mich kümmern wirst.«

Martil sah ihr in die großen braunen Augen und fand dort nichts als Aufrichtigkeit. Vor wenigen Tagen hätte ihn diese Vorstellung wahnsinnig gemacht, doch jetzt klang sie komischerweise gut.

»Meinst du das ernst?«, fragte er.

»Natürlich tue ich das. Ich habe nachgedacht. Jetzt ist Onkel Danir ja weg; also werde ich bei dir bleiben. Du kannst mir neue Kleider, noch mehr Puppen und vielleicht ein eigenes Pferd kaufen. Und auch ein paar Hühner, um die ich mich kümmern kann. Wir können Spiele spielen, zum Beispiel Fangen; das spiele ich gerne. Und du kannst mir die Haare bürsten, mir Geschichten vorlesen und mir vielleicht beibringen, wie man liest, und mir Gutenachtlieder vorsingen.«

»Sonst nichts?«, fragte Martil prompt.

»Du kannst auf mich aufpassen.«

Martil spürte eine Welle der Zuneigung und des Glücks. Als Kriegshauptmann waren die Straßen vor ihm mit Rosenblättern bestreut worden. Frauen hatten sich ihm an den Hals geworfen, Männer hatten ihm die Hand schütteln und ihm ihre Achtung bezeugen wollen.

Aber er hatte nie erwartet, dass ein kleines Mädchen in seiner Obhut bleiben wollte. Es war ein Kompliment, das ihm noch nie gemacht worden war und das er nie zu hören erwartet hatte. Er war überrascht, wie viel es ihm bedeutete.

Er war glücklicher als jemals zuvor in den letzten Jahren. Er nahm das Schwert am Griff, und als er darauf hinabsah, hätte er schwören können, dass der Drachengriff ihn angeblickt hatte. Die Augen funkelten definitiv. Oder hatte sich nur das Licht darin gespiegelt? Er beschäftigte sich nicht weiter damit; es war unwichtig. Was sollte er tun? Als er Rallora verlassen hatte, hatte er sich geschworen, nie wieder in eine Schlacht oder einen Krieg zu ziehen. Als Auserwählter des mythischen Drachenschwertes stand ihm wahrscheinlich nicht das ruhige Leben bevor, das er sich vorgestellt hatte. Aber er konnte es auch nicht einfach wegwerfen, wenn das seinen Tod bedeutete. Das sah diesen Drachen ähnlich! Diese verdammte fliegende, magische Pest. Wie hatte er so dumm sein können, das Schwert zu ziehen? Er wusste einfach nicht, was er jetzt tun sollte. Das war der reine Hohn, denn er hatte sich den Ruf erworben, ein Mann schneller und manchmal auch harter Entschlüsse zu sein. Er ließ sich auf einen Stuhl fallen.

»Martil, ich glaube, wir sollten das Schwert seinem wahren Eigentümer zurückbringen«, sagte Karia sanft.

»Wie? Was sagst du da?« Martil hatte das Gefühl, als bräuchte er einen Anstoß. Und nach dem, was Karia ihm gesagt hatte, war er durchaus gewillt, ihr zuzuhören.

»Das würde Pater Nott tun. Er würde sagen, dass es gestohlen wurde und darum zurückgegeben werden sollte.«

»Pater Nott, hm?« So, wie sich die Dinge bisher entwickelt hatten, widerstrebte es Martil ein wenig zu tun, was der Priester getan hätte.

Zu jeder anderen Zeit hätte Martil ihren Vorschlag kurzerhand abgelehnt. Aber er wusste nicht mehr weiter. Karia schlug wenigstens einen Weg vor, der sie vorwärtsbringen würde. Außerdem hatte es ihn sehr glücklich gemacht, dass Karia bei ihm bleiben wollte. Nun würde er sie ebenfalls gern glücklich machen. Nicht gerade der beste Grund, um eine möglicherweise lebensverändernde und lebensgefährliche Entscheidung zu treffen, aber so wie er sich zu diesem Zeitpunkt fühlte, war dieser Grund gut genug.

Er dachte laut: »Wir sollten der Königin das Schwert zurückbringen. Wenn sie die rechtmäßige Eigentümerin ist, dann sollte sie das Schwert zurückbekommen. Und sie wird wissen, wie es richtig funktioniert und ob ich tatsächlich der Auserwählte des Schwertes bin oder ob das alles eine Legende ist.«

Das war der Kernpunkt dieser Sache. Er konnte nicht einfach weglaufen, solange er nicht sicher wusste, dass das magische Schwert ihm nicht das Leben aussaugen würde. Er hätte wissen sollen, dass Weglaufen nie ein Problem löste. Er war aus Rallora weggelaufen – und wohin hatte ihn das gebracht?

»Ja«, fügte er hinzu, »wenn es gestohlen wurde, sollte es zurückgegeben werden.«

»Nicht gerade das Motto, nach dem ich mein Leben gelebt habe«, gab Conal zu, »aber alles ist einen Versuch wert.«

»Schön zu hören, dass du das sagst«, bemerkte Martil ironisch. »Wir werden die Nacht hier verbringen und morgen nach Norstalos-Stadt reiten. Was ist mit dir?«

Der alte Räuber kratzte sich am Kinn. In den letzten Tagen hatte er reichlich Zeit gehabt nachzudenken. Er hatte in den letzten Jahren nur überlebt, indem er nicht zu viel nachgedacht hatte, also fiel es ihm schwer, sich zu konzentrieren. Er sah nichts als Ärger auf sich zukommen, wenn er sich den beiden und dem Drachenschwert anschloss. Andererseits wollte er aber mehr darüber erfahren und wissen, wie es weiterging. Außerdem, was hatte er zu verlieren? Sein wahres Leben hatte vor Jahren geendet. Dies war nur ein Schattendasein.

»Ich komme vielleicht mit euch. Hier hält mich nichts mehr. Außerdem würde ich gerne sehen, was das Schwert leistet, nachdem ich ein paar Nächte darauf geschlafen habe«, sagte er in gewollt beiläufigem Tonfall.

Nachdem er seinen Entschluss gefasst hatte, bestand Conal darauf, in seinem Gasthaus zu übernachten. Martil beabsichtigte jedoch nicht, noch mehr Zeit an diesem stinkenden Ort zu verbringen. Deshalb säuberte er zusammen mit Conal eine der Hütten.

»Was ist mit Danirs Diebesgut geschehen? Haben die Dorfbewohner haufenweise Gold mitgenommen?«, fragte Martil, als sie sich hinsetzten, um den Eintopf zu essen, den er aus Hafer, Trockenfleisch, Salz und Wasser zubereitet hatte.

»Wen hat er denn ausgeraubt? Bauern und Kaufleute, die zu arm waren, um genug Wachleute anzuheuern. Wir hatten zwar genug zu essen, aber Gold? Alles, das wir hatten, wurde von Danir und seinen Söhnen ausgegeben. Das Leben als Räuber ist nicht ganz so, wie die

Barden es besingen. Denkst du, wir würden in so einem Drecksloch wohnen, wenn wir alle reich wären?«

Dagegen wusste Martil nichts einzuwenden. Dennoch bemerkte er, dass Conal eine kleine Tasche ans Tageslicht gebracht hatte, die er an seinem Gürtel befestigt hatte.

»Nur ein bisschen Silber, das ich im Laufe der Jahre gespart habe«, sagte er achselzuckend als Antwort auf Martils unausgesprochene Frage. »Ein Mann muss etwas haben, wovon er im Alter leben kann, um der Kälte des Winters und dem Hunger zu entgehen. Da wir gerade davon reden, ich hätte gerne noch eine Schüssel von dem Eintopf.«

»Dir ist klar, dass du mir für das Essen etwas schuldig bist?«, fragte Martil ihn.

Conal starrte ihn in gespieltem Entsetzen an. »Nachdem ich dir das Drachenschwert gegeben habe?«

Martil ignorierte diese Bemerkung.

Das Dorf hielt noch eine letzte Überraschung für sie bereit. Conal verschwand in einem Schuppen und kehrte mit einem Esel zurück, der wirklich übel aussah und noch schlimmer stank als er selbst.

»Sie heißt Noxie. Sie ist eine treue Freundin, auch wenn sie manchmal etwas laut ist«, erklärte Conal.

Martil wollte die Erklärung gar nicht hören und hoffte, dass etwas frische Luft den Geruch des Tieres vielleicht milderte. Das einzig Gute war, dass sie so schneller vorankommen konnten, weil Conal nicht laufen musste.

Karia war aufgeregt, dass sie in der Hütte übernachteten. Um die Ehre zu feiern, dass Martil jetzt auf sie aufpasste, wollte sie mit dem Ball, dem Kreisel und den

Würfeln spielen und brachte Martil dann dazu, ihr Geschichten vorzulesen, sein dummes Lied vorzusingen und dann zu erzählen, wie er sich um sie kümmern und wo sie leben würden – all das, bevor sie auch nur daran dachte, schlafen zu gehen. Nach dem Stress des Tages genoss Martil es, sich ganz Karias Begeisterung zu überlassen. Conal sah den beiden für eine Weile schweigend zu, dann ging er langsam zurück zum Wirtshaus und schloss die Tür hinter sich.

Cezar hatte neue Zuversicht gefasst. Das Wirtshaus an der Grenze war ein Platz, wo Martil offensichtlich Halt machen würde, aber es war kein idealer Ort, um ihn zu töten. An irgendeinem ruhigen Ort innerhalb der Landesgrenzen wäre es besser – an einem Ort, an dem er sich Zeit lassen konnte. Dazu brauchte er nur in dem Wirtshaus zu warten, bis Martil kam, und ihn dann verfolgen. Kein Mann blieb nächtelang wach. Früher oder später musste er schlafen – und dann war seine, Cezars, Zeit gekommen. Und er war nur noch einen Tagesritt von diesem Wirtshaus entfernt.

Martil saß auf dem Pferd und gähnte. Es war ihm in der vergangenen Nacht nicht leichtgefallen zu schlafen. Nicht einmal, als Karia ihm eine Puppe gegeben hatte, um die er sich kümmern durfte. Er war mit der vagen Erwartung nach Thest geritten, dort um sein Leben kämpfen zu müssen. Und nun ritt er mit Karia, dem Drachenschwert und einem alten Räuber im Schlepptau zurück. Es war eine eigenartige Wendung. Außerdem wurde er den Gedanken nicht los, dass das Schwert ihn irgendwie beobachtete; ihn irgendwie beurteilte – und er war sich sicher, dass es ihn für unwürdig befand.

Als er über Conal nachdachte, drehte er sich im Sattel um. Hatte die Magie des Schwertes auf ihn gewirkt? Er sah ihn an, der fleißig in seinem rechten Nasenloch bohrte. Conal zog seinen Finger endlich hinaus, begutachtete, was er zu Tage gefördert hatte, seufzte zufrieden und schnippte es weg.

Es müsste sehr mächtige Magie sein, dachte Martil. Die Fragen, die das Schwert aufwarf, waren zu groß, als dass er sie hätte beantworten können. Er musste einfach an seinem Plan festhalten und sehen, wohin ihn das brachte.

Der Plan besagte: Bring der Königin das Schwert zurück und kümmere dich um alles andere später.

Karia war überglücklich, als sie das Dorf hinter sich ließen. Nun würde sie bei Martil bleiben, der zwar ein Dummerchen sein mochte, aber auch bereit war, alles für sie zu tun. Nicht einmal Pater Nott hatte Stimmen für ihre Puppen nachgemacht oder so lange mit ihr Fangen gespielt. Er würde ihnen einen großen Bauernhof kaufen; sie würde ein Pony, Hühner und flauschige Schafe kriegen, auf die sie aufpassen konnte. Und natürlich noch mehr Puppen und viele Bücher. Pater Nott konnte sie auch besuchen kommen.

Conal folgte Karia und Martil vergnügt. Selbst in dieser Einöde hatte er von Kriegshauptmann Martil gehört, dem Schlächter von Bellic. Und doch hatte dieser Mann das Drachenschwert gezogen. Das sagte einiges über die Macht der Erlösung aus. Abschaum wie Danir zu dienen war eine Schande gewesen, so sehr, dass er sich gezwungen hatte, nicht darüber nachzudenken, was er tat, sondern sich einfach darauf konzentrierte, einen Tag nach dem anderen zu überleben. Aber wenn man erst einmal von einem Krug seiner eigenen Pisse geweckt wurde, dachte er, konnte es nur noch aufwärtsgehen. Conal befürchtete, dass er nur wenig zu bieten hatte. Schlimmer noch, Karia hatte Erinnerungen geweckt, die er für längst vergessen gehalten hatte. Seine Zwillingstöchter wären genauso keck gewesen, wären sie noch am Leben. An sie zu denken war zu schmerzhaft. Es war weitaus besser, wieder in die Rolle zu schlüpfen, die er in den letzten Jahren angenommen hatte, als er der Banditenbande angehört hatte. Vorerst würde er so bleiben. Es war wahrscheinlich sicherer. Und er war es leid, schweigend zu reiten und sich in seinen Gedanken zu verlieren. Seine Gedanken waren schließlich alles andere als wohltuend.

Er animierte Noxie zu einem schnelleren Schritt und holte Tomon ein. Er erzählte Martil und Karia von seinen Taten, wie er Kutschen überfallen hatte, wie er sich Lösegeld verschafft hatte, indem er Frauen entführte – die anschließend gar nicht mehr zu ihren Männern zurückkehren wollten –, und wie er Zweikämpfe ausgetragen und gewonnen hatte.

»Wir sind gar nicht so verschieden, du und ich. Conal der Mutlose und der Schlächter von Bellic«, fasste der alte Räuber seine Erzählung schließlich zusammen.

Er kratzte sich begeistert seine Genitalien, richtete sich wieder in dem alten Sattel auf, den er dem Esel umgeschnallt hatte, und gab einen donnernden Rülpser von sich.

»Was für ein wundervoller Gedanke«, seufzte Martil.

»Nein, lass mich erklären, wie ich das meine«, beharrte Conal. »Uns beiden eilt unser Ruf voraus, der uns nicht gerecht wird. Ich war einst Vater und Ehemann und genoss Respekt. Ich war sogar Wachtmeister bei der Miliz. Aber für die Norstaler hier in dieser Gegend bin ich ein Mann, den sie gerne tottrampeln würden …« Conal verstummte allmählich und fragte sich, warum er das gesagt hatte. Er hatte nicht vorgehabt auszuplaudern, wer er einst gewesen war. Glücklicherweise schien es niemand bemerkt zu haben.

Martil kam ein Gedanke. »Du bist in Norstalos kein gesuchter Verbrecher, oder? Einer, der auf der Stelle festzunehmen ist, einschließlich seiner Begleiter?«

»Vielleicht vor zehn Jahren, als ich noch meine Zähne und all meine Gliedmaßen hatte«, sagte Conal achselzuckend und winkte mit seinem Armstumpf. »Und vielleicht wenn mein Gesicht nicht aussähe, als hätte ein Esel darauf gesessen.«

Karia kicherte über diese Bemerkung. Allerdings hatte er nur die Wahrheit gesagt. Die Milizsoldaten durchsuchten sie nur oberflächlich. Martil war besorgt gewesen, was sie sagen würden, wenn sie in seinem Gepäck das Drachenschwert entdeckten, also hatte er es einfach getragen, als wäre es selbstverständlich. Die prachtvolle Scheide des Drachenschwertes steckte in der ledernen seines normalen Schwertes, über den Griff hatte er sein Hemd gezogen und sein eigenes Schwert in einer seiner Taschen verstaut. Die Soldaten schenkten dem gewöhnlichen Schwert keine Beachtung. Conal wurde keines zweiten Blicks gewürdigt, vielleicht, weil sich niemand länger als unbedingt nötig in der Nähe eines Esels mit Blähungen aufhalten wollte.

In Darrys Wirtshaus ging es dieses Mal ruhiger zu. Die verschiedenen Kaufleute und ihre Wachen waren weitergezogen, und Darry war froh über jeden Gast. Martil lehnte es strikt ab, für Conal zu bezahlen. Also entschied sich der alte Räuber für einen Platz im Gemeinschaftsschlafraum, wo etwa zwanzig Betten entlang der Wände aufgestellt waren. Martil mietete denselben Raum, in dem Karia und er vor einigen Tagen übernachtet hatten. Er nutzte die Gelegenheit und tauschte die Schwerter wieder, damit das Drachenschwert sicher versteckt im Zimmer blieb, wenn sie zum Essen hinuntergingen und von Darry den neuesten Klatsch und Tratsch zu hören bekamen. Nach anfänglicher Verschlossenheit wurde der Gastwirt etwas lockerer. Schließlich wollte er erfahren, was in Thest geschehen war.

»Danir wird keinen Ärger mehr machen. Er ist tot«, sagte Martil schlicht. »Getötet bei einem Überfall, der nicht nach Plan verlief. Die Überreste seiner Bande sind in alle Winde verstreut. Thest ist jetzt menschenleer.«

»Was? Das sind die besten Neuigkeiten seit Jahren! Aber wie kannst du das mit Sicherheit wissen?« Darrys begeistertes Gesicht zeigte sofort wieder Sorgenfalten, als wäre die Botschaft zu schön, um wahr zu sein.

Martil zögerte einen Augenblick. Er wollte nicht, dass Conal gehängt würde, obwohl der alte Räuber sich den Strick im Laufe der Jahre bestimmt verdient hatte.

»Als ich dort ankam, habe ich mit Danirs Sohn gesprochen. Er hatte eine schwere Bauchwunde und lag im

Sterben. Er hat mir erzählt, was geschehen ist«, sagte er mit Bedacht.

Darry starrte ihn voller Überraschung an, jauchzte vor Glück und schlug mit der Faust auf den Tresen.

»Das muss begossen werden«, lachte er. »Wenn dieser Bastard tot und seine Bande von Abschaum verschwunden ist, werden die Kaufleute wieder in hellen Scharen hier durchziehen und viele Münzen dalassen! Verrate mir, ob du etwas mit dem Verschwinden der Bande zu tun hattest!«

Martil hatte nicht vor, den Erzählungen über ihn noch weitere Abenteuer hinzuzufügen, obwohl er den unangenehmen Verdacht hatte, dass Darry so oder so erzählen würde, Kriegshauptmann Martil habe mit seinen rallorischen Söldnern den boshaften Danir ausgelöscht.

»Hatte nichts damit zu tun«, versicherte Martil ihm.

»Großes Glück für dich und das kleine Mädchen – und für mich. Es macht die schlechten Neuigkeiten aus der Stadt beinahe wieder gut!«

»Was für schlechte Neuigkeiten?«, fragte Martil so beiläufig, wie es ging.

»Das Drachenschwert ist noch nicht wieder aufgetaucht. Jetzt ist die Königin seit Tagen nicht mehr gesehen worden, und Herzog Gello hat erklärt, dass das Heer die Ordnung wiederherstellen werde. Er regiert das Land unter Kriegsrecht. Kriegsrecht in Norstalos! Ist das zu glauben? Wenn du mich fragst …« Darry senkte die Stimme. »Herzog Gello versucht, die Macht zu ergreifen.«

Martil versuchte ein zynisches Grinsen zu vermeiden, aber etwas davon musste in seinen Gesichtszügen zu erkennen gewesen sein, denn Darry schnaubte und lehnte sich zurück. »Solche Ereignisse mögen für dich nichts Besonderes sein, aber wir sind hier in Norstalos! Hier gibt es so etwas nicht! Und es wäre nie passiert, hätten wir das Drachenschwert noch.«

»Was ist mit der Königin? Ist sie in Gefangenschaft?«, fragte Martil eindringlich.

Darry prustete. »Sehe ich aus wie ein Barde? Ich habe dir alles erzählt, was ich weiß und wissen will! Was darf ich euch zum Abendessen bringen?«

Karia hatte das Gespräch über das Kriegsrecht nicht verstanden. Sie hatte größere Sorgen im Kopf. Sobald sie sich hingesetzt hatte, brachte sie zur Sprache, was ihr auf dem Herzen lag.

»Also, wo werden wir leben?«, wollte Karia wissen.

Martil zuckte mit den Achseln. Er plante nicht so weit voraus.

»Wenn die Königin uns mit Geld belohnt, werden wir ein Haus am Meer kaufen. Dann können wir ein paar Tiere halten, Fische fangen, und du wirst in die Schule gehen.«

»Das gefällt mir. Pater Nott hat mir erzählt, dass es Spaß machen kann, auf einem Bauernhof zu leben. Aber mit Paps und meinen Brüdern hat es mir nie Spaß gemacht.«

Martil staunte aufs Neue über die Unverwüstlichkeit von Kindern. Kinder, die einen oder beide Elternteile im Krieg verloren hatten, schafften es, ein neues Zuhause zu finden und wieder zu lachen und zu spielen.

»Aber diese Schule … Was macht man da?«, fragte Karia scharf.

Während Martil es zu erklären versuchte, brachte

Darry ihnen das Abendessen. Diese Ablenkung kam gerade recht. Wie immer verzehrte Karia gierig alles, was ihr vorgesetzt wurde, und genehmigte sich dann noch einen Nachtisch in Form eines Apfelkuchens. Er hatte ihre Unersättlichkeit immer für sehr bemerkenswert gehalten, doch an diesem Abend schien ihr ein Mann am Nachbartisch ernsthaft Konkurrenz machen zu wollen. Er war regelrecht in das Wirtshaus getaumelt gekommen und erschöpft auf einen Stuhl gefallen, bevor er seine Mahlzeit bestellt hatte. Er war augenscheinlich nicht viel älter als Martil, ziemlich dünn und hatte die langen, schwarzen Haare zu einem Pferdeschwanz zusammengebunden. Seine Augen waren leuchtend blau, sein Kinn stand vor, und seine Nase war ein bisschen zu groß. Er schien nicht besonders glücklich zu sein, lächelte nicht und sprach auch mit niemandem. Aber trotz seines schlanken Wuchses verzehrte er eine gewaltige Menge Eintopf und drei Portionen von dem Kuchen.

»Wer ist das?«, fragte Martil Darry, als der Gastwirt ihre Teller abräumte.

Hemd und Hose des Mannes waren gewiss nicht billig gewesen, und ihr dunkles Purpur war ungewöhnlich genug, um überall aufzufallen. Martil hatte zuerst den Eindruck, der Mann könne ein unbedeutender Adliger sein – so wirkte er zumindest. Aber er reiste ohne Begleiter oder Garde, und das war nach Martils Erfahrung für Leute dieses Standes ungewöhnlich.

»Ein Zauberer«, flüsterte Darry. »Seit heute früh geht er hier ein und aus.«

Martil blickte sich um und sah tatsächlich einen langen Zauberstab, der am Tisch lehnte.

Neugierig geworden sah Martil sich den Mann an. Seine Hände waren zart, die Finger lang, aber trotz seines vergleichsweise jungen Alters war sein Gesicht von Sorge und Erschöpfung gezeichnet. Und es war ziemlich blass, als hätte er den Großteil seines Lebens innerhalb geschlossener Räume verbracht.

»Ein Zauberer!«, rief Karia. »Können wir ihn ansprechen und mit ihm über Magie reden? Du hast gesagt, wenn wir einen Zauberer sehen, fragen wir ihn.«

Martil überlegte, aber an Karias Gedächtnis war in der Tat nichts auszusetzen. Schließlich war eine Menge geschehen, seit sie das Mittagessen mit Berne gehabt hatten.

»Er hat noch nicht aufgegessen«, sagte er geduldig. Aber er wusste, dass er sie nicht würde aufhalten können. Der Zauberer würde einem Gespräch vielleicht zustimmen, wenn Martil anbot, ihm etwas zu trinken zu spendieren.

»Warum hat er so viel gegessen?«, fragte Karia.

»Wahrscheinlich, weil er vor Kurzem Magie benutzt hat – das kostet sehr viel Kraft«, vermutete Martil.

Sie nickte und hüpfte beinahe auf ihrem Stuhl auf und ab. »Er hat aufgegessen!«

Sie ergriff Martils Hand und zog ihn zum Tisch des Zauberers. Dort gewann ihre schüchterne Seite die Oberhand, und sie versteckte sich hinter Martils Bein.

»Verzeihung. Ich bin Martil, und das ist Karia. Sie würde liebend gern etwas mehr über Magie erfahren und hat, sobald sie sich nicht mehr hinter mir versteckt, bestimmt eine Menge Fragen an dich. Darf ich dir ein Bier spendieren und mich setzen?«

Der Zauberer blickte auf, und Martil behielt einen warmen, freundlichen Gesichtsausdruck bei. Der Zauberer sah sie flüchtig an.

»Nein. Geht weg«, sagte er kühl.

Martils Lächeln verschwand sofort, und er hatte große Mühe, nicht die Beherrschung zu verlieren.

»Ich habe dich höflich gefragt. Und ich dachte, als Zauberer hätte man die Pflicht, das Wissen über Magie zu verbreiten«, sagte er etwas lauter.

Der Zauberer wurde sichtlich zornig; seine Gesichtszüge verhärteten sich.

»Erzähl mir nichts von meiner Pflicht! Ich bin auf einer Mission oberster Wichtigkeit! Jetzt lass mich in Ruhe, du Bauer, oder ich verschaffe dir vielleicht eine zweite Nase – genau über deinem Hintern!«

Martil widerstand dem Drang, den Zauberer zu schlagen und ihm den Zauberstab dorthin zu stecken, wo, wie die Rallorer sagten, die Sonne nie scheint. Er hörte, wie die Vordertür des Gasthauses aufging und mehrere Gäste hereinkamen, aber er stand mit dem Rücken zur Tür, da seine Aufmerksamkeit dem Zauberer galt.

»Bevor du deinen Zauberstab zu fassen bekommst, hast du schon keine Hände mehr. Wie würdest du dann noch Magie wirken können, hm?«, knurrte Martil. Er merkte jedoch, dass seine Drohung nicht so ankam, wie er es wollte, denn der Zauberer sah ihn gar nicht an, sondern blickte zur Tür.

Er wollte sich umdrehen, wusste jedoch, dass dieser alte Trick schon vielen Männern zum Verhängnis geworden war.

»Aus dem Weg, Bauer! Wir werden uns für dich um

diesen streunenden Zauberer kümmern! Mach den Soldaten von Norstalos Platz«, erklang hinter ihm eine seltsam vertraute Stimme.

»Was geht euch der Magier der Königin an?«, fragte der Zauberer und blickte immer noch an Martil vorbei.

»Es liegt ein Haftbefehl gegen dich vor, ausgestellt von Herzog Gello persönlich, dem neuen Herrscher des Landes«, verkündete die Stimme stolz.

»Ich erkenne die Autorität von Gello nicht an. Und woher willst du wissen, dass es ein Haftbefehl ist? Gellos Hunde können für gewöhnlich weder lesen noch schreiben«, schnaubte der Zauberer voller Verachtung.

»Du kommst wie ein Hühnchen gefesselt mit uns zurück in die Hauptstadt!«, drohte die Stimme und brüllte Martil dann zu: »Geh aus dem Weg, Bauer!«

Martil hatte sich nicht gerührt. Er war zum einen erschüttert, dass er drauf und dran gewesen war, einen Kampf mit dem Magier der Königin auszufechten – dem mächtigsten Magier des Landes. Und zum anderen bemühte er sich krampfhaft, sich daran zu erinnern, woher er diese Stimme kannte. Ohne sich umzudrehen, spürte er, wie eine Hand ihn wegstoßen wollte. Er drehte sich um, trat schützend vor Karia – und blickte in das errötete und zornige Gesicht von Wachtmeister Havrick von den Norstaler Jagdreitern.

»Du!«, krächzte Havrick und prallte zurück. Er starrte abwechselnd Martil und den Zauberer an, bevor ein breites Grinsen auf seinem Gesicht erschien. »Jetzt wird mir alles klar! Du hast dich mit dem Magier der Königin verschworen, um Verrat zu begehen, nicht wahr? Nun, du wirst mit den anderen Verrätern hängen!«

Martil war schmerzlich bewusst, dass Havrick nun wohl keiner Vernunft mehr zugänglich sein würde. Dennoch musste er es versuchen.

»Lass es mich erklären. Das ist alles ein großes Missverständnis. Ich bin nur auf der Durchreise und habe dem Zauberer eine Frage stellen wollen. Wir haben nichts miteinander zu tun, und wärest du nicht aufgetaucht, hätten wir uns vielleicht sogar gestritten«, sagte Martil ruhig.

»Wer's glaubt, wird selig!«, spottete Havrick. »Soll ich dir etwa glauben, dass sich ein Mann, der bereit ist, Offiziere der Krone mit dem Schwert anzugreifen, aus reinem Zufall mit Barrett trifft, dem Magier der Königin, nach dem überall gesucht wird? Und dass ihr keinen Verrat plant? Du hast das Drachenschwert wahrscheinlich oben in deinem Zimmer!«

Nach dem langen, tiefen Schweigen, das folgte, zwang Martil sich zu einem schwachen Lachen. »Sehr amüsant. Aber da ich Rallorer bin, verstehe ich nicht, wie ich in Norstalos Verrat begehen kann.«

»Oh, das werde ich für dich herausfinden«, höhnte Havrick. Er war sich seines Sieges sicher. Er hatte die Straßen im Süden zwei Tage lang nach diesem Rallorer abgesucht, ehe er im Rahmen einer großen Suchaktion nach Barrett hierherbeordert worden war. Nun stand ihm seine Rache bevor.

Martils Zorn, der im Gespräch mit Barrett schon gedroht hatte überzukochen, brodelte wieder gefährlich. Binnen eines Augenaufschlags hatte er seine Schwerter gezogen.

»Versuch, mich festzunehmen, du Bastard!«, knurrte er.

»Das ist deine letzte Chance«, warnte ihn Havrick; wich jedoch einen Schritt zurück, um dicht bei seinen Männern zu sein.

Martil hoffte, dass der Zauberer etwas unternehmen würde, doch der Mann saß einfach da und hatte ein kleines Grinsen im Gesicht, als fände er es unterhaltsam, dass die zwei Störenfriede aneinandergeraten waren.

Havrick warf einen kurzen Blick nach rechts und links. Er wusste, dass er etwas unternehmen musste, um seinen Ruf wiederherzustellen, nach dem, was auf der Straße geschehen war. Nun sah er seine Gelegenheit, sich reinzuwaschen. Wenn er diese beiden Männer festnahm, würde alles verziehen sein. Es war offensichtlich eine Verschwörung im Gange, und sie aufzudecken würde ihm vielleicht eine Belohnung durch den Herzog eintragen!

»Das ist für mein Schwert!«, schrie Havrick und rannte auf Martil zu.

Ohne nachzudenken, wehrte Martil den Hieb ab, wich aus und hämmerte Havrick den Griff seines rechten Schwertes ins Gesicht. Die Nase des Offiziers brach mit einem lauten Knacks; er fiel zu Boden, und sein Schwert flog in die entgegengesetzte Richtung.

Havricks fünf Soldaten kamen ihrem Wachtmeister zu Hilfe, aber die Stühle und Tische in ihrem Weg verzögerten ihren Angriff. Martil wehrte einen Schlag ab und schlug einem zweiten Soldaten mit dem Knauf seines linken Schwertes ins Gesicht. Dieses Mal traf er genau das Kinn, und der Mann sackte zu Boden wie ein Stier, den man mit einer Streitaxt hingerichtet hatte. Sein Sturz ließ den Mann hinter ihm straucheln.

Martil sprang vor und trat ihm gegen die Brust; der Aufprall warf den Soldaten zurück, und er knallte mit dem Kopf gegen eine Tischkante. Die übrigen drei Soldaten umkreisten Martil langsam; sie suchten nach einer Möglichkeit, ihn anzugreifen, ohne sich selbst ins Verderben zu stürzen. Martil seinerseits machte sich bereit, einem von ihnen einen Stuhl vor die Füße zu treten, um dann die anderen beiden zu töten.

Der Zauberer griff nach seinem Stab und stand auf. Er murmelte etwas und deutete auf die zwei Soldaten, die ihm am nächsten standen. Ein Lichtblitz, heller als die Sonne, entsprang seiner freien Hand – nicht der, in der er den Stock hielt – und schoss den beiden Soldaten ins Gesicht. Sie waren geblendet, ließen die Schwerter fallen, rissen die Hände vor die Augen und schrien.

Der letzte Soldat zog sich in die Ecke neben der Theke zurück, weil er sich plötzlich in der Unterzahl fand. Conal, der dort vor einem Bier saß, witterte seine Chance und schlug dem Mann mit seinem schweren Bierkrug auf den Kopf. Der Soldat ging zu Boden wie ein Sack Kartoffeln; das Bier spritzte umher.

Conal blickte traurig auf die Spritzer. »Dieses Bier sehe ich nie wieder«, seufzte er.

Martil schenkte ihm keine Beachtung und drehte sich stattdessen zu Barrett um. »Ich danke dir für deine Hilfe«, sagte er freundlich. Wie immer nach einem Kampf war sein Zorn verraucht.

»Und ich danke dir für deine«, grummelte der Zauberer, der sich auf seinen Zauberstock stützte.

Martil hielt inne, weil er nicht wusste, was er jetzt tun sollte. Die Soldaten zu attackieren hatte ihm eine ganz neue Größenordnung von Problemen eingebrockt. Zunächst einmal konnte er nicht mehr in dem Gasthaus übernachten. Und was würde die Miliz unternehmen? In der lokalen Vertretung waren genug Männer, um für reichlich Ärger zu sorgen.

»Wir sollten gehen. Die Männer werden nicht mehr lange blind sein, und dann wirst du wieder kämpfen müssen!«, warnte ihn Barrett. »Ich will nicht abermals meine Kräfte verschwenden.«

Martil stimmte ihm zu. Er griff nach Karia, und sie rannten nach oben.

»Lasst euer Gepäck hier! Dafür haben wir keine Zeit!«, rief Barrett scharf, doch Martil ignorierte ihn. Karia klammerte sich an ihn; er musste oben noch das hakelige Türschloss öffnen, bevor er ins Zimmer stürmte und mit der freien Hand seine schweren Satteltaschen packte. Er rannte hinunter und in den Hinterhof zum Stall, wo Conal hektisch versuchte, seinen Esel zu satteln. Barrett führte ein schwarzes Pferd mit einem Sattel, wie ihn die Soldaten benutzten, aus dem Stall.

»Die hättest du besser hiergelassen. Taschen und Lebensmittel lassen sich überall beschaffen«, sagte Barrett.

»Nicht solche wie die«, antwortete Martil und setzte sowohl das Kind als auch die Taschen ab, um Tomon zu satteln.

Er hatte schon zahllose Male ein Pferd gesattelt, doch zu wissen, dass jeden Augenblick ein Dutzend von Havrick aufgehetzte und gewaltbereite Milizsoldaten auftauchen konnten, reichte aus, um diese Aufgabe plötzlich zu einem sehr schwierigen Unterfangen zu machen. Die Schnallen wollten nicht richtig schließen, Tomon wollte nicht stillhalten. Martil musste sich auf die Zunge beißen, um nicht zu fluchen.

»Wohin gehen wir?«, fragte Karia. Martils Stimmung hatte auf sie übergegriffen. Sie hatte Angst.

»An einen sicheren Ort. Ich werde euch dorthin führen«, sagte Barrett beruhigend.

Endlich war Martil fertig, und sie verließen den Hof des Gasthauses. Barrett ritt voraus, Conals Esel war so schnell, wie es seine kurzen Beine zuließen, und Karia saß wie gehabt vor Martil auf Tomon.

»Etwas langsamer jetzt«, schlug Conal vor, als sie sich dem Tor des Dorfes näherten.

»Was?«, fragte Barrett.

»Es wird selbstverständlicher wirken, und man wird nicht versuchen, uns aufzuhalten«, erklärte Conal.

Die Wachposten am Tor waren zwei Männer der Miliz und wandten die Blicke kaum von ihrem Feuer ab, als die Männer und das Mädchen an ihnen vorbeiritten. Conals Vorschlag erwies sich als wohlüberlegt, aber so langsam zu reiten, war unvorstellbar entmutigend.

»Ich glaube, es ist Zeit, wieder etwas schneller zu werden«, sagte Barrett leise.

Eine Sekunde später ertönte der befürchtete Ruf: »Ihnen nach!«

Martil blickte sich um und sah, wie Havrick und ein Dutzend Milizsoldaten durchs Tor kamen. Aber keiner von ihnen saß auf einem Pferd, und glücklicherweise hatte keiner einen Bogen. Sie hielten Ausschau und suchten nach Spuren, bis Havrick ihnen befahl, ihre Pferde zu holen und die Flüchtigen zu verfolgen. Martil drängte Tomon in einen nicht zu schnellen Trab, und sie verschwanden hinter einer Kurve, noch bevor die Milizsoldaten einen Trupp zu ihrer Verfolgung zusammengestellt hatten.

»Sie können uns nicht einholen«, sagte Martil zuversichtlich und blickte zu Conal, den es viel Mühe kostete, Noxie Schritt halten zu lassen. »Es sei denn, es wird eine längere Verfolgungsjagd.«

»Es ist nicht mehr weit«, sagte Barrett.

Tatsächlich ritten sie nur etwa eine Meile die Straße entlang, bis sie einen schmalen, augenscheinlich nur selten benutzten Pfad erreichten.

»Hier entlang«, drängte Barrett.

Sobald auch Conal die Straße hinter sich gelassen hatte und sie auf dem schmalen Pfad ein paar Pferdelängen weitergekommen waren, drehte Barrett sich um und machte eine Handbewegung in Richtung Straße. Sofort verschwanden die Hufabdrücke, und Gras wuchs auf der blanken Erde; die kleinen Büsche zu den Seiten des Pfades wurden größer und wuchsen zu einem riesigen Busch zusammen, sodass man den Pfad von der Straße aus nicht mehr sehen konnte.

Es ging etwa eine weitere Meile den Pfad entlang, der in sehr vielen Kurven und Windungen leicht anstieg, bis sie eine große Hütte erreichten. Inzwischen war der Zauberer auf seinem Pferd zusammengesackt und hing am Hals des Tieres. Er streckte die Hand aus und öffnete so die Tür der Hütte, die keinen Griff hatte.

»Hier sicher. Weckt mich morgen«, nuschelte er, schlief ein und rutschte wie ein nasser Sack von seinem Pferd.

Conal kümmerte sich um die Pferde, während Martil

erst Karia und Barrett und anschließend seine Taschen in die Hütte brachte. Dort war es überraschend sauber und gemütlich. An der Wand standen ein paar Betten, ein großer Tisch mit Stühlen nahm die Mitte des Raums ein, und diverse Küchenschränke umrahmten eine Feuerstelle an der gegenüberliegenden Wand. Es roch frisch, sauber und ganz leicht nach Lavendel. Martil legte den Zauberer auf ein Bett, die aufgeregte Karia in das andere und entfachte ein Feuer. Er machte sich gerade Gedanken darüber, was sie nun machen sollten, als Conal hereinkam.

»Ich weiß, dass wir abseits der Straße sind und der Pfad versteckt ist, aber was, wenn sie den Rauch riechen?«, fragte Conal warnend.

Martil fluchte und machte das Feuer aus. »Gut mitgedacht.«

»Nun ja, ich habe in meinem früheren Gewerbe das ein oder andere Mal Verfolger abschütteln müssen«, gab Conal zu.

»In deinem früheren Gewerbe? Und was tust du jetzt?«, fragte Martil lachend.

»Jetzt bin ich ein Held. Zauberer retten, Soldaten bewusstlos schlagen. Alles im Laufe eines Arbeitstages.«

Martil schenkte ihm keine weitere Beachtung und fand ein paar Öllampen, die ohne Rauch für Licht sorgen würden.

»Was machen wir jetzt?«, fragte Conal.

»Wir warten darauf, dass er aufwacht. Wenn er der Magier der Königin ist, dann kann er uns bestimmt helfen, es zur Königin zu bringen«, stellte Martil fest.

»Oder uns in einen Kerker sperren. Einen Tag benehme ich mich anständig, und abends bin ich schon wieder auf der Flucht!«

»Sieh die Dinge mal von meinem Standpunkt aus«, begann Martil. »Ich war unterwegs Richtung Norden, wo ich etwas Ruhe und Frieden finden und mir ein kleines Haus am Meer kaufen wollte. Jetzt habe ich das gesamte Heer eines rücksichtslosen Thronräubers im Nacken. Und all meine Hilfsmittel sind ein kleines Mädchen, das mich dazu zwingt, mit Puppen zu spielen; ein magisches Schwert, das mich tötet, wenn ich ihm nicht gehorche; ein schlafender Zauberer und ein einarmiger ehemaliger Bandit.«

»Du bist ein echter Glückspilz«, erwiderte Conal.

Sie verstummten, und Karia setzte sich in ihrem Bett auf.

»Kannst du mir etwas vorsingen? Aber jetzt ein anderes Lied. Das alte langweilt mich.«

Martil setzte sich neben ihr aufs Bett und versuchte sich etwas auszudenken. Ihm fiel nichts ein, also dachte er sich einige Zeilen aus.

»Schließ jetzt die müden Äugelein
Und tritt ins Reich der Träume ein.
Wach erst auf, wenn vorbei die Nacht,
Wach auf, wenn die Sonne lacht.
Schlaf nun, Karia, schönes Kind,
Schlaf schon ein und ganz geschwind!
Träume gut die ganze Nacht,
Liebes, bis der Tag erwacht.
Schließ fest zu die Äugelein
Und schlafe gut, mein Sonnenschein.«

Martil war angenehm überrascht, dass er sogar eine gewisse Melodie und ein paar Reime hinbekommen hatte, und noch überraschter, als er merkte, dass es funktioniert hatte und Karia eingeschlafen war.

Er drehte sich zu Conal um, der ihn mit einem merkwürdigen Gesichtsausdruck ansah.

»Was ist? Hast du noch nie jemanden etwas schief singen hören?«, fragte Martil finster.

Conal holte tief Luft, und ein Schauder überlief ihn. »Ich habe meinen Kindern früher auch Gutenachtlieder vorgesungen«, gab er schließlich zu.

»Wo sind sie jetzt?«

Conal zögerte, bevor er antwortete. Das war keine Geschichte, auf die er stolz war, aber nach so vielen Jahren wollte er sie jemandem erzählen. Es war eigenartig, es war beinahe ein innerer Zwang.

»Ich war Wachtmeister bei der Miliz. Kleines Dorf. Dann bekamen meine Frau und meine Mädchen Fieber. Die nächste Apotheke war einen Tagesritt entfernt, sie brauchten aber sofort Hilfe. Also rief ich den Priester des Dorfes. Der Bastard meinte, er würde nichts unternehmen, bevor ich ihn nicht in Gold bezahlt habe. Er wusste, dass ich keins hatte. Als Wachtmeister bei der Miliz verdient man nicht viel. Natürlich wusste ich, an wem ich mich vergreifen musste, um an etwas Gold zu kommen. Also nahm ich mein Schwert und zog los, um mir etwas zu besorgen. Der Priester sagte, es sei nicht genug, also habe ich noch mehr gestohlen. Der Scheißkerl wollte immer noch nicht helfen, aber als ich mein Schwert schon zwischen seinen Beinen hatte, um ihm seine Manneskraft zu nehmen, bekam ich sehr schnell die Erklärung dafür. Anscheinend war er kein guter Priester, deshalb erhörte Aroaril seine Gebete nicht. Doch das blieb verborgen; er verlangte stets Gold für Heilungen, weil er wusste, dass kein Mensch im Dorf Gold besaß. Also hatte er auch nie jemanden heilen müssen. Da habe ich mir das Gold zurückgeholt und wollte einen richtigen Priester suchen.« Conal hielt inne und wischte sich die Tränen aus dem Gesicht. »Nur dass meine Frau und meine Töchter tot waren, als ich nach Hause kam. Meine beiden Milizsoldaten fanden mich; ich saß bei den Leichen und heulte. Ich dachte, sie wären gekommen, um mir zu helfen, aber der Priester hatte behauptet, ich hätte ihn überfallen. Sie waren gekommen, um mich festzunehmen. Ich blickte von den Leichen meiner Töchter auf und sah, wie der selbstgefällige Bastard mich auslachte. Also stand ich auf, das Schwert in der Hand, und binnen Sekunden gab es drei weitere Leichen. Innerhalb eines Augenblicks war ich von einem angesehenen Milizsoldaten zu einem Mörder und Dieb geworden. Es gab kein Zurück mehr. Ich bin fortgegangen und habe die nächsten zwanzig Jahre damit verbracht, mich zu betrinken, Leute zu schlagen und mir zu ergaunern, was ich zum Überleben brauchte.«

»Warum hast du nicht aufgehört?«, fragte Martil, ohne großartig nachzudenken.

»Weil es mir egal war, ob ich lebte oder starb.«

Das fand bei Martil Widerhall, und er blickte den alten Räuber erneut an.

»Warum bist du dann hier? Du hättest uns in Thest ziehen lassen oder einfach an der Theke sitzen bleiben können, als die Soldaten mich gefangen nehmen wollten.«

Conal zuckte mit den Achseln. »Wenn ich das nur wüsste. Ich hatte so ein Gefühl, dass ich euch begleiten sollte, dich und das Mädchen. Es war auch nicht so, als hätte ich viel gehabt, für das es sich zu bleiben gelohnt hätte.«

»Ist das alles?«, fragte Martil enttäuscht.

»Und als ich dann mitgekommen bin, dachte ich, dass dies vielleicht eine Gelegenheit ist, einiges wiedergutzumachen, das ich in der Vergangenheit getan habe«, sagte Conal sanft.

Martil schauderte. »Für manches gibt es keine Wiedergutmachung«, sagte er, größtenteils zu sich selbst.

»Stimmt, aber das heißt nicht, dass man es nicht versuchen sollte.« Conal hustete schuldbewusst. Er fühlte sich, als sei ihm ein Stein vom Herzen gefallen. Aber das war kein Grund, den Mann zu umarmen oder mit den Elfen zu tanzen. »Gibt es hier irgendetwas zu trinken?«

Rasch waren die Schränke durchsucht, und es stellte sich heraus, dass der Bedarf an Grundnahrungsmitteln gedeckt war, es jedoch keinen Tropfen Alkohol gab.

»Verdammte Zauberer«, schnaubte Conal. »Ich werde für die erste Hälfte der Nacht Wache halten und dich wecken, wenn du an der Reihe bist.«

Martil fühlte sich, als hätte er seine Augen gerade erst geschlossen, als Conal ihn weckte. Er gab Conal eine Decke und schob sich einen Stuhl ans Fenster, von wo aus er den Pfad im Auge hatte. Er bezweifelte, dass die Milizsoldaten sie finden würden. Selbst die besten Spurensucher würden die Fährte verlieren, nach dem, was der Zauberer vollbracht hatte. Dennoch hatte er nicht vor, sich zu sicher zu fühlen. Die Laternen waren gelöscht;

das bedeutete, dass seine Nachtsicht nicht vom Licht aus der Hütte gestört wurde. Sein Blick streifte über die Lichtung. Er wusste, dass ihm keine Bewegung entgehen würde, also blickte er nach draußen und dachte nach.

Es war ein Glücksfall, dass sie den Zauberer getroffen hatten. Er brauchte Antworten, er brauchte dringend Antworten. Aber er hatte Angst, dass sich die Worte seines alten Freundes Borin bewahrheiten würden: Es kam nie etwas Gutes dabei heraus, wenn man mit einem Zauberer gemeinsame Sache machte.

9

Cezar dachte über Martil nach, als er auf eine große Patrouille von Jagdreitern und Miliz traf, die von dem blutbefleckten und verletzten Wachtmeister Havrick angeführt wurde. Cezar döste beinahe in seinem Sattel; von der langen Verfolgungsjagd und der allgemeinen Friedlichkeit des Landes war er müde geworden.

»Du da drüben! Reisender! Hast du jemanden vorbeireiten sehen? Zwei Männer auf Pferden, ein kleines Mädchen und einen Mann auf einem Esel?«, brüllte Havrick.

Cezar, der instinktiv nach einem Wurfmesser gegriffen hatte, entspannte sich. Zumindest war diese Patrouille nicht hinter ihm her.

»Ich habe den ganzen Tag niemanden gesehen«, sagte er und versuchte, so natürlich wie möglich zu klingen.

»Wie ist das möglich? Wohin können sie geflüchtet sein?«, rief Havrick zornig. Cezar legte eine Hand auf den Knauf seines Sattels, in den ein Wurfpfeil eingearbeitet war.

»Herr, sie hatten Barrett bei sich, den Magier der Königin. Wenn dieser Mann sie nicht gesehen hat und wir sie nicht gefangen haben, dann hat er wahrscheinlich Magie benutzt, um zu entkommen«, sagte einer der Soldaten respektvoll.

»Willst du damit sagen, dass sie meilenweit entfernt sein könnten, Wachtmeister?«, knurrte Havrick.

»Ich will damit sagen, dass sie am anderen Ende des Landes sein könnten. Barrett ist der Magier der Königin – er könnte sie überall hingebracht haben.«

Havrick sackte in seinem Sattel zusammen. Cezar, dem niemand mehr Beachtung zu schenken schien, hörte aufmerksam zu.

»Ich muss den Herzog informieren. Hauptmann Martil und der Zauberer Barrett sind zusammen unterwegs – sie planen wahrscheinlich, die Königin zu retten oder etwas in der Art!«, verkündete Havrick lautstark.

Cezar spürte, wie sein Herzschlag sich beschleunigte. Genau das hatte Onzalez befürchtet. Einer der Schlächter von Bellic war zu einer Bedrohung für sie geworden. Und er war zu spät, um ihn aufzuhalten.

»Herr, wir müssen ins nächste Dorf reiten und neue Pferde beschlagnahmen. Unsere werden einen langen Ritt nicht durchstehen, dafür haben wir ihnen auf dem Weg hierher zu viel abverlangt«, warnte der Wachtmeister.

Havrick schlug frustriert auf den Knauf seines Sattels. »Das kostet zu viel Zeit! Wir brauchen sofort schnelle Pferde!« Sein Blick wanderte zu den Pferden, die Cezar bei sich hatte. Selbst bei Mondschein war zu erkennen, dass es offensichtlich gute Tiere waren. »Na bitte!«

Cezar, der verzweifelt über eine Möglichkeit nachdachte, wieder Herr der Lage zu werden, sah sich plötzlich mit Havrick konfrontiert.

»Reisender! Ich brauche deine Pferde. Ich bin Offizier im Dienst von Herzog Gello, und man wird dich für die

Tiere entschädigen, aber die Dringlichkeit meines Einsatzes ist sehr viel größer als die deiner Reise!«

Cezars erster Gedanke war, dem Mann die Kehle aufzuschlitzen, den Wachtmeister mit einem Wurfmesser außer Gefecht zu setzen und dann die Flucht zu ergreifen. Aber sosehr ihn das auch mit Genugtuung erfüllen würde – er wusste, dass es ein Fehler wäre.

Daher verzog er die Lippen zu einem Lächeln, nahm die Hand von dem kleinen Wurfmesser, das als Gürtelschnalle getarnt war, und band die Zügel seiner drei übrigen Pferde los.

»Was soll ich sagen, wer sich meine Pferde genommen hat, wenn ich meine Entschädigung verlange? Jedes einzelne ist fast drei Goldstücke wert.«

Havrick stieg von seinem schwitzenden Pferd und ließ zwei seiner Männer seinen Sattel auf einem von Cezars Pferden befestigen. »Folgt mir, so schnell es die Pferde zulassen. Ich reite voraus, um den Herzog zu warnen«, sagte er zu seinen Männern. Er warf Cezar einen Blick zu und sagte: »Sag, dass Leutnant Havrick von den Jagdreitern sich deine Pferde genommen hat.«

»Ich werde mir den Namen einprägen«, sagte Cezar lächelnd, während er vor Zorn kochte. Dieser arrogante Narr würde nie wissen, wie nah er gerade dem Tod gewesen war. Er sah Havrick nach, wie er davongaloppierte. Seine Männer folgten ihm deutlich langsamer auf ihren erschöpften Pferden, und die Milizsoldaten kehrten in ihr Dorf zurück.

Cezar beschloss, umzukehren und zurück nach Wollin zu reiten. Er musste wieder nach Berellia und sein Versagen melden. Er wusste, was das bedeutete. Er musste

Markuz und Onzalez gegenübertreten. Aber er würde überleben. Und es bedeutete nicht das Ende seiner Jagd auf Martil. Cezar hatte bisher jeden getötet, auf den er angesetzt worden war, und er hatte nicht vor, seine Quote zu verschlechtern.

Man hätte erahnen können, dass Karia vor allen anderen aufwachte, kurz nachdem die Sonne die ersten zaghaften Strahlen auf den westlichen Rand der Lichtung geworfen hatte. Wer auch immer diese Hütte gebaut hatte, hatte gewusst, was er tat, dachte Martil. Der Pfad hierher schlängelte sich leicht bergauf; gerade genug, dass die Hütte von der Straße aus nicht gesehen werden konnte. Die großen Bäume, von denen der Unterschlupf umgeben wurde, sorgten für Schutz, standen jedoch nicht so dicht beieinander, dass irgendjemand sich unbemerkt anschleichen konnte.

Solange der Wind keinen Rauch Richtung Straße blies, war es unmöglich, sie hier zu entdecken. Aber Martil wollte es trotz günstigen Windes nicht riskieren, ein Feuer zu machen. Davon war die hungrige Karia ganz und gar nicht begeistert.

»Ich will aber Röstbrot zum Frühstück!«, sagte sie.

»Es wird kein Feuer gemacht. Wie wäre es stattdessen mit ein paar getrockneten Früchten?«

»Nein, ich will Röstbrot!«

»Wenn der Zauberer aufwacht, werden wir bestimmt ein Feuer machen«, sagte er in der Hoffnung, dass Karia mit diesem Kompromiss einverstanden wäre.

»Ich mache ihn wach«, erbot Karia sich und lief auf das Bett des Magiers zu; Martil hielt sie jedoch zurück.

Wie schon so oft brodelte es in ihm, doch er atmete einfach tief durch. »Ich hätte auch gern Röstbrot, aber wir müssen uns noch etwas gedulden. Verstehst du? Wenn wir ein Feuer machen, finden die Milizsoldaten uns.«

Diese Sprache verstand Karia offenbar. »In Ordnung. Also dürfen wir erst ein Feuer machen, wenn der Zauberer aufwacht?«

»Kurz danach, ja«, versprach Martil.

Sie aßen einige getrocknete Früchte, tranken ein bisschen Wasser und spielten zuerst mit dem Kreisel und etwas später mit den Puppen. Als Conal aufwachte, legte Martil rasch die Puppen beiseite und tat so, als würde er aus dem Fenster schauen.

Conal gesellte sich zu ihnen und rieb sich die müden Augen. »Morgen«, gähnte er. »Glaub nicht, dass wir uns heute noch um die Miliz sorgen müssen. Sie werden denken, dass wir aus ihrem Zuständigkeitsbereich entkommen sind. Sie werden Beschreibungen von uns an die umliegenden Gebiete schicken.«

Martil musterte ihn nachdenklich. Konnte der alte Räuber wieder zu dem Menschen werden, der er einst gewesen war?

Conal bemerkte, wie Martil ihn ansah, und fühlte sich in eigenartiger Weise unwohl. Er hatte seine Geschichte nie zuvor jemandem erzählt und wusste nicht, warum er sie nun erzählt hatte. Er war sich der Tatsache schmerzlich bewusst, dass es ihm in Thest egal gewesen war, was die Leute von ihm dachten. Das hatte ihn am Leben gehalten, wenn Danir wieder einmal einen Wutanfall bekam, und war auch der Grund für seinen Spitznamen Conal der Mutlose gewesen.

Martil erkannte, dass Conal sich nicht wohl fühlte.

»Conal, was gestern Abend betrifft ...«

»Ja, Hauptmann?« Conal wusste nicht, warum er diese Anrede verwendete. Es schien ihm selbstverständlich, und Martil nahm es als angemessen hin.

»Ich weiß es zu schätzen, dass du mir deine Geschichte erzählt hast. Soweit ich es beurteilen kann, verdient jeder eine zweite Chance. Ich bin der lebende Beweis dafür. Was für Verbrechen du auch begangen haben magst, ich habe Schlimmeres getan. Aber die Vergangenheit ist eben *vergangen*, sie liegt hinter uns. Wir können nur Tag für Tag unser Bestes geben. Du brauchst kein Straßenräuber mehr zu sein. Du kannst wieder der Mann sein, der du einst warst.« Martil wusste, dass die Worte Conal helfen konnten – er wünschte nur, sie würden auch auf ihn zutreffen. Stattdessen hinterließen sie nur einen schalen Nachgeschmack in seinem Mund. Er hatte zu viele ähnliche Reden gehalten, bevor er in Schlachten gezogen war. Er hatte den Männern gesagt, was sie hören wollten, statt ihnen die Wahrheit zu sagen – um ihnen Trost zu schenken.

Conal hustete kurz, um seine Verlegenheit zu überspielen. *Zeit, die ernste Stimmung zu lockern,* dachte er.

»Das werde ich, Hauptmann. Wann immer du eine helfende Hand brauchst, kannst du auf mich zählen.«

Karia fand das zum Totlachen; Martil nickte ihm zu und lächelte. Karia war so schlau, ein Thema nicht weiter zu vertiefen, wenn zwei Erwachsene schon zu viel gesagt hatten.

Conal musste wohl das gleiche Gefühl gehabt haben.

»Hast du eine Idee, wer diese Hütte gebaut hat?«, fragte er.

Martil ging auf sein Angebot zum Themenwechsel ein. »Nein. Sie war aber sicherlich nicht billig. Und warum baut man eine Hütte mitten im Wald? Es gibt keine Landwirtschaft ringsum, und sie ist zu weit vom Dorf entfernt, um vor Räubern Schutz zu bieten. Und sieh dich mal um. Selbst die Feuerstelle ist kaum verrußt. Die Hütte wurde nicht oft benutzt.«

Conal nickte. »Genau. Nun, ich nehme an, der Zauberer wird unsere Fragen beantworten können, wenn er aufwacht. Wir müssen nur warten.«

Und das taten sie auch, während Barrett weiter schnarchte.

Karia wurde es schnell langweilig, obwohl Martil ihr anbot, mit ihr zu würfeln. Daher schlug Conal vor, er könnte mit ihr und ihren Puppen spielen. Martil war dankbar und etwas überrascht, dass Karia einwilligte. Er dachte über die Ironie nach, dass es ihn Tage gekostet hatte, bis sie bereit war, mit ihm zu kooperieren, und sie den stinkenden, einarmigen, hässlichen ehemaligen Banditen beinahe sofort akzeptierte. Die Wege des weiblichen Geschmacks sind unergründlich, dachte er, wobei es ihm nicht sonderlich gefiel zu sehen, dass der alte Räuber bemerkenswert gut darin war, mit Karia und ihren Puppen zu spielen und sie zum Lachen zu bringen.

Deshalb bot er ihr einen Ausflug nach draußen an, um die Pferde zu füttern und zu bürsten. Es brachte etwas Abwechslung, doch Martil war bald mit seiner Weisheit am Ende. Als sie wieder in die Hütte kam, fragte Karia zum tausendsten Mal, wann sie ihr Röstbrot bekommen würde.

»Wenn der Zauberer aufwacht«, sagte Martil mit einem Zähneknirschen. Er vermutete, diese Worte würden vielleicht noch jahrelang zur Bezeichnung einer sehr, sehr langen Zeit verwendet werden. In der Hütte gab es nicht einmal eine Sanduhr; sie konnten nicht genau sagen, wie spät es war.

»Wann wird er aufwachen?«

»Jetzt«, sagte Barrett leise und setzte sich auf.

»Juchu! Röstbrot!«, jubelte Karia und legte einen kleinen Tanz hin.

»Wir haben ihr gesagt, dass sie warten müsste, bis du aufwachst, bevor wir ein Feuer machen. Wir wollten nicht, dass der Rauch unser Versteck verrät«, erklärte Martil.

Barrett nickte. »Sehr gut. Aber ich habe ebenfalls Hunger.« Er deutete auf die Feuerstelle, wo die Überreste des Feuers, das Martil letzte Nacht kurz entfacht hatte, noch immer lagen. Sie loderten sofort auf und wurden rasch zu glutroter Kohle; das war ideal zum Kochen, und gleichzeitig wurde fast kein Rauch freigesetzt.

Der Zauberer sah sehr viel besser aus als am Vorabend. Seine Augen waren klar, und seine Haut wirkte nicht mehr ganz so blass. »Lasst uns essen!«, schlug er vor und stand auf.

Während er sich reichlich Haferbrei aus der großen Schüssel nahm, sich an getrockneten Früchten gütlich tat und Karia Käse und Röstbrot gab, versuchte sie, ihn auszufragen, wann immer er den Mund nicht voll hatte.

»Warum isst du so viel?«, fragte sie.

»Magie. Sie verbraucht meine Kraft; Kraft, die ich nur durch Essen und Schlaf wiedererlangen kann. Magie kann nie zerstört werden oder verschwinden. Wenn wir also welche nutzen, müssen wir sie ersetzen. Ich habe gestern sehr viel Magie eingesetzt, weil ich auf der Suche nach … etwas war, deshalb war ich so erschöpft, als wir uns gestern Abend getroffen haben.«

»Und wie …«

»Vielleicht sollten wir noch etwas warten, bevor wir ihm diese Fragen stellen. Schließlich gibt es viele andere Fragen, die beantwortet werden müssen«, sagte Martil hastig, bevor Karia die Leitung des Gesprächs endgültig übernahm.

Sie starrte ihn an und verschränkte die Arme vor der Brust, und um sie zu beruhigen, schob Martil ihr rasch ein Stück Röstbrot hin.

Barrett beobachtete sie für ein paar Sekunden, ohne etwas zu sagen. Sie waren ein ungewöhnliches Trio, und er war sich nicht sicher, was er mit ihnen anfangen sollte. Sein Versuch, das Drachenschwert wiederzuerlangen, war bisher nicht erfolgreich gewesen. Als er sich von dem Zweikampf mit Tellite erholt hatte, hatte er befürchtet, dass Gellos Leute ihm bereits zuvorgekommen waren. Er hatte den gestrigen Tag damit verbracht, mittels Magie von Eiche zu Eiche durch das Land zu reisen und verzweifelt nach dem Drachenschwert zu suchen. Davon war er sehr erschöpft, und das hatte ihn in gefährlichem Ausmaß verwundbar gemacht. Die drei hatten ihm das Leben gerettet, aber er bezweifelte, dass sie ihm in Zukunft helfen konnten.

»Allerdings. Vielleicht sollten wir uns erst einmal bekannt machen. Ihr kennt meinen Namen, und ich bin der Magier der Königin. Du bist Martil, und das Mädchen heißt Karia, aber wer seid ihr eigentlich?«

Martil zuckte mit den Achseln. »Die meisten Leute kennen mich als Kriegshauptmann Martil vom Rallorischen Heer …«

Barrett schluckte, ohne den Bissen gekaut zu haben. Der Name sagte ihm etwas. »Einer der Schlächter von Bellic?«

»Das ist nicht mein offizieller Titel. Aber ich war dort«, gab er mürrisch zu.

»Ich bitte um Verzeihung. Ich bin seit drei Jahren Mitglied des Königlichen Rates, und uns wird regelmäßig Bericht erstattet. Bitte fahr fort.« Barrett lehnte sich zurück und sah den Mann mit gewecktem Interesse an. Was tat ein Mann seines Schlags so weit im Norden? Und warum hatte er ein kleines Mädchen bei sich? Wenigstens war er allem Anschein nach kein Freund von Gellos Männern … Er hörte genau zu, als Martil fast alles erklärte, was geschehen war, bis sie ihn in Darrys Gasthaus getroffen hatten.

»Es war ein glücklicher Zufall für uns beide«, stimmte Barrett zu. Er beschloss, diesen Leuten zu helfen, vor Gello zu fliehen. Das war das Mindeste, was er tun konnte, obwohl es seine Mission etwas verzögern würde. »Du hast Hilfe geleistet, und dafür sollst du belohnt werden. Ich kann euch zurück über die Grenze nach Tetril bringen. Dort solltet ihr weniger Probleme mit Gellos Männern haben.«

»Ist das der Grund, warum du hier bist?«, fragte Martil.

Barrett schob sich einen Löffel Haferbrei in den Mund und überlegte, wie viel er preisgeben sollte. Es wäre möglicherweise gefährlich für die drei. Und ihm fiele es auch nicht leicht; er hatte in den letzten Jahren niemandem im Palast vertraut und würde dieses Prinzip nicht einfach für Fremde umstoßen. »Nimm es mir nicht übel, aber du bist Rallorer, dein Freund ist ein Räuber aus Tetril, und das Mädchen ist die Tochter eines Norstaler Banditen. Ich werde mich euch nicht anvertrauen. Ich werde euch in Sicherheit bringen und somit meine Schuld beglichen haben. Obwohl ich es begrüßen würde, wenn du mir eine Frage beantworten würdest. Warum war der Offizier deinetwegen so aufgebracht?«

»Wir hatten in der Nähe von Wollin eine Auseinandersetzung. Er dachte, ich hätte das Drachenschwert«, sagte Martil trocken. Er freute sich schon darauf, die Arroganz des großtuerischen Zauberers dahinschwinden zu sehen, sobald er ihm verriet, was er in seiner Satteltasche hatte.

»Sie durchsuchen jeden«, stimmte Barrett zu, »aber warum hast du es ihnen nicht einfach gestattet und deine Reise anschließend fortgesetzt?«

»Beim ersten Mal habe ich es nicht zugelassen, weil ich mich niemandem unterwerfe«, antwortete Martil, »und beim zweiten Mal habe ich es nicht zugelassen, weil ich das Schwert tatsächlich oben in meinem Zimmer hatte.«

Barrett hielt für einen Moment inne und und brach dann in Gelächter aus. »Hervorragender Scherz! Wie ich feststelle, ist nichts dran an den Gerüchten, die Rallorer hätten keinen Sinn für Humor!«

Martil sah ihn lediglich an, ohne ein Wort zu sagen. Barrett schaute sich um und bemerkte, dass außer ihm niemand lachte. Sein Lächeln erstarb langsam, und sein Herz begann zu rasen. »Ist das dein Ernst?«

Statt diese Frage zu beantworten, trat Martil an seine Satteltasche und holte das Bündel heraus, wickelte es feierlich aus und brachte die glitzernde Scheide des Schwertes zum Vorschein.

Barrett sprang auf. Er hätte diese Scheide sofort und überall erkannt. Er hatte befürchtet, seine Mission nicht erfüllen zu können, doch da war das Drachenschwert und wurde ihm ausgehändigt! Er konnte die Königin bereits voller Dankbarkeit lächeln sehen – das hatte schon oft im Mittelpunkt seiner geheimen Tagträume gestanden.

»Bei Aroarils Bart! Du hast das Schwert!«, keuchte er verblüfft.

»Wir waren auf dem Weg zur Königin, um es ihr zurückzugeben«, erklärte Karia.

Barrett setzte sich hin, und ihm gingen tausend Gedanken durch den Kopf. Er musste so schnell wie möglich zurück in die Hauptstadt. »Das ändert alles«, sagte er halb zu sich selbst. »Das ist vielleicht die Rettung des Landes.« Er blickte auf. »Du musst es mir geben!«

Martil machte keinerlei Anstalten, dem Folge zu leisten – schon aus Prinzip nicht.

Bevor Barrett seiner Forderung mehr Nachdruck verleihen konnte, meldete sich Conal zu Wort.

»Es macht keinen Sinn, es dir zu geben. Er ist der Auserwählte. Er hat es gezogen.«

Nun spielten Barretts Gedanken komplett verrückt.

Seit einigen Tagen hatte er versucht, das Schwert zu finden; aber er hatte bereits seit drei Jahren versucht, den Auserwählten zu finden. Doch er hätte nie gedacht, dass einem rallorischen Krieger, insbesondere einem mit einem solchen Ruf, eine solche Ehre zuteilwerden könnte. Es kostete ihn große Mühe, seine Gedanken zu ordnen.

»Du hast es gezogen? Wie? Was hat … ich meine, ein Rallorer! Wie konntest …«, stotterte er vor sich hin, bevor er den Blick erneut auf Martil richtete. Wenn es stimmte, war Martil jetzt der wichtigste Mann des Landes.

»Ich muss dich bitten, es zu beweisen«, sagte Barrett höflich.

Martil zuckte mit den Achseln und zog das Drachenschwert. Die helle Klinge fing das Licht der Morgensonne ein, die jetzt durch das Fenster schien. Barrett starrte das Schwert ehrfürchtig an.

»Du bist der Auserwählte des Drachenschwertes. Die Magie nimmt wahrlich rätselhafte Wege. Ich hätte nie gelaubt, dass ein Mann, der als Schlächter von Bellic bekannt ist, das Schwert ziehen könnte. Es muss etwas Außergewöhnliches in dir gesehen haben.« Barrett sah sich den Rallorer etwas genauer an. Was bedeutete das für Norstalos und, noch wichtiger, für seine geliebte Königin?

Martil war zufrieden, wie das Schwert den Umgangston des Zauberers verändert hatte, und gleichzeitig beunruhigt, dass auch dieser darauf bestand, das Schwert für ein fühlendes Wesen zu halten.

»Bitte nimm Platz, wir haben viel zu besprechen. Es lastet große Verantwortung auf deinen Schultern.« Barrett wusste nicht, wo er anfangen sollte. Er und die Königin hatten so oft darüber gesprochen, so viele Pläne entworfen – aber sie alle hatten darauf aufgebaut, dass die Königin nicht Gellos Gefangene war.

»Kann ich es der Königin nicht einfach zurückgeben?«, wandte Martil ein.

Barrett verkniff sich eine scharfe Bemerkung. Es gab so vieles, was dieser Mann nicht verstand! Und er hasste es, ihm alles selbst erklären zu müssen. Es war sein Versäumnis, und das wusste er. Die Welt war voller Idioten, und er war nur äußerst ungern freundlich zu ihnen. Er hatte Jahre damit verbracht, seinen Geist zu schärfen und zu vervollkommnen. Von den meisten anderen Menschen dagegen hatte er eher den Eindruck gewonnen, dass man das Gehirn gegen eine Kelle Erbsensuppe tauschen konnte, ohne dass ein Unterschied erkennbar sein würde. »Unmöglich. Du bist der Auserwählte des Drachenschwertes. Es wird sich keinem anderen fügen, solange du lebst.«

Bei dem Gedanken rutschte Martil das Herz in die Hose. »Stimmt es wirklich, dass dieses Ding mich tötet, wenn ich nicht der Krieger der Königin werde und mich offiziell dazu bekenne?« Wenn es stimmen *würde*, müsste Pater Nott sich nicht weiter einmischen, denn dann steckte er bereits bis zum Hals in einer Sache, die schicksalhafter nicht sein konnte.

Ausgezeichnet, dachte Barrett. Er beginnt endlich zu verinnerlichen, was es bedeutet, der Auserwählte des Schwertes zu sein. Jetzt kann ich mich seiner annehmen. »Es stimmt. Du musst der Streiter der Königin werden und ihr helfen, sich Herzog Gellos zu erwehren.«

»Was ist, wenn ich nicht noch einmal in den Krieg ziehen möchte?«, widersprach Martil.

Barrett lächelte dünn. »Du hast das Schwert gezogen. Es gehört jetzt dir, bis du stirbst, mit allen Verpflichtungen, die damit verbunden sind.«

Martil fühlte, wie die Last dieser Verantwortung sich schwer auf seine Schultern legte, und sackte auf seinem Stuhl zusammen.

»Es ist nicht alles schlecht daran. Das Schwert kann erstaunliche Dinge für dich vollbringen. Und die Belohnung für die Dienste als Streiter der Königin … lass dir gesagt sein, dass es uns leichtfallen wird, Gello zu bezwingen, da wir nun im Besitz des Schwertes sind. Und danach kannst du dich entspannen und ein Leben voller Reichtum genießen.«

Martil bezweifelte, dass es so einfach sein würde. Das waren die Dinge nie. Aber er sah, worauf es hinauslief. Er musste der Königin wenigstens helfen. Die einzige Hoffnung war, dass das gesamte Land von diesem verdammten Ding besessen war. Vielleicht würde Gello sich einfach widerstandslos ergeben. So oder so sah es aus, als müsste er wenigstens versuchen, sich wie der Streiter der Königin zu verhalten.

Barrett störte seine Überlegungen an diesem Punkt. »Wie bist du an das Schwert gekommen?«

Also ergänzte Martil seine vorherige Geschichte mit Conals Unterstützung, als er erklärte, was mit Danirs Bande geschehen war und wie das Schwert dorthin gekommen war. Barretts Zorn schwoll an, als der Beweis von Gellos Verrat enthüllt wurde. Konnte er das vor den Königlichen Rat bringen? Vielleicht gab es eine Möglichkeit, einige der Adligen wieder für die Königin zu gewinnen …

»Ich frage mich, ob die Leichen noch ihre Umhänge mit Gellos Abzeichen anhaben?«

»Das bezweifele ich. Ich weiß nicht, wo der Überfall stattgefunden hat, aber selbst wenn wir die Leichen fänden, wären ein paar tote Männer kein wirklicher Beweis. Wenn sie noch am Leben wären, könnten sie die Entwendung des Drachenschwertes zugeben – aber wenn wir lediglich mit einigen Leichen auftauchen, dann könnte man doch annehmen, dass wir sie selbst getötet haben?«, sagte Conal achselzuckend.

»Du scheinst von Verbrechen einiges zu verstehen«, murmelte Barrett, der sich zwar der Logik beugen musste, aber seine Hoffnung nur ungern schwinden sah.

»Nun ja, ich bin auf dem Gebiet nicht ganz unerfahren«, stimmte Conal zu.

»Warum wollten die Männer das Schwert aus dem Land schaffen?«, fragte Martil.

Barrett musste seine Ärger erneut unterdrücken. Er erinnerte sich daran, dass er auf die Unterstützung dieses Mannes angewiesen war. »Es war alles Teil von Gellos großem Plan. Die Leute glauben, sie hätten in Norstalos nur in Frieden gelebt, weil das Drachenschwert da war. Ohne das Schwert fürchten sie, dass mehr Banditen durchs Land streifen und dass viele Menschen getötet und vergewaltigt werden und Ähnliches. Der Königliche Rat ist von Gello manipuliert worden. Er hat an Gello appelliert, die Ordnung wiederherzustellen, die durch den Diebstahl des Drachenschwertes gestört war. Ein Plan von bewundernswertem Scharfsinn. Er schafft ein Problem, für welches er selbst als einzige Lösung angesehen wird. Aber nun können wir ihn aufhalten. Mit dem Auserwählten des Drachenschwertes an ihrer Seite werden sich die guten Menschen aus Norstalos der Königin anschließen und genauso die gewöhnlichen Soldaten, die nichts von Gellos Hinterhalt wissen, sondern nur ihre Befehle ausführen.«

»Und wie stellen wir das an?«, fragte Martil unverblümt.

Barrett lächelte. Er und die Königin hatten das viele Male besprochen. »Ganz einfach. Du und die Königin befehlt den Regimentern, jeden Offizier zu verhaften, der ihnen gegenüber nicht loyal ist, und dann schickt ihr einige Kompanien aus, um Gello in Haft zu nehmen.«

»Und durch das Schwert werden sie mir gehorchen?«, wiederholte Martil zweifelnd.

»Wenn ein guter Mann es führt, werden sich andere gute Männer um ihn sammeln«, sagte Barrett verärgert. »Es funktioniert einfach.«

Martils Kehle schnürte sich fast zu. Es gab bessere Wege zu sterben. Dieser Zauberer hatte offensichtlich zu viele Sagen gelesen und nicht genug Zeit im realen Leben verbracht. Es war an der Zeit, ihm etwas klarzumachen.

»Wie viele Männer im Heer werden denn gut sein?«, fragte er. »Die Hälfte? Ein Drittel? Ein Viertel?«

Barrett dachte darüber nach. »Offensichtlich zieht der Gedanke, in Schlachten zu kämpfen und zu töten, eher schlechte Männer an, aber trotzdem – wir sind hier in Norstalos. Ich würde sagen, dass zumindest die Hälfte der Männer gut ist.«

»Und kannst du mit Sicherheit sagen, dass die, mit denen wir sprechen werden, zur guten Hälfte gehören? Denn anderenfalls sind wir alle tot. Ich habe schon in vielen Heeren gedient, und in jedem gab es reichlich schlechte Männer. Wenn Gello sein Handwerk versteht, hat er sein Heer darauf eingeschworen, in die umliegenden Länder einzumarschieren. Es wäre ein Glücksfall, wenn ein Viertel dieser Männer sich gegen ihre Kameraden wenden würden. Und vergiss nicht: Zwölf von ihnen, die einem klugen Offizier unterstellt werden, genügen, um die Königin und den Auserwählten des Drachenschwertes zu töten.« Er zögerte und beschloss, seine größte Angst auszusprechen. »Und was, wenn es für mich nicht richtig funktioniert? Ich habe den Einsatz in Bellic befehligt. Eine beträchtliche Menge Blut klebt an meinen Händen. Was, wenn ich noch nicht bereit bin?«

Barrett wollte gerade mit einer vernichtenden Zurückweisung antworten, wie er es aus Gewohnheit bei den meisten Menschen tat, zögerte dann jedoch und hielt inne. Er sah den Sinn in Martils Worten. Er und Königin Merren hatten ganz darauf gesetzt, dass das Drachenschwert in den Händen des Auserwählten unverzüglich funktionieren würde. Es war alles gewesen, worüber sie in den vergangenen drei Jahren gesprochen hatten. Der Gedanke, dass sie zwar im Besitz des Drachenschwertes waren, die Situation sich dadurch jedoch nicht grundlegend änderte … Er wollte nicht so einfach aufgeben.

»Der alte Räuber hat sich dir angeschlossen«, bemerkte er. »Das bedeutet, dass das Schwert auf dich angesprochen hat.«

»Nur weil ich nichts Besseres zu tun hatte«, grunzte Conal. Er mochte sich Martil anvertraut haben, aber er würde kein Wort mit diesem arroganten Zauberer reden.

Barrett war außer sich. Seine Hoffnungen und Ängste und die Anspannung, unter der er gestanden hatte, ließen ihn allen guten Willen vergessen, den Auserwählten des Drachenschwertes zu besänftigen. »Das Land braucht dich! Herzog Gello hat fast die gesamte Kontrolle an sich gerissen, und bald wirst du einen Krieg von verheerendem Ausmaß erleben. Er wird das größte Heer auf die Beine stellen, das dieser Kontinent je gesehen hat, und damit jedes Land bezwingen! Ihr Rallorer habt Jahrzehnte gebraucht, um Berellia zu besiegen. Denkst du, du kannst Gello aufhalten, wenn er fünfundsiebzigtausend Mann anführt?«

Es gab reichlich Themen, die Martil in Rage brachten, doch kaum etwas machte ihn so wütend wie eine Beleidigung des rallorischen Heers.

»Im Krieg geht es nicht nur um die Anzahl der Soldaten. Ihr Norstaler mögt euch für so überlegen halten, dass ihr selbst eure Scheiße toll findet, aber wir Rallorer haben das Beste niedergetrampelt, was Berellia und Aviland zu bieten hatten«, schnauzte Martil ihn an. »Du und deine Meute von verweichlichten Schoßhunden, ihr habt noch nie echten Männern gegenübergestanden!«

Barrett prustete verachtungsvoll. Er bemühte sich, nicht die Beherrschung zu verlieren, atmete tief durch und versuchte, an die Güte des Rallorers zu appellieren. Ein Ruf zu den Waffen könnte ihn vielleicht überzeugen. »Jetzt ist die letzte Möglichkeit. Du bist die letzte Hoffnung unseres Volkes und damit des ganzen Kontinents. Wie lautet dein Urteil?«, sagte er mit freundlicher Miene. Bestimmt würde Martil gleich irgendeinen Eid leisten, dass er die Königin und das Land rettete.

Martil hatte zu viele solcher Reden gehört – meistens bevor ihm befohlen wurde, in eine hoffnungslose Schlacht zu ziehen. Er hatte nicht vor, jetzt darauf hereinzufallen. Er sagte kein Wort.

Barrett war sein Zorn deutlich anzusehen, als ihm klar wurde, dass seine Ansprache bei Martil nichts bewirkt hatte. »Ich verfluche das Schicksal, dass das Schwert sich einen wie dich ausgesucht hat!« Barrett schlug mit der Hand auf den Tisch und sprang auf.

Karia schrie, schreckte vor Barretts Wutausbruch zurück, lief zu Martil und fing an zu weinen. Instinktiv hielten alle drei Männer inne und sahen Karia an. Martil streckte seine Arme aus, und sie kletterte auf seinen Schoß und legte ihren Kopf an seine Schulter.

»Es ist in Ordnung, wir haben uns nur unterhalten«, versicherte Martil ihr. Sie saß auf seinem Schoß und hatte Barrett bewusst den Rücken zugekehrt. »Sie hat viele Zornausbrüche ihres Vaters und ihrer Brüder durchgemacht. Sie hat immer noch Angst davor«, erklärte er.

Barrett atmete tief durch. Er hatte nicht gerade viel Erfahrung mit Kindern. Dennoch wollte er nicht zu der Sorte Menschen gehören, die kleinen Mädchen Angst einjagten. »Es tut mir leid, Karia. Verzeihst du mir?«

Sie drückte ihren Kopf nur noch fester an Martils Schulter.

»Später vielleicht«, schlug Martil vor und strich ihr übers Haar.

Barrett blickte ihn weiter an. Der Krieger war verschwunden, an seine Stelle war ein sanfter Mann getreten, der ein verängstigtes Mädchen beruhigte. Er konzentrierte sich erneut. Was auch immer Martil sonst noch war, er war der Auserwählte des Drachenschwertes. »Du wirst mir vielleicht nicht glauben, aber was du gerade gezeigt hast, muss der Grund sein, warum das Drachenschwert dich auserwählt hat. Es glaubt an Wiedergutmachung, also muss es zweifelsohne gefühlt haben, dass du seiner würdig sein könntest. Was immer du angerichtet hast, du kannst die Macht des Schwertes freisetzen. Nun ja, du musst es. Du wirst unser Retter, oder du wirst sterben. Das Schwert gestattet nur diese zwei Möglichkeiten.«

»Wie kann das Schwert überhaupt etwas gestatten? Es ist ein Stück Metall!« Einzig und allein die Tatsache, dass er Karia auf dem Schoß hatte, hielt ihn davon ab, auf Barrett loszugehen.

Der Zauberer seufzte. »Es wurde von den Drachen erschaffen. Es ist nicht lebendig, es wird nicht mit dir sprechen, aber es ist jetzt mit dir verbunden. Ein guter Mann wird von dem Schwert zusätzliche Kraft beziehen. Ein schlechter Mann wird erfahren, wie es sich anfühlt, wenn ihm langsam das Leben ausgesaugt wird, so ähnlich, wie ein Magier immer schwächer wird, wenn er Magie benutzt, die von seiner Lebenskraft ersetzt werden muss.«

Martil beäugte das Schwert voller Abscheu.

Conal kicherte. »Wenn du es nicht gezogen hättest, hättest du es dem Zauberer geben können, und wir beide wären längst fort gewesen und hätten die Taschen voller Gold gehabt. Er ist offensichtlich auf einer geheimen Mission, um das Schwert für die Königin zu finden.«

Barrett seufzte. »Das stimmt in der Tat. Die Königin wusste, dass Gello die Macht an sich reißen würde, deshalb hat sie mich aus der Stadt geschickt, um das Drachenschwert zu suchen. Ich habe mich hier ausruhen müssen und erst gestern mit der Suche begonnen. Zweifelsohne hat Gello vermutet, dass ich mich auf die Fährte des gestohlenen Schwertes begeben würde, deshalb wird er die Miliz hier in der Nähe benachrichtigt haben, dass ich in Haft genommen werden soll, wenn ich gesehen werde.«

Martil stöhnte innerlich. Es war schlimmer, als er befürchtet hatte. »Wie kommen wir an die Königin heran?«

»Ich dachte, du läufst einfach mit dem Schwert durch die Stadt und hältst es hoch, bis dir genug Männer folgen, um in den Palast zu gehen und von Gello die Freilassung der Königin zu fordern«, gab Barrett zu.

Martil sah Conal an, in dessen Gesicht sich seine Angst widerspiegelte. Wenn sie das täten, würden Gellos Männer sie sofort töten. »Du hast zu viele Sagen gehört«, sagte Martil. »Wir holen die Königin da heraus und bringen sie und das Schwert aus der Stadt, an einen Ort, wo gute Männer zu uns kommen können. Sobald genug Männer gekommen sind, können wir daran denken, gegen Gello zu marschieren.«

Barrett stimmte widerwillig zu. »Ich sehe die Klugheit dieses Plans.«

»Wie funktioniert das Schwert?« Karia hatte sich inzwischen umgedreht. »Erzähl mir von den Drachen!«

Barrett lachte. Nachdem er sie vorhin verängstigt hatte, wollte er jetzt sein Bestes geben und nett zu ihr sein. »Ich war auch von Drachen besessen, als ich in deinem Alter war.«

»Sie rufen mich in meinen Träumen und fliegen mit mir.«

Barretts aufgesetztes, nettes Lächeln wich einem nachdenklichen Gesichtsausdruck. Dafür gab es nur einen Grund. »Genau das habe ich damals auch geträumt«, murmelte er. »Interessant.«

»Wie meinst du das?«, wollte Martil wissen.

Barrett winkte ab. Es war nicht nötig, jetzt eine Lehrstunde über Magie zu geben. Sie hatten schon genug zu tun mit dem Drachenschwert. Er musste diesem dickköpfigen Rallorer erklären, was in Norstalos sogar die Kinder wussten. »Später. Zuerst muss ich dir mehr über das Schwert sagen.« Er atmete tief durch. »Ich weiß nicht genau, wie es funktioniert, aber sobald wir in meiner Bibliothek sind, sollte ich in der Lage sein, ein paar hilfreiche Bücher zu diesem Thema zu finden. Was weißt du über die Geschichte des Schwertes?«

»Die Drachen haben es König Riel überreicht, der damit das Land vereinte. Alle waren glücklich, und Norstalos lebte seither in Frieden; die gewöhnlichen Leute denken, dass es wegen des Schwertes friedlich ist, obwohl das keinen Sinn macht«, antwortete Martil.

Barrett hielt inne. »Das trifft es ziemlich genau«, räumte er ein. »Das Wichtigste ist, dass die Leute glauben, das Schwert sorge für ihre Sicherheit. Das tut es aber nicht. Es zieht gute Männer an und veranlasst sie zu handeln, wenn sie vielleicht lieber nichts tun würden.

Das Schwert selbst hat nicht die Macht, den Frieden zu wahren. Es liegt an den Menschen selbst, für Frieden zu sorgen. Aber der Besitz des Schwertes sollte die Menschen dazu bringen, sich uns anzuschließen – und wenn sich uns genug anschließen, kann Gello uns nicht aufhalten!«

»Und wenn er nicht so einfach aufgibt? Ich muss dich leider enttäuschen, aber ein Mann, der jahrelang Pläne schmiedet, um die Macht zu ergreifen und König zu werden, gibt nicht einfach auf, wenn ein Rallorer dahergelaufen kommt und mit einem Zauberschwert herumfuchtelt«, sagte Martil bissig. Dieser Zauberer und seine Königin benötigten dringend ein paar Lektionen aus dem wirklichen Leben.

»Das ist langweilig. Was ist mit den Drachen?«, verkündete Karia.

»Hab Geduld«, sagte Martil, und Karia schwieg tatsächlich.

Barrett wirkte besorgt. »Dann käme es zu einem Bürgerkrieg.«

Martil gefiel dieser Gedanke gar nicht – ebenso wenig wie der Gedanke, dass die Königin all ihre Hoffnungen in ihn und seine Meisterung des Drachenschwertes setzte. Aber erst einmal mussten sie zur Königin.

»Wo wird sie festgehalten?«, fragte Martil.

»Im Palast. Vielleicht können wir herausfinden, wie ihr normaler Tagesablauf aussieht, und dann den günstigsten Zeitpunkt wählen, um sie zu befreien«, erwiderte Barrett.

»Dann sollten wir uns beeilen«, sagte Martil schwerfällig. »Havrick wird unser Zusammentreffen gemeldet haben, und er vermutete, dass ich das Drachenschwert besitze. Wir müssen handeln, bevor er es tut.«

»Bist du fertig? Kannst du mir jetzt ein bisschen Magie zeigen?«, jammerte Karia.

Barrett schmunzelte. Der Rallorer würde mitkommen, also konnte er freundlich zu dem Mädchen sein. »Du hast geduldig gewartet. Also gut.« Er nahm eine große Nuss von seinem Teller und warf sie hoch. Sie flog im Raum herum, schoss auf und ab, prallte gegen Conals Kopf und landete schließlich in Karias Hand. Sie starrte die Nuss vollkommen verblüfft an.

»Das war toll! Ich konnte die Magie richtig spüren«, rief sie.

»Du konntest die Magie spüren?«, fragte Barrett scharf.

»Wie kommt man dazu, als so junger Mann zum Magier der Königin zu werden? Ich dachte, alle Zauberer wären vertrocknete alte Hungerhaken«, unterbrach Conal ihn und kratzte sich am Kopf.

Barrett schnaubte. Zu dem Rallorer musste er höflich sein, doch auf diesen stinkenden, alten Mann war er nicht angewiesen. »Das ist die herkömmliche Meinung über Zauberer: Es sind alte Männer mit langen Bärten. Viele der weniger Talentierten geben sich so zu erkennen, um die Leichtgläubigen zu beeindrucken. Es gibt jedoch keine Altersgrenze. Gute Gesundheit ist die Hürde. In jedem Alter kann man Magie ausüben. Ein Kind kann es, wenn man ihm zeigt, wie. Genau genommen sogar gerade Kinder, denn sie verfügen über mehr Kraft. Es ist ein Widerspruch. Wenn man am meisten Kraft hat, hat man am wenigsten Wissen. Wenn man über das meiste

Wissen verfügt, hat man die wenigste Kraft, um es anzuwenden. Ich wurde zum Magier der Königin, weil ich meine Jugend damit verbracht habe, unermüdlich zu lernen. Während andere Novizen damit zufrieden waren, es bis in den ersten oder zweiten Kreis zu schaffen, und es dann ruhig angehen ließen, habe ich weitergearbeitet, sowohl an meiner körperlichen Kraft als auch an meinen Kenntnissen. Jetzt bin ich so stark wie der stärkste Krieger und habe gleichzeitig das Wissen, um mit dieser Kraft Magie zu benutzen.« Er ließ eine weitere Nuss durch das Zimmer fliegen; sie schlug dreimal auf Conals Kopf und landete vor Karia.

»Warum benutzt du deinen Zauberstab nicht, wenn du zauberst? Du hältst ihn in der Hand, aber die Magie kommt von deiner anderen Hand«, bemerkte Karia neugierig.

Barrett hatte über Conals Gesichtsausdruck gekichert, schaute nach dieser Bemerkung Karia jedoch genau an. »Woher weißt du, dass ich meinen Zauberstab nicht benutzt habe?«

»Ich weiß es einfach. Außerdem ist er doch nur aus Holz.«

Barrett zögerte. Das Mädchen war etwas Besonders. Hatte Karia etwas mit dem Drachenschwert und den Veränderungen des Schlächters von Bellic zu tun? »Du hast recht. Der Stock dient als Symbol und manchmal als Waffe, außerdem ist er nützlich, wenn man erschöpft ist, nachdem man Magie benutzt hat«, gab er zu.

»Das ist ja alles schön und gut, aber wir müssen uns jetzt ernsthaft Gedanken machen, wie wir durch das Land reisen und in die Hauptstadt gelangen, ohne gesehen zu werden. Und wie sollen wir die Königin befreien, wenn Gello überall seine Soldaten postiert hat?« Martil hielt es für nötig, das Gespräch wieder in die richtige Richtung zu lenken.

Barrett lachte. »Du vergisst, dass ich ein Zauberer bin. Mittels Magie kann ich uns alle in die Stadt und wieder hinausbringen. So bin ich auch hierhergereist. Ich werde einen Plan ausarbeiten, wie wir die Königin Gello unter der Nase wegschnappen, unser eigenes Heer auf die Beine stellen und das Land zurückerobern.«

»Ich wette, im Palast sind oft Barden und tragen ihre Sagen vor«, bemerkte Martil.

»Warum sagst du das?«, fragte Barrett verdutzt.

»Nur so«, meinte Martil achselzuckend; er hatte den starken Verdacht, dass Barrett dies alles für eine Art Abenteuer hielt, wie er sie aus den Sagen kannte. Im echten Leben lief es meist nicht so wie geplant. Wenn Martil mehrere Regimenter Panzerreiter und gut ausgebildeter Fußsoldaten anführte, würde er es auch mit einem Haufen Bauern und Stadtbewohnern aufnehmen können. Aber er sagte kein Wort.

Wie es schien, war er nun durch Magie verpflichtet.

»Dann sollten wir uns besser auf den Weg machen«, seufzte er.

An seinem zweiten Tag in Norstalos-Stadt wurde Pater Nott überraschend zu einer Audienz zum Erzbischof gebeten. Er hatte auch von seiner Reise in einer komfortablen Kutsche nicht viel mitbekommen, weil er mit seinen Gedanken stets bei Karia und Martil gewesen war. Sein Gespräch mit dem Krieger ließ ihn einfach nicht los.

Hatte er genug gesagt? Hatte er zu viel gesagt? In seinem Innersten wusste er, dass er Martil nicht alles hatte erzählen dürfen. Dadurch hätte er das Gegenteil dessen bewirkt, was er erreichen wollte. Der Mann war noch nicht bereit gewesen zu erfahren, dass er abermals ein Land retten musste. Hätte er ihm diese Last zu schnell aufgebürdet, wäre Martil davongelaufen. Es war für ihn besser, wenn er es Stück für Stück erfuhr. Nott bezeichnete das gerne als die Brotschnittentaktik. Ein Mann konnte keinen ganzen Laib Brot auf einmal schlucken, aber wenn man ihm eine Schnitte nach der anderen reichte …

Er fragte sich, warum der Erzbischof ihn rufen ließ. Vermutlich war es aber so Brauch, und alle pensionierten Priester wurden vom Oberhaupt der Kirche empfangen. Er hoffte, dass es keine große, offizielle Sache war. Solche Dinge hasste er.

Er war überrascht, dass er in das Büro des Erzbischofs gebeten wurde, in einen überwältigenden Saal, der – abgesehen von den religiösen Wandmalereien und der Tatsache, dass ein Altar und kein Thron im Mittelpunkt des Raumes stand – bemerkenswerte Ähnlichkeit mit dem Thronsaal eines Königs hatte. Es überraschte ihn noch mehr, dass der Erzbischof persönlich ihn auf einem von zwei schön vergoldeten Stühlen erwartete, zwischen denen ein kleiner Tisch mit Erfrischungen stand.

»Pater Nott! Willkommen! Ich danke dir für deinen ausgezeichneten Dienst an deiner Gemeinde und deiner Kirche! Bitte, nimm Platz und leiste mir Gesellschaft. Eine Tasse Tee gefällig?«

»Danke, Eure Eminenz«, war alles, was Nott über die Lippen brachte.

Der Erzbischof rückte ihm den Stuhl zurecht, goss ihm Tee ein und stellte die Tasse auf den Tisch.

Nott war sprachlos. Er hatte den Erzbischof erst ein paarmal gesehen und war ihm noch nie so nahe gewesen. Erzbischof Declan war ein gut aussehender, würdevoller Mann mit silbernem Haar. Er war verantwortlich für Hunderte Priester, mehrere Dutzend Bischöfe sowie einen enormen Schatz an Besitzungen und Reichtümern. In der Politik hatte er so viel zu sagen wie der wichtigste Adlige – wenn er denn wollte. Er war ein großer, offensichtlich gesunder Mann in guter Form, hatte breite Schultern und einen starken Charakter. Nott war ein wenig überwältigt von ihm.

»Das ist sehr freundlich, Eure Eminenz«, sagte er langsam und nippte an seinem Tee.

»Ach was. Denkst du, ich lade jeden pensionierten Priester auf eine Tasse Tee ein? Mein lieber Bruder, dazu habe ich keine Zeit!« Der Erzbischof nahm einen Schluck Tee und setzte die Tasse bedächtig wieder ab. »Erzähl mir von Martil und Karia.«

Nott hätte fast den Tee verschüttet.

»Was wollt Ihr wissen?«

Der Erzbischof seufzte. »Ich weiß, wie sehr du dem Mädchen verbunden bist. Aber ich muss wissen, ob der Mann dieser Aufgabe gewachsen ist. Wird er tun, was getan werden muss?«

Nott sah den Erzbischof an und war ebenso entsetzt wie beängstigt, dass er seine Maske von Erhabenheit hatte fallen lassen. Jetzt brannte sein Blick sich in Notts Augen, und sein Gesicht legte Zeugnis ab von der enormen Belastung, unter der er stand.

»Ich … ich weiß es nicht mit Sicherheit, Eure Eminenz. Er wandert auf einem schmalen Grat. Sagt ihm etwas, und er wird wahrscheinlich genau das Gegenteil tun. Ich habe ihm einen kleinen Anstoß in die richtige Richtung gegeben, aber nur die Zeit wird zeigen …« Nott verstummte, als der Erzbischof das Gesicht in einer Mischung aus Angst und Ärger verzog. »Eure Eminenz, wenn Ihr gestattet, was habt Ihr gesehen?«

Der Erzbischof seufzte. »Ich habe nichts von Martils und Karias Zukunft gesehen. Meine Angst gilt der Kirche. Wir nähern uns einem entscheidenden Moment. Die Kirche – im Grunde genommen die ganze Welt – könnte sich für immer verändern. Und nicht zum Guten. Angstpriester suchen den Kontinent heim; in Berellia gibt es kaum andere mehr. Ein gewisser Pater Saltek hat sich mit mir in Verbindung gesetzt und mich wissen lassen, dass er vermutlich der letzte Priester Aroarils dort ist! Er musste untertauchen, da die Angstpriester jeden auslöschen, der sich ihnen entgegensetzt. Währenddessen droht Aroarils Kirche zu zerbrechen. Es sind Brüder unter uns, selbst unter meinen Bischöfen, die es für nötig halten, dass die Kirche mehr weltliche Macht ausübt und sich nicht nur auf die geistigen Bedürfnisse der Menschen beschränkt. Wusstest du, dass ich früher jeden Priester, der nicht mehr zu Aroaril sprechen konnte, ersetzt und dann hierherbeordert habe, bis er Aroarils Gunst wiedergewonnen hatte? Diejenigen, die seine Gunst nie zurückerlangten, mussten aus den Diensten der Kirche ausscheiden. Nun, heutzutage gibt es so viele davon, dass ich es nicht mehr bewältigen kann. Ich ersetze sie, wo es mir möglich ist, aber es sind zu viele … Dann gibt es noch die, die sich über die steigende Anzahl von Frauen beschweren, die zu Priestern geweiht werden. Sie wollen, dass dem ein Ende gesetzt wird. Ihnen ist egal, dass es schon immer Frauen im Amt gab; ihnen ist egal, dass keine Frau jemals Aroarils Gnade verloren hat – und ihnen ist egal, dass die stärksten Verfechter dieser Meinung alle vor Jahren die Gunst Aroarils verloren haben. Das Land, der Kontinent und die ganze Welt brauchen die Kirche mehr denn je, und ich befürchte … ich befürchte, wir sind der Herausforderung nicht gewachsen. Der Dunkle Gott ist wieder unter uns, und es liegt nicht in unserer Macht, ihn aufzuhalten. Einige von uns werden ihm sogar helfen. Es wird auf Martil und Karia ankommen und andere, ob wir alle gerettet werden. Ich möchte lediglich wissen, ob dieser Mann in der Lage dazu ist.«

Nott, den die Worte des Erzbischofs immer mehr entsetzt hatten, starrte das Oberhaupt der Kirche wortlos an. Endlich räusperte er sich.

»Eminenz, ich weiß, was Ihr hören wollt, aber ich weiß nicht, ob er dazu in der Lage ist …«

Conal und Martil durchsuchten die Schränke in der Hütte und nahmen alles Brauchbare mit – Haferflocken, geräuchertes Fleisch, Salz und Honig –, um ihre Vorräte wieder aufzustocken. Es war nicht mehr viel zu holen; den vielen leeren Bündeln nach zu urteilen, war vor Kurzem sehr viel verzehrt worden.

»Was ist das für eine Hütte?«, fragte Conal. »Wer wohnt hier?«

»Dies ist eine der Hütten des Königlichen Magiers.

Ab und zu müssen wir schnell durch das Land reisen und brauchen bei unserer Ankunft einen Ort, an dem wir uns erholen können, damit wir unsere Kraft wiedererlangen. Diese Hütten werden von Zaubern geschützt, und ortsansässige Familien halten sie sauber und sorgen dafür, dass immer etwas zu essen und Feuerholz da ist; sie werden dafür bezahlt. Ich weiß, wo sich jede einzelne Hütte befindet. Sie liegen im Land verstreut und sind alle gut versteckt. Wenn wir mit der sinnlosen Fragerei fertig sind, sollten wir uns auf den Weg machen.«

Conal ging hinaus, um die Pferde zu beladen. Karia half ihm, einige Taschen zu tragen, weil er mit einer Hand nicht besonders viel bewältigte. Barrett wartete, bis Karia die Hütte verlassen hatte, und wandte sich an Martil, bevor er ihr folgte.

»Ich glaube, sie ist in der Lage zu zaubern«, sagte er sanft. »Sie hat von Drachen geträumt, die sie gerufen haben. Das ist ein bekanntes Anzeichen. Sie hat erkannt, dass der Zauberstab kein magisches Instrument ist – nur wenige Leute wissen das. Kanntest du ihre Eltern?«

Martil erzählte ihm die Geschichte, woraufhin Barrett ihn nachdenklich ansah.

»Interessant. Aroaril hat sich eingemischt, der alte Priester hat merkwürdige Anzeichen erkannt. Es passt alles. Ich müsste sie noch testen, aber ich denke, dass sie ausgebildet werden sollte.«

»Aber sie ist doch nur ein kleines Mädchen!«

»Das ist egal. Du wärst überrascht, wie viele Frauen zaubern können. Natürlich ist die Öffentlichkeit über sie verärgert, und vielen wird es verwehrt, ihr Potenzial vollkommen auszuschöpfen. Aber jetzt haben wir eine Königin, also wird dieses Stigma vielleicht bald verschwunden sein.«

Martil lächelte, aber seine Gedanken waren mit der Frage beschäftigt, was aus Karia werden würde. Würde er durch Magie dazu versklavt sein, ihr Diener zu sein, der sie weiterhin mit Essen und Unterhaltung versorgte? Falls ja, würde sich nicht viel ändern, dachte er.

»Wir sollten uns auf den Weg machen. Der Test für Karia kann warten; außerdem brauche ich all meine Kraft für die Reise.«

Martil war gespannt, wie sie reisen würden – etwa mit einem Drachen? Er beschloss jedoch, nicht noch einen Vortrag des Zauberers herauszufordern. Sie machten die Tiere fertig und führten sie weiter den Pfad entlang, weg von der Straße.

»Du musst nicht mitkommen, weißt du«, sagte Martil zu Conal, dessen Esel hinter ihnen herschnaufte. »Du kannst dich auch davonmachen.«

Der alte Räuber zuckte mit den Achseln. »Ich habe doch gesagt, dass ich dir eine helfende Hand sein werde. Außerdem, wenn wir die Königin befreien und das Land retten können, möchte ich eine königliche Begnadigung und einen Sack Gold.«

Sie gingen etwa hundert Schritte, bis Barrett vor einer dicken Eiche stehen blieb, deren Wurzeln auf dem Pfad eine natürliche Stufe bildeten.

»Wir werden uns ihrer bedienen, um nach Norstalos-Stadt zu kommen«, verkündete er.

»Wie? Fällen wir die Eiche und machen uns Hexenbesen daraus?«, sagte Conal grinsend.

Barrett schlug auf Hüfthöhe gegen den Baumstamm.

»Sieh gut zu, Narr, und du wirst sehen, wie ich die Kraft der Natur nutze, um Magie zu erschaffen. Du solltest dich nützlich machen und den Pferden die Augen verbinden – und auch der Kreatur, die du mitgebracht hast. Den Tieren gefällt diese Art der Fortbewegung nur selten.«

Als er sah, wie Conal den Tieren mit alten Leinentüchern die Augen verband, schloss Barrett die Augen, legte eine Hand auf den Baumstamm und stützte sich mit der anderen auf seinem Zauberstock ab.

Er grunzte angestrengt, und Karia kreischte aufgeregt: »Schau mal! Ich sehe, was er da macht! Wir gehen in die Stadt.«

Martil sah Conal an, doch der alte Räuber schien ebenso verblüfft. Sie wandten sich Barrett zu, dessen Gesicht höchste Konzentration verriet. »Es ist vollbracht. Wir müssen uns beeilen«, krächzte er.

»Was ist vollbracht?«, fragte Martil, der keine Veränderung an dem Baum bemerkte. Er konnte sich auch nicht vorstellen, wie ein Baum sie durch das halbe Land bringen sollte.

»Sieh mal! Es ist schön! Da drüben wächst Gras!« Karia lachte, ergriff Martils Hand und zog ihn auf den Baum zu.

»Bring mein Pferd mit und beeil dich!«, schnauzte Barrett Conal an, der keinerlei Anstalten machte zu gehorchen. »Beweg dich, Mensch!« Barretts Stimme hatte wieder so viel Autorität, dass Conal augenblicklich gehorchte.

Martil versuchte, Karia zurückzuhalten; er hatte Angst, dass sie sich an dem Baum verletzen würde. Aber dann nahm Barrett seinen Zauberstock und stieß ihn in den Baumstamm. Martil hätte vor Schreck fast aufgeschrien, als der Stock entgegen seinen Erwartungen nicht an dem festen Holz des Stammes abprallte, sondern in dem Stamm zu verschwinden schien.

»Berührt den Stock, wenn ihr durchgeht. Er wird euch leiten. Lasst ihn bloß nicht los, sonst seid ihr verloren«, ächzte Barrett.

Martil hatte noch immer Bedenken, doch Karia hatte keine Furcht. Sie ergriff Barretts Zauberstock fest und lief einfach in den Baum. Anstatt abzuprallen und auf den Boden zu fallen, was – wie Martil Bäume kannte – hätte geschehen müssen, verschwand sie einfach.

»Karia!« Martils Herz setzte für einen Augenblick aus; dann eilte er ihr hinterher und zog Tomon, dem inzwischen die Augen verbunden worden waren, mit einer Hand hinter sich her. Mit der anderen umschloss er den Stab. Instinktiv schloss er die Augen. Aber statt gegen den Baum zu krachen, setzte er an einem anderen Ort den Fuß auf die Erde. Er öffnete die Augen und sah, dass er auf einer Wiese stand, die Sonne ihm ins Gesicht schien und er eine große Eiche im Rücken hatte. Nur stand diese hier nicht an einem Pfad in einem Wald.

»Was?« Er sah sich einen Moment lang um, bevor er es verstand. »Karia! Wo bist du?«

»Das hat Spaß gemacht«, rief sie fröhlich und hüpfte hinter dem Baum hervor. »Aber meinst du nicht, es wäre besser, wenn du Tomon da rausholst?«

Martil, der sie gerade dafür tadeln wollte, dass sie ohne ihn durchgegangen war, drehte sich um und sah, dass er Tomons Zügel in der Hand hielt und bisher nur der Kopf des Tieres aus dem Baum hervorragte. Glücklicherweise hatte er den Zauberstab nicht losgelassen und führte Tomon komplett aus dem Baum.

»Du sollst nie vorgehen. Du sollst immer auf mich warten. Woher wusstest du, was auf der anderen Seite war?«, wollte er wissen.

»Ich habe es gesehen«, antwortete sie. Er konnte so ein Dummkopf sein. Es war doch ganz klar, was der Zauberer gemacht hatte!

»Ich konnte es nicht sehen! Ich hatte Angst um dich.«

Bevor sie antworten konnte, kam Conal aus dem Baum und hatte Barretts Pferd und seinen eigenen Esel dabei. Als Letzter torkelte Barrett heraus, der sich an seinem Stock entlanghangelte, als wäre er ein Geländer. Er zog den Zauberstab aus dem Baum und ging sofort zu Boden.

»Holt mir etwas zu trinken!«, keuchte er.

Er nahm Conals Wasserschlauch entgegen und trank gierig; etwas Wasser lief ihm aus den Mundwinkeln.

»Wo sind wir?«, fragte Martil.

Er sah sich um und stellte fest, dass die Eiche allein auf einer Wiese stand und von anderen großen alten Bäumen umgeben war.

»Wir sind im hinteren Teil meines Gartens in Norstalos-Stadt«, schnaufte Barrett. Er hatte einen Beutel geöffnet und stopfte sich den Mund mit Honigbonbons voll.

»Und wo ist dein Haus?«

»Hier entlang«, sagte Barrett schwerfällig. »Ich habe es lieber, wenn die Leute nicht wissen, dass ich diesen Baum habe. Gewisse Leute würden verstehen, wieso er in meinem Garten steht, und mir auflauern, wenn ich zurückkehre. Und, wie ihr seht, kommt man sehr erschöpft an, wenn man eine weite Entfernung auf diese Weise zurücklegt.«

»Warum Eichen? Wie funktioniert das Ganze?« Martil betastete den Baum und bemerkte außer ein paar Ameisen, die die Rinde hinaufkrabbelten, nichts Besonderes.

»Das erkläre ich dir später. Lass dir gesagt sein, dass ich es gründlich studiert habe, diese Tore zu öffnen. Ich glaube, nur wenige Menschen können mit meinem Geschick auf diesem Gebiet mithalten«, sagte Barrett und lehnte sich an den Baum. Er trank immer noch aus dem Wasserschlauch.

»Also kommt alle Magie, die du benutzt, aus der Natur«, sagte Karia langsam.

»Das stimmt. Es werden ständig neue Arten von Magie entdeckt. Wenn eine Pflanze, ein Fisch oder ein Vogel etwas tun kann, dann können wir an dieser Fähigkeit teilhaben und sie anwenden. Ebenso kann die naturgegebene Wetterlage verändert werden – man kann den Wind wehen und Regen fallen lassen oder Blitze und sogar Feuer beschwören.« Er lutschte das letzte bisschen Honig von seinem Daumen. »Genug der Fragen. Wir müssen ins Haus gehen.«

10

Barrett stemmte sich hoch und machte eine lässige Geste mit der Hand, die den großen Bäumen vor ihm galt. Sie schrumpften augenblicklich zu winzigen Setzlingen zusammen, und dahinter kam ein großes steinernes Haus zum Vorschein.

»Steht dein Haus nicht vielleicht unter Beobachtung?«, sagte Martil plötzlich.

Barrett schüttelte den Kopf. »Das hätte ich gespürt. Ich habe Schutzzauber um das Haus gelegt. Helft mir.«

Er stützte sich auf sein Pferd und führte sie über einen kleinen Weg zu einem farbenfrohen Garten, in dem es große Kräuterbeete voller blühender Pflanzen und schöne Blumen gab. Schmale Schotterwege zogen sich durch diesen Teil des Gartens, und Barrett führte sie bis zu einer gepflasterten Terrasse direkt hinter seinem Haus. Der Boden dort war mit langen Stöcken übersät.

»Ich glaube, du musst dir ein paar neue Diener besorgen. Hier muss mal aufgeräumt werden, Zauberer«, sagte Conal erheitert.

Barrett warf ihm einen flüchtigen Blick zu und ließ die Bäume hinter ihnen mit einer Handbewegung wieder zu ihrer ursprünglichen Größe emporschießen. Er deutete auf den gepflasterten Bereich, und die Stöcke flogen hoch und bildeten von selbst einen ordentlichen Stapel an der Hauswand.

»Das hättest du meinetwegen nicht tun müssen, Zauberer. Ich finde ein bisschen Unordnung ganz nett«, sagte Conal grinsend.

»Besitzt du so etwas wie ein Gehirn? Das waren meine Zauberstöcke«, sagte er scharf. »Hättest du versucht, zum Haus zu gelangen, hätten die Stöcke sich um dich geschlungen. Jetzt kommt schon.«

Martil ignorierte die Kabbelei und musterte stattdessen das Haus. Es war offensichtlich für einen hochrangigen Beamten erbaut worden; die massiven Steinwände und die schönen Fenster ließen keinen anderen Schluss zu. Mit zwei Stockwerken schien es groß genug für etwa zwanzig Bewohner. Für einen Zauberer sollte es also bequem reichen.

Es gab mehrere Türen; keine davon schien sichtbare Türschlösser oder Griffe zu haben, aber eine öffnete sich, sowie Barrett seine Hand darauflegte.

»Was ist mit den Pferden?«, fragte Conal.

»Die Ställe sind vorne, aber es ist vielleicht besser, wenn wir unsere Anwesenheit nicht zu offen zeigen. Binde sie einfach hier fest. Du kannst ihnen später Hafer bringen.«

Barrett, der sich noch immer schwer auf seinen Zauberstock stützte, führte sie durch einen langen Flur. Ihre Schritte hallten auf dem Marmorboden wider, und von den weiß gekalkten Wänden blickte eine Reihe lebhafter Portraits auf sie herab. Zu beiden Seiten des Flurs führten Türen in große Räume, in eine riesige Bibliothek, einen noch größeren Speisesaal und einige Empfangsräume; alles war großzügig möbliert. Karia stand der Mund offen, so überwältigt war sie. Sie hatte gedacht, das Spatz und Krone wäre beeindruckend, aber das hier war einfach atemberaubend! Noch nicht einmal Edil war in der Lage gewesen, sich einen derart prächtigen Palast vorzustellen, wenn er mal wieder von seinem Traumhaus geschwärmt hatte.

»Ich habe das Haus samt Mobiliar so übernommen, als ich in den Dienst der Königin getreten bin. Es trifft meinen Geschmack nicht, aber leider ist die Neueinrichtung ein Punkt, der sehr weit unten auf der Liste meiner dringenden Erledigungen steht«, sagte Barrett achselzuckend. »Normalerweise habe ich Diener, aber ich habe sie ein paar Tage vor meiner Abreise fortgeschickt. Zuerst muss ich kontrollieren, ob niemand in das Haus eingedrungen ist. Drei von Gellos Magiern haben sich hier mit mir angelegt. Ich habe den Anführer des Trios besiegt; die beiden übrigen haben wahrscheinlich nicht versucht, das Haus zu betreten. Dennoch muss ich sichergehen.«

Sie warteten eine Weile, bis Barret zur Vordertür geschlichen war und nach draußen spähte. Die Beweisstücke seines Kampfes mit Tellite waren verschwunden, und die Leiche war auch nicht zu sehen, ebenso wenig wie die zwei anderen Magier oder gewöhnliche Soldaten. Noch besser war, dass das magische Schloss, mit dem er die Tür versiegelt hatte, nicht berührt worden war. Er seufzte vor Erleichterung. Wahrscheinlich hatten Elong und Ackwal Gello berichtet, sie hätten Barrett davongejagt, und Tellite sei dabei gestorben. Der Herzog war bekanntermaßen rachsüchtig gegenüber denen, die seine

Aufträge nicht erfüllten, also mussten sie die Tatsachen möglichst gut verschleiern und das Beste daraus machen. Solange er vorsichtig war, würde es kein Problem darstellen, das Haus als Stützpunkt zu benutzen.

»Die Luft ist rein. Lasst uns in die Küche gehen und nachsehen, was es dort noch zu essen gibt«, forderte er sie auf.

Es war etwas unordentlich wegen der Überreste seiner letzten, in Eile verschlungenen Mahlzeit, die noch in der Küche standen. Aber der große Raum mit seinen riesigen Feuerstellen und der geräumigen Speisekammer hatte eine Menge zu bieten.

»Das würde eher als Küche für ein Gasthaus durchgehen. Wie viel isst du denn, Zauberer?«, stieß Conal keuchend hervor.

In der Vorratskammer fanden sie guten Schinken, jede Menge Käse und sogar einige überreife Früchte. Karia war wie immer hungrig, und Barrett schlug sich ebenfalls den Bauch voll.

»Magie muss dich eine Menge Kraft kosten«, bemerkte Martil.

»Nun ja, ich benutze solche Magie nicht jeden Tag. Glücklicherweise. Es ist eine der magischen Anwendungen, die am schwersten zu meistern sind. Ich war immer noch etwas erschöpft von meinen gestrigen Anstrengungen. Ich bin im gesamten Grenzgebiet umhergereist und habe nach Hinweisen auf das Schwert gesucht – nur, damit es mich beim Abendessen stört.«

Conal schnitt eine Scheibe Schinken ab und steckte sie sich in den Mund. »Ich höre dir ja so gerne beim Reden zu, Zauberer, aber manchmal habe ich keine Ahnung, was du eigentlich meinst«, sagte er mit vollem Mund.

»Ich spreche nicht zu deiner Erheiterung, sondern um dem Mädchen etwas zu vermitteln. Sie könnte das eines Tages lernen. Die Chancen hingegen, dass du jemals Magie anwenden wirst, stehen ungefähr so wie die Chancen für den Schinken, ein paar Schweine großzuziehen.«

Conal starrte ihn einen Moment lang an, fing an zu lachen und schnitt sich eine weitere Scheibe ab. »Ich mag dich, Zauberer«, verkündete er.

»Vielleicht sollten wir uns auf die Suche nach der Königin begeben«, schlug Martil hastig vor, als er den finsteren Ausdruck auf Barretts Gesicht sah.

Der Zauberer fühlte, wie sein Körper sich erholte, aber es kostete ihn noch Mühe nachzudenken. »Ja. Aber du solltest vorsichtig sein. Und du solltest das Drachenschwert immer bei dir haben.«

Martil hielt das schöne Schwert hoch. »Wie soll ich das anstellen? Man wird es sofort erkennen. Es ist nicht nur reicher geschmückt als die Tunika der Palastlakaien, sondern jedes Kind weiß, wie es aussieht, wie du immer betonst.«

Barrett seufzte. Er hatte keine Kraft mehr für Geduld. »Es ist außerdem voller Magie und kann sich tarnen. Leg eines deiner Schwerter ab.«

Martil öffnete seinen Schwertgürtel, nahm eine Scheide vorsichtig ab und befestigte das Drachenschwert an seinem Gürtel. »Und jetzt?«, fragte er.

»Konzentriere dich und stelle dir vor, dass es wie dein altes Schwert aussieht.«

Das tat Martil – und sah, dass das Schwert sich nicht im Mindesten verändert hatte, als er die Augen wieder öffnete.

»Das ist seltsam. Vielleicht musst du das Schwert in der Hand halten.« Barrett kratzte sich am Kopf und versuchte, sich an sein Wissen über das Schwert zu erinnern.

Dieses Mal umklammerte Martil den Griff, während er sich vorstellte, das Drachenschwert sähe aus wie sein altes Schwert. Erneut geschah nichts. Barrett stand auf, ging umher und kaute weiter auf einem Stück Käse.

»Das ergibt keinen Sinn. Das Schwert verfügt definitiv über die Fähigkeit, sein Äußeres zu verändern. Und es ist so voller Magie, dass selbst der magisch unbegabteste Mensch der Welt es benutzen könnte. Ich muss in meine Bibliothek.«

Das bekräftigte Martils Wunsch, lieber nicht durch die Straßen zu ziehen und mit dem Schwert Männer um sich zu sammeln.

Sie folgten Barrett aus der Küche in einen Saal, an dessen Wänden Regale standen. Bücher und Schriftrollen füllten die Regale, lagen auch auf Tischen und Stühlen.

»Wow! Hast du viele gute Geschichten, die du mir vorlesen kannst?«, fragte Karia ehrfürchtig.

»Da bin ich mir nicht so sicher. Aber wir haben eine sehr reiche Sammlung von Sagen, sowohl in Versform als auch in Prosa«, erwiderte Barrett lächelnd.

»Das hätte ich mir denken könnten«, murmelte Martil.

Barrett stieg auf eine Trittleiter, um an ein Buch zu kommen, das weiter oben in einem der Regale stand.

Er überflog es, ließ es fallen und nahm ein anderes zur Hand. Dieses schien zu enthalten, wonach er gesucht hatte, weil er ein befriedigtes Grunzen von sich gab, während er schnell las und die Seiten rasch umblätterte.

»Hier steht, dass die Macht des Schwertes verborgen ist – dass sie jedoch aktiv wird, sobald das Schwert aus der Scheide gezogen wird. Wem die Benutzung des Schwertes gestattet ist, wird im Kampf unbesiegbar sein. Aber die raffiniertere Macht des Schwertes, die Macht, andere Männer zu inspirieren, wird nicht so offenkundig sein.«

»Wie finden wir heraus, ob es funktioniert oder nicht?«, wollte Martil wissen.

»Ich suche ja, ich suche ja«, antwortete Barrett leicht genervt, blätterte weiter und hielt den Finger dann siegesbewusst auf eine Textstelle. »Hier steht, dass das Schwert dem Auserwählten seine Macht beweist, zum Beispiel durch eine Warnung, damit er weiß, ob er die Erwartungen des Schwertes erfüllt. Um sicherzugehen, dass die magischen Kräfte aufgerufen werden, muss man nur einen Blick auf den Drachen werfen, der in den Griff eingearbeitet ist. Die Augen sollten lebhaft funkeln, der Körper warm werden; es sollte sich beinahe anfühlen, als wäre es am Leben.«

»Wie ist das möglich? Es ist eine Metallklinge mit Juwelen, die wie Augen aussehen«, protestierte Martil.

»Sieh es dir einfach an«, drängte Barrett ihn und kletterte von der Leiter herunter.

Martil hielt das Schwert hoch, konnte jedoch nichts erkennen. »Ich bin mir nicht sicher«, gab er zu.

Barrett kaute auf seiner Lippe. »Das kann nicht richtig sein. Wenn du dir nicht sicher bist, dann darf das Schwert in deinen Händen nicht funktionieren.«

Martil versuchte, nicht daran zu denken, was das bedeutete. Davon wurde ihm schlecht. Er steckte das Schwert zurück in die Scheide und wünschte sich, dass er es nie gefunden hätte. »Nun ja, ich werde das Schwert hierlassen. Ich muss draußen ein paar Schritte gehen und mich umsehen.«

»Wenn du gehst, kann ich auch mitkommen?«, fragte Karia. »Ich bin gerne bei dir.«

Martil musste lächeln. »Ich habe dich auch gern bei mir«, erwiderte er. »Du kannst mitkommen. Wir werden uns nur umsehen und nichts Gefährliches unternehmen.«

»Das ist ja alles schön und gut, aber was ist mit dem Schwert?«, knurrte Barrett. »Es gefällt mir nicht, dass es dir nicht gehorcht. Versuch es noch einmal.«

Martil konzentrierte sich erneut und öffnete seine Augen, als er Karia vor Überraschung pfeifen hörte.

»Ich hab die Augen gesehen! Sie haben gefunkelt! Als ob sie mich angesehen hätten!«, rief Karia aufgeregt.

Martil blickte auf das Schwert hinab, in der Hoffnung, es auch zu sehen – doch das Drachenschwert sah nun genauso aus wie eines seiner alten Schwerter, obwohl sich der Griff weiter wie der Drache anfühlte und nicht wie der gewohnte, alte Holzgriff mit Lederüberzug, der er nach außen hin zu sein schien.

»Hervorragend! Vielleicht hast du dich nicht genug konzentriert bei den ersten Versuchen. Es hilft, wenn du übst«, sagte Barrett weise. Er wusste, dass sie ihm glauben würden, wenn er vorgeben würde, das Ganze sei eine Lehrstunde. Das war eine der ersten Weisheiten, die man ihm beigebracht hatte, als er Novize war.

»Hey, hat es noch mehr Tricks drauf?«, fragte Conal.

»Es ist das Drachenschwert. Es vollbringt außergewöhnliche Dinge. Ich schlage vor, dass du jetzt Wache hältst, während ich mich ausruhe. Ich bin zwar erschöpft, aber es reicht noch, um dir einen unangenehmen Ausschlag auf die Haut zu zaubern, solltest du mich weiterhin belästigen.«

Conal lachte. »Die meisten Ausschläge hatte ich schon.«

Herzog Gello verkniff sich einen verärgerten Kommentar, während Graf Cessor sich langatmig über seine Pläne ausbreitete, seine Ländereien zu erweitern. Er hatte sich etwas Ähnliches von Graf Worick anhören müssen – und er hatte genug gehört. Er wusste, dass genau diese Männer ihn vor Jahren ausgelacht hatten, als er aus dem Thronsaal gerannt war, nachdem das Drachenschwert sich ihm verweigert hatte. Hätte er sich damals durchgesetzt, wären sie jetzt alle tot. Aber seine Mutter hatte recht behalten – sie hatten sich im Laufe der letzten Jahre als nützlich erwiesen. Und zu ihrem Glück hatte er das Land noch nicht unter seiner Kontrolle und brauchte sie immer noch. Aber sobald er das Land endgültig regierte, hatten diese Männer ihren Nutzen verloren. Er würde die Blamage dieses Tages vernichten, sie voll und ganz vernichten – und an jedem Rache nehmen, der dabei gewesen war. Er wärmte sich an diesem Gedanken, während er Cessor weiterreden ließ. Es ist bald vorbei, sagte er sich.

Es war fast entspannend, durch die Straßen der Hauptstadt zu flanieren. Und es war bemerkenswert einfach. Barretts Anweisungen waren unkompliziert genug gewesen – links ab und dann immer geradeaus, bis ihr beim Palast seid. Martil überraschte es, wie wenig Wachen durch die Straßen patrouillierten. Immerhin stand die Stadt unter Kriegsrecht. Zuerst hatte er sich deshalb Sorgen gemacht, dann erinnerte er sich, wo er war – sie ritten durch die Straßen, in denen nur Menschen aus der Oberschicht wohnten. Die Patrouillen und die Miliz würden dieser Gegend nicht viel Beachtung schenken und sich darauf verlassen können, dass die Reichen keinen Ärger machten. Stattdessen würden sie sich in den ärmeren Vierteln konzentrieren und die Märkte und andere Orte des öffentlichen Interesses genau im Auge behalten. Hier waren die Straßen breit und schön gepflastert, die Häuser groß und von der Straße durch große Gärten getrennt, die von hohen Zäunen und Toren abgeschirmt wurden. In diesem Bezirk wohnten reiche Kaufleute und Adlige. Die meisten davon hatten sich – auf Gellos Geheiß hin oder aufgrund des eigenen Lebenserhaltungstriebes – vorläufig auf ihre ländlichen Güter zurückgezogen. Daher waren ein paar alte Kutschen, die an ihnen vorbeirumpelten, alles, was sie zu sehen bekamen. Die meisten hatten irgendetwas auszuliefern.

»Was machen wir jetzt?«, fragte Karia und winkte einem der wenigen Menschen zu, die sie sahen.

»Wir versuchen, uns anzupassen. Wir machen nur einen Ausritt am Nachmittag. Aber unserer tatsächliche Absicht ist es, die Königin zu finden, damit wir einen Plan ausarbeiten können, wie wir sie befreien können.«

»Wie denn?«

»Ich habe keine Ahnung. Ich hoffe, dass dem Zauberer etwas einfallen wird«, sagte Martil achselzuckend.

Es konnte nicht mehr lange dauern, überlegte er, bis sie den Palast zumindest sehen würden – das erste Anzeichen würden bestimmt einige Wachen sein –, als sie um eine Ecke bogen und sich auf einem riesigen offenen Platz befanden, in dessen Mitte der Palast stand. Zu besseren Zeiten wäre der Platz wohl voller Leute gewesen; wahrscheinlich hätte es auch einen Markt gegeben, dachte Martil, aber jetzt sah er nur eine Handvoll Menschen, die sich an den Blumenbeeten, den bequemen Bänken und dem schönen Pflaster erfreuten. Vielleicht weil der Himmel bewölkt war, aber vermutlich eher, weil bestimmt fünfzig Wachleute in kleinen Gruppen patrouillierten und zwanzig weitere in dichter Formation an den Toren standen.

Er drängte Tomon vorwärts. Stehen zu bleiben, würde Aufmerksamkeit erregen; sie mussten gemächlich und umsichtig weiterreiten. Die Wachen waren hier so zahlreich postiert, um die Menschen von dem Platz fernzuhalten. Und jeder, der sich nicht daran störte, dass ständig Soldaten an ihm vorbeimarschierten, wurde zweifelsohne genauer unter die Lupe genommen. Martil sah erleichtert, dass die Wachen, die ihnen am nächsten waren, sie nur für Vater und Tochter auf ihrem Nachmittagsausritt hielten und an ihnen vorbeistiefelten, ohne sie anzuhalten.

»Eines Tages werden wir in so einem Palast wohnen«, sagte Karia und schaute sich die beeindruckende Marmorfassade des Palastes an.

»Das werde ich mir nicht leisten können. Da wirst du einen Adligen heiraten müssen«, scherzte er.

»Nein, du wirst die Königin heiraten müssen«, gab sie zurück.

Martil musste lachen, und vermutlich deswegen wurden sie auch von der nächsten Patrouille nicht angehalten. Die Soldaten musterten sie zwar eindringlich, unternahmen aber nichts, nachdem sie den scherzhaften Wortwechsel mit angehört hatten, und ließen sie weiterreiten. Karia mitzunehmen, war eine wirklich gute Idee gewesen, beglückwünschte Martil sich selbst. Ein bewaffneter Mann wäre dem Palast sonst unmöglich so nahe gekommen. Er ritt langsam um den ganzen Platz und versuchte, den Palast im Auge zu behalten und gleichzeitig die patrouillierenden Soldaten nicht aus dem Blick zu verlieren. Er sah nur Probleme. Die Mauer um den Palast hatte nur ein Tor, und das wurde sehr gut bewacht. Und die Mauer selbst war so hoch, dass man nicht darüber nachzudenken brauchte, sie zu erklimmen – außerdem wurde sie ebenfalls gut bewacht. Soweit er sehen konnte, standen überall auf der Mauer Wachsoldaten. Die Königin aus diesem Palast herauszuholen, dürfte fast unmöglich sein. Er hatte seine Runde um den Palast beendet und ritt zu einer kleinen Parkanlage, die aus einer Rasenfläche, einigen Bänken und Blumenbeeten bestand. Er hatte keine Ahnung, was sie unternehmen sollten, wenn sie die Königin sahen; die Wachen waren einfach überall und passten zu gut auf. Er vermutete, dass es bei Nacht noch schlimmer sein würde.

»Kommt die Königin oft heraus?«, fragte Karia.

»Nicht mehr«, vermutete Martil. »Willst du ihr ein paar Blumen pflücken, für den Fall, dass sie doch kommt?« Er bezweifelte, dass sie hier noch irgendetwas Nützliches herausfinden würden, aber es war immer gut, auf alles vorbereitet zu sein – und ein paar Blumen konnten ihre Tarnung noch ergänzen.

Sie stiegen vom Pferd, Tomon nahm eine Kostprobe des königlichen Rasens, und Martil half Karia, einige duftende Blumen zu pflücken. Bevor Karia sagen konnte, dass sie Hunger hatte, brachte Martil einige in Honig eingelegte Trockenfrüchte zum Vorschein. Ihm fiel selbst auf, wie sehr er sich schon an das Leben mit ihr gewöhnt hatte, sodass es ihm immer schwerer fiel, sich *genau* daran zu erinnern, wie sein Leben vorher ausgesehen hatte. Es wirkte eigenartig, dass damals seine größte Sorge der Frage gegolten hatte, wo er genug Wein herbekam.

»Mir ist langweilig. Können wir jetzt gehen?«, fragte Karia.

»Gleich«, antwortete Martil abwesend. Er sah sich die Mauer um den Palast noch einmal an. Wenn der Zauberer mit ihnen nicht darüber hinwegfliegen konnte oder einen Geheimweg kannte, gab es keine Möglichkeit, die Königin aus dem Palast zu befreien. Er wollte Karia gerade auf Tomon setzen, als vom Palast her Fanfarenstöße ertönten.

»Was ist los?«, wollte Karia wissen und räkelte sich in Martils Armen.

»Vielleicht bekommen wir die Königin doch noch zu Gesicht«, sagte Martil hoffnungsvoll.

Die zwei Gruppen von Soldaten am Tor machten tatsächlich Platz und formierten sich neu, sodass ein breiter Durchgang entstand. Die Tore öffneten sich nach innen, und ein Dutzend Berittene kam heraus. Panzerreiter, wie Martil bemerkte. Sie trugen glänzende Brustpanzer über den Kettenhemden, große, rote Federn auf ihren Stahlhelmen und lange Lanzen mit einem roten Wimpel an der Spitze. Sie wären bestimmt überragende Kämpfer, nahm Martil an.

Ihnen folgte eine schöne Kutsche, in deren Türen das Wappen von Norstalos in Gold eingelegt war – ein Drache, der ein Schwert hielt. Acht Pferde, die sich bis aufs Haar glichen, zogen die Kutsche, und eine weitere Schwadron Panzerreiter trabte hinterher.

»Wenn sich die Möglichkeit ergibt, gib der Königin die Blumen und sag ihr, dass Barrett bei uns ist. Frag sie, wo sie morgen sein wird, damit wir sie befreien können. Aber sag nichts, wenn Soldaten in der Nähe sind«, sagte Martil hastig.

Karia nickte nervös. »Aber ich bin doch manchmal so schüchtern. Was ist, wenn ich zu viel Angst habe, um etwas zu sagen?«

Martil dachte darüber nach und fand es wahrhaft ironisch. Er ohrfeigte sich selbst innerlich dafür, dass er keinen Text verfasst hatte, den Karia der Königin einfach hätte überreichen können. »Versuch es einfach. Es ist nicht schlimm, wenn es dir nicht gelingt«, sagte er in der Hoffnung, dass seine Worte sich als wahr erweisen würden.

Vorsichtig ritten sie in die Richtung, wo die Kutsche entlangfahren würde, und achteten darauf, die Zeremonie nicht zu stören. Allerdings taten andere Stadtbewohner das Gleiche und stellten sich auch an den Weg, den die Kutsche nehmen würde.

»Eure Majestät!«, rief Martil und nahm Karia auf die Schultern. »Zeig ihr deine Blumen«, zischte er.

Karia winkte mit ihrem etwas verschmutzten Blumenstrauß, in dem, so vermutete Martil, auch etwas Unkraut steckte.

Die Eskorte ritt vorbei, und einige verächtliche Blicke richteten sich auf sie. Die Kutsche war jetzt genau vor ihnen – eine bessere Gelegenheit würden sie nicht bekommen.

»Majestät!«, brüllte er.

»Haltet an!«, befahl jemand, und die Prozession hielt beinahe widerwillig an. Der Schlag der Kutsche befand sich direkt vor Martil und Karia. Er setzte sie wieder auf den Boden.

»Na los«, drängte er sie, doch sie zögerte. Die großen Pferde und die hohe Kutsche schüchterten sie ein. Die Königin öffnete den Wagenschlag und schaute hinaus. Martil bemerkte, dass er den Blick nicht von ihr wenden konnte. Nicht, dass sie die schönste Frau war, die er jemals gesehen hatte. Ihre Nase war ein bisschen zu lang, ihre Augenbrauen etwas zu dicht und ihr Kinn etwas zu kantig. Aber ihre Augen waren von einem hypnotischen Grün, und irgendetwas an ihr sprach ihn an. Er konnte nicht genau sagen, weshalb, aber sie anzusehen, verschaffte ihm ein merkwürdiges Gefühl im Magen.

»Die Königin wird deiner Tochter gestatten, ihren Strauß zu überreichen«, rief eine der Hofdamen. »Rasch jetzt!«

Karia wollte sich nur noch hinter Martils Bein verstecken. Diese Frau sah komisch aus und schien viel zu viele Juwelen zu tragen. Manche davon hingen sogar an ihren Ohren, wie Karia feststellte. Das tat bestimmt weh! Sie konzentrierte sich auf den Schmuck an den Ohren der Frau, atmete tief durch und lief zu der Kutsche. *Ich kann ihr einfach die Blumen geben und weglaufen,* dachte sie.

Ein Diener sprang vor, um die Stufen auszuklappen. Karia schreckte zurück, denn der Mann war merkwürdig angezogen. Seine Kleidung hatte die gleiche Farbe wie die Kutsche. Er verbeugte sich lediglich tief und zog sich zurück. Die Königin streckte ihre Hand aus, und bevor Karia wusste, was sie tat, kletterte sie die Stufen zur Kutsche hinauf. Das fiel ihr nicht leicht, doch schließlich stand sie auf der obersten Stufe und wollte der Königin die verschiedenen Blumen und Kräuter, aus denen der Strauß bestand, überreichen.

»Sie sind… ungewöhnlich, meine Liebe!«, sagte eine der Hofdamen, die die Blumen entgegennehmen wollte – doch Karia ließ den Strauß nicht los.

Die Königin lächelte sie unsicher an und ergriff erstmals das Wort. »Wie heißt du?«

Eine Sekunde lang wollte sie davonlaufen, aber Martil hatte gesagt, wie wichtig das hier war. Und sie wollte ihm helfen. Schließlich gab er sich auch Mühe, immer besser vorzulesen, und er hatte immer Zeit, um mit ihr Fangen zu spielen.

»Ich bin Karia«, sagte sie leise.

»Und ist das dein Vater?«

Karia wollte die Königin gerade aufklären, als sie sich daran erinnerte, wie wütend die Leute immer wurden, wenn sie diese Geschichte erzählte. Außerdem könnte es zu lange dauern, alles zu erklären, deshalb beschloss Karia, in der Eile nur das Nötigste zu sagen. »Er ist der beste Krieger der Welt. Er ist mit dem Drachenschwert und deinem Zauberer hergekommen, um dich zu retten. Aber er glaubt nicht, dass er dich aus dem Palast befreien kann.«

Die Königin riss die Augen auf; die Hofdamen waren fassungslos. Die Königin lächelte erneut, und dieses Mal war es ein sehr viel wärmeres Lächeln.

»Du bist ein sehr mutiges Mädchen, Karia. Lass ihn wissen, dass ich ankündigen werde, wo ich morgen bin. Sag ihm, dass er mich morgen befreien soll, hörst du?«, sagte sie eindringlich. »Kannst du dir das merken?«

Karia lächelte. Sie konnte sich alles merken. »Klar kann ich das!«, sagte sie beinahe herablassend.

Das Lächeln der Königin wurde breiter und schöner.

»Braves Mädchen. Und nun sollte ich deine Blumen nehmen.«

Karia gab sie ihr, und die Königin reichte sie umgehend vorsichtig einer ihrer Hofdamen.

»Wir sehen uns morgen, Karia!«, sagte die Königin und nickte ihr zu.

Karia kletterte die Stufen wieder hinunter und eilte zurück zu Martil.

Er nahm sie auf den Arm, traute sich aber nicht zu fragen, was die Königin gesagt hatte. Nicht, wenn über zwanzig Soldaten in Hörweite waren.

»Weiterfahren!«, befahl die Königin laut, nachdem der Diener die Stufen wieder eingeklappt hatte. »Aber ich habe es mir anders überlegt. Wir werden heute das

Grab meines Vaters besuchen. Stattdessen werde ich morgen in die Kirche gehen.«

Mit diesen Worten wurde die Tür der Kutsche geschlossen, und der Zug setzte sich wieder in Bewegung. Martil sah, dass die Königin ihn eindringlich musterte, als die Kutsche an ihnen vorbeirollte. Er und Karia winkten, bis die Kutsche außer Sicht war, dann setzte er Karia auf Tomon. Die Menschen auf dem Platz zerstreuten sich wieder, und die, die blieben, wurden wieder von den Wachmännern beobachtet. Es war an der Zeit zurückzukehren.

»Was hast du ihr gesagt?«, fragte Martil, als sie den Weg zurückritten, auf dem sie gekommen waren. Er versuchte, so schnell wie möglich zu reiten, ohne dass es den Anschein erweckte, als würde er sich beeilen.

»Ich habe ihr das gesagt, was du mir gesagt hast – dass Barrett uns geschickt hat und dass du der beste Krieger der Welt bist und sie darum retten würdest. Sie sagte, sie gibt uns eine Nachricht, und wir sollen sie morgen befreien.«

»Das hast du gesagt?«, fragte Martil, der sich unsinnigerweise geschmeichelt fühlte, so beschrieben zu werden. »Das hast du wirklich gut gemacht. Ich bin so stolz auf dich«, sagte er.

»Hast du ihre Nachricht gehört? Hast du sie verstanden?«

Martil zögerte. »Ich habe sie gehört. Ich hoffe nur, dass Barrett weiß, was die Worte der Königin bedeuten.«

Er wusste es. Sobald Martil ihm erzählt hatte, was geschehen war, fing Barrett an zu lachen.

»Sie ist wirklich klug, unsere Königin Merren. Nachdem du gesagt hattest, ihr wäret mit mir gekommen, musste sie sich überlegen, wie sie mir ihren morgigen Aufenthaltsort mitteilen konnte. Und das alles in nur wenigen Augenblicken! Sie wird diesem Land zweifelsohne eine gute Herrscherin sein, wenn wir es nur schaffen, Gello und seine Meute loszuwerden. Beschreibst du mir, wie sie ausgesehen hat?«

»Wo ist die Kirche?«, fragte Martil etwas gereizt.

Barretts Stimmlage, wann immer er von der Königin sprach, nervte ihn – und seine letzte Frage besonders. Es war, als sei die Beziehung zwischen ihnen mehr als die zwischen Gebieterin und Berater.

Barrett zuckte die Achseln. »Es ist die Kirche der Sonne. Sie liegt gleich in der nächsten Straße. Sie ist nicht weit vom Palast entfernt, und die Mitglieder der Königsfamilie sind schon immer dorthin gegangen.«

»Dann müssen wir uns heute Nachmittag dort umsehen«, sagte Martil.

»Nicht so schnell!« Conal hatte während Martils Berichterstattung geschwiegen, aber nun verschaffte er sich Gehör. »Du hast gesagt, sie wird von zwei Schwadronen Panzerreitern bewacht, richtig? Bin ich der Einzige, der es für verrückt hält, die Königin aus den Händen von zwei Dutzend der besten Soldaten Gellos zu befreien?«

»Warum ist das verrückt?«, fragte Karia neugierig.

Conal zuckte mit den Achseln. »Von mir aus. Dann bin ich wohl der Einzige.«

»Nicht so verrückt wie der Versuch, sie vor den Augen Hunderter Soldaten aus dem Palast zu holen«, stellte Martil fest. »Aber die Sache will gut geplant sein.«

»Es muss sein!«, beharrte Barrett. »Wir müssen die Königin retten! Das Schicksal des Landes liegt in unseren Händen.«

Martil würdigte diese Bemerkung keiner Antwort; unheilvolle Verkündungen ertrug er nur zähneknirschend.

Barrett unterdessen war wütend, weil er glaubte, Martil mangele es an Respekt für ihr Vorhaben. Verstand er nicht, wie wichtig ihre Mission war?

»Vielleicht sollten wir uns auf den Weg machen«, sagte Conal und durchbrach die Stille.

Die Kirche der Sonne war ein sehr altes Gebäude mit verwitterten Mauern. Es war einer der ersten steinernen Bauten in der Stadt gewesen. Offensichtlich hatte man später mehr Platz benötigt und an den Seiten angebaut; die neueren Steine bildeten einen scharfen Kontrast zum alten Mauerwerk. Aber Martil interessierte sich mehr dafür, warum er dort keine Wachen sah.

»Warum sind hier keine Wachmänner?«, fragte Conal nervös und sprach damit aus, was Martil dachte.

»Weißt du denn gar nichts?«, fragte Karia herablassend. »Kirchen sind nie abgeschlossen und werden immer von Aroaril geschützt. Diebe können sich nicht mehr von der Stelle rühren, wenn ein Priester sie dabei erwischt, wie sie etwas stehlen, sodass die Miliz sie nur abzuholen braucht.«

»Na ja, das hat man mir auch gesagt«, erwiderte Conal grinsend.

Spät am Nachmittag eines Wochentages waren nur wenige Besucher in der Kirche. Wie in den meisten Kirchen lag der Geruch von Staub und Holzpolitur in der Luft. Die hölzernen Kirchenbänke glänzten, so abgewetzt waren sie von den Händen und Hinterteilen der Generationen von Kirchgängern. Da es sich um eine alte Kirche handelte, war auch die Ausrichtung altmodisch. Der Altar lag vorn in der Kirche; es gab kleine Seitenkapellen rechts und links davon, wo der Priester sich in Ruhe mit denjenigen unterhalten konnte, die mit irgendwelchen Sorgen zu ihm kamen. Martil fühlte den altbekannten plötzlichen Ansturm von Schuldgefühlen, wenn er eine Kirche betrat, zwang sich jedoch dazu, dem vorliegenden Problem all seine Aufmerksamkeit zu widmen.

»Wo wird die Königin sich aufhalten?«

»Sie wird in Begleitung ihrer Hofdamen hereinkommen. Die Wachen werden die Kirche umstellen und wahrscheinlich nicht hereinkommen. Bewaffnete Soldaten dürfen herkömmlicherweise keine Kirche betreten«, sagte Barrett nachdenklich. »Aber sie werden beide Ausgänge bewachen. Wie kann eine Befreiung unter solchen Umständen erfolgen?«

Martil sah sich um. Wie sollte man jemanden unbemerkt hier herausholen? Es war unmöglich. Die Wachen würden die Kirche umstellen, bis die Königin wieder herauskam … daher würde eine Flucht nur möglich sein, wenn man die Wachen glauben machen konnte, die Königin sei bereits wieder aus der Kirche herausgekommen. Es erinnerte ihn an einen Trick, den er und Borin vor vielen Jahren versucht hatten.

»Wir suchen uns eine Nut … eine Frau der Nacht und bringen sie am frühen Morgen hierher in die Kirche. Dann warten wir in einem der Nebenräume, bis die Königin kommt. Sie tauschen die Kleider, und die Eskorte begibt sich zurück zum Palast, wo die angebliche Königin zu Bett geht. Sie legt die Kleider der Königin ab, zieht sich die Sachen einer Dienerin an und schleicht sich aus dem Palast. Die Wachen werden annehmen, dass der Königin irgendwie die Flucht aus dem Palast gelungen sei, und deshalb am falschen Ort suchen. Bis sie bemerkt haben, dass die Königin verschwunden ist, sind wir bereits durch deinen Eichenbaum geflohen.«

Barrett überprüfte den Plan auf Schwachstellen. Er wies die Tugend auf, dass er sehr schlicht war. Außerdem fiel Barrett nichts Besseres ein.

»Wie bist du auf diese Idee gekommen?«, fragte er, um sich Zeit zu verschaffen, weiter nachzudenken.

Martil lachte. »Es war eigentlich der Plan meines Freundes Borin. Vor Jahren haben wir einige … Frauen der Nacht in die Baracken geschleust, die als Soldaten verkleidet waren. Die Offiziere haben nie etwas bemerkt.«

Conal brach in Gelächter aus, und Karia sah aus, als fielen ihr jede Menge Fragen dazu ein, also fuhr Martil schnell fort: »Wir müssen eine Frau finden, die für Geld bereit ist, bei der Sache mitzumachen, und eine gewisse Ähnlichkeit mit der Königin aufweist. Weißt du, wo wir so eine Frau finden?«, fragte er Barrett, der immer noch versuchte, einen besseren Plan auszuklügeln, wie die Königin gerettet werden konnte. Einen Plan, in dem er etwas Beeindruckendes vollbrachte.

Barrett errötete, als er Martils Frage verstand. Er nahm sich einen Moment, um sich zu sammeln. Aber er hatte sofort daran gedacht, als Martil den Personentausch erläutert hatte. »Ich kenne eine, die wie die Königin aussieht«, gab er zu.

Es entstand ein kurzes Schweigen. »Ich dachte, Zauberer dürften derlei Aktivitäten nicht nachgehen«, sagte Conal schließlich.

Barrett hüstelte ein wenig. »Nur weil es Kraft kostet, die man bekanntermaßen für den Einsatz von Magie benötigt. Aber ich muss nicht immer mächtige Zauber vollbringen.«

»Und wie hast du eine gefunden, die wie die Königin aussieht?«, fragte Martil misstrauisch.

Barrett hustete wieder. »Rein zufällig«, rechtfertigte er sich. »Aber ich kann sie noch heute Nacht herbringen.«

Martil sah den Zauberer nachdenklich an. »Meinst du nicht, dass du dich ausruhen solltest, wenn du morgen von Nutzen sein willst? Außerdem wirst du vielleicht wiedererkannt. Es wäre besser, wenn ich gehe.«

»Wohin denn?«, meldete sich Karia zu Wort.

Barrett und Martil sahen sich einen langen Moment ratlos an, ehe der Zauberer gereizt sagte: »Na schön. Ich werde dir alles Nötige sagen.«

»Alles Nötige wofür? Worüber redet ihr?«, wollte Karia wissen.

»Das erzähle ich dir später«, sagte Martil abwesend. »Wir machen uns besser auf den Weg, bevor der Priester noch Verdacht schöpft. Wir wollen nicht, dass er uns wiedererkennt, wenn wir morgen früh herkommen und ihm eine Menge Geld geben, um einen der Räume zu benutzen.«

»Aber was ist mit den Hofdamen? Und der Königin? Werden sie sich an den Plan halten?«, fragte Conal besorgt.

»Darum brauchen wir uns keine Sorgen zu machen. Sie ist eine mutige, intelligente Frau, die bereit ist, alles für ihr Land zu tun«, sagte Barrett voller Leidenschaft.

Königin Merren sah aus dem Fenster und beobachtete, wie Gellos Soldaten die Leute vom Platz ekelten. Vor nur einer Woche hatten dort Verkäufer an ihren Ständen warme Mahlzeiten, Handwerksarbeiten aus verschiedenen Ländern und kalte Getränke feilgeboten. Hunderte Menschen waren herumgelaufen und hatten die Blumen und den Markt genossen. Jetzt kamen nur noch wenige, trotzige – vielleicht fassungslose – Seelen hierher. Dass die Männer, die sich jetzt wie die Herren aufspielten, die Uniform von Norstalos trugen, war für sie ein Quell steten Zorns.

Sie seufzte. Sie konnte immer noch nicht glauben, dass es so weit gekommen war. Seit dem schicksalsträchtigen Augenblick, als Gello unfähig gewesen war, das Drachenschwert zu ziehen, war ein Wettstreit um die Krone entbrannt. Aber sie hatte nie in Erwägung gezogen, dass sie diesen Kampf tatsächlich verlieren könnte.

Wenigstens war ihre Tante Ivene nicht da, um sich mit Gellos Sieg zu brüsten.

Sie hatte all das in die Wege geleitet. Von seiner Geburt an hatte Ivene Gellos Kopf mit Ehrgeiz erfüllt und ihm eingetrichtert, es sei sein Schicksal, König zu werden; dass alles andere unzulänglich wäre und dass er der beste Herrscher sein würde, den Norstalos jemals erleben durfte. Sie hatte jede Sekunde ihres Lebens dieser Sache gewidmet. Gellos Vater, Graf Hugh, hatte nichts mit der Erziehung des Jungen zu tun gehabt. Er war ein älterer Cousin zweiten Grades und hatte das Kind nur zeugen dürfen, damit in den Adern des jungen Gello reines Norstaler Blut floss. Kurz darauf war er gestorben. Merren traute Ivene durchaus zu, dass sie dabei etwas nachgeholfen hatte.

Merren lächelte verbittert, als sie sich an ihre Kindheit zurückerinnerte. Gello war zehn Jahre älter als sie, und sie waren nie wirklich Freunde gewesen. Er war für ihren Geschmack zu überheblich gewesen und hatte zu viele Meinungen und Ansichten von seiner Mutter übernommen. Und dennoch hatte er es fertiggebracht, die Leute mit charmanten Worten um den Finger zu wickeln, wenn es ihm von Nutzen war – und witzig konnte er auch sein. Er war zu Merren sogar noch nett gewesen, als sie jung war. Damals wurde sie dazu erzogen, sich ganz den Erfordernissen der Politik zu unterwerfen; sie war es leid gewesen, dass man ihr immer wieder sagte, sie müsse einen Mann aus gutem Hause heiraten und so viele Söhne wie möglich zur Welt bringen. Gello hatte ihr versichert, dass sie, sobald er König sei, einen Mann aus Liebe heiraten dürfe, ohne auf politische Kalküle Rücksicht nehmen zu müssen. Aber nachdem das Drachenschwert sich ihm verweigert hatte, war alles anders geworden.

Er war nicht länger der Auserwählte, der zukünftige König. Er war einst der Mittelpunkt der Königsfamilie gewesen. Alle hatten sich mit ihm unterhalten und in seiner Gesellschaft sein wollen. Nun galt all diese Aufmerksamkeit Merren.

Gello war in seiner Verbitterung immer aufbrausender geworden, hatte sich immer leichter beleidigt gefühlt. Er hatte im Trüben gefischt und die Gesellschaft ausgegrenzter Männer gesucht, die bei König Croft in Ungnade gefallen waren.

Merren hingegen war die zukünftige Königin. Während sie verzweifelt versucht hatte, alle Pflichten einer Thronerbin zu verinnerlichen, drehte sich bei Hof nun alles um sie, und viele Edelleute kamen ihretwegen. Schließlich war sie für jeden unverheirateten Adligen der Weg zur Krone. Herzogin Ivene hatte sogar vorgeschlagen, sie mit Gello zu verheiraten, um das Blut rein zu halten.

Gott sei Dank war ihr Vater damit nicht einverstanden gewesen – aber er und die Herzogin hatten eine Übereinkunft getroffen. Gello würde das Heer zugesprochen bekommen und als starke rechte Hand der Krone fungieren. Es hatte damals sogar ein gewisse Rechtfertigung für diese Machtteilung gegeben. Man hatte damit gerechnet, Berellia würde die Rallorischen Kriege gewinnen. Am Königshof hatten Gerüchte kursiert – die aller Wahrscheinlichkeit nach von Ivene in die Welt gesetzt worden waren –, dass die Berellianer planten, in Norstalos einzumarschieren, wenn nur eine Königin das Land regierte. Merren würde zwar gekrönt werden, aber nach einem Krieger suchen und im Übrigen abwarten müssen, bis ihr oder Gellos Sohn das Schwert zu ziehen vermochte.

Merren hatte diese Vereinbarung nicht gefallen – sie wusste immer, dass Gello sich nicht damit abfinden würde, nur an zweiter Stelle zu stehen. Aber wenigstens hatte er seinen Ehrgeiz, nachdem das Drachenschwert ihn abgelehnt hatte, auf andere Dinge gerichtet. Blut und Eroberung. Er hatte Tage vor riesigen Karten des Kontinents verbracht. Er entwarf Schlachtpläne und überlegte, wie er allen anderen Ländern blutige Niederlagen bereiten konnte. Als sie versucht hatte, ihm klarzumachen, dass sie niemals den Befehl geben würde, in ein fremdes Land einzumarschieren, und er ihr gehorchen müsse, war Gello schließlich auf sie losgegangen und nur von seinem Leibwächter zurückgehalten worden.

Ihr Wettstreit hatte begonnen.

Sie hatte schon früh einen Vorteil gehabt – sie war die Thronerbin, und er war in Ungnade gefallen, nachdem das Drachenschwert ihn für unwürdig befunden hatte.

Aber während Merren nach den Regeln hatte spielen müssen, waren Ivene und Gello bereit gewesen, alles zu versuchen, um die Macht zu ergreifen, auf die sie ein Anrecht zu haben glaubten. Dem oftmals kranken König Croft war anscheinend gänzlich entgangen, was Gello und Ivene taten. Der junge Herzog hatte das Heer stark umstrukturiert. Ältere Offiziere waren durch jüngere ersetzt worden, deren Loyalität allein ihm galt. Währenddessen hatte Herzogin Ivene im Kronrat die Verhältnisse zu ihren Gunsten beeinflusst. Sie manipulierte die Ratsmitglieder und brachte möglichst viele auf die Seite ihres Sohnes. König Croft hatte den häufigen Warnungen seiner Tochter keine Beachtung geschenkt. Als ihr Vater dann gestorben war – Merren hatte sich gefragt, ob Ivene auch dabei ihre Finger im Spiel gehabt hatte, zumal ihr Vater noch vergleichsweise jung gewesen war –, hatte sie keine Möglichkeit mehr gehabt, Gello als Führer des Heers zu ersetzen. Die Situation hatte sich zusehends verschlimmert, bis schließlich der Punkt erreicht war, dass genug Adlige im Kronrat bereit waren, Gello die Macht im Staat zu übertragen. Das Heer war bereits so weit umgestaltet gewesen, dass es den Befehlen des Herzogs blind Folge leistete.

Sie hatte in den letzten drei Jahren viel Zeit gehabt, darüber nachzudenken, was sie anders hätte machen können.

Er hatte sie hintergangen und sie im Kronrat ausmanövriert. Genau genommen hatte ihre Tante das getan. Ivene kannte die meisten Adligen gut und wusste über ihre sehnlichsten Wünsche und dunkelsten Geheimnisse Bescheid. Sie wusste auch, wie sie die Adligen gegen die Königin aufbringen konnte. Gello ließ einfach einen seiner Verbündeten den lächerlichen Vorschlag machen, die Ländereien eines Adligen auf Kosten eines anderen zu erweitern. Merren musste dann eingreifen und diesen Unfug verhindern, aber auf diese Weise verärgerte sie die Familie, der die Änderung zugutegekommen wäre. Alle neuen Gesetzesvorschläge, die sie einbrachte, wurden entweder derart mit Ergänzungen oder Nachträgen versehen, dass sie entweder gar nicht erst verabschiedet wurden oder ihren eigentlichen Sinn nicht mehr erfüllten und die Dinge sogar schlechter machen konnten. Auf diese Weise hatte er die Adligen allmählich so beeinflusst, dass sie Königin Merren nicht mehr unterstützten.

Seit Kurzem wusste sie, dass ihr die Zeit davonlief. Der Adel schnitt sie, alte Freunde erschienen nicht mehr zu den Sitzungen des Kronrats, und Gellos Kontrolle über das Heer war inzwischen umfassend. Selbst die treuesten Regimenter hatten sich ihm angeschlossen. Sie hatte immer noch gehofft, dass sich ein Streiter finden würde. Das Drachenschwert konnte alles ändern und die Dinge wieder zu ihren Gunsten wenden. Mit einem Streiter an ihrer Seite würden die Menschen im Land sie wieder voll und ganz akzeptieren. Es wäre eine Wiederholung der Geschichte, wie sie König Riel widerfahren war. Mit dem Drachenschwert würde das Volk sich ihr anschließen und sich gegen Gello und die Adligen stellen. Wenn das ganze Land gegen ihn war, würde Gello keine andere Wahl haben, als sich ihr zu beugen. Das war ihr Traum. Ein Teil von ihr ahnte, dass es nicht so einfach sein würde, dass Gello sich nicht kleinlaut ergeben würde. Aber sie durfte die Hoffnung nicht aufgeben.

Der Tod von Herzogin Ivene vor drei Monaten hatte ihre Laune kurzzeitig gehoben. Ohne seine Mutter und Mentorin würde Gellos Manipulation des Kronrats bestimmt ein Ende nehmen.

Aber sie hätte sich denken können, dass ihr Gegner auf alle Eventualitäten vorbereitet war. Natürlich hatte sie sich nie träumen lassen, dass er sogar so weit gehen würde, das Drachenschwert stehlen zu lassen.

Nun war sie im Grunde genommen eine Gefangene und wurde, wo sie auch hinging, von Gellos Männern begleitet. Dem Volk hatte man weisgemacht, das geschehe zur Sicherheit der Königin, und die Anwesenheit von bewaffneten Soldaten in jeder Stadt und in jedem Dorf diene dem Schutz der Bewohner. In ihrem Namen war ein Erlass verbreitet worden, dass im ganzen Land Kriegsrecht gelte und Gello als Herrscher eingesetzt werde, bis diese unruhigen Zeiten überstanden seien. In Wahrheit hatte Gello vom Thronsaal Besitz ergriffen, und seine Offiziere suchten ihn dort auf, um ihre Befehle entgegenzunehmen.

In gewisser Weise war es eine Erleichterung. Nach Jahren der Anspannung und des Pläneschmiedens, immer mit dem Gefühl, sie würde mit gebundenen Händen kämpfen, war es fast eine Erholung, dass sie sich jetzt um nichts anderes mehr kümmern musste als die Auswahl ihrer Garderobe für den einen Ausflug pro Tag, der ihr gestattet war, und die Entscheidung, wohin dieser Ausflug gehen sollte.

Aber andererseits war es demütigend, ärgerlich und beängstigend sowohl für sie als auch für das Land selbst. Sie vermutete, dass sie in naher Zukunft das Opfer irgendeines Unfalls werden oder sich eine fatale »Krankheit« zuziehen würde. Wenn das Land erst im Krieg stand, würde es dem Volk gleichgültig sein, wer die Verantwortung trug, solange er nur mit starker Hand regierte.

Aber da es so weit noch nicht war, fand sie es enttäuschend, dass niemand der Machtübernahme durch Gello widersprochen hatte. Sie regierte das Land noch nicht lange, aber sie hätte erwartet, dass ein paar Priester und gewöhnliche Leute sich wegen der jüngsten Entwicklungen wenigstens bestürzt gezeigt hätten.

Sie hatte mit Rana darüber gesprochen, die eine Erklärung dazu gefunden hatte. Ihrer Meinung nach war das Volk so daran gewöhnt, in Frieden zu leben, dass einfach kaum jemand verstand, was Gello eigentlich getan hatte. Die Könige von Norstalos hatten immer gut regiert und sich auch willens gezeigt, den Thron für Neffen oder Cousins zu räumen, wenn das Drachenschwert es so gewollt hatte. Nach so vielen Jahrhunderten des Edelmuts konnten sich die Norstaler einfach nicht vorstellen, dass ein Mitglied der Königsfamilie die Macht an sich reißen wollte. Und eine lange Geschichte ohne innere und äußere Konflikte wiegte das Volk in einem falschen Gefühl der Sicherheit.

Sie wusste nicht, ob Rana recht hatte, aber ihr fiel auch keine bessere Erklärung ein. So blieb ihr nichts anderes als abzuwarten. Sie hatte jedoch ihre Hofdamen – die einzigen Menschen im Palast, die ihr noch treu ergeben waren – damit beauftragt, etwas mehr in Erfahrung zu bringen, indem sie mit Gellos Offizieren sprachen. Sie selbst konnte nur den Blick über die Dächer der Häuser schweifen lassen, die sie von ihrem Fenster aus sah, und auf ein Zeichen hoffen, es würde *irgendjemanden* beunruhigen, dass die Königin entmachtet war. Aber jedes Anzeichen dafür blieb aus. Selbst das Armenviertel war ruhig. Das hatte sie verletzt. Sie wusste, dass ihre Herrschaft hauptsächlich aus dem Machtkampf mit Gello bestanden hatte und aus Wohltaten für das Volk, aber dass es keinerlei noch so harmlose Proteste gab, war ein vernichtendes Urteil über ihre Herrschaft.

Dann hatte das kleine Mädchen ihr diese Botschaft gebracht. Die Nachricht, dass Barrett und ein Krieger sie befreien wollten. Konnte Barrett das Drachenschwert zurückgewonnen und einen treuen Streiter gefunden haben? Die Chancen dafür waren gering, aber sie glaubte gern daran. Sie rief Rana zu sich. Als Tochter des Grafen Sendric war sie Merrens älteste und beste Freundin.

»Wir müssen uns auf morgen vorbereiten. Folgendes bitte ich dich zu tun«, begann sie.

Rana hörte zu, und langsam fiel ihr die Kinnlade herunter.

Martil freute sich darauf, die Doppelgängerin der Königin kennenzulernen. Wie sein alter Freund Borin zu sagen pflegte, hatte er schon zu lange auf dem Trockenen gesessen. »Wo finde ich sie?«, fragte er, nachdem Karia endlich eingeschlafen war.

»Du musst ins Haus zum Goldenen Tor. Es ist das dritte Haus von rechts neben der Kirche, in der wir heute Nachmittag waren. Dort musst du nach Lahra fragen«, wies Barrett ihn an. Er sah Martils Gesichtsausdruck und lächelte. »Ich weiß, aber meine Nachbarn haben gerne all ihre Annehmlichkeiten in unmittelbarer Nähe. Es ist ein Privathaus, in das nicht jedem Einlass gewährt wird. Man kommt nur hinein, wenn man den Preis bezahlen kann. Es wird teuer werden. Mindestens ein Goldstück pro Besuch.«

Conal spuckte den Wein aus, den er im Mund hatte und gerade hinunterschlucken wollte. »Bei Zorvas verschwitzten Hoden, für so viel Geld würde ich mit Frau Palm und ihren fünf Töchtern die ganze Nacht verbringen!«, verkündete er.

»Warum ist er immer noch hier, bitte schön?«, seufzte Barrett.

Anscheinend war ein nächtliches Ausgangsverbot

über die Stadt verhängt worden, das in den Vierteln der Wohlhabenden jedoch nicht zu gelten schien. Zumindest konnte Martil nicht erkennen, dass es hier durchgesetzt wurde. Barrett glaubte, Gello habe nur etwa tausend Mann in der Stadt behalten – nicht viel, wenn eine ganze Stadt unter Kontrolle gehalten sowie Palast und Stadtmauern bewacht werden mussten. *Natürlich war es hilfreich, dass die Norstaler eine friedfertige Nation sind,* dachte er verbittert.

Er hatte sich Sorgen gemacht, dass er das Haus vielleicht nicht finden würde. Tagsüber sahen alle großen Häuser in dieser Gegend gleich aus. Aber als er an der Kirche vorbeiging, lachte er beinahe. Bei Nacht war das Haus klar als das zu erkennen, was es war. Riesige vergoldete Tore standen offen und wurden von etwa zwanzig Laternen beleuchtet, während zwei große Wachmänner mit langen Speeren Wache hielten. Sie strahlten Grausamkeit aus, doch ihre einschüchternde Wirkung wurde von den rosafarbenen Wappenröcken geschmälert, die sie über ihren Lederjacken trugen.

Martil hatte eine Handvoll Gold griffbereit, um es ihnen zu zeigen, aber der erste Wachmann machte Platz und grinste Martil an, als sein Gesicht im Schein der Laternen erkennbar wurde.

»Hauptmann Martil! Erinnert Ihr Euch an mich, Herr?«

Martil gab sich alle Mühe, auf den Namen zu kommen. Kurz bevor er zugeben musste, dass er sich nicht mehr erinnern konnte, kam ihm plötzlich die Erleuchtung. »Korporal Kesbury! Ich habe dich bei der Schlacht von Shadar befördert!« Er erinnerte sich jetzt an den

Mann, allerdings war er damals blutbesudelt gewesen und hatte einen stark verwundeten Trupp angeführt. Viele ihrer Kameraden waren bereits gefallen, und die Abteilung hatte nur noch durch schiere Willenskraft zusammengehalten. Kesbury war ein guter Kämpfer gewesen, geübt im Umgang mit dem Speer. Er hatte aber auch gern getrunken; deshalb war er auch nie zum Wachtmeister befördert worden.

»Das stimmt, Herr. Und bis Bellic bin ich bei Eurer Truppe geblieben. Mein Kamerad Dunner hier hatte nicht so viel Glück. Er war zuerst bei Snithe, ist dann zu Macord weitergereicht worden und dort bis Bellic geblieben.«

»Was macht ihr zwei hier?«

Kesbury lächelte zögernd. »Rallora war nach Bellic nicht mehr dasselbe, Herr. Die Leute wollten uns nicht in ihrer Nähe haben. Also haben wir einen Ort gesucht, wo keine Fragen gestellt werden; wo sie von einem nur erwarten, dass man ein harter Bursche ist. Inzwischen sind viele von uns hier im Norden. Wir haben uns einen guten Ruf erworben. Diese Norstaler halten es für ein Zeichen ihres Erfolgs, wenn ihre Wachmänner Rallorer sind. Außerdem ist die Bezahlung gut.«

»Und es gibt wohl noch ein paar Extras?«, deutete Martil an.

»Nun ja, die Frauen hier sehen besser aus als die Pferde und Esel, auf die man als Wachmann einer Karawane aufpassen muss, das gebe ich zu«, sagte Kesbury grinsend. »Geht einfach rein, Herr. Am Eingang stehen noch zwei von uns, gute Kerle, auch wenn sie nur unter Kriegshauptmann Rowran gedient haben.«

Sie bestanden darauf, Martil die Hand zu geben. Danach ging er über den Vorhof zum eigentlichen Hauseingang. Seine Stiefel knirschten auf den Kieseln der Auffahrt. Das Haus war beeindruckend. Zwei Stockwerke hoch, erleuchtet von Laternen und geschmückt mit feinsten Steinmetzarbeiten. Dagegen war Barretts Haus schäbig. Aber bei einem Goldstück pro Besuch war es auch kein Wunder, dass viel Geld für solche Äußerlichkeiten ausgegeben werden konnte.

Die Eingangstür war wuchtig – eisenbeschlagenes Eichenholz –, und zwei weitere, große Rallorer in rosafarbenen Wappenröcken hielten dort Wache.

»Was willst du?«, fragte der eine schroff.

Martil wollte sein Anliegen gerade erklären und ihnen etwas Gold zeigen – aber beides erwies sich als unnötig.

Der zweite Wachmann stieß den ersten leicht an.

»Ich kenne diesen Mann! Hauptmann Martil, richtig?«

Martil nickte, dann musste er sich mit ihnen unterhalten und durfte sich eine ähnliche Geschichte anhören wie die von Kesbury, bevor sie ihm nach dem unverzichtbaren Handschlag die Tür öffneten. Martil kam in einen vornehm möblierten Empfangsraum. Die Stoffe überall waren rosafarben, pflaumenblau, purpurn; die Holzböden waren von großen Teppichen bedeckt. An jeder vertäfelten Wand hingen einige von Laternen erhellte Bilder nackter Frauen.

»Ich bin Sillat. Wie kann ich behilflich sein?«

Martil wandte sich zu der Theke um. Dahinter stand eine ältere Frau und lächelte ihn an. Sie trug ein dunkelrotes Seidenkleid, und ihre Hände waren mit Goldschmuck übersät. So etwas wie das Rot ihrer Lippen hatte Martil noch nicht gesehen.

»Ein Freund hat mir diesen Ort empfohlen. Er hat mir geraten, nach Lahra zu fragen«, sagte Martil langsam.

Sillat zog eine Augenbraue hoch. »Eine weise Entscheidung. Und eine beliebte. Wie viel Zeit wollt Ihr mit ihr verbringen?«

Martil hatte nicht vor, dieser Frau seine Pläne zu verraten. Es wäre besser, dieser Lahra sein Angebot direkt zu unterbreiten. Sillat vernahm sein Zögern und unterbreitete ihm routiniert das vermutlich normale Angebot. »Wir haben besondere Konditionen für regelmäßige Gäste. Ein Goldstück für eine Drehung der Sanduhr oder fünf Goldstücke für sieben Besuche.«

Martil schauderte innerlich bei diesem Preis. »Ich nehme das Angebot mit den sieben Besuchen«, beschloss er und hoffte, sein Gold würde jeglichen Verdacht ausmerzen, den die Empfangsdame haben könnte.

Sillat stöberte unter der Theke und brachte eine rosafarbene Figur aus Holz zum Vorschein, deren Form zwar ungewöhnlich, ihrem Zweck aber sicher angemessen war. Sie sah Martils Gesichtsausdruck, lächelte und ließ Martils Gold mit einer flüssigen Handbewegung unter der Theke verschwinden.

»Zeigt das von nun an den Wachmännern.«

»Falls das nötig ist«, murmelte Martil und verstaute die Figur ganz unten in seiner Gürteltasche.

»Nun werde ich Lahra rufen lassen. Sollte Lahra Euch gefallen, würde ich empfehlen, in Zukunft im Voraus zu reservieren. Für gewöhnlich ist sie vom Adel ausgebucht. Ihr habt Glück, dass der Großteil unserer Adligen gerade nicht in der Stadt ist. Würdet Ihr mir Euren Namen nennen?«

Martil zögerte. »Ich glaube nicht, dass wir uns mit Namen abgeben sollten«, sagte er achselzuckend.

Sillats Lächeln wurde noch breiter. »Darüber braucht Ihr Euch in der Tat keine Sorgen zu machen. Willkommen im Goldenen Tor. Es ist immer ein Vergnügen, ein neues Mitglied zu begrüßen!«, fügte sie augenzwinkernd hinzu.

Martil lächelte, weil die Frau es von ihm erwartete.

Sillat öffnete eine große Schublade hinter der Theke. Darin befand sich ein Dutzend Glockenzüge, alle in unterschiedlichen Farben. Sie griff nach dem blauen und zog daran; eine Glocke ertönte irgendwo im hinteren Teil des Gebäudes.

»Lahra wird in wenigen Augenblicken für Euch da sein. Bitte wartet dort drüben.« Sie machte eine Handbewegung in Richtung einer blau gestrichenen Tür auf der anderen Seite des Empfangsraumes.

Martil schlenderte gemächlich hinüber; gerade als er sie erreichte, öffnete sich die Tür, und Lahra trat heraus. Als Erstes bemerkte Martil, dass ihr grünes Kleid so kurz und oben so tief ausgeschnitten war, dass es einen sofortigen Aufstand ausgelöst hätte, wenn sie es in der Öffentlichkeit getragen hätte. Es war schwer zu sagen, wie viel Ähnlichkeit sie mit der Königin hatte; schließlich kleidete sich die Königin weitaus konservativer, aber er war sich ziemlich sicher, dass die Kurven dieser Frau deutlich besser ausgeprägt waren als die der Königin. Dann sah er ihr ins Gesicht. Er hatte die Königin nur kurz gesehen, aber er schien sich an ihr Gesicht sofort und genau zu erinnern. Die Ähnlichkeit war verblüffend, nur Lahras Lippen waren spröde und ihre Augen glasig und geistlos. Die Augen der Königin dagegen hatten auf Martil wie flüssige, grüne Oasen voller verborgener Tiefen gewirkt. Allerdings hatte Martil auch nicht vor, Lahra tief in die Augen zu schauen.

Er fragte sich, was die Adligen dieses Landes dazu trieb, sich vor ihrer Königin zu verbeugen, um dann hierherzueilen und ihre Doppelgängerin nach ihrer Pfeife tanzen zu lassen. Selbst Barrett war zu ihr gegangen. Er für seinen Teil, nun ja, er würde sich erst später darüber Gedanken machen, ob er sich ebenfalls scheinheilig nennen musste.

Sobald sie in dem Schlafzimmer angekommen waren, musste er sich sehr zusammenreißen, um sich tatsächlich auf den Rettungsplan zu konzentrieren.

»Ich habe eine wichtige Frage an dich«, sagte Martil.

»Was denn?« Ihre Stimme klang in keiner Weise wie die der Königin. Ihre Stimme war tief und rau.

Er legte seinen Schwertgürtel auf einen Stuhl und wandte sich wieder ihr zu. Er wollte sie über die Möglichkeit aufklären, wie sie schnell viel Geld durch eine einfache Aufgabe verdienen konnte. Allerdings war sie schon aus ihrem Kleid geschlüpft und stand nackt vor ihm, lediglich ein unglaublich teuer anmutendes Kollier zierte ihren Hals. Sie schenkte ihm ein verführerisches Lächeln.

»Weiß ich nicht mehr«, sagte er.

II

Martil gähnte. »Was hältst du davon, eine Menge Geld zu verdienen?«, fragte er sie.

Sie ließ das Kleid fallen, das sie gerade wieder anziehen wollte, und stieg zurück ins Bett. »Ich bin ganz Ohr?«, sagte sie interessiert. »Viel Geld, sagst du? Wie viel denn?«

»Gold – nur für dich, nicht nur das bisschen Silber, das du von Sillat bekommst«, sagte er. Er wusste, dass in Häusern wie diesem die Huren von dem vielen Geld, das die Freier für sie zahlten, nur wenig behalten durften.

»Gold?« Sie lächelte und rümpfte dann die Nase. »Heißt das, du bist noch so einer, für den ich mir eine Krone aufsetzen und den ich herumkommandieren muss, bevor er mich bumst?«

Martil hustete schuldbewusst. »So in etwa. Ich will, dass du so tust, als wärst du die Königin. Ich will, dass du morgen mit mir zur Kirche der Sonne kommst und anschließend noch in eine Kutsche steigst.«

Sie dachte einen Moment lang darüber nach. »Hab ich noch nie vorher gemacht. Ich musste mich aber schon bei vielen komischen Feierlichkeiten als Königin verkleiden. Es gefällt ihnen, wenn ich das tue. Mit der Krone auf dem Kopf und vielen Juwelen am Leib, aber ohne Kleid umherspazieren.«

Die Königin würde eine herbe Enttäuschung erleben, falls sie darauf zählte, dass der Adel von Norstalos ihr gegen Gello zur Seite stehen würde.

»Zwei Goldstücke«, bot Martil an.

»Für den Preis werde ich meine Titten nicht in der Kirche raushängen lassen, und es kostet ein Goldstück extra, wenn du mich gleich in der Kutsche bumsen willst. Und für weniger als fünf Goldstücke werde ich keinen Pferdemist wegmachen«, erwiderte sie.

Martil war etwas verwundert. »Haben sie dich wirklich Pferdemist wegmachen lassen?«, fragte er.

»Einmal. Aber ich werde es nicht noch einmal tun … außer für viel Geld.«

Martil musste sich sehr anstrengen, seine Gedanken beisammenzuhalten. Kein Wunder, dass das Land den inneren Zusammenhalt verlor. »Einverstanden. Wir werden uns sicher einigen können – wenn du gleich mit zu mir nach Hause kommen kannst, denn wir müssen morgen schon sehr früh in der Kirche sein.«

Sie zuckte mit den Achseln – eine bemerkenswerte Bewegung, wenn man sie an einer nackten Frau sah.

»Für zwei Goldstücke ist es in Ordnung. Ich mache so etwas dauernd. Normalerweise bekommt Sillat eine Provision, wenn ich für Feierlichkeiten gebucht werde, aber es stört mich nicht, wenn ich dieses Mal das ganze Gold für mich behalten darf. Das Geschäft läuft nicht besonders gut zurzeit – alle scheinen sich auf ihre Landsitze verkrochen zu haben. Und sie wollen meine Gesellschaft nicht, wenn sie ihre Ehefrau zu Hause haben.«

Martil versuchte, Mitleid zu heucheln.

»Der Haken ist nur, dass die Wachmänner Sillat wahrscheinlich sagen werden, dass ich mit dir nach Hause gehe. Dazu sind sie verpflichtet. Dann wird sie ihren Anteil wollen. Also, wenn du nicht schon im Voraus eine Vereinbarung mit ihr getroffen hast, brauche ich noch etwas mehr Geld …«

Martil lächelte. »Ich glaube nicht, dass die Wachen ein Problem sein werden«, gab er zurück.

»Na dann. Von mir aus können wir los, sobald du fertig bist.«

»Ich bin noch nicht ganz so weit«, sagte Martil heiser und zog sie an sich.

Graf Byrez hatte gewusst, dass man Jagd auf ihn machen würde. Niemand widersetzte sich König Markuz und kam mit dem Leben davon. Es war ein Zeichen für die Schwäche des Königs, dass Byrez den Thronsaal lebend verlassen hatte. Er rechnete damit, dass Cezar ihn jeden Augenblick aufsuchen würde, aber der mysteriöse Streiter des Königs schien anderweitig beschäftigt zu sein.

Das verschaffte ihm genügend Zeit, seine Frau und seine Kinder bei Freunden in einem anderen Teil des Landes in Sicherheit zu bringen. Es gab noch einige Berellianer – zu denen er auch sich rechnete –, denen Ehre etwas bedeutete.

Es wurden jedoch immer weniger. Byrez war entsetzt, wie umstandslos seine Landsleute das allgemeine Bekenntnis zu Zorva annahmen und ihrem alten Glauben abschworen. Sich auf die Angstpriester einzulassen und den ersten Schritt zu tun, um ihre Seelen dem Bösen zu verschreiben, schien einfacher zu sein, als sich dem König und dem traditionellen Gehorsam zu widersetzen.

Er versuchte, auf der Flucht jede Nacht an einem anderen Ort zu übernachten. So war er auch an diesem Tag in einem Gasthaus abgestiegen und hatte sich unter falschem Namen ein Zimmer genommen. Im Innenhof erwartete ihn dann ein entsetzlicher Anblick – eine auf einen Pfahl gespießte, gehäutete Leiche. Und als er erfuhr, dass es die Leiche des Priesters der Stadt war und alle Stadtbewohner den schrecklichen Tod des Mannes mit angesehen – und sich darüber gefreut – hatten, kostete es ihn all seine Selbstbeherrschung, sich nicht zu verraten. Er wünschte sich beinahe einen Besuch von Cezar, damit er nicht mehr Zeuge solch bösartiger und wahnsinniger Taten wurde.

Martil musste Lahra überzeugen, das am wenigsten freizügige Kleid anzuziehen, das sie besaß – und das war immer noch weitaus offenherziger als das, was eine Königin tragen würde. Aber wenn Lahra und die Königin ihre Kleider tauschten, wäre es wenigstens ein sehenswerter Anblick – oder vielleicht sogar all das Gold wert, das Lahra ihn kostete. Sie führte ihn durch eine Seitentür aus dem Haus und über einen versteckten Weg zum Eingangstor. Wie Martil vorhergesagt hatte, waren Kesbury und Dunner überaus gewillt, Stillschweigen darüber zu bewahren, dass Lahra Martil nach Hause begleitete. Um wirklich sicherzugehen, drückte er den beiden Männern jeweils ein Silberstück in die Hand.

»Wir brauchen kein Geld, Herr. Ich schulde Euch mein Leben!«, erklärte Kesbury.

»Das ist keine Bezahlung«, erwiderte Martil. »Es ist

nur ein Andenken daran, was wir alle durchgemacht haben.«

»Dann danke ich Euch, Herr. Solltet Ihr einmal Hilfe benötigen, lasst es uns wissen!«

Glücklicherweise war es nicht weit zu Barretts Haus.

»Wie weit müssen wir laufen? Meine Füße tun mir in diesen Schuhen ziemlich weh«, jammerte sie.

»Nicht mehr weit, Lahra«, ermutigte er sie.

»Ich heiße gar nicht Lahra, sondern Rabbag. Sillat denkt aber, dass Männer kein Gold für eine Frau bezahlen, die so heißt.«

Sie erreichten Barretts Haus, ohne dass jemand sie gesehen hatte und ohne dass Rabbag sich die Füße wund lief.

»Mach dir keine Sorgen, morgen werden wir reiten«, sagte er zu ihr, als Barrett die Eingangstür öffnete.

»Hm, den kenne ich doch. Der ist Stammkunde bei mir. Der Zauberer mit dem langen Zauberstab«, verkündete Rabbag bei Barretts Anblick.

Martil sagte nichts, er sah den Zauberer lediglich an. Barretts Gesicht rötete sich ein wenig. »Kommt herein. Ich nehme an, sie hat eingewilligt?«, fragte er Martil.

»Sie ist perfekt, solange sie nicht redet«, verkündete Martil.

»Ich weiß genau, was ich machen muss. Nicht reden, aufrecht sitzen und winken«, protestierte sie.

»Na schön. Ich gehe zu Bett«, antwortete Barrett.

Rabbag hakte sich bei ihm unter. »Wo ist dein Bett, Zauberer?«

Barrett entzog sich ihr. »Wir haben keine Zeit, heute Nacht etwas anderes zu tun als zu schlafen. Conal schläft schon. Also wirst du Wache halten müssen, Martil«, sagte der Zauberer mit dem Hauch eines siegreichen Grinsens auf dem Gesicht. Er machte auf dem Absatz kehrt und war verschwunden.

Mit Lahra – oder Rabbag – ins Bett zu gehen, war sein kleines Geheimnis. Jedes Mal sagte er sich, er würde es nie wieder tun. Aber er tat es immer wieder. Dass Martil davon wusste, machte ihm etwas zu schaffen. Es gab ihm das Gefühl, sich beschmutzt zu haben. Er hatte sich immer eingeredet, dass die Besuche bei Lahra es ihm erleichterten, der Königin zu dienen, obwohl er sich selbst davon nie so recht hatte überzeugen können.

Martil brachte Rabbag in ein leeres Schlafzimmer – weit weg von Karias Zimmer. Dann holte er sich einen Krug Wasser und bereitete sich darauf vor, Wache zu halten. Von einem der Fenster aus ließ sich der vordere Garten und der Weg von der Straße zum Haus beobachten. Er zog sich einen Stuhl heran, starrte nach draußen und fragte sich, was der Tag ihnen bringen würde. Er war ein wenig besorgt, was mit Rabbag geschehen würde, falls nicht alles so lief, wie sie es geplant hatten. Aber er hoffte, dass selbst Gello nicht so weit gehen würde, eine Hure hinzurichten. Er für seinen Teil hoffte nur, dass die Königin nicht sofort von ihm verlangte, das Drachenschwert zu ziehen, um Gellos Männer auf ihre Seite zu ziehen. Er zog das Schwert. Er hatte den Verdacht, dass er es morgen brauchen würde, und fragte sich, wie er es auch äußerlich wieder in das Drachenschwert verwandeln konnte. Er versuchte, sich darauf zu konzentrieren, doch es sah immer noch aus wie sein altes Kurzschwert. Ohne Barrett wusste er nicht, ob es daran lag, dass er irgendetwas falsch machte, oder ob er einfach nicht auf die Magie des Schwertes zugreifen konnte. Jetzt, da das Schwert sein Äußeres magisch verändert hatte, konnte er den Drachen am Griff nicht mehr erkennen und hatte folglich keine Ahnung, ob die Augen funkelten oder nicht.

Die Nacht dauerte eine gefühlte Ewigkeit, und Martil dachte über Königin Merren nach. Seine Stunde mit Rabbag gab seinen Gedanken eine neue Richtung. In seiner Jugend – damals waren ihm die Sagen noch nicht verhasst gewesen – hatte er fast alle diese Geschichten gelesen. Er wusste, wie die Sache mit einer Königin und ihrem Kämpfer oft ausging. Warum sollte er nicht Prinzgemahl werden? Natürlich, er war Rallorer und als Bauernjunge geboren, aber er war auch der Auserwählte des Drachenschwertes. Und wenn alle Adligen hier ihren Gefallen daran fanden, einer Hure in den Kleidern der Königin dabei zuzusehen, wie sie nackt ihre Ställe ausmistete, dann schrie dieser Ort förmlich nach neuem Blut. Dieser Gedanke gefiel ihm. Er hatte das Drachenschwert gezogen, ohne überhaupt darüber nachzudenken. Die Entscheidung, es zur Königin zu bringen, war mehr von Karia als von ihm selbst gefällt worden. Die Entscheidung, Barrett zu begleiten, hatte man ihm auch abgenommen: entweder mitkommen und helfen – oder den Tod durch das Drachenschwert erleiden. Er versuchte immer noch zu verstehen, wie er in diese Lage gekommen war. Vor nicht allzu langer Zeit hatte er Rallora verlassen, Schwüre geleistet, nie wieder Blut zu vergießen oder in den Krieg zu ziehen, und kurz darauf war er von einer Räuberbande überfallen worden, hielt plötzlich das Drachenschwert in Händen und würde nun im Mittelpunkt eines Bürgerkrieges stehen. Wann war er von seinem Weg abgekommen, und wann hatte er sich für die Dinge entschieden, mit denen er jetzt leben musste? War er nur eine Marionette, die von Mächten gelenkt wurde, die sich seiner Kenntnis entzogen? Das war ein netter Gedanke für eine ruhige Nacht, überlegte er. Wieder fragte er sich, was Pater Nott gesehen hatte. Der alte Priester musste auch in Norstalos-Stadt sein. Wenn sie mehr Zeit gehabt hätten, hätte Martil ihn nur zu gerne aufgesucht und ein paar Antworten verlangt. Er konzentrierte sich wieder auf die Königin und insbesondere darauf, wie er sich bei ihrem Anblick gefühlt hatte. Die Geschichten drehten sich alle um Liebe auf den ersten Blick – ein guter Grund, nicht zu glauben, dass es im echten Leben dergleichen gab. Aber sie zu sehen, hatte ihn beinahe umgeworfen, es war wie ein Schlag in den Magen gewesen. Die Königin nur retten zu wollen, weil er sich zu ihr hingezogen fühlte und weil er dieses Gefühl bei ihrem Anblick erneut erleben wollte, war nicht das beste Motiv, aber wenigstens hatte er damit etwas, worüber er nachdenken konnte. Er vertiefte seine Gedanken und verlieh ihnen mit den Erinnerungen an seine Nacht mit Lahra die nötige Würze.

Als die Morgendämmerung den nachtschwarzen Himmel erhellte, ging er hoch und schüttete Conal einen Krug Wasser ins Gesicht.

»Wach auf, ich habe die ganze Nacht Wache gehalten«, sagte Martil dem stotternden Räuber.

»Du weißt, wie man einen Mann weckt«, murrte Conal. »Ich nehme an, ich sollte froh sein, dass es diesmal Wasser war.«

»Halt einfach Wache. Ich brauche etwas Schlaf.«

»Hast wohl die ganze Nacht gebraucht, hm? Hast du dir geholt, was dir für das Geld zustand?«

Martil schenkte ihm keine Beachtung, ließ den Räuber mit verschlafenem Blick seine Wache antreten, suchte sich eine Liege, die bequem aussah, und ließ sich mit einem Seufzer darauf nieder.

Es fühlte sich an, als hätte er die Augen gerade erst zugemacht, als jemand ihm einen Finger ins Ohr steckte.

»Conal, ich hoffe für dich, dass das nicht dein Finger ist«, ächzte er, ohne die Augen zu öffnen.

»Steh auf. Ich habe Hunger«, beschwerte Karia sich.

Martil erinnerte sich daran, wie ihm einst mit einer Axt auf den Kopf geschlagen wurde, noch in den Anfängen des Krieges. Sein Helm hatte seinen Schädel geschützt, aber dennoch war er zu Boden gegangen. Danach wieder aufzustehen in dem Wissen, dass ein Axtkämpfer ihm den Rest geben wollte, war eines der schwierigsten Dinge, die er in seinem Leben getan hatte. Bis jetzt. Seufzend erhob Martil sich und bereitete Karia einen Früchteteller zu, ehe er sich wieder auf die Liege fallen ließ. Er war gerade kurz davor gewesen einzuschlafen, als sie ihm auf den Rücken sprang.

»Jetzt ist mir langweilig. Können wir ein Spiel spielen oder etwas Lustiges machen?«

Martil brachte es nur unter Einsatz all seiner Willenskraft fertig, das kleine Mädchen nicht anzuschreien.

»Ich bin die ganze Nacht wach gewesen. Ich brauche etwas Schlaf. Was hältst du davon, wenn du mir ein paar Lieder vorsingst?«

Karia gefiel der Gedanke, und sie fing an zu singen.

Es war nicht besonders sanft und ganz sicher nicht melodisch, aber es war auf eigenartige Weise beruhigend, und Martil schlief ein.

Er wachte auf und sah, wie Conal Karia eine Geschichte vorlas und versuchte, ihr ein paar Worte beizubringen.

»Es ist Vormittag. Barrett ist munter, aber die, ähm, Dame ist es noch nicht. Ich dachte, ich versuche mal, Karia ein wenig zu unterhalten. Als Wiedergutmachung für letzte Nacht. Es tut mir leid, Hauptmann, es wird nicht wieder vorkommen.« Conal schien sich erholt zu haben, und es war ihm sichtlich peinlich.

»Was wird nicht wieder vorkommen?«, fragte Martil und streckte sich.

»Dass ich mich im Dienst betrinke. Der verdammte Zauberer hat Wein, der weitaus stärker ist als die Ziegenpisse, an die ich gewöhnt bin.«

Karia kicherte bei diesen Worten, und Conal räusperte sich. »Lasst uns in die Küche gehen und dem Hauptmann etwas zu essen machen«, schlug er vor.

»Und mir auch!«

Martil sah ihnen nach, als sie sich auf den Weg zur Küche machten, und legte sich erneut hin. Nach einer Weile stand er auf und streckte sich. Es ging ihm schon besser. Jetzt nur noch etwas zu essen, und er war bereit, den Tag in Angriff zu nehmen. Dennoch wollte er sicherheitshalber eines von Barretts Büchern mitnehmen, aus dem er Karia vorlesen konnte. Andernfalls würde ihr in der Kirche sicherlich langweilig werden. Er lächelte still. Sie war einer der Hauptgründe, warum er in diese Situation geraten war, und trotzdem bereute er es nicht, sie getroffen zu haben. Nicht nur, weil seine Träume über Bellic aufgehört hatten, sondern auch, weil sie sein Leben so sehr bereichert hatte. Er griff nach seinem Schwertgürtel und legte ihn an. Dann nahm er das Drachenschwert in die Hand, das zu seiner Überraschung nicht mehr aussah wie sein altes Schwert. Er war sich nicht absolut sicher, aber es hatte sich so angefühlt, als hätte er die Drachenaugen hell funkeln sehen.

»Vielleicht musste ich nur etwas üben«, murmelte er und war zufrieden mit sich.

Sie genossen ihr Frühstück, als Barrett und eine schläfrige Rabbag sich zu ihnen gesellten.

»Was macht diese Frau hier?«, flüsterte Karia laut.

»Sie gehört zu unserem Plan, die Königin zu retten«, flüsterte Martil sehr viel leiser zurück.

»Die Königin retten? Wie meinst du das?«, krächzte Rabbag und bewies, dass ihr Gehör in bester Ordnung war.

»Das ist nur ein Spiel von uns«, sagte Martil hastig, »sie ist eine Prinzessin, und wir müssen die Königin retten.«

»Na dann. Gibt's hier was zu trinken?«

Nachdem dieses Problem gelöst und sie sich mit Proviant und Büchern ausgestattet hatten, stand ihrem Aufbruch nichts mehr im Weg. Rabbag saß auf Tomon, den Martil führte. Karia ritt mit Barrett, Conal lief. Sein schäbiger kleiner Esel hätte in diesem Stadtteil zu viel Aufsehen und Misstrauen erregt. Das Tier wäre höchstens als Lasttier von jemandem durchgegangen, der Plumpsklos sauber machte.

Sie erreichten die Kirche ohne Zwischenfälle. Martil

band die beiden Pferde fest und führte zusammen mit Barrett die Gruppe in die Kirche. Dieses Mal kam der Priester sofort auf sie zugeeilt, als sie die Kirche betraten. Drei Männer, eine Frau und ein Kind waren wohl kaum die ungewöhnlichste Gruppe, die jemals in seine Kirche gekommen war. Aber diese fünf waren derart unterschiedlich gekleidet, dass sie sofort seine Aufmerksamkeit erregten.

Er war groß und dünn, hatte eine Hakennase und scharfe graue Augen, die die Gäste sorgfältig begutachteten. Wenn dies die Kirche war, in der die Königsfamilie betete, war es eine wichtige Stellung, hier Priester zu sein. Vielleicht sogar ein schneller Weg zum Bischofsamt, dachte Martil. Dieser Priester sah jedenfalls aus, als wäre er sehr ehrgeizig.

»Kann ich euch helfen? Ihr wisst, dass ihr in einer Kirche seid?«, sagte er arrogant und blickte den einhändigen, ungepflegten Conal und die knapp bekleidete Rabbag verachtungsvoll an.

»Wir hätten gerne einen privaten Gebetsraum. Wir möchten Aroaril anflehen, sich unserer irregeleiteten Schwester und unseres bedauernswerten Onkels anzunehmen«, sagte Martil besänftigend. Er und Barrett hatten sich Sorgen gemacht, dass man den Zauberer erkennen könnte, also hatte Barrett seinen Zauberstock bei der Eiche gelassen, sodass sie im Falle einer Flucht keine Zeit verloren. Er trug einen Kapuzenumhang und stand hinter der Gruppe. »Natürlich würden wir der Kirche eine ansehnliche Spende zukommen lassen, und vielleicht müssen wir später sogar für deine Hilfe zahlen, sollte Aroaril unsere Gebete nicht erhören.« Martil brachte einen kleinen Beutel zum Vorschein, den er dem Priester reichte.

Der Gesichtsausdruck des Priesters wurde etwas weicher, als er das Gewicht des Beutels spürte. Er sah hinein und setzte ein freundliches Lächeln auf.

»Natürlich ist es im Sinne der Kirche, Sünder wieder auf den Weg der Rechtschaffenheit zu bringen. Wie lange werdet ihr den Raum brauchen?« Er nahm ein Goldstück aus dem Beutel und sah es sich genau an.

»He, das ist doch keins von meinen Goldstücken, oder?«, knurrte Rabbag.

»Es könnte eine Weile dauern«, gab Martil dem Priester zu verstehen, und Barrett versicherte Rabbag hastig, aber leise, dass sie jede Menge Gold hatten.

»Ich verstehe. Bitte ruft mich, wenn ihr für einen etwas persönlicheren Dienst zahlen wollt.« Der Priester lächelte, und Martil bemerkte, dass der Blick des Mannes auf Rabbags tiefem Ausschnitt ruhte, während er sprach.

Ihnen wurde ein kleiner Gebetsraum zugeteilt. Darin befanden sich lediglich ein Symbol Aroarils an der Wand, das im Sonnenlicht glänzte, zwei Kirchenbänke und ein Stuhl. Barrett zog sich die Kapuze vom Kopf und spähte aus der Tür, bis er sicher war, dass der Priester sich entfernt hatte.

»Pater Prent ist ein mächtiger Mann in der Kirche«, sagte Barrett verächtlich. »Den Gerüchten zufolge kennt er jeden Skandal der letzten zehn Jahre und hat gegen jeden Priester etwas in der Hand; die Rede ist von schmutzigen Geheimnissen. Auf diese Weise hat er sich diesen Posten gesichert, obwohl er weder ein Freund der Kirche und schon gar nicht der Königin ist.«

»Was machen wir denn jetzt?«, wollte Rabbag wissen. »Wir warten«, sagte Martil schlicht. »Du kannst schlafen, mit uns reden oder versuchen, Frieden mit Aroaril zu schließen.«

»Dann werde ich schlafen«, sagte sie entschieden.

Seltsamerweise machte Karia keinerlei Probleme. Sie lehnte sich zurück und genoss es, dass Martil ihr vorlas. Außerdem hatten sie wirklich viel zu essen dabei. Dann ließ sie sich von Conal vorlesen, und Martil schlief eine Weile. Selbst als sie bei Pater Nott gewohnt hatte, hatte sie nicht so viel Aufmerksamkeit bekommen. Schließlich hatte Pater Nott sich auch um seine Gemeinde kümmern müssen. Aber jetzt brauchte sie lediglich zu fragen, und alle erfüllten ihre Wünsche. Es war wunderbar!

Währenddessen lief Barrett auf und ab und spähte oft zur Tür hinaus. Es versetzte ihn in Aufregung, dass er so nah dran war, die Königin zu befreien, aber er fürchtete sich immer noch. So vieles konnte schiefgehen. Er selbst war sich natürlich sicher, durch seine magischen Fähigkeiten auf jeden Fall zu überleben, aber diese Gelegenheit, seine Königin zu beeindrucken, durfte er sich nicht entgehen lassen.

»Wo sind sie? Wann wird das Warten ein Ende haben?«, wollte er wissen.

»Der ist verdrießlich, hm?«, bemerkte Karia, und Martil amüsierte sich köstlich über ihre Ausdrucksweise.

Als Barrett nicht mehr auf und ab ging, trommelte er mit den Fingern auf eine der Kirchenbänke oder warf einen Apfel von der einen Hand in die andere. Oftmals sah er Rabbag mit einem merkwürdigen Gesichtsausdruck an.

»Du musst dich entspannen. Du wirst noch all deine Kraft vergeuden«, schlug Martil gelassen vor.

»Ich mache mir Sorgen um die Königin«, erwiderte er scharf.

Martil zuckte mit den Achseln und las Karia weiter vor, die aber das Interesse an dem Buch verloren hatte und aufblickte.

»Ich höre etwas!«, sagte sie aufgeregt.

»Du hörst sie schnarchen«, knurrte Conal und deutete auf Rabbag, die es sich auf einer der Kirchenbänke bequem gemacht hatte. Ihr Mund stand weit offen, und ein Speichelfaden sickerte ihr aus dem Mundwinkel.

»Aus dem Weg!«, ertönte der Ruf eines Soldaten und ließ sie aufhorchen.

»Macht euch bereit!«, zischte Barrett. Rabbag schreckte hoch, setzte sich aufrecht hin und rieb sich die müden Augen.

»Es ist Zeit, dir dein Geld zu verdienen«, sagte der Zauberer zu ihr.

»Na schön. Wo willst du es tun?«, sagte sie automatisch.

Glücklicherweise war das Hufgetrappel auf dem Kopfsteinpflaster und das Rumpeln der Kutsche so laut, dass Karia keine Fragen stellen konnte. Martil atmete tief durch. Er fühlte, wie sein Herz raste und wie sich ihm der Magen umdrehte. Das waren die bekannten Anzeichen, die erst verschwinden würden, wenn der Kampf losging – und er hoffte, dass es heute gar nicht dazu kommen würde. Er hatte eine Auseinandersetzung mit Havrick gehabt, aber der war nur ein Offizier gewesen. Nun stand er im Begriff, sich Gello zu widersetzen und sich selbst zum Mittelpunkt eines wahrscheinlich ausbrechenden Bürgerkriegs zu machen. Er hatte sich geschworen, genau das nicht noch einmal zu tun. Wieder hatte er das Gefühl, von den Ereignissen überrollt zu werden. Nur weil er wieder einmal zur Beute seines Zorn geworden war, nachdem er an einem Waldrand Halt gemacht hatte, um sich mit einem Räuber zu unterhalten. Wenigstens hatte er in Rallora aus Überzeugung gekämpft, bis zum bitteren Ende. Hier ging es um Gründe, die er kaum verstand. Der Vorschlag eines Mädchens, der einem Priester geleistete Eid, die Warnung eines Zauberers und das Lächeln der Königin – mehr war nicht nötig gewesen, um ihn zu überzeugen. Wie hatte das alles so einfach geschehen können? Doch jetzt war nicht der richtige Zeitpunkt, alles in Frage zu stellen; deshalb wollte er keine weiteren Gedanken darauf verschwenden.

»Macht euch bereit«, sagte er sanft. »Seid leise, bis wir hören, wie die Königin hereinkommt.«

»Nein! Du und Karia, ihr werdet mit ihr sprechen! Tut so, als würdet ihr beten. Gebt uns ein Zeichen, wenn es so weit ist«, zischte Barrett.

Martil sah sofort ein, dass das sinnvoll wäre. »Komm«, sagte er und hielt Karia seine Hand hin. Sie ergriff sie und folgte ihm ins Kirchenschiff.

Sie setzten sich auf eine der Bänke, und der Priester eilte an ihnen vorbei; anscheinend hatte er die Ankunft der Königin und ihrer Eskorte ebenfalls bemerkt. Die Geräusche verstummten, die Eingangstür der Kirche wurde grob aufgestoßen, und die Königin mit ihrem Gefolge kam herein. Martil blickte zur Tür – er wusste, dass jeder Kirchenbesucher es ihm gleichtun würde –, um sich die Königin und vier ihrer Hofdamen anzusehen. Sie alle trugen lange Kapuzenumhänge.

Pater Prent ging auf sie zu. »Wie kann ich dienlich sein, Eure Majestät?«, fragte der Priester sanft.

»Solange Ihr nicht gedenkt, Aroaril darum zu bitten, Gello mit der Pest heimzusuchen, könnt Ihr nicht dienlich sein. Ich schaffe es auch ohne Eure Hilfe, mich sicher auf eine Kirchenbank zu setzen.«

»Wie Eure Majestät wünschen.« Prent verbeugte sich und zog sich in seine Schreibstube zurück.

Martil beobachtete die Königin. Jede ihrer Bewegungen war würdevoll und elegant, er konnte den Blick nicht von ihr wenden. Er musste einen guten Eindruck auf sie machen, musste ihre Aufmerksamkeit erregen, ohne würdelos oder tölpelhaft zu wirken. Er dachte angestrengt nach, wie er das anstellen sollte, als Karia sich auf die Kirchenbank stellte und wild zu winken begann.

Die Königin sah sie sofort und kam rasch zu ihnen herüber; ihre Hofdamen wichen ihr nicht von der Seite.

»Der Krieger und das kleine Mädchen. Aber wo ist Barrett?«, fragte sie ungeduldig.

Martil hatte sich etwas überlegt, das intelligent klingen würde, aber seine Zunge wollte ihm nicht gehorchen. Anstelle einfach nur wie ein Narr dazustehen, schritt er durch den Gang und klopfte an die Tür zu ihrem Gebetsraum. Barrett kam sofort heraus. Die Königin stieß einen leisen Seufzer der Erleichterung aus. Es störte Martil, beobachten zu müssen, wie Barrett die Königin mit sehr viel Zuneigung ansah.

»Ihr habt es also geschafft!«, rief die Königin.

»Ja, Majestät. Wie ich es versprochen habe.«

Martil brachte sich in das Gespräch ein. »Erklärungen müssen warten. Wir sollten uns beeilen.«

»Natürlich«, stimmte die Königin zu. »Barrett, wie ist Euer Plan?«

Martil wollte nicht, dass Barrett den gesamten Ruhm einheimste. »Wir haben eine Dame der Nacht angeheuert, um Euch zu ersetzen. Ihr werdet die Kleider tauschen müssen. Eure Hofdamen werden sie dann zurück in den Palast begleiten, wo sie sich erneut umzieht, um dann wie ein Dienstmädchen gekleidet zu verschwinden. Währenddessen werden wir mithilfe von Barretts Magie die Stadt verlassen haben.«

»Ein einfacher Plan. Gut – das sind meistens die besten. Gellos Männer werden keinen Verdacht schöpfen. Sie glauben, dass niemand bereit ist, mir zu helfen. Die Hure – ist es Lahra?«, fragte die Königin.

»Eu… Eure Majestät!«, keuchte Barrett.

»Beruhigt Euch, Barrett. Derart unbedeutende Dinge bereiten mir keine Sorgen. Wir haben weitaus größere Probleme.«

Barrett trat beiseite, und Conal führte die verschlafene Rabbag ins Kirchenschiff. Die Königin sah sie skeptisch an.

»Eine gewisse Ähnlichkeit ist nicht abzustreiten, aber mit ihrem Verstand scheint etwas nicht zu stimmen«, bemerkte die Königin.

Martil und Barrett blickten sich flüchtig an, obwohl Martils Aufmerksamkeit schnell wieder der Königin galt, die mit einem Seufzer ihren Umhang aufknöpfte. Sie schüttelte das lange Gewand ab und offenbarte, dass sie ein ledernes Wams über einem grünen Hemd und grünen Hosen trug. Die Hosen waren auf der Innenseite mit Leder verstärkt – bestens geeignet, um damit zu reiten. Und sie trug praktische Lederstiefel.

Martil und Barrett verfielen in Schweigen. Die Kleider der Königin waren überaus praktisch, lagen jedoch gezwungenermaßen sehr eng an und betonten ihre Figur.

»Was geht hier vor?« Pater Prent starrte die komische Gruppe in seiner Kirche an. »Was hat das zu bedeuten?«

Martil hatte sein Schwert schon fast gezogen, doch dann fiel ihm ein, mit wem er es zu tun hatte. Aber die Königin reagierte schneller.

»Pater, wir ergreifen unmittelbare Schritte, um unser Land zu retten. Falls Ihr uns nicht dienlich sein könnt, wie Ihr es vorhin angeboten habt, solltet Ihr besser zurück in Eure Kammer gehen und beten«, sagte sie.

Prent begutachtete die Kleider der Königin, dann Rabbag, und er schien allmählich zu begreifen, was sie im Schilde führten.

»Ihr versucht, zu fliehen und den Thron wieder an Euch zu reißen. Das wird einen Bürgerkrieg auslösen. Das könnt Ihr nicht machen!«, keuchte er.

»Glaubt Ihr, Ihr könntet mir etwas verbieten?« Die Stimme der Königin war so kalt, dass die meisten Männer erstarrt wären – aber Prent sprach einfach weiter.

»Es ist Eure Pflicht, Euch zu unterwerfen! Frauen sind nicht dazu bestimmt zu regieren! Es ist eine Beleidigung Aroarils und der Drachen – und es war Aroarils Urteilsspruch, dass das Drachenschwert gestohlen wurde und Herzog Gello auf den Thron kam. Seine Entscheidung anzufechten, wird uns alle ins Verderben stürzen! Ich verlange, dass Ihr die Verräter an Eurer Seite gefangen nehmen lasst und um Gnade fleht! Herzog Gello muss Norstalos regieren!«

»Wir haben das Drachenschwert«, verkündete Barrett. »Daher sind deine Worte nichtig.«

»Genug!« Die Königin setzte der Diskussion ein Ende. »Pater, wenn ich auch nur eine Sekunde lang glaubte, es könne diesem Land Frieden verschaffen, wenn ich Herzog Gello den Thron bereitwillig überließe, dann würde ich es tun. Aber er wird zum schlimmsten Albtraum dieses Landes werden. Ich war nicht diejenige, die all das begonnen hat, aber bei Aroaril, ich werde es beenden.« Sie wandte sich ab und kehrte Prent den Rücken zu. »Wir sollten uns jetzt beeilen. Bereitet die Hure vor!«

»Eine Hure? In meiner Kirche?«, keuchte Prent.

»Pater, noch ein Wort von Euch, und ich lasse Euch von diesem Krieger die Zunge herausschneiden!«, erwiderte die Königin.

Martil zog sein Schwert etwas aus der Scheide, um ihren Worten Nachdruck zu verleihen.

Mit einem Ausdruck der Empörung und Angst ließ Prent sich auf eine Kirchenbank sinken.

»Lasst uns gehen. Die Wachen vermuten, dass ich hier drin eine gewisse Zeit brauche; sie werden jedoch Verdacht schöpfen, wenn wir noch weitere laute Auseinandersetzungen haben.« Die Königin gab ihren Hofdamen ein Zeichen, woraufhin sie augenblicklich anfingen, Rabbag den Kapuzenumhang anzulegen.

»Hä? Was ist denn jetzt los?«, protestierte Rabbag.

»Sei still, Frau! Sprich nicht noch einmal!«, sagte die

Königin, und Rabbag, die davon eingeschüchtert war, schwieg.

Sobald die Frauen Rabbag angekleidet hatten, knöpften sie ihre Umhänge auf und brachten kleine lederne Rucksäcke zum Vorschein, die sie Conal überreichten.

»Gold und Edelsteine. Genug, um damit einen Krieg zu finanzieren«, erklärte eine der Hofdamen, woraufhin Conals Augen aufleuchteten.

»Viel Glück, Majestät«, sagte eine andere und trat vor, um die Königin zu umarmen. Die Königin wies sie ab.

»Wir haben keine Zeit dafür, Rana«, sagte sie gereizt.

»Seid Ihr Euch Eurer Sache sicher, Majestät?«, fragte Rana zitternd.

»Das bin ich, Rana. Ich vertraue Barrett. Und wenn die Möglichkeit besteht, dass ich wieder auf meinen Thron komme, werde ich die mir nicht entgehen lassen. Ich werde mich nicht von Gello besiegen lassen!«

»Barrett kenne ich. Aber was ist mit dem Krieger? Ist er vertrauenswürdig?«

Barrett sah Martil an. »Zeig es ihnen«, drängte er ihn.

Also zog Martil das Drachenschwert und konzentrierte sich, damit es wieder seine ursprüngliche Form annahm. Augenblicklich schien das Schwert jedes kleine bisschen Licht in der Kirche einzufangen und erhellte die Dunkelheit. Martil beobachtete die Königin. Es freute ihn, dass die Sorgenfalten auf ihrem Gesicht sich glätteten und ein Lächeln auf ihre Lippen trat, das man einfach schön finden musste. Für einen langen Moment starrten alle das Schwert an, und aus dem Augenwinkel sah Martil, wie dem Priester der Mund weit offen stand. Aber er interessierte sich mehr für die Reaktion der Königin.

»Endlich habe ich einen Kämpfer!«, jubelte sie.

»Ich stehe zu Eurer Verfügung«, sagte Martil, ohne groß darüber nachzudenken. Dann begriff er die Tragweite seiner Worte und steckte das Schwert zurück in die Scheide, ehe er noch mehr Dummheiten von sich gab. Er verwandelte es wieder, damit es wie sein altes Schwert aussah. Das schien alle aus einer leichten Trance zu wecken.

»Wir müssen uns beeilen«, sagte die Königin schnell. »Ihr müsst die Hure zurück in den Palast schaffen, bevor irgendjemand etwas ahnt.«

»He! Ich kann so tun, als wär ich eine Adlige!«, verkündete Rabbag.

»Und sie darf nicht sprechen, unter keinen Umständen«, fuhr die Königin fort.

Martil brachte zwei Goldstücke zum Vorschein und gab sie Rana.

»Das ist ihre Bezahlung. Vergewissere dich, dass sie sie erhält«, wies er sie an. »Aber erst, wenn sie im Palast ist.«

»Viel Glück, Rana.« Die Königin gab ihren Hofdamen mit einer Handbewegung zu verstehen, dass sie gehen sollten. Martil sah, dass einige von ihnen den Tränen nah waren.

»Möge Aroaril mit Euch sein, Majestät. Hoffen wir, dass wir Euch schon bald wieder willkommen heißen können, nachdem Ihr gesiegt habt.«

Rana sorgte dafür, dass die Hofdamen sich um Rabbag scharten, damit deren Gang, den sie über die Jahre mit der Absicht eingeübt hatte, ihre Vorzüge aufs Beste zur Geltung zu bringen, den Wachen nicht so leicht auffallen konnte.

»Los!«, drängte Barrett sie.

»Wir sollten uns außer Sicht begeben. Gehen wir dort hinein.« Martil deutete auf den Gebetsraum, in dem sie vorher gewartet hatten. Conal trieb auch Pater Prent mit in den Raum. Rana winkte ein letztes Mal und öffnete dann die Kirchentür.

»Wir müssen lediglich warten, bis wir hören, dass die Kutsche und ihre Eskorte aufbrechen. Dann heißt es nichts wie zu meinem Haus und hinaus aus der Stadt«, sagte Barrett.

Prent wollte aufstehen, doch Conal zeigte ihm das scharfe Ende eines Messers, und der Priester sank ohne Widerstand auf einen Stuhl.

Die Königin lauschte einen Augenblick, ob irgendwelche Geräusche darauf hindeuteten, dass Rabbag entdeckt worden war, und lächelte dann. »Es gibt so viele Dinge, die ich wissen möchte! Wie habt Ihr das Schwert gefunden – und wie habt Ihr einen Kämpfer gefunden?« Dann wandte sie sich an Martil. »Und Ihr … Ihr seid kein Norstaler … Eure Sprache verrät mir, dass Ihr aus Rallora kommt?«

»Das stimmt, Majestät«, stimmte Martil ihr zu.

»Und der einarmige Mann. Kommst du aus Tetril oder aus Norstalos? Ich höre den Dialekt beider Länder, wenn du sprichst.«

»Einst lebte ich in Norstalos, zuletzt in Tetril, und jetzt habe ich mich Hauptmann Martil angeschlossen«, sagte Conal grinsend.

Die Königin blickte wieder zu Martil. »Hauptmann Martil? Und Rallorer? Doch wohl nicht Kriegshauptmann Martil, der Schlächter von Bellic?« Das Lächeln auf ihrem Gesicht war verschwunden, und sie blickte ihn kühl an.

Martil fühlte sich erneut, als hätte er einen Schlag in den Magen bekommen, nur dass es dieses Mal wirklich schmerzte.

»Genau der«, seufzte er.

»Aber wie konnte das Schwert ihn annehmen?«, wollte sie von Barrett wissen.

Barrett zuckte die Achseln. »Du hast gesehen, wie er das Äußere des Schwertes verändert hat. Offensichtlich steckt mehr in diesem Mann, als sein Ruf vermuten lässt. Aber es ist weder die Zeit noch der Ort … wartet!«

Nun hörten sie es alle – gebrüllte Befehle, gefolgt von Hufklappern und dem Rumpeln der Kutsche, als der Zug sich formierte.

»Glücklicherweise ist die Arroganz meines Cousins unübertroffen. Er hält es für unmöglich, dass eine Frau ein Land regieren kann, und er hält es ebenfalls für ausgeschlossen, dass eine Frau es wagen könnte zu fliehen«, sagte die Königin kalt.

Sie saßen schweigend da und stellten sich vor, was draußen vor sich ging. War es den Hofdamen gelungen, Rabbag in die Kutsche zu bekommen, ohne dass es jemandem aufgefallen war? Würden Wachleute zurück in die Kirche stürmen? Martil war froh, dass die Königin ihn nicht gebeten hatte, mit gezogenem Drachenschwert auf die Soldaten zuzugehen und den Versuch zu unternehmen, sie für sich zu gewinnen.

Lediglich Karia spürte die Anspannung nicht und blätterte in ihrem Buch, als eine Peitsche knallte und sowohl die Pferde als auch die Kutsche sich in Bewegung setzten.

»Wir haben es geschafft!«, rief Conal und lachte.

»Gemach. Wir sollten eine Weile warten, bevor wir gehen. Sie müssen außer Sichtweite sein. Wir wollen nicht von jemandem gesehen werden, der zufällig noch einen Blick zurückwirft«, beschloss Barrett.

»Aber wir wollen auch längst verschwunden sein, wenn man bemerkt, dass ich ersetzt worden bin«, wandte die Königin ein. »Lasst uns am Eingang warten.«

Sie verließen den Gebetsraum; Pater Prent nutzte die Gelegenheit, einen sicheren Abstand zwischen sich und der Gruppe zu legen.

»Eure Majestät, ich ersuche Euch, das alles noch einmal zu überdenken! Bleibt hier und betet zu Aroaril um Weisung, bis die Hure entdeckt wird und Eure Wachen zurückkehren!«, rief er der Königin zu.

»Was?« Die Stimme der Königin knisterte vor Zorn, und Prent wich zurück. »Pater, Ihr seid nicht so mächtig, wie Ihr denkt. Wenn ich wiederkehre, werde ich mit dem Erzbischof über Euch sprechen. Eure Neigung, Euch in weltliche Angelegenheiten einzumischen, bereitet mir Sorgen – beinahe so viel, wie mir Eure offensichtliche Unfähigkeit, die Realität zu begreifen, Sorgen bereitet. Der Thron steht mir rechtmäßig zu, und ich habe nun einen Kämpfer, der das Drachenschwert führt. Ich werde dieses Land regieren, und eine meiner ersten Amtshandlungen nach meiner Rückkehr auf den Thron wird es sein, Euch als Priester zu den Kobolden zu senden.«

Martil musste lächeln, als er den erschrockenen Ausdruck auf Prents Gesicht sah. Die Kobolde, der abwertende Begriff für die einfachen Männer, die in den Bergen im Norden von Norstalos lebten und die Wasser-

und Luftgeister anbeteten. Die Norstaler sandten des Öfteren Missionare dorthin, um sie zu Aroaril zu bekehren. Für diese Missionare war es schon ein unfassbarer Erfolg, wenn sie es schafften, lebendig zurückzukehren.

»Wir haben lange genug gewartet. Es ist an der Zeit zu gehen«, verkündete die Königin.

Martil war sich nicht sicher, ob sie schon lange genug gewartet hatten, aber die Königin ließ sich nicht aufhalten. Sie stürmte hinaus; Pater Prent war entsetzt und rührte sich nicht von der Stelle. Die anderen eilten ihr nach und holten sie ein, als sie gerade vorsichtig die Straße betrat. Die Panzerreiter waren tatsächlich verschwunden, und Barrett führte sie zu den Pferden. Karia und die Königin bestiegen Tomon, Barrett setzte sich samt den Taschen mit den Edelsteinen auf sein Pferd. Martil und Conal gingen zu Fuß und gaben sich Mühe, so schnell wie möglich zu laufen, ohne aufzufallen.

Es fühlte sich an, als würde jeder sie beobachten, aber es waren nur wenige Leute auf der Straße, und niemand schrie beim Anblick von Königin Merren auf. Gerade als Martil sich dem Gefühl hinzugeben wagte, sie hätten die Flucht auf vollkommene Weise ins Werk gesetzt, begannen die Kirchenglocken zu läuten – und jeder wusste, dass das die traditionelle Art und Weise war, Alarm zu schlagen.

»Der Bastard!«, rief Martil. »Wir hätten ihm seinen verdammten Kopf abschneiden sollen!«

»Wir müssen uns beeilen!« Die Königin war etwas blass geworden, aber ihre Stimme war voller Entschlossenheit.

Sie hatten Barretts Haus fast erreicht, als sie einen

Schrei hörten. Ein Trupp Panzerreiter kam in gestrecktem Galopp mit gesenkten Lanzen auf sie zu.

»Die Zeit wird zu knapp!«, rief Martil eindringlich. »Sie werden uns erreichen, bevor Barrett uns durch diesen Baum gebracht hat! Wirf ein paar von ihren Pferden, ich kümmere mich dann um den Rest!«

»Nein! Ich brauche meine Kraft! Meine Fallen werden sie aufhalten«, erwiderte Barrett.

»Tu, was Barrett sagt!«, befahl die Königin, und Martil knirschte mit den Zähnen.

Sie eilten um das Haus; Martil und Conal hielten sich an den Steigbügeln der Pferde fest, um Schritt halten zu können. Die Panzerreiter kamen jedoch rasch näher. Martil warf einen Blick über die Schulter, als das Stampfen der Hufe in der Einfahrt lauter wurde. Aber es waren nicht die Pferde, die ihm Sorge machten – es waren die langen Lanzen mit den großen, rautenförmigen Klingen.

Sie hatten die Rückseite des Hauses erreicht, und Barrett winkte kurz zu dem Stapel von Stöcken, über den Conal sich bei ihrer Ankunft hier lustig gemacht hatte. Die Stöcke flogen durch die Luft und verteilten sich auf dem Boden.

»Das wird uns retten!«, sagte er selbstgefällig zur Königin.

Martil warf einen Blick auf die dünnen Stöcke und dann auf die Panzerreiter. Sie trugen stählerne Brustpanzer, Kettenhemden und glänzende Stahlhelme. Ihre Pferde waren kräftig, und sie hatten Lanzen und Schwerter.

Gerade als er von Barrett verlangen wollte, etwas Eindrucksvolleres zu unternehmen, galoppierten die Pferde über die Stöcke. Sofort wurde das Holz lebendig, schlang sich um die Beine der Pferde und band sogar Beine von verschiedenen Pferden aneinander. Aus dem stolzen, siegessicheren Angriff wurde sofort ein Durcheinander. Die Pferde bäumten sich auf und stürzten. Unter Gewieher und Geschrei wurden die Männer in alle Richtungen abgeworfen. Stahl schlug auf den Steinboden, und Männer wie Pferde starben.

Martil ließ vor Erstaunen Tomons Steigbügel los, und Barrett brach in Siegesjubel aus.

»Siehst du? Magie ist alles, was man braucht!«, rief der Zauberer lachend.

Einen Herzschlag lang hatte er recht. Aber aus dem Durcheinander, zu dem der Angriff geworden war, hatten sich vier Soldaten unverletzt befreien können – und diese vier standen wieder und kamen jetzt mit gezogenen Schwertern auf sie zu.

»Was jetzt, Barrett?«, fragte die Königin.

Aber Barrett zögerte. Diese vier Männer aufzuhalten, würde ihm kostbare Kraft rauben. Martil erkannte seine Möglichkeit, der Königin zu zeigen, wer ihr von größerem Nutzen war.

»Überlass sie mir. Ich erledige sie, und dann können wir gefahrlos fliehen«, verkündete er.

Die Königin sah ihn skeptisch an. »Sie tragen alle schwere Rüstung! Wie willst du sie allein bezwingen?«

»Das habe ich den Großteil meines Lebens getan«, sagte Martil zuversichtlich. Und schließlich waren die Männer von ihrem Sturz zu Boden noch ein wenig angeschlagen.

»Du da, hilf ihm!«

Conal gehorchte ihrem Befehl und trat an Martils Seite; sie standen zwischen zwei Kräuterbeeten. Barrett, Karia und die Königin zogen sich weiter in den Garten zurück.

»Geh! Ich schaffe das allein«, sagte Martil zu Conal.

»Scheiß drauf. Ich kann nicht mehr weiterrennen, und ich möchte mir meinen Anteil an der Belohnung verdienen«, schnaufte Conal.

»Halte Abstand zu mir. Die werden sich hier gegenseitig in die Quere kommen. Halte du nur diejenigen auf, die an mir vorbeizukommen versuchen.«

Er zog seine beiden Schwerter und lockerte seine Schultern und Handgelenke. Das Drachenschwert sah immer noch aus wie eines seiner alten Kurzschwerter, aber es war leicht und lag unglaublich ausgewogen in der Hand. Die Anspannung vom frühen Morgen war verschwunden, wie er es auch erwartet hatte. Im Laufe der Jahre hatte er gelernt, sich zu entspannen und sich beim Kämpfen voll und ganz auf seinen Körper zu verlassen. Wenn er sich zu viele Gedanken machte, verlangsamte ihn das nur. Es war viel besser, wenn er sich von seinen Instinkten leiten ließ und seine Muskeln tun ließ, wozu sie trainiert waren. Jene, die darüber nachdachten, was sie taten, bevor sie es tatsächlich taten, waren zuerst einen Deut langsamer und dann tot. Zwei der Soldaten hoben zerbrochene Lanzen auf, die nur noch etwas größer als Kurzspeere waren, und stürmten auf ihn zu. Er erkannte sofort, dass sie so versuchten wollten, ihn auf Entfernung zu halten und ihn in eine Ecke zu drängen, wo sie ihm den Rest geben konnten.

Er hatte diesen Gedanken noch nicht ganz zu Ende

gedacht, da sprang er auch schon auf sie zu, und das Drachenschwert schnitt die Spitze des provisorischen Speers ab, den der Mann zu seiner Rechten als Waffe benutzte. Fast gleichzeitig schnitt Martil dem anderen Soldaten mit seinem alten Kurzschwert die Kehle durch. Die beiden übrigen stießen Kriegsrufe aus und versuchten, um das hochgewachsene Gartenbeet zu laufen, also beschloss Martil, sich etwas Freiraum zu verschaffen. Der zweite Mann, der immer noch die zersplitterte Lanze hielt, trug einen Brustpanzer, und Martil stieß das Drachenschwert mitten hinein. In Erwartung des Rückpralls spannte er seine Unterarmmuskeln. Er rechnete damit, dass der Mann nach hinten stolpern würde, sodass er selbst mehr Raum gehabt hätte. Statt des Aufpralls von Metall gegen Metall versank das Drachenschwert im Stahl des Brustpanzers, und die Spitze trat am Rücken wieder hervor; Blut spritzte vorn und hinten aus dem Mann.

Martil hielt erschrocken inne und mochte seinen Augen nicht trauen. Schwerter konnten keinen Stahlpanzer durchbohren, als wäre dieser aus Butter. Ohne zu überlegen, zog er das Schwert mit einer Drehung des Handgelenks wieder heraus. Es sah nicht mehr aus wie eines seiner alten Schwerter, sondern hatte seine richtige Form angenommen. Er starrte es an. Kein Tropfen Blut befleckte die Oberfläche. Der Mann, durch dessen Brust er das Schwert gebohrt hatte, war ebenfalls entsetzt. Er starrte auf das Loch an der Vorderseite seiner Rüstung und berührte es, als hätte er so etwas nicht für möglich gehalten. Ein Schwall Blut spritzte aus der Wunde, und der Mann kippte rücklings zu Boden.

Die anderen Soldaten hatten nicht gesehen, was geschehen war, und griffen Martil unbeeindruckt an. Martil war immer noch verblüfft davon, was das Drachenschwert vollbracht hatte. Er hätte sich nicht verteidigen können, wenn Conal nicht vorgetreten wäre, lauthals gebrüllt und mit Martils altem Schwert herumgefuchtelt hätte. Er traf die Angreifer nicht, aber die Boshaftigkeit, mit der er vorgeprescht war, hatte gerade gereicht, um einen der Soldaten zögern zu lassen. Sein lautes Gebrüll hatte Martil aus seinen Gedanken gerissen. Er drehte sich auf der Stelle um und wehrte mit seinem linken Schwert einen Schlag ab, der ihn getötet hätte. Dann wich er etwas zurück und beschloss, das Schwert zu testen. Er täuschte links an, stieß das Schwert jedoch mit aller Kraft nach vorn und durchschnitt Lanze, Brustpanzer, Kettenhemd, Fleisch und Knochen. Der Soldat schrie im Angesicht des Todes und vor Fassungslosigkeit, als sein stählerner Brustpanzer und sein Kettenhemd, die ihn selbst vor den allerschwersten Hieben einer Axt geschützt hätten, ihm nicht mehr Schutz boten als gewöhnliche Kleider. Martil war von den Fähigkeiten des Schwertes überwältigt. Kein Wunder, dass Männer sich um diese Waffe scharten! Jemand, der ein solches Schwert besaß, war unbesiegbar. Er hatte das Gefühl, als könne er es allein mit einem ganzen Regiment berellischer Axtkämpfer aufnehmen, wenn er das Schwert in den Händen hielt. Er war nicht bereit, den letzten Soldaten mit dem Leben davonkommen zu lassen, also ging er auf ihn los.

In Angst und Schrecken versetzt von dieser Waffe, die durch die beste Rüstung schnitt, schlug der Soldat wild um sich, während er zurückwich. Martil wehrte die Hiebe mit Leichtigkeit ab und holte mit dem Drachenschwert aus, um wieder mit aller Kraft zuzuschlagen und Helm und Kopf des Mannes zu spalten. Blut spritzte, und das Gehirn des Mannes verteilte sich auf Barretts sorgsam gepflegten Pflanzen.

»Ich muss sagen, ich bin froh, dass ich mit dir kämpfe und nicht gegen dich«, bemerkte Conal.

Martil sah sich um und blickte auf die Überreste der vier Männer, die von Gello ihrer besonderen Kampfkraft wegen ausgewählt worden waren. Er selbst war von Kopf bis Fuß blutverschmiert, das Drachenschwert aber makellos sauber. Er steckte es zurück in die Scheide.

»Ich verstehe, warum dieses Schwert so begehrt ist – wenn man damit kämpft, fühlt man sich wie ein Gott«, sagte er schwer atmend. Er hatte gute Laune. Normalerweise erschöpfte es ihn gefühlsmäßig, körperlich und geistig, wenn er kämpfte. Aber so, wie das Schwert diese Männer zerstückelt hatte, fühlte er sich, als gäbe es nichts, was er nicht schaffen könnte.

»Ein ziemlich unordentlicher Gott«, sagte Conal und machte einen Bogen um eine besonders große Blutlache. »Wir sollten verschwinden, bevor noch mehr Soldaten auftauchen.«

Martil schüttelte sich. »Du hast recht. Und danke. Du hast mir vorhin das Leben gerettet – das werde ich dir nie vergessen.«

»Ich auch nicht – ich gedenke, es zu meinem Nutzen einzusetzen«, sagte Conal lächelnd.

»Das bedeutet wohl das Ende für Conal den Mutlosen. Kein Feigling, den ich kenne, würde zwei Panzerreiter mit einem Kurzschwert angreifen.« Martil klopfte ihm auf die Schulter, und sie liefen eilig zu den anderen.

Barrett hatte den Pfad zu dem Eichenbaum schon freigelegt und saß davor. Er stopfte Honigmandeln in sich hinein und trank Wasser.

»Bist du verletzt?«, wollte die Königin von Martil wissen, als die beiden herbeigeeilt waren.

»Nicht mein Blut«, antwortete Martil lächelnd. »Das Schwert ist unglaublich! Es hat die Rüstung der Reiter einfach so zerschnitten! Kein Wunder, dass es so begehrt ist!«

»Geht es dir gut?«, fragte Karia nervös. Sie hatte ihn nicht kämpfen sehen wollen. Allein sein Anblick, so blutverschmiert, war beängstigend – aber der Blick in seinen Augen war schlimmer. Sie kannte ihn von ihrem Paps – wenn er aufbrach, um Reisende zu überfallen. Sie schauderte und wandte sich ab.

»Mir geht es gut«, sagte Martil und blickte auf Barrett hinab. »Glaubst du, dies ist ein guter Moment für ein Picknick, Zauberer? Aber lass dir ruhig Zeit. Mit diesem Schwert könnte ich es auch mit Gellos gesamtem Heer aufnehmen.«

»Ich sammele meine Kraft«, sagte Barrett steif. »Und wie würde es dir ergehen, sobald sie mit Bogenschützen anrücken? Der Schlüssel zu unserer Rettung ist Magie.«

Martil prustete. Er war sich sicher, dass die Königin wusste, dass er ein würdiger Kämpfer war. Er hockte sich hin und riss etwas Gras vom Boden, um sich damit das Blut aus dem Gesicht und von den Händen zu reiben.

»Tut es weh?«, fragte Karia und kniete sich neben ihn. Sie half gern Leuten, die verletzt waren. Sie hatte Pater

Nott gern begleitet, wenn er die kranken Leuten geheilt hatte.

»Nein! Es ist nicht mein Blut – diese Reiter waren auch nicht annähernd so gut, als dass sie mich hätten verletzen können«, antwortete er bissig.

Karia legte die Stirn in Falten. Warum war er nicht mehr freundlich? Hatte sie etwas falsch gemacht?

Martil sah, wie sich ihre Augen mit Tränen füllten, und dachte, dass er etwas Nettes zu ihr sagen sollte, aber die Nachwirkungen des Kampfes und sein Zorn auf Barrett ließen es nicht zu. In weiter Ferne erklangen Hörner, und sie alle sahen Barrett an. Er gab den Setzlingen zwischen ihnen und dem Haus einen kurzen Wink, woraufhin diese wieder zu Bäumen wurden und ihnen Sichtschutz boten. Dann legte er seine Hand auf die Rinde der Eiche und schloss die Augen. Schweiß trat ihm auf die Stirn, und er atmete schneller, ehe er seinen Zauberstock in und durch den Baum stieß.

Martil wickelte sich Tomons Zügel um den Arm, ergriff den Zauberstab mit der einen Hand und Karia mit der anderen. Er ging auf den Baum zu, durch ihn hindurch und kam an einem ihm unbekannten Ort wieder zum Vorschein. Der Boden dieser Lichtung war nicht grasbewachsen, sondern mit Laub bedeckt, und es gab einige Büsche. Es hatte den Anschein, als wären sie in einem Wald. Sofort danach kam die Königin; sie hatte Barretts Pferd mitgeführt. Conal und sein schwer beladener Esel tauchten ebenfalls auf, und als Letzter kam der Zauberer selbst, der seinen Zauberstock mit einer dramatischen, schwungvollen Bewegung aus dem Baum zog.

»Ist der Baum hinter Eurem Haus jetzt verschlossen?«, fragte die Königin.

Als Antwort klopfte Barrett lediglich mit seinem Stock gegen den Baum und bewies, dass das Holz undurchdringlich war.

»Wir sind ein paar Kilometer außerhalb von Sendric, in der Nähe einer anderen Hütte der Königlichen Magier«, seufzte er. »Wir sollten uns dort ausruhen, bevor wir weitergehen.« Dann fiel er neben seinem Zauberstab zu Boden, keuchte und hechelte und versuchte, wieder normal zu atmen.

Die Königin klatschte in die Hände, drehte sich auf dem Absatz um und umarmte Karia, klopfte Conal auf die Schulter, gab Barrett einen Wangenkuss und hielt vor Martil inne.

»Wir haben viel zu besprechen. Aber ich möchte Euch für Eure Hilfe danken und werde sicherstellen, dass Norstalos Euch das nicht vergessen wird«, sagte sie feierlich.

Martil spürte, wie er leicht rot anlief, und strengte sich an, sich auf ihre Augen zu konzentrieren, während er sie anstarrte. Sie war fast so groß wie er, und wenn er sie ansah, konnte er spüren, wie sich ihm erneut der Magen umdrehte.

»Wir müssen verschwinden«, durchbrach Barrett mit seiner krächzenden Stimme die Stille, und sie beide sahen ihn an.

Martil führte die Gruppe an, oder besser gesagt, er führte das Pferd, auf dem Barrett saß. Die Königin und Karia saßen auf Tomon, der direkt dahinter war. Karia, die noch mit Martils schroffer Reaktion zu kämpfen hatte, sagte kein Wort. Sie stellte nicht einmal Fragen. Martil erkannte anhand ihres Schweigens, dass sie traurig war, aber er konnte nichts daran ändern, solange er für den Zauberer verantwortlich war. Er besah sich den Mann. Der Zauberer wirkte nicht so müde wie bei ihrer ersten Baumreise, als er sie in die Hauptstadt gebracht hatte. Aber dennoch konnte er nicht einmal aufrecht sitzen, und Martil wurde den Gedanken nicht los, dass der Zauberer vielleicht etwas übertrieb, um die Königin umso mehr zu beeindrucken.

Die Hütte war eine halbe Meile entfernt und weitaus größer als die an der Grenze zu Tetril. Es gab Zimmer für alle, eine große Küche, ein Esszimmer und einen Aufenthaltsraum. Hinter der Hütte waren Ställe. Conal versorgte die Pferde, während Barrett sich zurückzog, um neue Kraft zu schöpfen. Die Küche war voller Vorräte. Es gab Trockenfrüchte, Salz, Trockenfleisch und Haferflocken. Alles wirkte sauber, und der Duft von einigen Lavendelbündeln erfüllte den Raum.

»Ich frage mich, wie viel es kostet, diese Orte sauber und gepflegt zu halten, damit sie dafür vorbereitet sind, dass der Königliche Magier alle paar Jahre einmal hier schläft«, stellte Conal sauer fest, nachdem er sich umgesehen hatte. »Wie viele davon gibt es, und warum wurden sie gebaut?«

»Es gibt sie seit der Zeit König Riels, als der Königliche Magier seine Augen und Ohren überall im Land haben musste. Ich weiß nicht, wie viele es gibt, aber gewiss werde ich mich bei der nächsten Zusammenkunft des Kronrats nicht über die Kosten beschweren«, erwiderte Merren trocken.

Martil wusch sich, zog sich um und machte sich daran, einen schlichten Eintopf aus Haferflocken und getrocknetem Fleisch zu kochen. Er brachte Karia dazu, ihm dabei zu helfen, und versuchte sie zu besänftigen, aber es war offensichtlich, dass sie noch nicht wieder glücklich war. Er seufzte und dachte, dass er auch noch andere Leute beeindrucken musste.

»Kein besonders feierliches Abendessen«, warnte er die Königin. »Ich befürchte, wir können Euch in der ersten Nacht in Freiheit nichts Besseres bieten.«

Die Königin lachte. »Seid versichert, dass es mir sehr gut schmecken wird, schließlich lungern Gellos Leute nicht hier herum und beobachten jede meiner Bewegungen. Gellos Gesichtsausdruck würde ich jetzt jedoch zu gern sehen!«

12

Seine Herrschaft über Norstalos machte Herzog Gello kein Kopfzerbrechen. Diese Aufgabe war so gut wie erledigt. Zwar hatten Chelten und die übrigen handverlesenen Männer seiner Wache, die er beauftragt hatte, das Drachenschwert außer Landes zu schaffen, noch keine Nachricht geschickt, dass sie sicher in Tetril angekommen waren. Aber das hatte nichts zu sagen. Chelten hatte noch nie zuvor versagt. Hauptsache, das Drachenschwert war verschwunden, die Königin gefangen, und er erlangte von Tag zu Tag immer mehr Macht über das Land. Nein, über Norstalos brauchte er sich jetzt keine Gedanken mehr zu machen. Stattdessen hatte er Karten von Tetril und Berellia vor sich ausgebreitet und versuchte zu entscheiden, wo er zuerst angreifen würde.

Ab und zu lief er zum Thron und ließ sich darauf nieder, nur um festzustellen, wie es sich anfühlte. Der Thronsaal war ein besonderer Ort für ihn. Er hatte viele schöne Erinnerungen an diesen Raum – und eine furchtbare. Aber das war der Grund, weswegen er nun hier war. Um diese Erinnerung auszulöschen und das Gefühl wiederzuerlangen, das er als Kind empfunden hatte. Er konnte sich noch daran erinnern, wie seine Mutter ihn hier hereingebracht und ihm gesagt hatte, dass das alles eines Tages ihm gehören würde. Säulen, die in eine hohe, gewölbte Decke übergingen, ein Boden aus Marmor, riesige Wandmalereien, die zeigten, wie König Riel den Drachen rettete, hohe Fenster, von denen aus man die vornehmen Stadtviertel überblicken konnte, und genug Platz für Hunderte von Menschen. Als Kind hatte er so oft davon geträumt, hier zu sitzen – fast jedes Mal, wenn seine Mutter mit ihm redete, hatten ihre Sätze mit »Sobald du König bist …« begonnen. Als er älter wurde, war es alles, woran er dachte. Dann war der vernichtende Tag gekommen – sein einundzwanzigster Geburtstag, der Tag, an dem er zum Mann erklärt wurde. Der Tag, der sein siegreichster Tag hätte werden sollen, an dem er das Drachenschwert hätte ziehen sollen. Seine Mutter hatte ihm eingeredet, es sei sein Geburtsrecht, sein Schicksal und so natürlich wie atmen. Aber das Drachenschwert hatte sich ihm verweigert. Die Erinnerung war noch frisch, der Schmerz noch roh, obwohl er so sehr versucht hatte, es zu vergessen, es zu vergraben. Der Thronsaal war voll gewesen. Jeder Adlige, jeder Offizier des Heeres und alle Freunde, die Gello hatte, waren gekommen, um diesen Moment mitzuerleben. Es war eine riesige Feier gewesen. Dann war der Moment gekommen, als er versuchte, das legendenumwobene Schwert zu ziehen, und kläglich gescheitert war. Die Jubelrufe und Gespräche waren verstummt, und eine grausame Stille hatte sich über den Saal gelegt. Sie alle sahen zu, wie der junge Gello vergeblich am Griff des Schwertes zog. Die Tränen liefen ihm übers Gesicht; Herzogin Ivene hatte vor Fassungslosigkeit und Zorn geschrien.

Gello hatte nicht aufhören wollen, hatte immer weiter versucht, das Schwert zu ziehen, bevor sein Freund

und Leibwächter Chelten an seine Seite getreten war, um der Demütigung ein Ende zu machen.

Und kurz bevor er aus dem Thronsaal gebracht worden war, hatte er den Gesichtsausdruck seiner Cousine Merren gesehen. Es war ein Ausdruck boshafter Siegesgewissheit, denn sie würde nun Königin werden und den Thron besteigen, der ihm zustand.

In diesem Moment, als seine Wangen vor Scham glühten und die Tränen ihm das Gesicht hinunterliefen, hatte sich alles geändert. Seine Pläne, Norstalos unbeschreiblich mächtig zu machen, waren vergessen. Stattdessen war er so zornig und verbittert gewesen, dass er beinahe laut losgebrüllt hätte. Er hatte sich geschworen, Rache zu nehmen. Nicht nur an Merren, sondern an allen. Er würde den Thron an sich reißen, komme da, was wolle. Er würde seine Schande vergessen machen. Dies war nicht der Tag, dessentwegen man sich seiner erinnern würde. Er würde nicht als Gello der Unwürdige in die Geschichtsbücher eingehen. Er würde es ihnen allen zeigen! Er würde zum machtvollsten König werden, den die Welt je gesehen hatte! Besser noch, er würde Kaiser werden! Er würde einen riesigen Kontinent regieren … und mehr!

Dies wurde zur einzigen Sache, die ihm wichtig war. Wie er es machen würde, was er in die Wege leiten musste, um es möglich zu machen, das war ihm gleichgültig. Er würde nicht aufhören, ehe er nicht jede Spur seiner Demütigung ausgelöscht hatte. Nichts und niemand sonst war von Bedeutung.

Und nun hatte er den ersten großen Schritt getan.

Aber es war nicht genug. Er saß hier im Thronsaal

und hörte das Gelächter immer noch in seinen Ohren widerhallen. Er spürte immer noch, wie die Erniedrigung ihm wie ein Kloß im Hals saß.

Um das auszulöschen, musste er mehr unternehmen. Vor seinem geistigen Auge marschierten seine Heere in alle Himmelsrichtungen, zermalmten ihre Widersacher, bis sie sich unterwarfen, bis sie ihm Berge von Schätzen und reihenweise weinende Frauen brachten. Sein Name würde so bekannt werden, dass jedes Kind, selbst wenn es noch nie von Norstalos gehört hatte, seinen Namen kannte! Gello der Eroberer! Dann würde er vielleicht in der Lage sein, die Vergangenheit zu vergessen.

Ein wenig bedauerte er es, dass seine Mutter seinen Sieg nicht mehr erlebte, aber im Grunde wog seine Erleichterung schwerer. Zuerst hatte sie ihn für sein Versagen verantwortlich gemacht, als er das Drachenschwert nicht hatte ziehen können, und ihm gesagt, dass er nicht genug auf sie gehört hätte. Ihre Kontrolle über ihn, die schon streng war, wurde in den folgenden zwölf Jahren noch bedingungsloser, als sie Pläne schmiedeten, wie sie sich verschaffen würden, was ihnen verweigert wurde. In den letzten Jahren hatte er begonnen, sich über ihre bestimmende Art zu ärgern. Er würde der Herrscher Norstalos' sein, nicht sie! Sie hatte sogar vorgeschlagen, dass sie selbst den Thron besteigen und das Land regieren sollte und dass er die Krone erst nach ihrem Tod übernehmen durfte. Doch dazu wollte er es nicht kommen lassen. Sie hatten sich gestritten, und am Ende dieses Streits war er aus ihrem Schlafzimmer gestolpert – voller Blut. Chelten hatte ihm geholfen, das Blut abzuwaschen und die Wunden zu versorgen. Am nächsten Tag hatte Chelten die alte Herzogin in einem versiegelten Sarg begraben. Er erinnerte sich nicht genau daran, was geschehen war. Er erinnerte sich nur daran, dass er während des ganzen Bestattungsrituals geschluchzt hatte und am nächsten Morgen aufgewacht war und sich gefühlt hatte wie ein Gefangener, der zum ersten Mal auf freiem Fuß war. Nun stand nichts mehr zwischen ihm und der Ergreifung des Thrones. Es war ein fürchterlicher Fehler gewesen, aber es war das Beste für alle. Schließlich würde sie sich sogar jetzt einmischen, wenn sie noch am Leben wäre. Er bildete sich von Zeit zu Zeit ein, ihre Stimme in seinem Kopf zu hören, wie sie ihm sagte, dass er herausfinden solle, warum die Männer mit dem Drachenschwert ihm keine Botschaft übermittelt hatten. Sie würde ihm sagen, dass er die Regimenter auflösen musste, die der Königin treu ergeben waren – und sie würde ihm sagen, dass er die Königin umbringen lassen sollte. Er befolgte ihre Anweisungen nicht länger. Nun hatte er die Verantwortung. Er war kurz davor, eine lebende Legende zu werden.

Er wandte sich wieder seinen Karten zu, wie er es schon Hunderte Male zuvor getan hatte. Natürlich würde er bald tatsächlich in andere Länder einmarschieren; das verlieh der Sache diesmal einen gewissen Reiz. Das Heer Tetrils war ein Witz; er konnte es mit zweitausend Soldaten und einem Regiment Panzerreitern zerschmettern. Aber Tetril war ein armes Land. Dort gab es weder Gold- noch Silberminen – das Land hatte einem Eroberer wenig zu bieten. Dem gegenüber stand Berellia – ein reiches Land mit jeder Menge Gold- und Silberminen. Obwohl das berellische Heer vom jahrelangen Krieg gegen Rallora und Aviland angeschlagen war, gab es immer noch einen Kern von Tausenden Veteranen. Außerdem gab es reichlich Festungen und natürliche Wehranlagen, die jedem Angriff jahrelang standhielten. Und er wusste, dass der berellische König sich sehr bemühte, sein Heer erneut aufzubauen. Es war eine schwierige Entscheidung. Er dachte gerade darüber nach, zuerst Tetril eine vernichtende Niederlage beizubringen und so die frischen Soldaten, die er einberufen wollte, ans Töten zu gewöhnen und gleichzeitig die Legende seiner Unbesiegbarkeit zu begründen, als ein verstörter Offizier in den Thronsaal gestürzt kam. Gello blickte überrascht auf. Er hatte die Kirchenglocken gehört, sie jedoch ignoriert. Seine Wachen an den Toren hatten die Anweisung, Signale per Trompete zu geben.

»Was ist los?«, fragte er scharf.

»Euer Gnaden … die Königin …« Der junge Offizier trug einen roten Umhang; Gello hatte darauf bestanden, dass das gesamte Heer ihn auf diese Weise anerkannte, nun, da er an der Macht war. Das Abzeichen mit einer Lanze über den zwei sich kreuzenden Schwertern, das der Mann trug, wies ihn als Panzerreiter aus. Sein Gesichtsausdruck war verzweifelt.

»Was ist mit ihr? Braucht sie die Erlaubnis, den Schneider aufzusuchen, weil sie kein Kleid gefunden hat, das zu ihren Schuhen passt?«, scherzte Gello.

»Euer Gnaden – sie ist entkommen!«

»Was?«, fauchte er.

»Der Magier der Königin, Barrett. Er und eine Handvoll anderer, darunter auch ein Krieger, der das Drachenschwert führt, haben die Königin gegen eine Hure ausgetauscht, als sie in der Kirche war. Danach muss er für ihre Flucht Magie eingesetzt haben«, sagte der Offizier hastig.

Es dauerte einen Moment, bis Gello das alles begriffen hatte. Dann wiederholte Gello das Wort, das ihm den größten Schrecken eingejagt hatte. »Das Drachenschwert?« Gellos unfassbarer Zorn wurde von einem Hauch Angst gemäßigt. Die Flucht der Königin war schlimm genug, aber wenn sie einen Kämpfer mit dem Drachenschwert bei sich hatte? »Bist du dir sicher?«

»Euer Gnaden, er hat im Alleingang einen Trupp Panzerreiter niedergemacht. Mit seinem Schwert hat er stählerne Brustpanzer durchbohrt, als wären sie aus nassem Pergament gewesen. Ich hätte es nicht für möglich gehalten, wenn ich es nicht selbst gesehen hätte.«

Gello schluckte. »Benachrichtige die Kommandanten aller Standorte. Bei dem geringsten Anzeichen von irgendwelchen Zusammenkünften, von Widerstand oder Unruhen sollen sie alles unternehmen, was ihnen notwendig erscheint, um dem ein Ende zu machen. Jetzt schick mir meine Hauptleute.«

»Ja, Euer Gnaden.« Der Offizier verbeugte sich und zog sich rasch zurück, sichtlich erleichtert, dass er mit dem Leben davongekommen war.

Gello ließ sich schwer auf einen Sitz fallen. Der Verlust Cheltens versetzte ihm einen schmerzhaften Stich. Er war seit Jahren an seiner Seite gestanden und hatte sich als unbeirrbar loyal erwiesen. Die Königin wäre nicht im Besitz des Schwertes, wenn Chelten noch am Leben wäre. Aber er schob den Kummer beiseite und überdachte kurz seine Pläne. Er hatte so viele Soldaten des Heeres wie möglich dazu gebracht, ihm einen Ehrenschwur zu leisten. Seine Mutter hatte Monate damit verbracht, Aufzeichnungen über das Drachenschwert zu studieren, hatte nach Schwachstellen gesucht. Sie glaubte, dass das Schwert nicht in der Lage war, Männer dazu zu bringen, einen Eid zu brechen. Sein Plan war einfach. Sobald die Königin und ihr Kämpfer in einer Stadt ankamen und mithilfe des Schwertes versuchten, ein Heer zusammenzustellen, würde er sie mit einer massiven Streitmacht zerschmettern. Dagegen konnte das Schwert nichts ausrichten. Bauern und Stadtbewohner konnten selbst zu Tausenden nichts gegen Panzerreiter und ausgebildete Soldaten ausrichten.

Dennoch machte er sich Sorgen. Wenn er jetzt verlor, würde man ihn nicht nur für eine, sondern für zwei Niederlagen verspotten. Das könnte er niemals vergessen machen. Er musste tun, was immer nötig war, um zu siegen. Ihm kam eine Idee. Was, wenn er das Heer zwang, Dinge zu tun, die das Schwert nicht mochte? Angeblich wirkte das Schwert nur auf gute Männer. Er könnte sein Heer auf ein paar Dörfer loslassen. Ein paar Bauern zu töten und ihre Frauen zu vergewaltigen, das würde dem Land keinen großen Schaden zufügen – Bauern gab es überall. Aber es könnte genügen, um sein Heer abzusichern. Und es wäre die perfekte Vorbereitung auf das, was die Soldaten erwartete, wenn sie in andere Länder einmarschierten.

Er lächelte und griff sich ein Stück Pergament, auf dem er seine Gedanken festhielt.

»Euer Gnaden, ein weiterer Offizier möchte Euch etwas mitteilen«, meldete ein Diener.

Gello winkte den Mann herein und hoffte, er würde

ihm sagen, wo sich die Königin in diesem Moment aufhielt. Stattdessen kam ein zerzauster Offizier in den Thronsaal gestürmt, den er noch nie zuvor gesehen hatte. Gello zuckte leicht zurück. Der Umhang des Mannes war von einem langen, harten Ritt gezeichnet und blutverschmiert; er trug das Abzeichen der Jagdreiter auf der Brust, ein galoppierendes Pferd. Die Nase des Mannes war geschwollen, und die Augen waren schwarz unterlaufen.

»Euer Gnaden! Ich habe Nachrichten von großer Bedeutung! Der Magier der Königin hat uns angegriffen und konnte dank eines rallorischen Kriegers entkommen. Er und dieser Krieger, der das Drachenschwert haben könnte, sind auf dem Weg in die Hauptstadt, um die Königin zu befreien.«

»Du kommst damit etwas spät«, sagte Gello höhnisch. Er wollte gerade den Befehl erteilen, den Mann aus dem Zimmer schaffen und auspeitschen zu lassen, weil er die Nachricht nicht eher übermittelt hatte, als ihm einfiel, dass er Jagdreiter ausgesandt hatte, um nach Barrett zu suchen. »Kommst du von der Grenze zu Tetril?«

»Ja, Euer Gnaden. Auf dem Weg hierher habe ich vier Pferde zuschanden geritten.«

Gello war beeindruckt von der Hingabe dieses Mannes an seine Pflicht und seiner unbeirrbaren Zielstrebigkeit. Das waren seltene Qualitäten, die Gello sehr hoch schätzte.

»Wie ist dein Name?«

»Leutnant Havrick von den Jagdreitern, mein Herr.«

»Weißt du, wer dieser Rallorer ist?«

»Er behauptet, er sei Hauptmann Martil, einer der

Schlächter von Bellic. Ich werde sein Gesicht niemals vergessen. Zweimal hat er mich besiegt, zuletzt hat er mich so zugerichtet«, sagte Havrick und deutete auf seine gebrochene Nase.

Gello stand auf und lief unruhig auf und ab. Er wusste, wer Hauptmann Martil war. Er hatte dessen Taten – und Siege – mit großem Interesse verfolgt. Wenn der Rallorer Merren half, war das besorgniserregend – und eine Möglichkeit. Einen derart berühmten Hauptmann zu besiegen, würde Gello zu einer noch größeren Legende machen. Er überlegte rasch. Dieser Martil musste in der Lage gewesen sein, das Schwert zu ziehen, wenn die Meldung des Panzerreiters zutraf. Aber als Rallorer würde er nicht begreifen, dass das Schwert sich nicht gern zum Töten benutzen ließ. Zu viele Kämpfe, und er würde die Fähigkeit des Schwertes, Männer um sich zu scharen, nicht mehr nutzen können. Das konnte sich zu Gellos Vorteil auswirken und gab ihm zudem Gelegenheit, seine Überlegung, ob seine Männer der Macht des Schwertes widerstehen konnten, zu überprüfen.

»Leutnant, bist du bereit, einen Befehl auszuführen?«, fragte Gello und wandte sich dem Offizier zu.

»Ja, Herr!«

»Exzellent. Ich werde dir zwei Kompanien Panzerreiter und drei Kompanien deiner Jagdreiter geben. Sobald wir herausfinden, wo sich dieser Mann versteckt, wirst du diese Männer führen, und ich werde dir die Vollmacht erteilen, dir jeden Truppenstandort zu unterstellen und ebenso die örtliche Miliz. Bilde ein Heer und benutz es, um die klägliche Streitmacht zu zerschmettern, die Martil auf die Beine gestellt hat. Du wirst dich von nichts und niemandem aufhalten lassen und mit allen nötigen Mitteln kämpfen. Sollte sich jemand dir in den Weg stellen, seien es Bauern, Stadtbewohner oder Adlige, gehe ohne Skrupel gegen sie vor. Bist du in der Lage, diese Aufgabe zu erfüllen?«

Havrick strahlte nun. »Das bin ich, Euer Gnaden!«

»Dann nimm ein Bad, zieh dich um und befolge meinen Befehl, Hauptmann Havrick.«

Gello sah Havrick nach, wie er aus dem Saal eilte, und gestattete sich ein Lächeln. Havrick würde eine schnelle, fähige Streitmacht anführen, für die es ein Leichtes war, eine fünfmal so große Streitmacht von nicht ausgebildeten Bauern und Fußvolk zu bezwingen. Wenn er nur herausfinden könnte, wo die Königin war ... Er ließ den jungen Offizier herbeirufen, der ihn über die Flucht der Königin informiert hatte, um mehr zu erfahren. Wie war sie geflohen? Wer war bei ihr?

»Sie hat die Kleidung mit einer Hure aus der Stadt getauscht, die von den Hofdamen hinausgeschmuggelt wurde. Die Hure sah aus wie die Königin, deshalb hatten wir keine Zweifel, bis wir die Kirchglocken läuten hörten. Dann, als ich die Königin dazu befragt habe, war offensichtlich, dass diese Frau keine Königin war.«

»Lahra! Sie muss es gewesen sein! Sehr scharfsinnig«, sagte Gello. »Was hast du mit den Frauen gemacht?«

»Die Hure sitzt im Kerker. Soll sie getötet werden, mein Herr?«

Gello war fassungslos. »Junge, bist du noch bei Verstand? Lahra soll in drei Tagen bei meiner Geburtstagsfeier erscheinen! Wo soll ich bitte schön einen Ersatz für sie finden? Nein, gib ihr etwas Silber und lass sie frei.«

»Und die Hofdamen?«

»Befrag sie. Wenn sie sich weigern, Fragen zu beantworten, lasse sie mit ansehen, wie deine Männer eine von ihnen vergewaltigen, bevor sie ihr die Kehle aufschlitzen. Vielleicht ist die Nächste dann etwas gesprächiger. Verstanden?«

»Aber, Euer Gnaden, eine von ihnen ist die Tochter von Graf Sendric. Sollten wir sie nicht freilassen?«

Gello prustete. »Sie hätte meiner Cousine nicht bei ihrer Flucht helfen sollen.« Er hielt inne. *Was ich auch tue, Sendric und ich werden nie Freunde sein. Früher oder später werde ich ihn umbringen lassen, also kann ich es auch jetzt dazu kommen lassen,* dachte er. »Sorg dafür, dass sie die Erste ist, die befragt wird«, befahl er.

»Ja, Euer Gnaden.«

Gello sah ihm nach und überlegte, ob er einen Erlass formulieren sollte, wie er anzusprechen war. Für gewöhnlich nannten die Offiziere ihn »Herr«, aber seit er den Thronsaal übernommen hatte, war er von einigen mit seinem herzoglichen Titel angesprochen worden. Aber das reichte nicht. Außerdem klang »Euer Gnaden« zu sehr nach einem Bischof. Nein, von nun an musste er als »Majestät« angesprochen werden. Wer das nicht tat, wurde ausgepeitscht. Er hatte gerade den Befehl erteilt, diese Bekanntmachung zu verbreiten, und auch die Order an den Garnisonskommandanten von Sendric übermittelt, dass der Graf in Haft genommen werden solle, als seine Hauptleute in den Saal kamen.

Gello wartete, bis alle etwas zu trinken hatten, ehe er die Geschehnisse zusammenfasste.

Sofort fühlte er die steigende Spannung im Raum.

Ihre Gesichter ließen nicht viel erkennen, aber er wusste, was sie dachten. Diese Männer hatten seit über einem Jahrzehnt eng mit ihm zusammengearbeitet. Ihnen allen hatte er vieles versprochen: Gold, Frauen und nicht zuletzt das Kommando über eine Streitmacht. Jeder von ihnen hatte sich des Verrates schuldig gemacht, als er Gello unterstützt hatte. Keiner von ihnen hatte je gesehen, wie das Drachenschwert geschwungen wurde, aber sie alle waren mit den Erzählungen darüber aufgewachsen.

»Wir haben uns auf diese Möglichkeit vorbereitet«, sagte er ihnen. »Wenn Merren ein Heer zusammenstellt, dann besteht es aus Bauern und Fußvolk, bewaffnet mit Mistgabeln und Knüppeln. Wir können sie mit einem einzigen Angriff niedermachen.«

Er blickte in die Runde und sah, wie wieder Zuversicht in die Gesichter trat.

»Meine Herren, wir stehen im wirklichen Leben, sind nicht Teil einer Sage. Bauern können sich nicht gegen Panzerreiter behaupten. Wir werden alle vernichten, die sich mir in den Weg stellen. Gibt es noch Fragen?«

»Eure … Majestät«, ergriff ein verängstigter Veteran namens Grissum schließlich das Wort. »Mein Regiment ist kaum einsatztauglich. Ich glaube, keine hundertfünfzig von ihnen haben den Loyalitätsschwur abgelegt.«

Gello nickte. Grissum war für die Bogenschützen verantwortlich. Ein Regiment, das seit jeher der Krone treu ergeben war. Vielleicht weil viele Soldaten dieses Regiments ehemals schäbige Bauern und Bürger waren, die sich ihm und seiner Reiterei verweigert hatten.

»Majestät, bei meinem Regiment steht es noch schlimmer. Ich bezweifle, dass ich auch nur hundert zähle, die den Eid geleistet haben«, sagte ein dicker Hauptmann und Verbündeter Gellos. Sein Name war Beq.

»Das ist ein Opfer, das wir erbringen müssen. Die Bogenschützen und Kommandotrupps werden nützlich sein, wenn wir Tetril und Berellia angreifen, also sollten wir sie nicht verschwenden. Aber wir können es nicht riskieren, dass sie sich der Königin anschließen. Sie werden in Kasernen gesperrt und strengstens bewacht. Jedem, der zu fliehen versucht, werden die Hände abgehackt.«

Der älteste Hauptmann, ein hagerer Mann mit Bart, von dem Gello gelernt hatte, wie man einen Krieg führte, hustete.

»Was ist, Feld?«, fragte Gello sofort.

»Majestät, diese Regimenter sind am besten dazu geeignet, die Königin im Gelände zu verfolgen. Sie wäre wahnsinnig, sich in eine Stadt zu begeben, schließlich haben wir eine Garnison des Heeres in jeder Stadt. Sie wird ihr Lager in einem Wald oder in einem Gebirge aufschlagen. Dort kommen Soldaten zu Fuß bestens zurecht, aber es ist schlechtes Terrain für meine Panzerreiter.«

»Meine Jagdreiter können sie dort erledigen«, widersprach ein Hauptmann von kräftiger Statur und mit langem roten Haar.

»In der Tat! Deshalb habe ich einen jungen Offizier zum Hauptmann ernannt!«

Daraufhin brach Gemurmel aus, und sie alle fragten sich, wer von ihnen ersetzt werden sollte. Beq und Grissum wirkten besonders besorgt.

Gello hielt inne und genoss die Wirkung seiner Aussage auf die Männer. »Wir werden mehr Hauptleute benötigen, wenn wir das Heer vergrößern. Aber es wird ein vorübergehender Rang sein. Wenn der Mann seine Sache gut macht, wird er das erste unserer neuen Regimenter anführen. Er ist einer von deinen Leuten, Livett. Der Mann heißt Havrick.«

Die Männer blickten sofort zum Hauptmann der Jagdreiter, der entsetzt wirkte. »Havrick? Aber, Majestät, ich habe andere, weitaus besser Offiziere als ihn …«

Gello zuckte mit den Achseln. »Sie verfügen nicht über seine einzigartigen Qualitäten – er kennt den Kämpfer der Königin und wird vor nichts zurückschrecken, um ihn zu vernichten.«

Livett sank auf seinem Stuhl zusammen.

»Ich habe ihn zwei von Felds Kompanien zugeteilt und drei von Livett. Er hat außerdem die Vollmacht, auf die Truppen sämtlicher Stützpunkte zurückzugreifen. Sein Auftrag ist es, die Rebellen zu finden und sie zu zermalmen, bevor es zu viele werden. Wenn er erfolgreich ist, wird er Mitglied dieser Runde werden. Sollte er scheitern, wird sein Körper in einem namenlosen Grab verrotten.«

Sie nickten zustimmend.

»Das Kriegsglück hat sich vorübergehend von uns abgewandt. Aber Pläne überstehen die erste Feindberührung nie. Wir haben uns neu organisiert und werden siegen, weil wir die Männer, die Waffen, die Ausbildung und das Verlangen danach haben. Nun geht und sichert eure Regimenter.«

Ein Mörder ohne Erinnerung ...

544 Seiten. ISBN 978-3-442-26356-6

Er hat alles vergessen. Er erinnert sich nicht einmal daran, wie er heißt. Doch eines wird dem Namenlosen rasch klar: Der, der er einst war, will er nicht mehr sein. Denn er verfügt über die Fähigkeiten eines Assassinen, und die Vorstellung, jemanden zu ermorden, ist ihm zuwider. Bei den Nachforschungen über seine Herkunft stößt er immer wieder auf eine Gemeinschaft von Mördern, deren Name nur mit Schaudern geflüstert wird – die Bruderschaft der Schatten.

Lesen Sie mehr unter: **www.blanvalet.de**